『発心集』と中世文学

主体とことば

山本一 著

和泉書院

木陰のタチツボスミレ（著者撮影、第Ⅱ部第十章１参照）

自序

本書は、書名に示したように、『発心集』（長明発心集）およびほぼ同じ時代、すなわち鎌倉時代前半を中心とした時代に書かれた文章表現を、主体（表現主体）と言語（ことば）との交わる場という点を意識しつつ読み解いた研究である。主表題は、正確には「『長明発心集』および中世前期文学の研究」とでもするべきところであるが、すこし煩瑣なので、「『発心集』と中世文学」という漠然とした表現にとどめた。

副題に用いた「主体」という語には、耳障りな（もしくは古風な）印象を抱かれる読者も多いと思う。たしかにこの語には、著者の自己形成の時代である、一九六〇年代末から七〇年代の初めのにおいがかなり染みこんでいるように思われる。そこで、すこしばかりこの「主体」について説明しておきたい。

主体は、表現行為において、「ことば（言語）」そして「こと（事柄）」・「もの（事物）」に出会い、表現物を生み出す。その様相を記述するのが、言語表現の研究の役目である―これが本書の基本的な立場である。

「表現主体」とは、ありていに言えば表現行為に関わっている限りにおいて見られた人間である。それは、飯を食ったり異性を愛したり出世を願ったりする一人の人間の部分なのであろうが、本書の考察においては、さしあたり言語で表現行為をする主体（表現主体）という一面から人間を捉え、それとの関係において、必要な範囲で人間の全体に関心を及ぼしている。もちろん、表現主体からその人間全体が簡単に透視できるとは考えていない。また、人物についてのいわゆる伝記的な情報を、表現主体の理解にそのまま利用できるとも考えていない。

そのような「主体」ならば、何も「主体」などという人間や人格を感じさせることばで捉える必要はない（たとえば、もっと機能的に、テキストを巡る諸次元の結節のようなものとして捉えればよい）、という立場もあろう。しかし、言語のまとまりを意味として捉えようとする時には、それらを、それ自体として存在するものとしてではなく、「作られたもの」、すなわち人間の主体的な表現行為の所産であるとする方が、わかりやすく、自然に論じられるように思うのである。また、その人間についての情報が知られている時には、その参照をわざわざ回避する必要もない（利用には相応の手順が必要であるが）と考える。

このようなわけで、本書における「主体」は、練り上げられた理論的な装置ではなく、むしろ考察のための有効性との兼ね合いで使用される、ある意味では便宜的であり、ある意味では素朴な概念として、受け取ってもらえればいちばんよい。

第Ⅰ部の論考について言うと、表現主体の一様態としての「編者主体」という観点は、『発心集』の考察においてはかなりの程度有効に思われた。『十訓抄』の考察に関しては、限定的な有効性があったと思う。もちろん万能の方法論というものはないので、考察対象に従って方法論は選択される必要があるし、その逆も可である。二つの説話集は、私の方法に適合する範囲で考察されたのであるが、それなりに明らかにできたことはあるのではないかと思う。

第Ⅱ部の論考では、主題的に考察されているのは「ことば」のようであるが、ことばはそれぞれの「表現主体」（人間としては、伝記的に有名な人物もいれば、なんの情報も残っていない人物もいるし、文学的な表現者も、そうでない者もいる）との関係において見られている。ある文脈においてことばを解釈するには、その語の一般的用法、すなわち用例から帰納される解釈と、文脈が求めるその場限りの解釈との、突き合わせが必要である。このことを私の観点から言うと、「ことば」と主体との二者、もしくは、「ことば」とそれが指し示す「こと」「もの」、そして主体という三者の、関係を考察することになる。各章で私が試みた解釈は、十分でない点もあるとはいえ、それなりの脈絡をたどって導かれた解であり、おそらく、批判的に乗り越えられる程度の価値はあろう。

以上をもって、著者自身の序言としたい。

目次

凡例

1　第Ⅰ部における『発心集』本文の引用は、原則として八巻本（流布本）の基幹本文である慶安四年版本を底本とし、おおむね現代における古文表記の標準にしたがって校訂本文とした。他本または私意によって底本本文を変更した箇所は、（　）に入れて示し、必要に応じて注などを加えた（ただし、一字程度の自明の誤刻についてはいちいち示さない場合がある）。諸本の本文は、慶安四年版本は大曽根章介・久保田淳編『鴨長明全集』（貴重本刊行会、二〇〇〇年）を基本に、簗瀬一雄編『鴨長明全集』（風間書房、一九五六年）および国文学研究資料館蔵写真版（名古屋大学図書館蔵本）を参照し、異本については、前掲『鴨長明全集』（貴重本刊行会）所収神宮文庫本を基本に、神宮古典籍影印叢刊9『西公談抄・発心集・和歌色葉集抄書』（八木書店、一九八四年）、近時の刊行である神田邦彦『山鹿文庫本発心集―影印と翻刻付解題―』（新典社、二〇一六年）を参考とした。本文の校訂に関しては、簗瀬一雄訳注『発心集』（角川文庫）、井手恒雄校注『方丈記・発心集』（明治書院、校注古典叢書）、三木紀人校注『方丈記・発心集』（新潮日本古典集成）をおもに参考とし、浅見和彦・伊東玉美訳注『発心集 上』『発心集 下』（角川ソフィア文庫）も参照した。

慶安四年版本は全般的には良質の本文であるが、近世初期時点までに転写を重ねていると思われ、版下作成の際にも多少の誤りを生じているかと思われる。細部における誤脱は、異本との異同および解釈の合理性を考慮して校訂したので、必ずしも底本尊重の原則に立っていない場合がある。また、原則として現代の古文表記法によって引用したのは、右記の文献により原本文の確認が誰でも容易にできる現状を踏まえ、著者の解釈が判明する本文を示すこととしたためである。

説話番号は、原則として前掲の風間書房版『鴨長明全集』、簗瀬一雄訳注角川文庫、井出恒雄校注『方丈記・発心集』が用いる通し番号に依った。本書の中で述べているように、慶安四年本など版本の巻分割は、本質的な意味を持たないと考えるからである。

2　右記以外の作品の引用については、その都度注記する。

3　引用文中、現代の人権意識に照らして不適切な表現が見られるが、時代的背景を有する歴史資料であることに鑑み、原文のままとした。

4　各章のもとになった論文の初出発表、および本書収録形との関係は、各章の末尾に注記する。

第Ⅰ部　説話集と編者主体

第一章　『発心集』巻一・巻二の展開
――思索の表現としての説話配列――

本章では、『発心集』巻頭から第18話までの範囲（八巻本巻一と巻二前半）を対象に、説話の背景にある編者の「思想」を跡づけることを試みる。これらの話で取り上げられている題材の性格はもちろん単一ではなく、二話から数話程度のグループごとに変化していく。編者の関心・主張もそれに応じて様ざまな側面を見せるが、そうした題材や関心、主張の変化を、編者の「思想」の展開過程としてたどることができるというのが、本章の観点である。

ところで、第Ⅰ部の各章にも通じることであるが、本章で言う編者の「思想」とは、表現に先だって、あるいは表現の結果として、整合的な体系として存在するというようなものではない。また、たとえば、「天台思想」「浄土思想」と呼ばれ得るような、個人を越えた思想体系として一般性を帯びたものでもない。むしろ、説話集を編むことによって生成し、編者独自の価値観として現出するような「思想」である。あるいは「思索・思惟の展開とその到達点」というような言い方がよりふさわしいかもしれないが、煩瑣を避けて「思想」と呼んでおく。説話配列と説話編集によって生じる主題の移行・変転が、このような意味での編者の思想を表現しているというのが、本書第Ⅰ部各章における『発心集』観である。

『発心集』の説話配列の方法として、隣接する説話間の要素の関連性や、数話ごとの主題的まとまりなどを認め得ることは、早くに先学によって指摘されている。原田行造『中世説話文学の研究 上』（桜楓社、一九八二年）、廣田哲通『中世仏教説話の研究』（勉誠社、一九八七年）、西尾光一・貴志正造編『中世説話集』（鑑賞日本古典文学第二十三巻、角川書店、一九七七年）所収の『発心集』の解説（貴志正造）などである。本章および以下の章の『発心集』論においては、そうした配列方法を内側から規定するものとして、編者の思想をしだいに展開していく批評的思考の、緩やかながら一貫した作用を想定する。したがって、話群ごとに主題を分析するだけでなく、話群から話群への推移の仕方にも留意し、対象とする部分が全体として総合的に表現している編者の思想を捉えて行くこととなる。

なお、『発心集』の編者鴨長明には、『発心集』とは異なる形式で彼の思想を表現した作品として、『方丈記』がある。伝記的事実として同一人物であっても、異なる作品の表現主体を単純に同一視することはできないし、特に『発心集』については、どこまでを長明が編集した原態と見るかについての議論があることも留意しなければならない（原態の問題については、他の章で必要に応じて触れることとなる）。ただし、本章では、『発心集』の表現と思想の理解を助けると思われる場合には、あえて『方丈記』との共通性に言及することとしたい。あくまで、「思想」を描き出すための一つの手立てとしてである。

1　再出家の話群（第1話から第5話）

八巻本巻一巻頭の五話は、高僧の再出家譚、すなわち智徳にすぐれ寺院内に相応の地位を持ち得る僧が、「名聞利養」を嫌うが故に寺院生活を捨て去り遁世者の生活に入っていく話である。常識的には出世間の場であるはずの大寺院での生活の宗教的意義が、主人公の行動によって全面的にそして実践的に否定されてしまう。そこにはひとつの価値観の転回が見られる。この転回の劇的な性格が、これらの話に独特の印象深さを与えていると思われる。たとえば第3話で、主人公の平等が突然に比叡山から失踪する場面。

「何として、かくはかなき世に、名利にのみほだされて、厭ふべき身を惜しみつつ、空しく明かしくらす処ぞ」と思ふに、過ぎにし方もくやしく、年来の栖もうとましく覚えければ、更に立帰るべき心ちせず。白衣にて足駄さしはきをりけるままに、衣なんどだに着ず、いづちともなく出でて、西の坂を下りて、京の方へ下りぬ。いづくに行き止るべしとも覚えざりければ、行かるるに任せて淀の方へまどひありき、下り船のありけるに乗らんとす。

主人公の内面でそれまでの生活が一挙に価値を喪失し、その転回はただちに衝動的な遁世行動として現われざるを得ないほど激しい。あるいは第4話の千観の話で、公請の帰途に出会った空也の「いかにも身を捨ててこそ」という一言に衝撃を受けた主人公が、即座に遁世を実行する場面。

その時、内供、河原にて装束ぬぎかへて、車に入れて、「供の人はとく坊へ帰りね。我はこれよりほかへいなむずるぞ」と云ひて、皆帰し遣して、唯独り簑尾と云ふ所に籠りにけり。

公請のための「装束」や「車」「供の人」に具象化された、声望有る高僧としての地位と生活はその場で惜しげもなく捨て去られ、「唯独り」の籠居が価値あるものとして選ばれる。第5話の増賀の話では、遁世を実行する手だてとして故意に奇行を演じた主人公が、大衆達に「この禅師はものに狂ふか」と非難されて次のような言葉を返す。

我は物に狂はず。かくいはるる大衆達こそ、物に狂はるめれ。

ここには、世俗的利益の追求に汚された大寺院の生活こそ「狂気」であり、そこから離脱するための奇行がむしろ「正常」な行為であるという、逆説的な主張が明示されている。これらの箇所に、再出家譚における価値観転回の形は集約されているであろう。

大寺院の生活が「名聞利養」と結びついて堕落しているという認識は、当時もはや特異なものではなかったろうし、再出家譚も『発心集』に固有の題材であるわけではない。しかし、『発心集』が明らかに意図的に巻頭にこの種の話を集中し、とくに第1話と第3話に同じ型（主人公の失踪。弟子による偶然の発見。再失踪）の話を繰り返して読み手に与える印象を強化していること、また第3話の先に引用した箇所前後に『古事談』等の類話にはない独自の描き込みが見られること、などは無視できない。再出家譚が表現している価値転回は、編者がこの作品の最初にまず打ち出そうとした主張内容と密接に関連すると見なければならない。

再出家譚が伝承されていった背景として、寺院仏教者に対する聖・遁世者層の自己主張があったことは想像されるし、編者も一面では彼等の意識に近いものを持っていたと思われる（この問題は、第九章で論じる）。しかし、第3話や第5話に付された評言を見る限り、編者が、大寺院の仏教そのものを直接に批判しているとまで解することは難しい。

今も昔も、まことに心を発せる人は、かやうに古郷を離れ、見ず知らぬ処にて、いさぎよく名利をば捨てて、失するなり。菩薩の無生忍を得るすら、もと見たる人の前にては、神通をあらはす事、難しと云へり。況や今発せる心はやむごとなけれど、未だ不退の位に至らねば、事にふれて乱れやすし。古郷に住み、知れる人にまじりては、争でか一念の妄心おこさざらむ。（第3話）

人にまじはる習ひ、高きに随ひ下れるを哀れむにつけても、身は他人の物となり、心は恩愛の為につかはる。これ此の世の苦しみのみに非ず、出離の大なる障りなり。（第5話）

寺院社会のあり方には顕在的な関心を示さず、より一般的に、社会制度・社会的人間関係に組み込まれた生活の全てを否定の対象として捉えている。その反面として、社会からの隔絶・孤立が称讃されることになる。これらの評言と説話内容とを併せ考えるなら、巻頭話群の主題は、社会生活との鋭い対立において示される「孤独」の価値という点に求められる。再出家という題材がここで選ばれたのは、それらが、社会生活と孤独との価値の対立を、最も先鋭に、かつ印象的に具象化していたからだと思われる。

ここで『方丈記』を想起してみよう。『方丈記』においても、都の生活の否定相と草庵の生活の理想性を対照させ、物質的には最小限の草庵生活を最大の幸福として描き出し、「住まずして誰か悟らん」の確言へと至る展開に、常識的価値観を反転させようとする試みを見ることができる。社会生活に対して孤独の意義をあくまで主張する姿勢の点でも、『発心集』巻頭部と『方丈記』とは明らかに共通する性格を見せている。

知られているように、『方丈記』では、いったん完全にその理想性を確認されたかに見えた草庵生活の意義が、結章において、「仏の教へ給ふ趣き」の側からもう一度問いなおされる。「世を遁れ、山林に交ること」は「心を修めて、道を行な」うための手段として意味づけられ、その観点から草庵生活の内実が検証されることになる。『方丈記』の執筆意図は、都を遁れて最後に日野の草庵へたどりついた自らの軌跡に意味づけを与え、その方向の正しさを確認しようとする所にあったと見られるが、この自己確認の手続きは、草庵生活の理想化と、仏教的観点からのその検証という、ふたつの段階を持っている。そして第二の段階が最終的に志向するものの理解について、近代以降の解釈者の見方が分かれているのである。

一方の『発心集』巻頭部においては、孤独の意義は直ちに仏道修行という目的に結びつけられている。たとえば先にも引いた第4話の千観の遁世において、「装束」「供の人」「車」が捨てられ、「唯独り」の籠居が選ばれるのは、「いかにしてか、後世助かることは仕るべき」という問いに対して空也が答えた「身を捨ててこそ」という言葉の、直接の実践としてである。『方丈記』が、「人の奴たるものは、賞罰はなはだしく、恩顧あつきを先とす。…ただ、わが身を奴婢とするにはしかず。…もし、歩くべきことあれば、みづから歩む。苦しといへども、馬、鞍、牛、車と心を悩ますにはしかず」と、仏道修行のみには関わらない所で孤独の価値を論証しようとしている箇所と対比すると、『方丈記』が段階を踏んで行なっている事を『発心集』は一挙に果たしているという印象が得られる。それは、自己の体験を題材とする『方丈記』と、理想化された説話主人公の像を扱う『発心集』との差異にも関連するが、『発心集』巻頭部が、『方丈記』では結章に相当するような、仏教倫理に踏み込んだ点に立脚していることは明らかである。

しかし、もうひとつ見過ごせない点は、『方丈記』全体の課題と『発心集』巻頭部の課題との基本的な共通性である。孤独の価値という主題は、『発心集』においても編者の自己確認の課題と密接に結びついていた。そう考えることによってはじめて、この主題が、最も鮮明な印象を与えるような仕方で『発心集』巻頭に取り上げられた事情が理解できるように思われる。

『方丈記』は、自叙伝的要素を持つ作品であるにもかかわらず、出家遁世時の長明の状態の具体的叙述を欠いており、私たちはほとんど『家長日記』のみによってその事情を窺い得るにすぎない。逆に、直接に著者自身を題材としない『発心集』において、遁世行動の緊迫感に富んだ描写の中に、出家時の長明の自画像を垣間見ることができる。孤独の価値という主題に注目する時、『発心集』再出家譚の主人公達の像は、長明の自己像から遠いものではない。自己の内心を他に向かって説明することがなく、およそ自らの意思が他人に理解されることを期待しない、主人公たちの激越な行動は、『家長日記』の著者を当惑させた出家前後の長明の思いつめ方ときわめて相似た性格を示している。おそらく長明は、出家遁世とそれ以降の自分の生き方が、世間的な目には極端・奇異と映るかもしれないことを承知しつつ、そうした自己の姿を再出家者たちの描写の上に重ねていたであろう。再出家譚の主人公たちの孤独への志向が、長明自身が現実にたどってきた生き方の志向でもあったからこそ、これらの説話の描写がこのように鮮明で生彩有るものになり得たとも考えられる。(注)

(注)『発心集』の説話主人公と長明との重なりについては、伊藤博之「妄念の文学」(『隠遁の文学　妄念と覚醒』笠間書院、一九七五年)、藤本徳明「『発心集』における増賀―「物狂ひ」説話を中心に―」(金沢古典文学研究会『説話・物

語論集』第六号、一九七八年五月）などの先学の指摘がある。

2　物欲・執心の話群（第6話から第8話）

第6話「髙野南筑紫上人出家登山の事」は、激しい遁世行動を描く点では前話までの雰囲気を継承しているが、俗人が出家して高野山に登る話であって、再出家譚ではない。しかも、主人公は後に高徳の聖として白河院の帰依を受け高野山を興隆させたと述べられる。これらの面は、第5話までの主題と必ずしも連続しない。一方、話末の評言は、主人公の出家の契機が領地に実った稲穂を見ていて無常の想いに捉えられたことであった点に専ら注目して、「物欲」という新しい主題を提示している（この主題転換については廣田哲通前掲書が指摘する）。評言から引用する。

惜むべき資財につけて、厭心を発しけむ、いとありがたき心なり。賢き人(の)云ふ、「二世の苦を受くる事は、財を貪る心を源とす。人もこれにふけり、我も深く著する故に、争ひねたみて、貪欲もいやまさり、瞋恚も殊に栄えけり。人の命をも絶ち、他の財をもかすむ。家のほろび、国のかたぶくまでも、皆これより発る。この故に「欲深ければ、わざわひ重し」とも説き、又、「欲の因縁を以て、三悪道に堕す」とも説けり。（「賢き人の」は慶安版本「賢キ人ト」を意により改める）

今まで、外的条件としての社会生活から離脱することをひたすら説いてきた編者は、ここでそのような社会生活に人間を繋ぎとめ縛りつけている内的条件としての、財物への「欲」を問題にする方向へ転じたと見られる。この問題意識は第7話・第8話に継承され、さらに突きつめられて、一箇の水瓶や一本の梅の木、橘の実や美しい花といった程度のささやかな「財」であってさえ、それらへの「執心」があるならば仏道修行と来世往生の重大な妨げとなり得ることが例示される。この7・8話はそれぞれ次のような評言で結ばれている。

まことに、仮の（色）にふけりて長き闇に迷ふ事、誰かは愚かなりと思はざるべき。然れども、世々生々に煩悩のつぶねやつことなりける習ひの悲しさは、知りながら、我も人もえ思ひ捨てぬなるべし。（第7話、「色」は慶安版本「家」、感覚的世界を指す「色」が適切とみて異本により校訂）

すべて、念々の妄執、一々に悪身を受くる事は、はたして疑ひなし。まことに恐れても恐るべき事なり。（第8話）

ここには、自らの内面を覗きこんでいるような暗い内省的な調子が見られる。第5話までの評言では、「妄心」を生み出す原因は外側の社会に全て負わされ、社会生活の否定には確信的な調子があった。今、社会生活を離れ難いものにしている人間内部の物欲、さらに遁世者の生活にも忍び込んでくる「執心」が問題になることによって、この確信に不安の影が差す。ほんとうに重要なのは、単に孤独な生活を選ぶことではなく、心の中の妄執を断つことなのであるが、それは誰にとっても容易ではない。現実の人間の不完全さを、編者は自覚しなければならなくなっている。

周知のように『方丈記』末尾においては、「執心なかれ」という仏説への想到が、「汝、姿は聖人にて、心は濁りに染めり」という悲観的内省を導き出していた。『発心集』の右の部分での内省への転回は、『方丈記』の末尾のように画然としたものではない。しかしそこに見られる調子の変化は、いったん自己の遁世者としての生き方を高い調子で確認したかに見えた『発心集』の編者も、そのままそこに安住し得なかったことを暗示する。内省や自己批判は、仏教的言説の一般的な型であることは認めるとしても、長明の場合、それがいつも自己主張・自己確認と相接して現われる所に、彼の個性の問題が見て取れるのである(注)。

『発心集』は、この箇所以降、遁世者の精神の内面により深い関心を向けていく。

（注）なお、仏教的言説の型については今成元昭「『発心集』とその周辺―『方丈記』へのひとつのアプローチ」（『説話文学研究』第十号、一九七五年六月）が論じ、長明の個性の問題に関しては、『無名抄』の「せみの小川の事」末尾についての、久松潜一校注、日本古典文学大系『歌論集・能楽論集』所収『無名抄』補注二六（担当久保田淳）の指摘がある。

3　無名の聖たちの話群（第9話・第10話）

再出家譚の主人公たちが「昔」や「中ごろ」の著名な僧たちだったのに対して、八巻本巻一後半の説話の主人公たちは、名を記されなかったり呼び名で呼ばれたりしているいわば「無名」の、そして比較的編者の時代に近い頃の人びとである。特に第9話と第10話では、主人公がそれぞれ「近き世」「近ごろ」の人物であると明記されており、近い時代の遁世者に対する編者の関心の在り方を窺わせる。

第9話では「仏種房」、第10話では「瑠璃」そして「仏みやう（仏名か）」という遁世者が描かれるが、これらの名は固有名詞とも言いにくい聖としての一種の呼び名である。仏種房は「あやしの下臈の家ども」の間に住み、瑠璃や仏みやうは異様なぼろを纏って乞食をしている。時には魚食も嫌わず（仏みやう・仏種房）、盗人を捕える呪術的霊力を発現したり（仏種房）、逢う人ごとに礼拝する一種自己流の不軽行を実行する（仏みやう）など、聖型の遁世者の一面としての民衆的・土俗的とも言えそうな宗教性を示している。これらを総括して、第10話末尾の評言で次のように述べる。

　此れ等は勝れたる後世者の一の有様なり。「大隠、朝市にあり」と云へる、則ちこれなり。かく云ふ心は、賢き人の世を背く習ひ、我が身は市の中にあれども、その徳を能く隠して、人に漏らせぬ也。山林に交り、跡をくらうするは、人の中に有つて徳をえかくさぬ人のふるまひなるべし。

この文章について注意されるのは、『往生要集』の次の箇所との類似である。

わが朝にも、往生せる者、またその数あり。具さには慶氏の日本往生記にあり。いかにいはんや、朝市にありて徳を隠し、山林に名を逃れたる者の、独り修して独り去る。誰か知ることを得んや。（大文第七の第六「引例勧進」、日本思想大系『源信』二四六頁）

源信はここで、慶滋保胤の往生伝にも記されていない往生者が山林・朝市に独居していた可能性へと、読者の想像力を誘っている。まさに源信のこのような示唆に触発されて、編者の視線は、同時代の聖たちのある意味では雑多なあり方の内奥に、「独り修して独り去る」往生人の姿を求めていったのであろう。第9話・第10話はいずれも主人公臨終のようすを記し留めているが、それらは人びとに知られることのない静かな往生なのである。

病を見る人もなければ、ひとりのみ病み臥せりけるに、時は八月十五夜の、月いみじくあかかりける夜、宵より声をあげて念仏する事あり。まぢかき家々たふとくなむ聞こえき。集りて見るに、板間も合はず荒れたる家に、月の光心のままにさし入りたるより外に、(こ)ともなし。(注)夜中うち過ぐる程に、「あなうれし、これこそは年来思ひつる事よ」と言ふ声、壁の外に聞こえけり。その後は、念仏の音もせずなりぬ。夜明けて見ければ、西に向ひて端座し、合掌して、眠ぶるが如くにてぞ有りける。（仏種房）

終りには、人も来寄らぬ所の大きなる木のもとに、下枝に仏懸け奉りて、西に向ひて合掌して、居ながら眼をとぢてなむ有りける。其の時は知れる人も無くて、後に見つけたりけるなり。（瑠璃）

終に切堤の上に、西に向ひて、合掌端座して終りにけり。（仏みやう）

前二者において主人公は臨終の瞬間に孤独である。最後の「仏みやう」の場合もおそらく同様であろう。編者は、特に仏種房の話で、情景の描写に力を入れている。比較できる資料がないため厳密な特定は難しいが、「板間あらみ荒れたる宿のさびしきは心にもあらぬ月を見るかな」（後拾遺集・雑一・清仁親王）や「板間より月の漏るをも見つるかな宿は荒らして住むべかりけり」（詞花集・雑上・良暹法師）などの和歌的情感に通じる文体は、編者の筆と推測される（なお異本はこの箇所を欠き、断執のための魚食に話の中心が移る結果になって、第8話までとの関連性が強まるが、八巻本の形では、話末の「此の家は、少しも離れずあやしの下﨟の家どもの軒続きになん在りける」が、第10話の評言「大隠、朝市にあり」で受けられるので、第8話までとも連関を持ちつつ主題において第10話と一対になる。説話構成、主題展開ともに後者の形のバランスがよりよく、原形を示すと考える）。

これらの主人公の造形に、巻頭話群の主題の新たな展開を見ることは困難ではない。「独修独居」の聖たちは、人間社会と交渉しながらも、精神のあり方じたいの力によって、往生の時まで孤独と心の静穏とを保つ可能性を具現している。彼等自身に徳を隠すという意識があったかどうかは疑われるが、編者は『往生要集』の方向にそって彼等の生き方を「隠徳」として捉えた。それは珍しい遁世者や往生人の実例にすぎないのではなく、外的環境よりも内面的・精神的な問題として「孤独」を捉え直そうとした時の編者が理想とした、心の境位を表現しているのである。

『方丈記』結章が「汝、姿は聖人にて、心は濁りにしめり」と言う時の「聖人」「ひじり」について、もしその具体的な像を求めるなら、『発心集』第9・第10話が「近き世」の遁世者の中から探り出してきた「独り修して独り去る」の聖の像をこそ考えるべきであろう。そこには、「おのづから都に出でて、身の乞匃となれることを恥づといへども、帰りてここに居る時は」という（周囲の環境に左右される）『方丈記』の段階を、超越した心のあり方が具象化されている。彼等の姿は、長明自身が身近に意識し、それによって自らを省みていたものに違いないのである。

（注）「こともなし」は慶安版本では「トモナシ」。「こと」の平仮名書き草体から生じた誤写と見て校訂した。この箇所

は異本で欠落しているため、文脈から判断した私意による校訂である。文意は「特段の変事もない」と解する。小さく書かれた草体の「日」などの脱落と見て、「人もなし」と解することも一案であろう。簗瀬一雄訳注角川文庫版は「おと（音）もなし」の誤脱かとするが、前後では念仏の声が聞こえているので、解釈にやや無理を生じるかと思われる。三木紀人校注新潮日本古典集成『方丈記・発心集』は原文のまま「友なし」と解する。浅見和彦・伊東玉美訳注角川ソフィア文庫も原文のまま「供なし」かとする。いずれも底本尊重の原則に立った校訂である。

4　偽悪の話群（第11話から第13話）

無名の遁世者たちの中に孤独・清澄な心の持ち主の存在を確かめることは、編者にとって救いであり励ましであったに違いない。第11話・第12話のいわゆる「偽悪」の説話についても同じことが言えるであろう。(注) 破戒の外見の奥に、思いがけない純粋な修行者が発見されるというこれらの話は、編者の希求に合致している。彼の関心は、偽悪行為の特異さよりも、行為の裏で保持されている心の境位に向かっていたと思われる。

この点は、第13話「安居院の聖、京中に行く時、隠居の僧に値ふ事」の性格を考えることによって確かめ得る。第13話の主人公は市中の奥まった小家に尼と共に住んでいる老いた修行者（話中に名を記さない）で、某所から時おり届く糧によって細ぼそと暮らしており、通りかかった安居院の僧に善知識を依頼して、その僧と尼との二人だけに見とられて往生を遂げる。ここでは偽悪的行動は前面に出ていない。しかし第11話から続けて読んでくるなら、尼と暮らすと称して市中に居ながら世間的交わりを絶った、偽悪・隠徳の修行者の姿をここに見ることは困難ではない。末尾の簡略な評言、「これもやうありける人にこそ」の「これも」も、第11話・第12話との連続性を示唆している（したがって、八巻本の巻の切れ目を越えて、説話配列は連続していると考えられる）。

どちらかと言うと説話としての興趣や劇的起伏には乏しい第13話を支えているのは、世間に喧伝されることなくひっそりと往生していく修行者に寄せる編者の共感である。憶断を恐れずさらに言えば、偶然に知られたこの事例のような修行者が他にも知られず存在している可能性への希望である。この種の関心は、第10話から第12話までの話の背後にも働いていたと思われる。編者は、第12話の評言において、

まことに道心ある人は、かく、我が身の徳を隠さむと、過をあらはして、貴まれん事を恐るるなり。若し人、世を遁れたれども、「いみじくそむけり」と云はれん、貴く行ふ由を聞か(れ)んと思へば、世俗の名聞よりも甚し。この故に、ある経に、「出世の名聞は、譬へば血を以て血を洗ふが如し」と説けり。本の血は洗はれて、落ちもやすらん。知らず、今の血は大きにけがす。愚かなるに非ずや。

と、人に知られることを意識して行なう遁世を厳しく非難している。同時代人の法然の次のような言説が想い合わせられる。

名聞利養をわづかにふりすてたるばかりを、ありがたくいみじき事にして、やがてそれを返りて、又名聞にしなして、この世ざまにも心のたけのうるせきにとりなして、さとりあさき世間の人の、心の中をばしらず、貴がりいみじがるを、これこそは本意なれ、しえたる心ちして、みやこのほとりをかきはなれて、かすかなるすみかをたづぬるまでも、心のしづまらんためをばつぎにして、本尊・道場の荘厳や、まがきのうちには、木立なんどの、心ぼそくもあはれならんことがらを、人に見えきかれん事をのみ執する程に、つゆの事も、人のそしりにならん事あらじと、いとなむ心よりほかに、おもひさす事もなきやうなる心ちのみして、（「御消息」、日本思想大系『法然・一遍』一一二頁）

『発心集』や法然が批判の対象としていたのは、当時の聖や遁世者の中に実在した、遁世行動じたいを「名聞利養」の手段としてしまうような傾向だったと見られる。法然は、右に引用した部分の前後で「三心」（阿弥陀仏への信仰心。至誠心・深心・廻向発願心の三種）の一つの「至誠心」を論じている。善導の『観経釈』の読みこみにもとづい

て、内心と外相（外見）との関係から信仰心を捉え、外相を尊く見せることに腐心する偽りの行者を排して、「たゞ内心にま事の心をおこして、外相はよくもあれ、あしくもあれ、とてもかくてもあるべきにやとおぼへ候也」（前掲書、二一三頁）と結論するのである。

『方丈記』結章において、「姿」すなわち外相のみ「聖人」である自己を批判した長明は、『発心集』偽悪説話では、破戒を装う外相の下の純粋な心を描いた。聖・遁世者の中にさえある外相の尊さへの傾斜を批判し、信仰心の純粋を求める姿勢には、法然と共通するものが見出される。

もちろん、法然の教説では、信仰心がすべて「三心」に集約され、「発菩提心」すなわち「発心」の問題がそれに解消されるようにすら見える。この点に、伝統主義的な明恵から批判を受けた、法然の徹底性があった。『発心集』は、書名が示すとおりまさに「発菩提心」のための手段であったのであるから、教義の次元で法然と同一視できないことは言うまでもない。ここで確認したいのは、信仰心の純粋を求める宗教心情の次元での共通性である。なお、『発心集』の浄土信仰の独自性については、第三章で改めて論じる。

（注）周知のように宗教的「偽悪」に注目した古典的研究は、益田勝実「偽悪の伝統」（『火山列島の思想』筑摩書房、一九六八年）である。

5　慈悲・非所有の話群（第14話から第18話）

再出家譚群においても無名の聖たちの説話においても、社会生活・人間関係からの隔絶という点に強い関心を見せていた編者が、第14話以下の話ではかならずしも孤独を志向しない主人公を題材に取り上げる。この部分の思想的性格をどのように理解するかが、本章の最後の課題である。

第14話の主人公永観は『往生拾因』『往生講式』の著者であり、第15話の主人公寂心（慶滋保胤）は、『池亭記』『日本往生極楽記』の著者として知られる。いずれの著作も長明に影響を与えていたと見られるが（永観の著作との関係については山田昭全「鴨長明晩年の思想と信仰—宝物集との関わりから—」『大正大学大学院研究論集』創刊号、一九八七年三月）、この二人が並んで現われることの意味は、単に編者が尊敬する人物を並べたという意味にはとどまらないと思われる。まず注目されるのは、二人の主人公が、仏道を願う純一な心を持つ一方で、公的な仕事に携わることをも拒まない生き方に共通点を持つ人物として描かれていることであろう。

年来念仏の志深く、名利を思はず、世捨てたるが如くなりけれど、さすがに（君）にもつかまつり、知れる人を忘れざりければ、殊更、深山を求むる事もなかりけり。（永観）（「君」は、慶安版本「哀レ」、漢字草体の誤認から発生した本文と見て校訂）

か様の心なりければ、『池亭記』とて書きおきたる文にも、「身は朝にありて心は隠にあり」とぞ侍るなる。（寂心）

主人公のこうした生き方が、周りの人びととの関わりの中で、どのような心性として現われていくかを、両話は描いていく。永観の性格は、貸し付けによって生計を立てていながら貧者には返済を免除したり、寺の梅の木になった実を残らず病人に施したりする慈悲深さと、東大寺別当の職に就いてもそこから一切私利を得なかった清廉さとから描かれる。官職に在った時の寂心は、「事に触れて哀み深」かったと述べられ、主の許へ持っていく石帯を紛失してしまった女の窮状を見かねて自分の帯を持たせる話が記される。社会生活の中で示される、所有欲の希薄と他人への慈悲。ここに、ふたりの像に託された編者の新しい関心主題が見てとれる。

第16話は、第15話に名の出た寂照について説明するためのいわば第15話付属の説話と考えられ、これを措いて第

17話・第18話に目をやると、新しい主題はここでさらに深められているようである。

この二話も、相互に共通する要素をいくつか持っている。第17話の主人公仙命は、時の后の宮からの布施の袈裟を「三世の仏得給へ」と谷に投げ捨ててしまうが、第18話の楽西も平清盛の帰依を謝絶している。仙命は「大方、人の乞ふ物、更に一つ惜しむ事なかりけり」という態度で自房の板敷の板まで人に与えてしまうが、楽西も得た布施を寺僧や貧者に分け与え、自分の所有にしようとはしない。

また第17話は仙命と覚尊との遁世者どうしの交流に描写を割くが、第18話も、前半に楽西と草庵の僧との対話・交友を述べている。そしてこれらの交流の描写は、主人公の「所有」に対する意識を浮かび上がらせるのに役立っている。たとえば第17話で覚尊は、自房に仙命を置いて外出する際に房の物品に封印を施していき、それについて後で次のように説明する。


もし此れ等、いささかも失せたる事あらば、凡夫なれば、(おの)づから御房を疑ひ奉る心の有らん事の、いみじう罪障ありぬべく覚えて、我が心の疑はしさになむ。(「(おの)づから」、慶安版本は「自ラ」の漢字に「ミヅカ」と振り仮名、文意から判断して校訂)

物が惜しいのではなく、万一紛失した場合に仙命を疑う気持ちを起こすことが恐ろしいから、というのである。仙命はこれを聴いて覚尊の「心のたくみ」に感じ入る。しかしこの話は、覚尊が死んで後に仙命の夢に現われ、「あなたが勧めてくれた念仏のおかげで辛うじて下品下生に往生できた。あなたは上品上生への往生が決定している」と述べる話の伏線になっている。つまり結果的には、仙命は覚尊よりも優れた行者として描かれるのである。疑心をいだくことを気遣う覚尊には、品物は惜しくないと言いながらもどこかに自他の所有の区別に執着する気持ちが残っているのであり、彼の心の境位は、人の乞うままに物を与えてしまう仙命のそれに及ばないのであろう。

第18話では、留守中の庵に入りこんで火にあたっていた楽西が、帰ってきた主の僧にとがめられて次のように述べる。

我はいささか心を発して迷ひありく修行者なり。汝もろともに仏の御弟子に非ずや。あながちに知る知られずと云ふべき事かは。風のおこりて悩ましう覚えければ、此の火のあたり、見過ごしがたくて、居たるぞかし。木、いくばくかは焚きたる。惜しく思はれば、樵りて返し申さむ。又、なほ、この火にあてじとならば、去るべし。慳貪なる火には、あたらでこそはあらめ。安き事なり。罷り出でなむ。

これを聴いて主の僧は反省し、二人はこれを機に交友を結ぶ。ここでも、自他の所有の区別に執する考え方が批判されている。

このように見てくると、第14話・第15話・第17話・第18話の主人公に共通するのは、まず所有への執着からの離脱である。それは、自分の物を惜しまず人に与える慈悲の行為に結びつく。とくに永観・寂心・楽西においては、困窮している者、病人、さらには寂心が打たれる馬を見て落涙し、楽西が鳥と親しんだように、人間以外の生き物をも含む「衆生」一般への慈愛が認められる。それに加えて権力者や高位の人に対してへつらわない姿勢が、仙命・楽西に現われる。これらの特性は、もっと前の部分の主人公にも多かれ少なかれ見られたものではあるが（たとえば第2話や第8話）、ここに到ってそれらが説話の中心的位置を占めるようになっている。

反面、第14話・第15話においてはもとより第17話・第18話においても、社会生活への敵意や、孤独を求めるためのことさらな用意などは描かれない。仙命が后の宮からの袈裟を投げ捨てたのは、誰の布施も取らないというふだんの態度のままに振る舞ったものにすぎないし、楽西が清盛の帰依を断わったのは、思いのままに功徳を積むことのできる立場の人よりも、他に救う者のない貧者の役に立とうと考えるからである。自分自身が「名聞利養」の虜になることを恐れる態度は、彼等には見られない。名利を退け現世への執着を断つための様ざまな工夫、仙命が覚尊を評した言葉によれば「心のたくみ」が、もはや不用な境地にこれらの主人公は達しているように見える。

このような主人公像が、巻一の主人公像よりも高い理想を表現していると考えられる理由として、大乗仏教の「菩薩」理念との関連性がある。「菩薩」とは、仏の境地に達し得る可能性を保持しつつ、衆生を教化するために衆生の世界に留まる者と考えることができる。感覚的現象的な世界は真の実在ではないという「空」の観念を保持しつつも、衆生が住む現象世界の諸相に対処できるのが菩薩である。天台教学で「空に従って仮に入る」と言われるのもその意味であろう。

さて菩薩が衆生に対する立場は「慈悲」に基づく。慈悲は、具体的な顕われとしては他人に物を与える施与行為の形を取ることが多い。菩薩の施与は「空」の境地に発し、現象的な事物や自我が実在するという観念に縛られないので、自他の所有を区別する意識からは超越して行なわれるとされる（中村元『慈悲』平楽寺書店、一九七五年）。『発心集』が、永観や寂心によって、宗教的心情の純粋さを保ちながら社会に交わる人間像を描き、さらに彼等の特性である「慈悲」と「所有への執着からの離脱」を、仙命や楽西の描写の中でより鮮明に具象化しているのを見る時、その背景として大乗仏教の右のような思想が考えられるのである。第13話までの説話が、自己の心をいかに治め、社会生活に由来する濁りや乱れをいかに遮断するかという、いわば「自利」の問題に関連していたとすれば、この第14話以下の世界では仏教の「利他」的側面に目が向けられていると言ってもよい。なるほど第17話では、覚尊が尽力していた「橋をわたし、道をつくりし行」という規模の大きい利他行は、仙命の念仏よりも下位に置かれてしまっている。つまり編者の関心は、現世的執着から離れ切った心がそのまま自然な形で周囲の人びとに関係していくあり方に向けられており、意図的な民衆教化としての利他行を称讃するわけではない。しかしこのことは、「慈悲を行なうという意識を超越した慈悲」（中村、前掲書）を理想とする仏教思想の立場と乖離するものではないのである。巻一からの仏道修行者の理想像の追求は、ここにおいて、ひとつの帰結に到達している。環境の批判・否定から始まって、環境との一種の調和へとたどられたこの筋道そのものが、基本的には、衆生の世界への還帰という仏教思想（編者に直接近しいのはもちろん天台思想であろう）の理念に導かれていたと言ってよいであろう。

しかしこのことは、『発心集』が仏教思想の一般的枠組みにただ寄りかかって執筆されたことを意味するのではない。冒頭に再出家譚の激しさが置かれなければならなかったことには、編者の内面に関わる必然性があった。巻二前半の話群も、「菩薩」の理念をいわば媒体として、彼の思想のある側面を表現していると思われる。たとえば、遁世者どうしの卒直な心情交流のあり方や、権力に対して超然とし、民衆に対して慈悲をもって接する主人公の態度に、現実社会の中には求めて得られなかった、人間と人間関係についての編者の理想（あるいは夢想）の反映を見ることができる。長明の思想のこうした側面は、『方丈記』では、「人の友とあるものは、富めるを尊み、懇なるを先とす。必ずしも、情有ると、素直なるとをば愛せず」などの文言の裏面にある希求として、あるいは山守の童との交情の描写を通して、垣間見られるにすぎない。巻二の話群はこれを補って、「情」「素直」に立脚し、地位や利害にとらわれない人間のあり方への、長明の憧れを、より明確に描き出している。長明の人間観のこの一面を考慮することによって、再出家譚や『方丈記』に表明された人間社会への嫌悪や拒絶の意味も、よりよく了解されるであろう。

『発心集』の作品世界は、第19話・第20話を連接部として、それ以降「往生の条件」を扱う話群に入ると考えられるが、それらについては次章以下に検討する。第18話までを関心主題のひとつのサイクルと見なし、本章はここで閉じる。

『発心集』には、編者と直接に接触したと想像される念仏聖層の生き方をはじめ、様ざまな要素が入り込んでいる。そもそも説話集という形式は、そのような多様性を受け入れるところに、その特徴を持っているものであろう。しかし本章では、さまざまな要素を縫い綴って進んでいく編者の思考の跡をたどることによって、『発心集』という説話集の個性を捉えようと試みた。すなわち、思想と表現が分かちがたく結びついた、いわば思索的な説話集としての性格を認めてきたのである。

言い方を変えれば、編者という「主体」（ある程度まで、鴨長明という固有名詞と重ねることが可能であるような個人）の思索を想定することによって、はじめて捉えられるような性格が『発心集』にある、ということになる。この捉え方は、本章以下の『発心集』論における、最も基盤的な問題意識である。

※初出「『発心集』巻一・巻二の主題展開——『方丈記』をも念頭に置きながら——」（神戸大学国語国文学会『国文論叢』第九号、一九八二年三月）。本書に収録するにあたり、若干の補筆、修正、調整を行なった。

第二章　袈裟と琵琶

――社寺宝物伝承と『発心集』編者の関心――

説話集における編者の思想や関心を客観的に分析するには、素材となった説話を編者がどのように加工しているかを調べることが便宜である。編者が参照・依拠した書承資料を推定し、編者がそこに何を加え、何を引き去ったかを、比較を通して明らかにするのであり、これは言うまでもなく説話集研究の最も基本的な方法である。しかし、編者が用いた資料を確認できない場合も少なくない。そのような場合においては、編者の営みを推定するために、どのような手続きが可能であろうか。

本章で取り上げる、『発心集』八巻本巻二の「相真没して後、袈裟を返す事」、同巻三の「松室童子成仏の事」の二話は、今のところ直接的な依拠資料が明らかでないものである。しかし、社寺に宝物として伝えられていた品物に関わる伝承を素材として仮想的に想定するという手順によって、編者の操作とそれを導いた関心の推移を、ある程度窺えるのではないかと考えられる。依拠資料が不明な場合の説話分析の、一つの試論として述べてみたい。

1　袈裟説話の性格

「相真没して後、袈裟を返す事」（第19話）は、およそ次のような話である。

摂津渡辺に「ながらの別所」という寺があった。そこにいた暹俊なる僧が、文珠菩薩が説法した時のものだという由緒ある袈裟を持っていた。暹俊には弟子が無かったが、或る時、近在の相真なる僧が、この袈裟を伝え受けようと弟子入りしてきた。暹俊はこの僧の志に感じて、三つ一組の袈裟のうちまず「五条」をすぐに相真に与え、残りのふたつは自分の死後に譲ることを約した。暹俊は相真よりも高齢だったが、意外にも相真が先に亡くなってしまった。「五条」は相真の遺言に従って、彼の弟子たちが師の遺骸とともに埋葬した。暹俊は三衣がばらばらになったのを惜しんで、「五条」の返還を相真の弟子たちにたびたび申し入れたが、埋葬した旨の誓文を示されてようやく諦めた。ところがある夜、相真が暹俊の夢に現われて、「自分は袈裟のおかげで都率の内院に往生した。三衣の分散をあなたが嘆いておられるので、五条はお返しする」と言った。覚めてから三衣の箱を見ると、埋めたはずの袈裟がちゃんとたたんで入っていた。やがて暹俊もこの袈裟をかけて往生した。袈裟は弟子の弁永に伝えられ、弁永も後に同じようにして往生した。

死者が自分とともに埋められた品物を生者に返却する、というのがこの話の要点になっている。一種の奇跡譚だが、『発心集』は、暹俊の夢を長寛二年（一一六四）、最後の弁永の往生を「十年のうちのことなれば、皆人聞き伝へけることとなり」というように年を記し、結語部分では「されば、結縁のためわざと詣でつつ、拝む人多く侍るべし」とこの袈裟が「ながらの別所」になお所蔵されていることを付記するなど、この話の身近さを強調する姿勢を見せる。こうした点に着目した簗瀬一雄は、「はじめての採録話」という論考（『発心集研究』中道館、一九七五年、所収）において、先行資料からの書承ではなく、長明によってはじめて書きとめられたと見られる話のひとつに、当話を数えている。本話の直前にある「摂津国妙法寺楽西聖人の事」（第18話）は、やはり摂津を舞台にした、かなり編者の時代に近接した（平清盛の生存時代）話で、これも簗瀬前掲論文が指摘するように、編纂物に収録されたのは『発心集』が最初であった可能性が高い。第19話もこれに準ずる採録事情を持っていたかもしれない。

しかし第19話の場合は、固有名詞・年時などが明確に書きとめられていて、漠然とした口承伝承の類を編者がまとめたと見るよりは、すでにかなり形の整った説話素材が『発心集』以前に存在していたと考えた方がよいように思われる。袈裟の奇跡譚という話の性格と、その袈裟が現に「ながらの別所」に存して人びとの信仰を集めているという編者の証言とを合わせ考えると、おそらくこの話は、貴い寺宝の由緒因縁譚として「ながらの別所といふ寺」で伝承されていたものであろう。その寺へ行って袈裟を拝めば、寺僧からこの話を聴くこともできたし、またそれを文書にしたものも寺には伝わっていたかもしれない。こうして「ながらの別所」でまとめられていた寺宝伝説を、『発心集』編者が適宜に説話に構成したものと考えられる。とすれば、編纂物に採録されたのは初めてであっても、寺宝伝説としての関心に基づいている説話素材を、かならずしも同一の関心に立つわけではない『発心集』がどう処理しているかを問題にすることは可能であろう。

素材となった寺宝伝説の性格は、説話発端の次の部分にかなり露呈しているように思われる。

そこに、近ごろ、暹俊と云ふ僧ありけり。若くては山に学問なむどしてありけるが、おのづからここに居つきたりけるなり。この僧、いかでか伝へ持ちたりけん、昔、文珠の法説き給ひける時の御袈裟とて、蓮の糸にて織れる袈裟を持ちたりけり。もとは山の禅瑜僧都の伝へたりけるを、池上の皇慶阿闍梨の時、乙護法して無熱池にて洗はせ給ひける由、伝へたる袈裟なり。

かなり仰々しい由緒譚である。とくに池上の阿闍梨云々の所には、『発心集』では前面に押し出されていないもうひとつの話の存在が推測されよう。この点について少し詳しく見てみよう。

「池上の阿闍梨」と呼ばれる皇慶は、仏教史上でかなり有名な人物である。永承四年（一〇四九）に七十三歳で没したとされ、活動期は頼通の頃に当たるが、その重要性は台密事相を整備したことにあった。すなわち天台宗の密教修法の具体的定式（理論的側面である「教相」に対して「事相」と呼ばれる）の諸種を確立し、それを弟子たちに伝授したのである。皇慶は「谷の阿闍梨」とも呼ばれ、彼の伝授に発する台密修法の流派は「谷流」として、覚超を祖とする「山流」に並び称された。彼は修法の伝授に際して厳格な秘密主義と口伝主義を取り、弟子たちも各おのこれに倣ったため、以後の台密は多くの排他的な系統へと分派していったとされる（硲弘『日本仏教の展開とその基調』下巻、三省堂、一九四八年。速水侑『平安貴族社会と仏教』第一章第四節、吉川弘文館、一九七五年、など）。それらのいずれかの末流に属することが、修法を行なう僧にとって資格証明の役割を果たしたことは想像に難くない。

これらは現代の仏教史研究を通して知られる皇慶の位置だが、その一方、彼にまつわる説話的伝承として「乙童子」の話がある。この童子の話をかなり詳しく記しているのが、三木紀人が新潮日本古典集成『方丈記・発心集』頭注に指摘する、大江匡房の『谷阿闍梨伝』（天仁二年・一一〇九撰、群書類従所収）である。

ある夕暮、阿闍梨の所へ一童子が来て、牛馬となって走ろうと言った。その走るさまは鬼神のようであった。阿闍梨の問いに答えて言うには、自分は書写山の性空上人に長く仕えていたが、僕のひとりが上人の食事を盗んだので、怒ってこれを打ったところ、重態になってしまった。この不祥事のため上人から放逐されたのであると。阿闍梨は童子の超人的な力を買って用をさせたが、四五日の道をわずかな間に行き来し、洗濯をして干し竿を必要としなかった。

結局この童子は、また力が強すぎるために他の使用人とトラブルを起こし、阿闍梨の下を去ることになるが、円仁・円珍両派の紛争で嫌疑を受けた時、皇慶は「乙丸を召さん」（私に手を出すなら童子を呼んで暴れさせるぞ）と恫喝したという。

このような童子が書写山の性空の下に居たことは、性空についての説話にも記されている。『今昔物語集』巻十二第三十四「書写山性空上人の語」では、この童子は毘沙門天がよこしたもので、人間四五人分の力を持って上人に使われていたが、他の童と争って一撃に打ち倒したため追放されたことになっている（なお『性空上人伝』『大日本法華験記』には、護法が性空につかえていたことはごく簡単にしか触れられていない）。性空については神秘的な逸話が多くあって、説話的な世界には皇慶よりもなじみの深い人物とも言えよう。皇慶伝の説話的要素である童子の話が、この性空と関連づけられているのは興味深い。

ところで『谷阿闍梨伝』には、乙童子が洗ったものを虚空に乾すことができて竿が要らなかったという話はあるが、皇慶の袈裟を無熱池で洗ったことは記されていない。ところが、この無熱池の方の話を、皇慶ではなく性空の下でのこととして伝えている資料が、やや時代は降るが存在する。『太平記』巻十一「書写山御幸」の中に、性空上人の御影堂を御幸のために開いて、宿老が秘宝を説明する場面があり、秘宝のひとつが「布ニ縫タル香ノ袈裟」である。

是ハ上人御身ヲ不放、長時ニ懸サセ給ケルガ、香ノ煙ニス、ケタルヲ御覧ジテ、「哀洗バヤ」ト被仰ケル時、常時給仕ノ乙護法「是ヲ洗テ参候ハン」ト申テ、忽ニ西天ヲ指シテ飛去ヌ。且ク在テ、此ノ袈裟ヲバ虚空ニ懸乾、恰カモ一片ノ雲ノ夕日に映ズルガ如シ。上人護法ヲ呼テ、「此袈裟ヲバ如何ナル水ニテ洗ヒタリケルゾ」ト問ハセ給ヘバ、護法「日本ノ内ニハ可然冷水候ハデ、天竺ノ無熱池ノ水ニテ濯デ候也」ト、被答申タリシ御袈裟也。（日本古典文学大系により、一部表記を改める）

「ながらの別所」の袈裟の話と、皇慶が性空に入れ替わった以外は、基本的に全く同じものらしく見える。ふたつの伝承の関係は簡単に決められないが、乙護法という童子が皇慶にも性空にも使われていたという認識が、伝承としてあった以上、同じ話がどちらの高僧にも容易に付会され得たことは言うまでもない。それにこの話は、「寺の秘宝」の袈裟の由緒を脚色するためにはいかにも適切な色彩を持っていた。この目的のために一方が他方を借用したとしても不思議ではない。

これらの点を踏まえた上で、「ながらの別所」の伝承を見直してみよう。

乙護法の話は現代人の目には荒唐無稽であっても、高僧逸話としては不自然なものではない。しかし、皇慶になんらかの関係のある袈裟三衣が、「若くては山に学問なむどしてありけるが、おのづからここに居つきたりけるなり」という経歴の暹俊の、手に入ることがあり得たかどうかは、考えてみる余地がある。すでに触れたように、皇慶は谷流台密の祖であり、その流れを汲んでいることは台密の修法を行なう者にとって重い意味を持っていた。皇慶から降る伝授系統のどれかに属して、厳格に秘伝されている事相の口伝を受けることは、いろいろな意味で容易でなかったに違いない。「ながらの別所」へ流浪して来たとも解せる暹俊が、皇慶の法脈に連なる僧であったとは現実的には考えにくいし、台密の事相をこそ受け継ぐべきところを、袈裟を受け継いでいるというのも本当らしくない。「乙護法して無熱池にて洗はせ給ひける由」という大げさな由緒譚は、かえって、遇俊が本当は皇慶やその流れを汲む天台の法脈とはほとんど関係がなかったことを暴露しているのではなかろうか。端的に言えば、袈裟に関する伝承は、袈裟を権威づけるために、どこかであとから付け加えられた由緒譚なのであろう。

かつて五来重は、各地の寺院に伝わる不可思議な由緒を持った「宝物」について、それらは聖たちが唱導に用いた小道具だったと論じた（『増補高野聖』角川選書、一九七五年、一二六頁）。この「皇慶の袈裟」が唱導に利用されたかどうかは判らないが、叡山を下りて各地を移動する聖的な僧にとって、自己の権威や宗教的能力を証明するための「小道具」として、生計上の重要性を持つものであったと推測することができる。

実は、『発心集』にこの説話を採録した編者も、この由緒譚にそれほどの信を置いていないように思われる。「この僧、いかでか伝へ持ちたりけん」という編者自身のものと見られる文言は、私が右に提示したのと同じ種類の、皇慶と暹俊との関係に関する疑問を背景に持つように思われるし、「由伝へたる袈裟なり」という文末の言い廻しも、伝承の信憑性について編者自身が判断を差し控えているとも受け取れる。おそらく、この種の「宝物」が、正統的な権威につながるものかそうでないかは、長明の当時においても、ある程度の知識や批判力を持った人の目には判別できたのではないかと思われる。

ただし、『発心集』の説話の中では、暹俊自身は袈裟の由緒譚と価値を信じて大切にしていたようである。それのおかげで特別に人びとの帰依を集めるということもなかったとすれば、周囲の人々には、あまり信用されなかったのかもしれない。それだからこそ、近在の別所から来た相真が、袈裟の価値を信じてそれを伝受されたいから弟子にしてくれと言ってきた時、暹俊は五条をすぐに彼に与えてしまうほど感激したのであろう。袈裟を目あてに弟子入りしてこれを自分と共に埋葬させた相真、これを取り返そうとして相真の弟子たちが誓文を書くまで納得しなかった暹俊、袈裟に執着するふたりの行動からは、聖と呼ばれる仏教者たちの、知的・教義的に洗練された人々とは異なる、素朴な宗教意識が感じられる。

相真による袈裟の返却という奇瑞が流布したおかげで、この袈裟は「結縁のためわざと詣でつつ、拝む人多く」を集めるようになり、「ながらの別所」の寺宝としてその収入源となったであろう。その喧伝の結果、この話が『発心集』編者の関心の範囲に入ることになったのであろう。

摂津の渡辺の別所は、東大寺再興の大勧進聖人として名高い俊乗房重源が、建久八年（一一九七）に迎講を行ない、堂を建て、この別所を東大寺に関係づけたことで史料に名を残している（高木豊『平安時代法華仏教史研究』第六章、平楽寺書店、一九七三年）。しかし『無名抄』の「ますほの薄」条の記事からも判るように、重源以前から渡辺には聖の住居があった。暹俊たちの話は、説話中に長寛二年（一一六四）の年紀がみえ、重源より三十年以上を遡る。「ながらの別所」は、重源によって拡張された「渡辺別所」とはいちおう別個の小別所だったとも考えられる。

では、このような性格を持つ寺宝伝承は、どのような位相で『発心集』編者の関心と結びついたのだろうか。

（補注）初出稿で言及を怠った関連資料に、続群書類従所収『二尊院縁起』がある。全十四段のうち、第七段から第十段がこの説話に関係する。第七段に、伏見院が二尊院に贈った宝物の中に、「皇慶阿闍梨袈裟」が含まれていることを述べた後、第八段（護法による洗濯）、第九段（暹俊と相真のやりとり）、第十段（土御門院が召し出したこと）などを述べている。基本的な内容は『発心集』と一致するが、暹俊の経歴を「聖武天皇御願所摂州河辺の郡常安寺住僧鏡智坊暹俊」、「幼年より叡嶽に攀のぼり、多年修学の間、戒行珠をかけ、智徳鏡をみがく。一生法華経を誦すること六万九千部」とし、相真については「同国渡部窪津所住大林坊相真」、「顕密兼学の聖人」とする。また、一度火葬された証拠に袈裟の一部が焼失していたとする。土御門院が御所に召し出した日付を承元四年（一二一〇）八月二十三日とするが、三衣のうち九条と五条を御所に留め、七条のみ返却したとするものの、その後、袈裟が伏見院の時代までどのように伝わったかについては特に記さない。この縁起は、奥書に元禄八年（一六九五年）書写と記すので、概ね江戸時代初期の二尊院の宝物の状況を反映しているであろう。内容が、『発心集』や、ほぼ同文でこれを書承した『私聚百因縁集』などに基づいた作文であるか、長明の生存期間と重なる、承元頃よりも遡る資料を反映するのかは、にわかに判断することはできない。ただ、『発心集』の文言と比較して、二人の僧の経歴を、できるだけ袈裟の由来の信憑性を損なわないように描いていることや、焼損の件を述べることで、拝観者に与える印象を強めていることは、指摘できる。先後関係や、どちらが「事実」に近いかはともかく、『二尊院縁起』には、袈裟の宝物としての尊さを強調するという、本来の寺社の宝物譚としては当然の性格が、『発心集』よりも強く出ていることは間違いない。これに対して『発心集』の関心が、どの辺りにあったかという点を、次節で論じることになる。

2　心情への関心

前述のように、編者は、この袈裟に付された由緒をあまり信じていなかったようにも見えるが、それにもかかわらず、暹俊や相真の人間像や彼等の間で現われた奇瑞そのものには批判的な目を向けていない。袈裟の尊さを信じて弟子入りしてきた相真の志、それに感銘して五条を与えた暹俊の態度、さらに五条の返還に固執する暹俊の姿も、決して批判的には描かれていない。

亡者の云ひおきし様なむど、ありのままに云ひけれど、なほ信ぜず。重ねて尋ねたりければ、この事よしなしとて、相真が弟子ども、誓文をなん書きてぞ送りたりける。その上には、とかく云ふべきならねば、嘆きながら年月を送る程に、中一年をへて、長寛二年の秋、暹俊夢に見るやう、亡者相真来りて云はく、「我、この袈裟をかけたりし功徳によりて、都率の内院に生れたり。但し、袈裟をば我が申したりしままに、具して埋みたりしかど、不具に成る事を深く嘆き給へば、返し奉る。早くもとの箱をあけて見給ふべし」と云ふ。夢覚めて、この三衣の箱をあけて見れば、もとの如くたたみて、箱の中にあり。実に不思議の事なれば、涙を流しつつこれを恭敬す。

奇瑞を起こした中心的な力は、袈裟の分散したことを悲しむ暹俊の気持ちに、亡者相真が感じたことにあるとしなければならない。この袈裟が文珠の袈裟だとか皇慶の所持品だったとかいう点は、ここで特に重要な役割を演じてはいない。袈裟そのものの奇跡譚ならば、たとえば、三衣の分散を袈裟自身が拒否するため埋めても焼いてもおのずから元に戻っている、というように語られるべきであろう。しかし『発心集』の話では、奇跡のきっかけはあくまでも暹俊の心情と、それに対する亡者相真の共感という、人間の側の要因になっている。

この点で、説話素材と『発心集』説話との間に何らかのずれがあるのか無いのかは、今のところ確かめる術がない。だが、寺宝伝説への編者の関心が、寺宝そのものよりもそれをめぐる別所の遁世者ふたりの心情の方にあったことは、疑えないように思われる。結語の所での次のような独特の批評からも、そのことは読み取れる。

昔物語なむどには、いみじき事多かれど、その名残、年にそへて滅び失す。まれまれ残りたるも、世くだり人おとろへて、不思議をあらはす事ありがたし。これは、濁れる世の末に、類ひ少なき程の事なり。されば、結縁のためわざと詣でつつ、拝む人多く侍るべし。

古い伝承には耳を驚かすようなことがたくさんあるが、その証拠となる物が残存していることは少ない。たまたま残っていても、現在では何の奇跡も現わすことができない場合が多い、というのである。ここには、過去の奇跡やその遺品への不信とは言わないまでも、同時代におけるそれらの有効性への、やや冷淡な感情が表われているように思われる。遺品の由緒は、「世くだり人おとろへて」いる現実に対しては無力なものだという認識は、先ほど見た袈裟の由緒を重視しない態度の背後にも存在したと見られる。言い換えれば、同時代において「不思議」を起こす力があるとすれば、遺物そのものにあるというよりも、「世」と「人」との側に、さらに言えば遺物に関わる人間の宗教的心情の真実さ純粋さの中に、あると考えられている。「濁れる世の末に、類ひ少なき程の事なり」という評価は、直接にはこのような奇跡が現在では珍しいということだが、同時に、相真や暹俊の心情が、「濁れる世に類ひ少なき」真情であることを指していたとしなければならない。

ここまで考えることによって、本話の、『発心集』に収められた他の説話にも共通する性格が、明らかになってくる。

たとえば、ふたりの遁世者の間の心情の交流の物語への関心は、「仙命上人の事」（第17話）、「摂津国妙法寺楽西上人事」（第18話）、本話（第19話）と並べられた三説話に、共通して見出される。第17話は題のとおり仙命の逸話だが、後半では覚尊という僧が副登場人物として現われて、仙命と交流する。仙命の房を訪ねてきた覚尊が、板敷の穴に落ちて「あなかなし」と叫んだところ、「あなかなし」とは何事か、「南無阿弥陀仏」と言いなさいと仙命に戒められる話。留守中に物が紛失した場合に起こるだろう疑心を恐れて、品物に全て封を施して出た覚尊の周到さに、仙命が感じた話。覚尊が死後に仙命の夢に入って、あなたに勧められてした念仏のおかげで往生できたと告げた話。これら三つの話があって、「それぞれ叡山の一隅で後世往生を念じて道心を深めていた二人の遁世者の物語」との三木紀人の評（前掲、新潮日本古典集成頭注）が的確に言い当てているように、ふたりの遁世者の交流が説話の軸になっている。第18話にはこれほど顕著な副主人公は現われないが、諸国を廻った末に摂津の山中へ来た楽西が、ある庵に留守中に入りこみ、帰ってきてこれをとがめた主の僧と問答になるが、結局ふたりは親友になった、という話が前半の中心である。

批判し合うにしろ共感するにしろ直情的で飾り気がなく、打算や肩書きに煩わされない遁世者たちの交際に、『発心集』編者は、人間関係の理想に近いものを見たのかもしれない。暹俊と相真の素朴な心情に編者が引かれたのも、同じ理由に拠ると見られる。

一方、袈裟の奇跡が、袈裟じたいの力によるというよりも、暹俊と相真の相互の感能によるという捉え方、いわば「不思議」が「人」に由来するという考え方は、『発心集』後半で目についてくるあの「志」「心」重視の思想とのつながりを考えさせる。

ある意味でもっとも当話に近いのは、第51話「亡妻現身、夫の家に帰り来たる事」の評論部分で、

大方、志深く成るによりて不思議をあらはす事、これらにて知りぬべし。

と、「不思議」の根拠を人間の「志」に帰している。この評論部分はさらに続いて、かげろうの妻夫を銭に干しつけておくと契りに引かれて離れてもまた元のようにつながる話などを引き、「(虫の)妹背の契、記して用事なけれど、何につけても思ふべし、我ら深き志を致して、仏法に値遇し奉らんと願はば、なじかはかげろふの契に異ならん。たとひ業に引かれて思はぬ道に入るとも、折々には必ずあらはれて、救ひ給ふべし」と結ぶ。仏菩薩の誓願の頼もしいことを述べるとともに、仏法を願う人間の側の「志」の重要性をも説いている。

「志」の重視はまた、行法の種類や作法よりも、行ずる人間の「心」の真実さの方を重視する思想としても、しばしば現われる。断食、捨身行を安易に非難することを戒めた第32話の評論部分では、

法華経に云はく、「もし人、心を起して、菩提を求めんと思はば、手の指、足の指をとぼして、仏陀に供養せよ」と。「国城妻子及び太子国土、もろもろの宝をもて、供養するに勝れたり」とのたまへり。この事うち思ふには、人の身を焼く香はくさく、穢はし。仏の御為に、何の御用やはあらん。云はば、一ふさの花にも劣り、

一ひねりの香にも及び難けれど、心ざし深くして、苦しみを忍ぶ故に、大なる供養となるにこそはあらめ。と、苦行について「志」中心の解釈を示し、つづく第33話では、安易に苦行を思い立つことを戒めるという逆の文脈ながら、やはり行者の心を重視して、「諸の行ひは、皆我が心にあり」という「ある人」の見解を記している。さらに、第65話に「万のこと、志によることなれば」の言が見え、第71話「宝日上人和歌を詠じて、行と為る事」では、和歌や琵琶による仏行を弁護して、「人の心の進む方様々なれば、勤めも一筋ならず」「勤めは功と志による業なれば、必ずしもこれを徒なりと思ふべきにあらず」と、行者おのおのの「志」の重視を主張する。

こうした『発心集』の思想傾向は、仏道修行における厳格主義や権威主義に対して、行者それぞれの個性と主体性、選択の自由を特に擁護する姿勢を示すものである。自力か他力か、新仏教か旧仏教かといった、宗派中心の枠組みでは、『発心集』のこのような仏教思想の特性は、うまく捉えきれないように思われる（第三章参照）。

またそこには、「今智者の云ふ事を聞けども、…所説妙なれども、得る所は益少なき哉」（序文）、「智者なれば（こそ）、律師までものぼりけめ。…いと心うき、貪欲の深さなりかし。かの無智の翁が独覚のさとりを得たりけんには、たとへもなくこそ」（第35話）、「往生は無智なるにもよらず」（第27話）、「いかなる智者かは、媚びたる形を見て、目を悦ばしめざる」（第42話）のような、専門仏教者の知識と、そのような知識の上に立つ既成教団の権威への、批判もしくは相対化が、つねに伏在していたと考えられる（第九章参照）。

暹俊・相真の袈裟の物語に立ち帰って言えば、『発心集』編者の知識人としての批判力は、この袈裟が台密谷流の祖の所持品だったことが疑わしいこと、それを持ち歩いていた暹俊なる僧も、正統的な権威から見れば疑わしい存在であることを、おそらく洞察していた。しかし、それに気づいた上でも編者は、袈裟の由緒にではなく、それを素朴に信じた二人の僧の心情にこそ反応した。別所の側にとっては誇示したいものだったろう、皇慶の権威とのつながりは、編者にとっては関心の重点ではない。彼にとって重要なのは宗教的真情、「こころざし」であり、それと結びついたものだからこそ、奇跡は本物であり尊ぶべきものだったのである。
『発心集』編者の、知識人的な思想性は、およそこのような形で別所の寺宝伝承と交叉したものと思われる。

3　琵琶説話の性格

いま見てきた第19話の事例は、『発心集』編者による説話素材の再解釈・再構成が、別所の遁世者の宗教的真情（それが歴史的事実においてどうであったかはむろん別問題だが）を浮かび上がらせたという意味で、成功した例だと言ってよいであろう。これに対して、やはり社寺の宝物伝説を素材としたと見られるもうひとつの説話は、編者が説話に与えた主題によっては素材が活かし切れなかった例のように見える。

八巻本巻三の「松室童子成仏の事」（第37話）は、奈良の「松室といふ所」に住む僧のもとに居た稚児が、法華経を熱心に読むようになり、ある日ついに逐電して読誦仙人になるという話である。かつての師であった僧は、薪採りの法師のことづてで、深山の童子仙人に再会するが、童子は三月十八日の竹生島での仙人たちの楽に用いたいので琵琶を貸して欲しいと言う。師の僧は琵琶を送り、三月十七日になると竹生島へ詣でるが、十八日の暁に楽の音が聞こえた後、寝所の縁先に琵琶が返してある。僧はこの奇瑞に驚いて、琵琶を竹生島権現に奉る。「この琵琶、今にかの島にあり。浮きたることにあらず」という結語は、本説話が、竹生島に所蔵されていた琵琶の由緒譚だったことを物語る。「浮きたることにあらず」という強調は、「人信ぜよとにあらねば、必ずしもたしかなる跡を尋ねず」という序文の態度と矛盾するようだが、編者が実際に竹生島社へ詣でてこの琵琶を見ていたと推測すれば、理解できないことではない。いずれにせよ、編者の当時、竹生島社には実際にこのような品が蔵されていたと考えられる。

『平家物語』は、義仲討伐のため北国に向かう途次、竹生島に立ち寄った平経正が、竹生島明神に蔵されていた琵琶を演奏して奇瑞を現わしたことを記すが、諸本のうち『源平盛衰記』は、この琵琶の由緒譚として、『発心集』の説話の類話をここに挿入している（なお、延慶本・長門本は経正の竹生島詣の説話を欠いており、この箇所では盛衰記との比較はできない）。

南部松室の仲算という僧の所へ、ある時、叡山から来たという美しい童子が現われた。仲算はこれを熱愛した。童子は法華経をよく読んでいたが、八月十五日に突然姿を消し、探したが見つからなかった。以下後半の筋は『発心集』とだいたい同じだが、仲算が吉野で童子に会うことを三宝に祈る部分、再会した童子が法華経の不審を仲算に問う部分、仲算が投げた琵琶を雲が運んでいく部分、楽が止むと琵琶が仲算の舟に投げ入れられたという箇所などが、『発心集』にない。

永井義憲の整理によれば、『盛衰記』と同系統の伝承を記す資料として、「松室仲算事」「松室上人伝」「松室仲算奉納琵琶於竹生島宝前記」が現存する。これら『盛衰記』系伝承と『発心集』第37話との関係については、永井は、『発心集』の説話は竹生島の琵琶伝説の素朴な形で、これが後に仲算に結びつけられたものとしている。他の仲算伝資料には琵琶の話がみられないこと、『発心集』になく『盛衰記』他の四書に在る部分が、後世の付加と見られる性格を持つこと、などの論拠による（「松室仙人伝と語りもの―源平盛衰記の一素材の性格―」、『日本仏教文学研究第一集』豊島書房、一九六六年所収）。

『盛衰記』の説話が後世に修飾された形を示していること、琵琶伝説はもともと仲算伝の一部にあったものではなく、竹生島の伝承の側が仲算の名を利用したらしいこと、この二点については永井説に従いたい。ただ、『発心集』の説話が、琵琶伝説の素朴な形態を直接に反映しているかどうかは、考察の余地があると思われる。『発心集』の説話素材となった社宝琵琶伝説に、仲算の名や童子の叡山出自などがすでに含まれていたのに、『発心集』がなんらかの理由でそれらの要素を採録しなかったのではないか、という可能性も考える必要があると思われるのである。

三木紀人が新潮日本古典集成『方丈記・発心集』の頭注で言及するように、大江匡房の『本朝神仙伝』第三十二には、「中算上人童事」としておよそ次のような話が収められている。

中算上人は興福寺のすぐれた学匠であったが、官職に就くことを好まなかった。叡山の楞厳院から童子をひとり盗み出し、奈良に連れ帰って愛したが、後に愛情がさめた。生計の立たなくなった童子は山に入って経を誦し、やがて仙人になった。中算は山中に童子を尋ねたが、童子は「自分は神仙を得たので近づいてはならない。昔のことは道に入る良い縁であったので、あなたを怨んではいない」と言って去った。

結尾に「事は中算記に見えたり」とあるから先行の文献資料からの書承だろう。ここにはもちろん、琵琶や竹生島のことは全く出てこない。また童子は叡山から盗み出されたものであり、山に入ったのも仲算に冷たくされたからだということになっている。しかし、この種の伝承が、『盛衰記』系琵琶伝説の一方の源泉になっていることは明らかだろう。おそらく、竹生島の宝物伝承が整備される過程で、南都の著名な学匠の仲算に童子説話があることが注目され、この説話を適当に改変して琵琶伝説に統合し、固有名詞の入った宝物由緒譚を形成する操作が、竹生島社寺の関係者によって行なわれたことが推測される。

『本朝神仙伝』は、康和元年（一〇九九）以前の成立とされ（川口久雄校注、日本古典全書『古本説話集・本朝神仙伝』解説）、「中算記」の存在を語るその文言を信頼すれば、仲算童子説話は鴨長明より一世紀以上も前にすでに成立していたことになる。竹生島社寺の側には、宝物を由緒深いものにする必要は絶えず存在していたと見られるので、琵琶と仲算とが結びつけられるための条件は『発心集』以前にすでに出そろっていた。『発心集』の説話素材には仲算の名や童子の叡山出自が既に記されていたのではないか、という想像も無謀ではないと思われる。

一方、『発心集』第37話の側にも、上のような仮定を導入しなければ説明しにくい点が認められる。まずこの話では、なぜ南都松室の童子が竹生島の仙人の楽に参加することになるのかがあまりよく理解できない。この話が竹生島の側で語られていたとすると、なぜ主人公の童子が南都の松室というような場所から引っぱってこられたかがよく判らない。童子が竹生島と地理的に近い叡山に居り、これを南都の僧が盗み出した、という『本朝神仙伝』のような話を基盤に置いてこそ、松室と竹生島というふたつの地名が結びつくのではないだろうか。

もっとも、音楽と関係の深い寺院である興福寺と、竹生島とを関係づける条件は存在したと思われる。『教訓抄』巻七（日本思想大系『古代中世芸術論』一三〇頁下段）に、「竹生島ノ明神、明暹ヲ感ジ御マス」という文言がある。明暹は興福寺の僧で音楽をよくし、『宇治拾遺物語』『古事談』に逸話がある。ただ、話の流れから見れば、やはり『発心集』の形には唐突の感がある。

また松室の僧についての「官なんどはわざとならざりけれど、徳ありて、用ひられたる者になんありける」という記述は、『本朝神仙伝』の「不好官職、雖有維摩講師請、三度譲人、遂不受請」というのとほぼ照応し、『発心集』の素材がすでに仲算の話だった可能性を示唆する。

さらに、三木紀人（前掲書頭注）が指摘するように、話の性格から見れば明らかである童子と僧との性愛関係が、『発心集』ではごく漠然としか示されていない。同じようなことは第20話での鳥羽僧正と真浄坊との関係の描き方についても認められるが、第37話に関して言えば、説話素材と『発心集』の間に乖離を想定することを許す傍証となるであろう。

4　編者による操作

前節に述べた点は、いずれも必ずしも決定的な論拠ではないが、全体的に見た場合、仲算の稚児の話としてすでに成立していた寺宝伝承から固有名詞の抜け落ちたものが、『発心集』の話だとする方が、より適当であるように思われる。ただその際の問題点は、なにゆえに『発心集』がこのような改変を行なったのかという点の説明であろう。『発心集』編者が竹生島の社宝伝説を、たとえば伝聞といったようなあいまいな形でしか受容しておらず、正確な固有名詞を書こうにも書けなかったという場合も考え得るが、その可能性と必ずしも排除し合わない形で、もうひとつの推測を導入し得るように思われる。

すなわち、竹生島の社宝伝説の前半部分は、本来『本朝神仙伝』とほぼ同じ筋で、仲算が叡山から稚児を盗み、後にこれを冷遇したため童子が山に入ったという話だったのに、『発心集』編者が勝手に話を改めたのではないか、という推測である。やや乱暴な想像をしてみたのは、このような観点から見ると、『発心集』の説話構成の手法が、具体的に推測できるからである。

たとえば、この話の筋の各部分の型は、『発心集』の他の説話と共通の類型を示している。まず、

　この児、朝夕法華経をよみ奉りければ、師、是れを受けず。「幼き時は、学文をこそせめ。いとげにげにしからず」など諫められて、一度は随ふやうなれど、ややもすれば、忍び忍びになん是れをよむ。いかにも志深きことと見て、後には誰も制せずなりにけり。

は、本話の直前に置かれた「親輔養児往生の事」（第36話）の、

　この児三つといひける年、数珠を持ちて遊びとして、更にことものにふけらず。父母これを愛して、紫檀の数珠を取らせたりければ、阿弥陀仏を言草に申しゐたり。母聞きて、諫めけれど、なほ此のことを留めず。

という部分と型としてよく似ている。小児が、自分なりに称名念仏または法華経を自分の「行」として選び、周囲

に批判されても一途にそれを守っている。自分に適した行を選ぶ主体性と、それにうちこむ純粋な「こころざし」とを重視する価値意識がこうした話の型を支えていると見られる。それは、「諸の行ひは、皆我が心にあり。自ら勤めて、自ら知るべし。他所にははからひ難きことなり」（第33話）に示されている『発心集』的な価値意識に他ならないのであり、敢えて言えば社寺の宝物伝説とは縁の薄いものだった。

また、稚児の失踪の場面、

> かかる程に、十四五ばかりになりて、この児いづちともなく失せぬ。師、大きに驚きて、至らぬくまもなく尋ね求むれど、更になし。「物の霊なんど取（り）（注）たるなめり」と言ひて、泣く泣く後のことなんど弔ひて、やみにけり。

の叙述も、「かかる程に、弟子にも使はる人にも知られずして、いづちともなく失せにけり。さるべき所に尋ね求むれど、更になし。いふかひなくて日ごろ経にけれど、かの辺りの人はいはず、すべて世の嘆きにてぞありける」（第1話・玄敏僧都遁世逐電の事）、「山の坊には『あからさまにて出で給ひぬ後、久しく成りぬるこそ怪しうなむ』と言へど、かくとはいかでか思ひよらん。『自ら、ゆゑこそあらめ』などと言う程に、日も暮れ夜も明けぬ。驚きて尋ね求むれど、更になし。言ひがひなくして、偏に亡き人になしつつ、泣く泣く後のわざを営みあへりける」（第3話・平等供奉山を離れて、異州に趣く事）のような、高僧の再出家説話の逐電の描写とかなり似ている。「大方、人のあたりは、穢らはしく臭くて、堪ゆべくもあらねば…」という童子のことばも、仙人にふさわしい半面、名利と係累から脱出した再出家者の考え方にも共通する側面を持つ。童子は師の僧と情愛で結ばれているが、法華経を読誦して仙人になるという宗教的な動機は人間的感情に優越し、「御恋しく思ひ奉り」ながらも、世俗を離れた世界を童子は住み家としなければならない。人間的情愛の強さを認めつつも、宗教的価値意識によるその乗り越えにより大きな意義を認める点で、『発心集』遁世出家説話にしばしば見られるのと同様の発想の型が、ここに読み取れる。

このような遁世説話としての性格は、素材となった神仙宝物譚の中にすでに潜在していたかもしれない。しかし、どちらかといえば、稚児との恋愛や琵琶の名器を要素とする神秘的・夢幻的な物語に、謹厳な発心譚・遁世譚の枠組みが、かなり強引に編者によって覆いかぶせられた可能性の方が大きい。盗まれた童子は、僧に冷たくされて山に入る。思いを翻した僧が訪ねていくが、仙人となった稚児はもはや下界に戻れない。過去のいきさつをふりかえって二人は涙にくれるが、やがて童子が琵琶を借りたいと言うと、僧はかつての寵童の願いを喜んでかなえてやる。このように見てくれば、竹生島の琵琶は、天界と人界に隔てられてしまった恋の形見である。しかし、『発心集』編者はこれを、遁世譚の遺品という方向に引きつけたのである。伝聞に基づく素材に、編者の創意を加えて構成したのかもしれないし、既にあった竹生島の伝承を一部改変し、そのことへの遠慮もあって、仲算の名や童子の出自を削除した可能性もある。

以上、相当に大幅な憶測を交えた考察になったが、この話が社宝の伝説の単なる再録ではなく、発心・遁世謂的に変形されている可能性を指摘した。神仙譚的な要素と遁世譚的な構成とが必ずしもうまく融合しないままに話が進行し、「浮きたることにあらず」という妙に気負った結語に終わる本話のやや落ち着きの悪い性格は、説話素材と編者の方法との齟齬の結果であったと考えたい。

『発心集』序文には、

ただ我が国の人の耳近きを先として、承る言の葉をのみ注す。されば、定めて謬りは多く、実は少なからん。

と書かれている。採録に不正確があるかもしれないとは言っていても、勝手に話を改変したとは言っていない。しかしながら、自己を導くための説話集として、記録的・公的な役割からの訣別が宣言されている以上、各説話についての編者の自由な解釈とそれに基づく再構成は、行なわれていると見るのがむしろ自然であろう。編者の操作の具体的な様相を確かめることは、本章冒頭に述べたように容易ではないが、ここでは、ある程度のまとまりを持った「宝物伝承」を説話素材のレベルに想定するという仮説的な方法によって、編者の説話構成の方法と方向の究明を試みたのである。

（注）　慶安版本に「物ノ霊ナナント取レタルナメリ」。語法として不自然なため、私意により「…取りたる…」と校訂。

※初出「発心集の方法おぼえ書き─社寺の宝物関係の説話─」（神戸大学『国文学研究ノート』第九号、一九七八年四月）。早い時期の論文であるため、本書に収録するにあたり、生硬な表現を改めるなど、全体にかなりの調整を加えた。関連する伝承資料の全てを視野に入れてはおらず、説話伝承論としては不十分かつ未熟ではあるが、文中にも述べたように、直接の書承資料との比較という方法が採れない場合に、編者主体の作業をどの程度まで想像的に透視できるかという問題についての、一つの試論として収録した。

第三章　『発心集』の思想的核心

――往生の条件――

『発心集』八巻本巻二後半第20話あたりから巻三に至る話群において、編者の関心は「往生の条件」という問題に絞り込まれているように思われる。ここまでの部分にも往生人の説話は少なくない。けれどもこの部分においては、どんな人間に往生が可能であり、どんな人間に不可能であるのかという問いが、説話配列と話末評言との連関によって、前面に押し出されてくる。

まずこのことを話末評言によって概観すると、第21話末尾の評言は、前話（第20話）を併せて評する型のもので、次のようになっている。

彼の僧正の年来の行徳、助重が一声の念仏、（事）の外の事なれど、彼は悪道に留り、此は浄土に生る。爰に知んぬ。凡夫の愚なる心にて、人の徳の程計り難き事也。（「事」は慶安版本になし。異本により補う。）

「彼の僧正」は、第20話の主人公鳥羽僧正を指す。名利を貪った故にであろうか、死後は天狗となり、僧正の往生を信じて来世値遇の約を結んだ高弟真浄を、約をたてに取って天狗道へ引き込む。一方の「助重」は第21話の主人公で、臨終間際に「南無阿弥陀仏」と一声高唱したがために極楽に往生している。編者は、このふたつの例の対照から、外見の尊さや仏道修行の量の多寡は、必ずしも往生の成否を決定しないという印象を導く。それは「人の徳は計り難い」という不可知論的な見方につながるものであるが、一方では、この印象を糸口として、それならば本当に往生の可否を決めるのは何かという問いかけを誘い出し、それは以下の話群において展開されていくことになる。第22話以降の話末評言を拾っていくと、その展開の様相がよく見てとれる。「若し人、心に忘れず極楽を思へば、命終はる時、必ず生ず」（第22話）、「必ずしも浄土の荘厳を観ぜねども、物にふれて理を思ひけるも、また往生の業となんなりにけり」（第26話）、「往生は無智なるにもよらず、山林に跡をくらうするにもあらず」（第27話）、「多くの罪を作れりとて卑下すべからず。深く心を発して勤め行へば、往生する事またかくの如し」（第28話）、「功積める事なけれども、一筋に憑み奉る心深ければ、往生することまたかくの如し」（第29話）。往生の条件を執拗に追い求めて行くこの歩みは、最終的に何らかの確実なものにたどりつくであろうか。それとも「人の徳は計り難い」という不可知論の内に、結局はとどまるのであろうか。

本章では、「往生の条件」についての『発心集』編者の思索を跡づけ、その思想の個性を明らかにすることを試みるが、その際、どうしても考慮しなければならないのが『往生要集』との関係である。『往生要集』やその他源信の著作の『発心集』に対する影響については、原田行造『中世説話文学の研究　上』（桜楓社、一九八二年）、青山克弥『鴨長明の説話世界』（桜楓社、一九八四年）をはじめ、多くの先学の言及があり、あらためて強調する必要はない。本章ではむしろ、『往生要集』の教義的枠組みが『発心集』の編者に課した課題とはどのようなものであったか、編者はそれを説話集という表現形式の中でどのように展開し得たのか、という点について考えることになる。

1　宿業　――往生の条件の不可知性――

『往生要集』において源信が提唱する往生行は、礼拝・讃嘆・発菩提心・観想（念仏）・廻向の形式に従うものを基本とする。ただし、臨終の瞬間に首尾よく浄土に迎えとられるためには、死の瞬間の行者の心の持ち方が極めて重要であって、平常時に正しい形で修行を続けているだけでは、往生は保証されない。そこで『往生要集』は大文第五「助念の方法」の中に「修行相貌」の項を設け、常に臨終を心に懸けて修行を持続する四種の在り方（四修）と、その間に保たれるべき強固な信仰心の三種の在り方（三心）を詳しく説いている。その中に四修のひとつの「慇重修」を説明して、「極楽の仏・法・僧宝に於て、心に常に憶念して、専ら尊重を生ずるなり」（以下引用は、岩波書店刊日本思想大系『源信』によるが、一部表記を改める）と述べ、さらに善導の『往生礼讃偈』からの引用文「面を西方に向くる者は最も勝れたり。樹の先の、傾き倒るるとき、必ず曲れるに随ふが如し」を続けている。ここは、『発心集』第22話の評言「勤むる所は少けれども、常に無常を思ひて、往生を心にかけむ事、要が中の要也。若し人、心に忘れず極楽を思へば、命をはる時、必ず生ず。『たとへば、樹のまがれる方へ倒るるが如し』なむど云へり」の背景をなしている。倒樹の比喩は、『往生要集』大文第六にも引かれていることが前掲青山著に指摘されているが、いずれにせよ臨終に向けての修行の持続の重視は、『往生要集』から『発心集』へと明確に受け継がれた思想である。

大文第五にはさらに「対治悔怠」の項があり、怠惰を防いで臨終までの緊張を持続する方法を様ざま説いている。その中に、「もし直爾に仏を念ずることあたはずは、応に事々に寄せて、その心を勧発すべし」として、生活の中の諸事に事寄せて極楽浄土に思いを馳せる方法を説く箇所がある。これが『発心集』第26話の、生活の苦楽に際して六道を厭い極楽を願うことを続けていた「ましての翁」の説話に通じることは、やはり青山が指摘したとおりである。説話中でこの翁は、別の聖の夢想により往生を確証されており、評言もこれを受けて「必ずしも浄土の荘厳を観ぜねども、物にふれて理を思ひけるも、また往生の業となんなりにけり」と述べる。源信が観想念仏が困難な際の次善の策として説いたものに近い行が、ここではむしろ独立の往生行として認められている。一方で、「させる徳も無」いこの乞食の翁が、この行をひたすら持続することによって往生の確証に到達したものとして描かれている点も見過ごせない。この意味で第26話は、次の第27話とともに、修行のたゆみない持続を重視する『往生要集』の思想を展開したものと見ることができる。同じように、第27話の主人公（伊予僧都に仕える大童子）も、「朝夕に念仏を申す事、時の間もおこたらず」、生前すでに頭に円光を現わし、ついには往生を遂げるのである。

なお、巻二末尾の第24・25話については、序文では収録しないと述べている中国の説話であることなどから、後人の増補かとする簗瀬一雄の見解がある（『鴨長明の新研究』所収「発心集研究序説」、のち簗瀬一雄著作集三『発心集研究』加藤中道館、一九七五年に収録）。両話もたゆみない修行の意義を説くものであり、配列上は第23話の「補足説話」として捉えることもできるであろう。その場合も、主題の発展の流れは、第23話から第26話へとたどることができるという意味で、この二話をやや副次的と（成立論的にというより編制の理解として）見ることになる。

さて、『往生要集』における修行の持続の重視が、臨終の重視と結びついていたことを先に述べたが、臨終の重視の帰結のひとつに「悪人往生」の問題もまたあった。死の瞬間の人間の精神には平常にない異常な力が備わっているという認識（「これ死に垂んとする時の心、決定して勇健なるが故に、百歳の行力に勝れり」、大文第十の第五、『大智度論』よりの引用）と、臨終の重視とが結びつき、善行のない者も、罪深い者も、死の間際に強い信仰心を持つならば極楽に生じ得るとする見方が生まれたのである。すなわち、『観無量寿経』に見える五逆十悪の者の十念往生、『大無量寿経』の一念往生は、いずれも臨終時の心念の特殊性に基づいて解釈されている。そこで『発心集』に目をやると、第28・29話の悪人往生、とくに阿弥陀仏を呼びつつ西に向かって息絶える第29話の源大夫説話は、臨終の強烈な心念による悪人往生の説話的表現と見なし得る。また、第21話の助重の往生も、臨終の一念による往生の例と見てよいであろう。

ただし、源信は臨終の一念・十念を往生の十分条件と考えていたわけではない。「余人の十念は定んで往生することを得、逆者の一念は定んで生るることあたはず。逆の十と余の一とは、皆これ不定なり」（大文第十の第五）とあるのによれば、逆者（逆罪を犯した者）は一念では往生できない。逆者が十念した場合と、逆罪を犯さなかった者が一念した場合とは、いずれも不定（往生できることもあり、できないこともある）である。このように「不定」の場合が生じるのは、「宿善」（前世における仏道修行）の有無が、人により異なるからだと説明されている。『往生要集』的な浄土教の思想を考える際、この「宿善」という観念が担っている役割は軽視できない。修行の導き手になってくれる人物に出会えるか、臨終に際して精神統一を保てるかなどは、往生行においてきわめて重要視された事柄であるが、これらは多少とも宿善に左右されると見なされていた。たとえば悪人往生の例に、「かくの如き等の類、多くはこれ前世に、浄土を欣求してかの仏を念ぜし者の、宿善内に熟して今開発するのみ。故に十疑に云く、『臨終に善知識に遇ひて十念成就する者は、みなこれ宿善強く、善知識を得て十念成就するなり。』と云々」（大文第十の第二）と述べられる。すなわち、悪人往生の可否を最終的に決めるのは、本人の努力・意志はおろか、知ることすら及ばない前世からの条件である。『発心集』の悪人往生説話もこのような思想を継承しているはずで、第28話の主人公が発心するのは「みのわの入道」という善知識に遇ったためであり、第29話の主人公もたまたま説教法師に行き会って発心しているが、これらは明記されないけれども「宿善の促し」として理解されていたにちがいないのである。

もちろんこの宿善の力は、悪人以外の往生にも影響力を持つ。そこに往生を左右するきわめて不可知的な要因が存在するのであり、往生伝類に、「ここに知りぬ、往生は必ずしも今生の業のみに依らざることを。宿善なりと謂ひつべし」（続本朝往生伝、但馬守章任）、「牛羊の眼をもて、衆生を量ることなかれ」（拾遺往生伝・下、善法聖人）のような話末評言が現われるのはそのためである（引用は岩波書店刊日本思想大系『法華験記・往生伝』による）。冒頭に引用した『発心集』第21話の評言が、これらと同様の思想的背景を持つことは言うまでもない。先に見たように『発心集』は、仏行の持続に往生の因を認め、また行徳の無い者や悪逆の者にも往生の可能性があるという見方に立っていた。それらは『往生要集』に含まれていた思想を受け継いだものであったが、同時に、凡夫の知る能わない宿善が往生を左右するという見方も、『往生要集』から引き継がれていたと思われる。21話の不可知論的な評言から出発した「往生の条件」の探究は、やはり簡単には確実性に行きつき得ないものであったと言えよう。

2　主体的思索へ

『往生要集』大文第十の第四に、凡夫の往生を可能にする四つの因縁として、「自らの善根の因力」「自らの願求の因力」「弥陀の本願の縁」「聖衆の助念の縁」が挙げられている。これらの力が総合されるなら往生は決して困難なものではないという所に、源信の主意はあったに違いない。しかし、四つの力のからみあいの中に往生の可否が置かれていると考える時、往生の条件はきわめて不安定なものであるという印象も否めない。そこにさらに、前節で見てきた「宿善」（または前世の悪業である「宿業」）が、各人の意志・努力を越えた要因として働くとすればなおさらである。法然の教義は、このような不確定性を清算しようとするものであったろう。一方、『発心集』においては、天台浄土教が説く往生の条件の右のような不確定性との密接な関係の中で、「心の在り様への凝視」というこの説話集の特質が生み出されたのである。

この問題を、第33話（蓮花城入水の事）(注)の評論部分から検討したいが、その前にこの説話を説話配列の上から見ると、源太夫往生説話が悪人往生説話であると同時に捨身往生説話でもあり、第30話以下はこれを受けた捨身関係説話の一連と解される。そして、第32話評論部で編者は、捨身の苦行を「宿業の報い」にすぎないと謗る輩に反駁して、傍観者がみだりに宿業を云々して批判すべきことでないと主張している。その後に、不十分な覚悟で捨身を試みてかえって悪道に落ちた第33話の例が来るわけである。評論部ではまず、この失敗を「是れこそげに宿業と覚えて侍れ」と評するが、これは前話評論部分で宿業が問題になっていたのを受けている。その上で、この例が「末の世の誡」になるとして次のように展開していく。

人の心、はかりがたき物なれば、必ずしも清浄質直の心よりもおこらず、或は勝他名聞にも住し、或は僑慢嫉妬をもととして、おろかに身燈入海するは浄土に生るるぞとばかり知りて、心のはやるままに、か様の行を思ひ立つ事、し侍りなん。（中略）或人の云はく、「諸々の行は皆我が心にあり、みづから勤めてみづか(ら)知るべし。余所には、はからひ難き事なり。都て、過去の業因も、未来の果報も、仏天(の)加護も、うち傾きて我が心のほどを(案)ぜば、おのづからおしはかられぬべし。且々一つことを顕はす。若し人仏道を行はん為に山林にもまじはり、ひとり広野の中にも居らん時、猶身を恐れ寿を惜しむ心あらば、必ずしも仏擁護し給ふらんとは憑むべからず。（中略）若しひたすら仏に奉りつる身ぞと思ひて、虎狼来たりて犯すとも、あながちに恐るる心なく、食物絶えて飢ゑ死ぬとも、うれはしからず覚ゆる程になりなば、仏も必ず擁護し給ひ、菩薩も聖衆も来りて守り給ふべし。（「案ぜば」、慶安版本「安セバ」を異本により校訂）

「うち傾きて我が心のほどを案ぜば、おのづからおしはかられぬべし」の文言は特に注目される。天台浄土教が往生を左右する要因と認めていた前世からの宿業や仏・聖衆の加護の有無は、こうべを傾けて自らの「心のほど」を省察すれば、おのずと推量し得ると編者は言うのである。自らの意志の及ばぬ力が往生を左右しているという認識を逆手にとって、内省を通じて自分固有の「往生の条件」を推察し、それに応じて修行を工夫しようとするのであり、それが可能であると彼は考えているのである。『発心集』全体を通して、編者があれほど「心」にこだわっているることの背景は、まさにここにあると思われる。

場所は離れるが、第59話の評論部分には、

然あれば、若し悲願を聞きて信をもおこし、聊かものぞむ心あらむ人は、この世一つのことにあらず、生々

世々につとめたりける余波として、いかにも近づける事と、たのもしく思ふべきなり。

という箇所もある。心のあり様は、単なる自らの意志の現われではなく、それを通して前世からの宿業を窺い知る、いわば「窓」であったわけである。

往生の可否が、いくつかの因子の複合によって決められていく以上、その条件はひとりひとり個別的であり、多様であるほかない。第20話以降、その条件のいくつかの様相を追ってきた編者は、第33話評言部において、各人が自分自身の「往生の条件」を窺い知るしかないという、いちおうの結論にたどりついているように見える。編者は、そもそも序文において宿命智（前世を知る能力）や他心智（他人の心を知る能力）のない凡夫には人の心を教導することはできないとし、自分の心を自分で導くしかないと述べていた。そのような立場が、往生の条件を自心への省察を通して知ろうとする思想に展開していったことは理解できる。他人の宿業をとやかく評することに反発し（第32話）、「人の心のすすむ方様々なれば、勤めも一筋ならず」（第71話）という言によって数寄と仏道との結合を擁護する思想も、各人の心の（したがって往生の条件の）個別性を重視することの帰結として理解できる。しかしくりかえせば、各人の意志や努力（自力）が絶対でもなく、弥陀の本願力（他力）が絶対でもなく、それら様ざまな要因（わけても前世からの宿善・宿業の力）が、死の瞬間に至るまで行者の心に作用し続けていくことの結果として往生の可否が有るという天台浄土教の思想が、その背景をなしていた。そこにはらまれた不安定感こそが、人の心の多様性と浮動性に対する強い関心を生み出す原動力となったのである。これを別の観点から見れば、伝統的な天台浄土教の不可知論に対して、法然による教義的な解決とは別の、ある種の思想的帰結（説話を通して、つまり具体的事例に則して、主体的に思索するという方法によってのみ表現可能な帰結であるが）に、『発心集』が到達したとも言えるのである。

なお、第35話は誰にも教えを受けずに仏法の理を悟って往生した木樵の話、第36話は、高齢にいたってなお栄達に執着し、堕地獄を予見されている律師の話で、前者の無智の悟り、後者の智者の罪深さを対照させる評言によって結ばれている。ここで再び外面的な知徳とは関わりのない往生の条件が、二つの話の対照を通して示される。第20・21話の対照からはじめられた「往生の条件」の話群が、ここでひとつのサイクルを閉じるのである。

（注）第33話は先学により言及されることの多い話であり、伊藤博之「忘念の文学―鴨長明私論―」（『隠遁の文学　妄念と覚醒』笠間書院、一九七五年、所収）、入部正純「『発心集』についての一考察―その信仰態度をめぐって―」（大谷大学『文芸論叢』第三号、一九七六年九月）、簗瀬一雄「『発心集』考説―第一話・第二話・第三話―」（『説話文学研究』第十九号、一九八四年六月）など、様ざまな角度から問題にされていることを付言しておく。

※初出「往生の条件―『発心集』論のために―」（仏教文学会『佛教文学』第九号、一九八五年三月）。本書収録にあたり、加筆・補訂と調整を行なった。

第四章　『発心集』の法華読誦仙人譚から

――編者の関心と説話配列――

本章では、『発心集』の説話配列を、この説話集の方法の理解という観点から捉えることの一環として、八巻本巻四巻頭部分について考えてみたい。

八巻本巻四の巻頭二話は、「読誦仙人」と呼ばれる超人的な存在を描き、その伝奇的性格の点で『発心集』中やや特異と見られ得る話である。廣田哲通に、「原形本に存在していたか否かの疑問をいだかせる」という指摘がある（『中世仏教説話の研究』勉誠社、一九八七年）。また、木藤才蔵はこれらの話に序文の編纂方針からの逸脱を認め、そこから巻三と巻四との間に成立上の断層を想定した（のち、巻三巻末から巻四巻頭への説話配列上の連続性についての浅見和彦の指摘を考慮して、巻三巻末二話の前まで切れ目を繰り上げる案が示された。『中世文学試論』明治書院、一九八四年）。一方、木藤説を意識しつつ、巻四以下もまた序文との深い関連のもとに書かれたいわば第二部であるとする原田行造や青山克彌の説もある（前章掲出書所収論考）。先学の論が、どちらかといえば「編集過程」または「成立過程」という事実経過を重視しているのに対し、本章では、これらの説話をどの程度まで『発心集』の説話配列の中で必然性を持つものとして読み得るか、を問題としたい。

前章までにも述べてきたように、『発心集』は概して言えば思想性・主題性の明確な説話集であって、編者の説話に対する関心は、話末評言や説話の表現方法・配列などを通してかなり明瞭に窺うことができる。そしてその関心は、遁世者・往生希求者としての自省と密接な関係にあるものに、ほぼ限られている。しかし、説話の筋書きや題材からただちに編者の関心が察知できないような説話も、確かにある。本章が扱う、巻四巻頭の二話などもその例であろう。こうした説話を後補説話と見たり、編者の関心の逸脱と見たりして、『発心集』におけるいわば非本質的部分として処理することもひとつの考え方ではあるが、それを行なう前に説話じたいを吟味してみなくてはならない。表層では目立たない隠れた脈絡が、集の中心的な主題に説話を結びつけている可能性もある。これを逆に言えば、表層的にはいかにも『発心集』的に見える説話であっても、読み込んでみると、形式的なつながりをしか『発心集』的主題に対して持っていないという場合もあり得る。現存伝本からだけでは成立過程を実証的に論じるのが難しい状況では、説話集をひとつの作品として捉えるという意味での作品論的観点（あるいは仮説）に立った各説話の読みが重要であり、それによって現存『発心集』（とりあえず八巻本）をひとつの統一体として理解することの可能性、そして限界をにらみあわせながら、増補や段階的成立などの成立論的な問題意識との接点を探る必要があると考える。

1　法華読誦仙人譚の問題点

巻四巻頭の二話、第38・39話は、深山に隠れて経を読みつつ超人的能力を示す人物の話である。

まず第38話では、義叡という修行者が、大峰から金峰山への途次で道に迷ったあげくに仙境めいた一角に到りつき、草庵の中で『法華経』を読む僧を見出す。義叡の問いに、僧は老齢であると語るが、その姿は若い。美しい童子が僧の給仕にあたり、夜ふけには異形の者たちが礼拝に集まる。義叡は僧から、これらの不思議がいずれも『法華経』中に説かれた持経の功徳の、言葉どおりの実現であることを教えられる。翌朝、僧が加持した水瓶に導かれて、義叡は人里に帰りつく。

この話は『法華験記（大日本国法華経験記）』上第十一とほとんど同文であり、話末に「記とて、かれこれに記し置ける文あれど、事繁ければ覚ゆるばかりを書きたるなり」と記すものの、実際には『法華験記』を書承していると判断される。

つぎの第39話では、著名な験者浄蔵が、ある時飛鉢の行をしていたところ、別の飛鉢が来て浄蔵の鉢の中味を奪い去って行く。不審に思って追跡すると、深山の美しい一角の草庵に経を読む老僧を見出す。浄蔵が来意を告げると、僧は給仕の童子を呼び、鉢の中味を横領したことを叱責し、浄蔵には不思議な果物で饗応する。話の型も要素も、前の第38話と似た点が多く、いわゆる二話一対と見ることができる。第39話の中に『法華経』の名は出てこないが、話末に浄蔵の言葉として、「そのさま只人とは見えざりき。読誦仙人なんどの類にや、とぞ語りける」があり、編者はこの話をも法華読誦仙人譚として収録していると見られる（この話の同文話が『古事談』僧行にあり、書承関係は速断できないが、上に引いた浄蔵の言葉は『古事談』にはないので、『発心集』編者の編集意識にもとづいて付加された可能性もある）。

実は巻三巻末の第37話も、稚児が法華読誦により仙人と化す話であり、第37・38・39の三話が（八巻本の巻の切れ目をこえて）法華読誦仙人譚のグループを形成している。第36話と第37話には小児の信仰心という共通要素がある。つまり第36話から第38話までは二話一対の連鎖となっていて、すくなくとも形態上は後からの増補の痕跡を指摘しにくい。そして、この部分に形態上の断絶が認められないことは、流布本の巻分割にそれほど大きな意味が無いことを示唆する。本書では、便宜上、「巻四」等の呼称を用いているが、八巻本の巻構成を作品理解の上で重視してはいない。他面では、この配列の連続性からすれば第38・39話を欠く異本（五巻本）の形態を重く見ることも、難しいように思われる（もちろん、配列に留意した増補作業というものを考えるならば、後補があり得なかったと断言することはできないが）。

一方で、本章冒頭で述べたように、第38・39話には、『発心集』のなかでやや特異な印象を与える点があることも事実である。二話ともに編者の主体的関心を語る評言を欠いており、また、第37話を含めて、編者の実践的関心との接点を、編者自身の言葉で裏付けることも難しい。もちろん、『法華経』への関心を鴨長明が持つことは、彼の信仰が法華・弥陀兼修の天台浄土教である以上当然のことであるし、『方丈記』の著者でもある彼が仙郷や読誦仙人譚に興味を持ったとしても不思議ではない。しかしそのような説明は、編者と説話素材との間に宗教的要素の共通性を指摘するに過ぎず、『発心集』の全体的構成の中で、この二説話がここに置かれていることの説明としては十分でない。

そこで以下では、この二説話が、前後の説話配列の中に、どの程度まで必然的な意味を担って置かれているのか、という点を検討してみたい。

2　出奔した弟子（第38話）

第38話の主人公の僧は、義叡に向かって自らの来歴を次のように語る。

我、本は叡山東塔の三昧座主の弟子にてなんありしか。然かあるを、いささかの事によりて、はしたなくさいなまれしかば、愚かなる心にてかしこに迷ひありきて、定めたりし所もなかりき。齢衰へて後、この山に跡をとどめて、今は、ここにて終はらん事を待つなり。

三昧座主とは康保二年（九五六）第十七代天台座主となった喜慶である。主人公がこの僧のもとを出奔した動機は、些細な失策を師に厳しく叱責された事、すなわち師との人間関係の破綻である。この面から見るとこの出奔は、延暦寺という権威のもとでの仏道修行の挫折であり、僧としての栄進の道からの脱落であったと言えよう。他面、孤独の放浪と修行の後に法華持経者の功徳を現身に受けた結果から見れば、この出奔は、より高い仏道修行を求めての大寺院からの遁世、すなわち再出家に他ならなかった。

再出家に対する強い関心は、すでに八巻本巻一に顕著に現われていたことは言うまでもない。そこでも、再出家という行為が、単に世俗的諸価値の厳しい拒絶という理念の故にのみ称賛されていたのではない。編者の個人的体験（『方丈記』に暗示される社会的人間関係の中での苦悩と不如意、『源家長日記』により知られる挫折と出奔とそれにまつわる自意識）が、説話主人公の上にひそかに重ね合わされていたと見られる（第一章参照）。それを思えば、第38話の主人公の来歴が編者の関心を強く引きつけたことは想像に難くない。意志的に大寺院を離脱する巻一の再出家者たち以上に、挫折から出奔を余儀なくされる第38話主人公には編者のひそかな共感を誘う要素があった。編者が『法華験記』のいくつかの読誦仙人譚の中から特に主人公の来歴に注目してこの話を採取したのか、何らかの理由でたまたまこの話だけが長明の目にとまったのかは判らない（揃い本の『法華験記』を座右に置いて自由に利用し得たとは必ずしも考えられず、借覧し得た折に興味を引かれた話を抜き書きしておいたものであろう）。しかしいずれにせよ、仙人の超人的能力の描写のみに彼の注意が奪われていたと考えるのは皮相であろう。それは、直前の第37話との関連からも窺い得る（第37話そのものの問題点については第二章参照）。

第37話は、興福寺松室の僧のもとに居た稚児が失踪し、後に仙人となって僧と再会する話である。失踪の理由は明記されないが、『法華経』読誦に熱心な稚児を、もっと広い学問をするようにと僧がいましめた事が記されており、師との間係の齟齬が暗示されている（『本朝神仙伝』などの類話を考えに入れて、愛情関係の冷却を原因と想像することもできよう）。第37・38話を並べると、師僧との関係破綻による大寺院からの出奔という共通の要素が浮かび上がる。単に「読誦仙人譚」という共通性のみによった配列ではなかったのである。そしてこうした要素は、編者個人にとどまらず、多少とも世俗社会での不如意や挫折をくぐってきた多くの遁世者たちの心情をも、吸収するものであったと思われる。のみならず、大寺院からの脱落が、結果として仙化という大寺の僧にも優越する達成を見るという両話共通の構図は、編者やその周辺の遁世者たちが抱いていた、大寺院の権威に対する一種の批判的心情にかなうものであった。『発心集』においてこの種の大寺院批判は、巻一の再出家譚群では「名利」批判の形で、序文や第35話などでは「智者」批判（寺院教学の批判）という形で見出される。第37話・38話においては、具体的な文言としてではなく、話の構図じたいに価値観として潜在しているのである。

3　独居修行者と大寺院（第39話）

大寺院への批判的心情は、次の第39話においても隠れた基調となっている。

前話と異なり第39話においては、仙化した主人公の来歴については何も述べられない。逆に、仙人を来訪する側の浄蔵は著名な僧である。第39話では、冒頭に「善宰相清行の子、並びなき行人也」と紹介されるにすぎないが、『拾遺往生伝』等にその法力を示す逸話が多く見え、すでに周知であったと思われる。

第39話の浄蔵は、「山にて」飛鉢の法を行ない、仙人に対しても「比叡の山にすみ侍りける行者」と名乗っているように、いわば延暦寺の権威を担って登場する。しかし、彼の加持力は主人公に対して全く歯が立たない。浄蔵の鉢の中味を奪ったのは護法童子とおぼしき童子であり、この童子の力が既に浄蔵の法力をいわば愚弄する程のものである。これらの者を自由に使役している主人公の仙人の力は、さらにこれを大きく上廻るものと想像しないわけにはいかない。

編者や周辺の人びとは、来歴不明のこの主人公に対しては、第38話の主人公に対してのような親近感は抱き得なかったかもしれない。そうとしても、大寺院と隔絶した独居修行の僧が、比叡山を代表する験者を軽くあしらうという話の構図を前にすれば、独居修行者に肩入れして、いわば溜飲を下げることはできたのである。第38話の直後に置かれたことで、そのような効果は増幅されたと考えられる。

4　構図の逆転（第40話）

次の第40話は、右に見てきた第38・39話の性格に対してどのような関わりを持つのであろうか。

永心法橋という僧が、清水寺に詣でる途中、橋の下に人の泣いているのに気づき事情を問う。乞食の「かたは人」が、身体の苦痛の耐え難さに川水で足を冷やしていたのである。彼は、かつては比叡山の学生であったが、現在は別の「かたは人」のもとに身を寄せ、毎日酷使されている。今夜は、身体の痛みに眠れぬまま、この苦しみも過去生の逆罪の故であることを思い、一方では天台宗の教えに「唯円教意、逆即是順、自余三教、逆順是故」とあることを想起して、それにすがる思いで泣いていたのだと言う。永心は「我が一山の同法にこそありけれ」と深く同情して、「逆即是順」の教理を懇切に説き聞かせて別れる。

この話にやや類似する話が『古事談』『宇治拾遺物語』に見えるが、そこでは、智海法印なる僧が、清水寺からの帰途に橋の上で「唯円教意」以下の文を誦する「白癩人」に出会い、法文を談じてその学識に圧倒されるという筋になっている。これらの説話に関連する問題については既に山本節の論がある（「智海の説話―病者との法談をめぐって―」（『愛知教育大学国語国文学報』四十二、一九八五年三月）。また、『今昔物語集』巻二十第三十五話等を含め、説話集やその他の資料に見える、清水坂に集住した人々については、横井清『中世民衆の生活文化』（東京大学出版会、一九七五年）、池見澄隆『中世の精神世界・死と救済』（人文書院、一九八五年）が論じている。ここでは、『古事談』『宇治拾遺』の話と第40話との相違点、というよりも、いわば色調・雰囲気の相違に注目しておきたい。

『古事談』『宇治拾遺』の話は、この白癩人を「化人か」と推測することばで結ばれ、社会的被差別者の姿をまとって仏菩薩が顕現するという神秘的説話の一つの型に属するものになっている。一方の第40話には神秘の影はなく、あるのは実際の人間の悲惨なありようである。

　我、かたはに罷りなりにし後、知れる人にも悉く別れ、立寄る所も侍らぬにより、先だちてかたはなる人の家を借りて、そこに宿り居て侍れば、昼は日暮らしと云ふばかりにせたため使ひ侍り。

以下、主人公が語る生活の様相は具体的で現実感を帯びており、話をしめくくる「年ごろ経ぬれど忘れず」という永心の感懐もまた、きわめて自然な人間感情の吐露である。

　第40話の現実的性格は、『古事談』などの話と対照的であるのみならず、直前の第38・39話とも著しい対照を見せている。主人公が誦する「唯円教意」云々は、天台大師の『法華経』注釈『法華文句』をさらに章安大師が注釈した『法華文句記』の文であり、第37話から40話までの四話には『法華経』という共通要素が有ることになる。しかし、そうした共通性の指摘だけでは、『発心集』の説話配列の意味の理解としては不十分なのである。ここではむしろ、第40話と第38・39話との間の対照性にこそ注意する必要がある。

　第40話の主人公は、何らかの理由で（横井が示唆するように、病気や身体の障害により放逐されたとも考えられるが）延暦寺での学問修行を断念せざるを得なくなり、いまは生活苦と病苦の中で天台の教理に辛うじて救いを見出している。それも、現在の苦悩の原因である過去の逆罪が、教理上はそのまま仏縁でもあるという事から、いずれかの未来世における救済の可能性が導かれるというに過ぎない。たとえば第38話の主人公が、同じく延暦寺を去った者でありながら、『法華経』に説く所を現身に実現していることに較べると、その落差はあまりに大きい。しかし両話は、いわば陽画と陰画のような、あるいは構図の逆転とも称し得るような、対応する対照を形作っているのである。第38話（39話も）が、編者を含む遁世者たちを満足させるいわば天上的な夢であったとすれば、第40話はまさに彼等の地上的現実であって、彼等の自己意識の両面をこれらの説話は代弁していたと思われるのである。編者（たち）の生活の実態は、あるいは第40話の主人公ほどには悲惨でなかったかもしれない。しかし、「身の乞がいとなれる」という自己意識、仏道修行の遅滞を前世からの「貧賤の報」かと疑う発想は、『方丈記』著者のものであった。すくなくとも主観の上では（ある程度は客観的にも）、彼等にとって第40話の主人公の境涯は他人事ではなかった。それゆえに、第40話のような地味な説話が、『古事談』型の話とはまた別に、遁世者たちの間で伝承されることが起こり得たのである。

なお、第38・39話の直後に対照的な第40話が置かれていわばバランスが取られている点について言えば、編者の個性との間係が考えられる。自己主張の高揚の直後にその反動として自己批判を表出するといった性癖（最も顕著なのは『方丈記』末尾であるが）が、長明には見受けられるからである。（注）『発心集』の説話配列には、編者の思考の軌跡そのものを表現しているという面があり、その意味で、こうした人格的要因を背景として考慮することも不当ではないであろう。

（注）久松潜一「鴨長明小見」（『中世文学』第十一号、一九六六年五月）、藤本徳明『中世仏教説話論』（笠間書院、一九七七年）など、先学の指摘がある。

5『発心集』の構成 ――「間奏部」という提案――

以上で、本章の当初の課題であった巻四巻頭の三話の意味については述べ終えた。同時に、鴨長明編の『発心集』に既にこれらの説話が存在したと見る私の立場も明らかになったであろう。

では、この部分は『発心集』全体の構成の中でどう位置づけられるのか。

前章で論じたように、巻二後半から巻三にかけての一群の説話は「往生の条件」という主題を追求しており、その主題的連続性は第36話までたどることができる。一方、第42話以下は、往生や発心に対する世俗的諸関係（諸縁）の肯定的・否定的な関わりの様ざまを扱う話群で、これは巻五まで続いている（なお第46・47話は問題があり、第五章に論じる）。第37話から第41話までは、これらふたつの大きな主題話群の橋渡しをするいわば「間奏部」であって、この部分で主題的関心があまり表面に出てこないのはそのためであると考えられる。

ここで、今まで触れなかった第41話に言及しておかなければならない。第41話は、山門の僧叡実が、天皇の病の祈りに向かう途中の路上に病者を見出し、参内を拒んでその世話にあたるという話で、僧が病人に出会って同情するという話の形は第40話と共通する。つまり、第36話以来の二話一類の連鎖は第41話まで及んでいることになる。では、編者の関心という点では第40話からのつながりはどのようであろうか。

叡実は、参内を拒否するに際して次のように述べている。

世を厭ひて心を仏道に任せしより、御門の御事とてもあながちに尊とからず。かかる非人とてもまたおろかならず。ただ、同じやうに覚ゆるなり。

ここには、「かたは人」の中に「一山の同法」を見出した時の第40話の永心の心情の、より普遍的な理念への展開が見られる。第40話で、仙人よりはむしろ「かたは人」に近い存在としての自己の現実に想到した編者は、仏法の慈悲はいかなる境涯の者にも平等であるという第41話の理念に、何ほどかの慰めを見出しているように思われる。同時に、第38・39話の背後に働いていた大寺院への批判的・対抗的意識は、表現の上には顕在化されないまま、他ならぬ延暦寺の僧叡実の口を通して語られる理念の中に、いわば昇華されてしまう。この理念の半面としての、身分的秩序への厳しい相対化（先に引用した叡実の言葉は、原拠と見られる『続本朝往生伝』の「今生のことを思はざるに依りて、上に天子なく下に方伯なし」に較べて、さらに鮮明であろう）じたいは、第4話・5話・70話などに見られる『発心集』には親しい思想である。ここにおいていわば顕在的主題における『発心集』的なものへの復帰が果たされ、間奏部は終結する。

ただし、新しい主題話群の冒頭にあたる第42話への、第41話の接続には問題がある。第41話の主人公叡実が一時肥後国で世俗的生活を営んだ、あるいは一時悪縁に遇って悪心を発したといった、『法華験記』により知られる伝承などを隠れた脈絡として、第42話の「肥後国」の僧の「悪縁」の話を導くものか。もしくは第41話はエピソードとして、第40話に現われた「逆縁」という要素（第37・38話で、主人公と師僧との訣別が仏道達成の契機となるのも逆縁の一種である）が、第42話以下の「縁」の主題への伏線となっているのか。いずれにしてもその連絡は強いものでなく、微妙な暗示といった性格のものである。その意味では、第41話に説話配列上のひとつの行き止まり、あるいは帰着点を見ることができよう。この面から見ても、前述したように現存本の巻分割は集の構成の理解にとって重要ではない。むしろ、集の「第二部」的な部分への移行を、このあたりに見定めることの方が集の理解にとって意味があるであろう（ただし、事実経過として成立が段階的であったかどうかは別問題である）。

以上、本章では、「間奏部」的な話群と主題話群とが交互に現われると想定することで、集の構成を比較的無理なく了解できるという視点を示したのである。

※初出「『発心集』巻四巻頭部の意味」（金沢大学教育学部国語国文学会『金沢大学　語学・文学研究』第十七号、一九八八年一月）。本書に収録するにあたり、全体に調整を加えた。

第五章　恩義と信義への関心
――『発心集』増補の可能性との関係において――

第四章では、一見『発心集』の基本的な主題と距離があるかに見える説話について、集としての連続性の中で捉え得ることを示した。本章では、逆に、説話配列の流れの中で見た時、長明編纂以降の増補を疑わざるを得ない例について検討したい。

『発心集』は、成立期の姿を伝える古写本等が見いだされていないため、実証的に原本遡及の手続きを行なうことには限界がある。一方、編者とされるのは、『方丈記』の著者として、また歌人として著名な鴨長明であり、彼については、ある程度の伝記的情報があり、しかも、伝記的に少なからず関心を引く人物である。この条件は、『発心集』の原態を冷静に議論する上では、あまり好ましいものとは言えない。各論者の長明観に合わせて説話が読み込まれ、その過程で当該説話が長明撰のものであるとの（あるいはその逆の）心証が形成されてしまうという、編者論と原態論との循環を断つことが難しいからである。こうした条件を踏まえれば、むしろ長明論や原態論をいったん棚上げにして、たとえば八巻本の現存形態をともかくも尊重する所から作品論を立てるのが、方法論的にも整合した賢明な態度かとも考えられよう。

しかしこの態度は、極言すれば伝来上の一つの偶然的形態にすぎないかもしれない現存形態を、事後合理化する危険をはらんでいる。主観的な編者観・作品観に合致するように成立論をあつらえることが許されないのはもちろんであるが、現存形態に矛盾しないように作品論を仕立ててしまうことも、それはそれでやはり問題である。現存形態を尊重しつつも、それを固定化するのではなく、むしろ相対化する視点を一方で準備するという、折衷的ないし複眼的な方法が必要であろう。その意味では、作品論が原態論や編者論に抵触していくことを、徒らに忌避すべきではないと考えられる。ただしその場合、恣意的な議論に陥らない方法論的自重、特に、あくまで一つの読みでしかない作品論を、事実問題としての原態論に横滑りさせない節度が、必要であろう。

ここで、あらためて、本章および関連の各章での私の考察の前提となる見通しを整理しておくと次のようになる。

(1)　説話配列の重視。題材や要素の関連性による説話連鎖は、いわば外面的な、配列技法としての連鎖であるが、『発心集』の場合はこの他に、編者の主体的関心による連接がある。説話内容の特定の面に向けられた編者の関心の、持続や変容が、次の説話を呼び出して行くのである。このような多層的な横のつながりの想定の上に、集の統一性を考える。

(2)　編者の思想像。編者と成立当初の享受者達との共通項として、貴族社会からの遁世者としての体験・意識・価値観を想定し、この上に『発心集』の思想性を考える。

右の二点は、本書における私の『発心集』論の基盤であるとともに、作品論が原態論・編者論に接触する仕方を示している。このように仮説的前提の範囲を限定しておくことで、論の恣意的拡散をある程度防ぐことができるであろう。

以下、本章では、まず、八巻本巻五巻末話（第62話）が、鴨長明撰の段階にはなかった後補説話であるという可能性を検討しつつ、この前後の話群の性格について考えたい。

1　八巻本巻末前後の説話連接

まず八巻本巻五巻末の説話「正算僧都の母、子の為に志深き事」（第62話）の梗概を記す。

正算は比叡山西塔の極めて貧しい修行僧であった。雪の降る年の暮に食料が尽きた。それを察したかのように、京の母から便りと共にいくばくかの食料が届いた。しかしそれは、母親が方々で工面しようとして叶わず、ついに自分の髪を切り、それと引き換えに手に入れた食料であった。使いの者から事情を聞いて正算は涙にくれた。

このあとに、「すべて哀れみの深き事、母の思ひに過ぎたるはなし」に始まり、「たとひ命を捨てて孝すとも、報ひつくさん事かたくこそ」に終わるかなり長い評言があり、雉・鶏・犬などの母性愛の例が列挙されている（このうち、腹を射破られた雌犬がこぼれ落ちた胎児を拾おうとする話は、『雑談集』巻三などに引く法宗上人発心譚と、犬と鹿の違いはあるものの酷似する。山田昭全・三木紀人校注『雑談集』三弥井書店、一九七三年、九八頁、注および補注）。この説話の主題が「母の恩」であることは明瞭と言えよう。

この直前に、第61話「勤操、栄好を憐む事」がある。

大安寺に栄好という貧しい修行僧があった。寺内の別の場所に老母を置き、毎日、自分の食事を取り分けて送っていた。ある日、栄好が急死した。使われていた童子から事情を聞いた隣房の修行僧勤操が同情し、以後身替わりで食事を送る。老母は栄好の死を知らぬまま月日を送るが、ある時偶然に真相を知り、悲嘆のあまり息絶える。勤操は後を弔い、毎年の忌日に法華八講を行なうこととした。

第61話と第62話は、「貧しい修行者とその母」という要素を共有する一対となっており、その連鎖性に疑問の余地はないように見える。しかし、次の第63話（巻六巻頭話）を加えて検討すると、その確実性が揺らいでくる。63話は、「証空、師の命に替る事」である。

三井寺の智興内供が伝染病で危篤となった時、陰陽師晴明が、弟子で身替わりになる者が有れば証空を救うことができると言った。多くの弟子がしりごみする中、末座の弟子証空が名乗り出た。証空は老母のもとに別れを告げに行き、来世の引導を約束した。そして、師の病を引き受け、苦痛の中で不動の絵像に後世を祈った。不動像が血の涙を流し、「汝は師に替る。我は汝に替らん。」という声がして、証空の病は癒えた。智興もまた回復した。不動像は「常住院の泣不動」として後に伝えられた。

いま仮に第62話を傍に置き、61話と63話を対照してみると、「修行僧と老母」、「身替わり」という一つ一つの共通要素と、法華八講や不動像の「縁起譚」という性格の共通性とが浮かび上がる。第61話と第63話とが隣接して一対となっていたとしても少しも不思議でないのである。もとよりこの程度の理由で第62話の後補を主張することはできない。しかし、現存八巻本の巻五・巻六の分割にとらわれずにこの前後の説話配列を再検討してみる動機とはなり得るであろう。

2　恩義と信義の主題による連接

巻五の後半には、「貴族の道心」を題材とする第53話から第57話までの一群（第六章参照）があり、そのあとに現世の地位のはかなさを説く話が続く。そのうち第59話・第60話の主人公は、第57話までの主人公とは対照的に、「乞児」「貧男」といった現世的地位の低い人々である。第53話から第60話までを、「現世の地位と道心」とでも呼ぶべき主題への関心によって貫かれた一連の話群と見ることができる。

前述の第61話「勤操、栄好を憐む事」は、栄好の貧しさが第60話主人公「貧男」と共通し、第60話と要素的には連接されている。しかし主題的には、現世の地位の空しさの認識から仏道を志向するという前話までの話群の関心を継承していない。61話には評言が無いが、内容的には勤操の慈悲を中心とした話であり、前話までの主題との関連を見い出しにくい。また61話は、前述のように62話と要素的に連接するが、主題的にはやはり連続しない。第62話が「母の恩」の話であるのに対して、第61話は母の愛でも子の孝でもなく、第三者による母の世話の代行を述べているのである。従って、現存八巻本によって見ると、第61・62話は、巻五の中核をなす話群の最後に、その話群との間にも二話どうしの間にも主題的関連を持たないまま、単に要素によって連接されてぶら下がっているということになる。

しかし、前節の終りに示した観点にしたがって、第61話から第63話への（第62話および巻の切れ目を飛び越えた）連接を考えるならば、これとは違った見方をすることができる。第61話と第63話との共通性は単に要素的なものにとどまらないからである。

第61話の勤操は、常識的な道徳の範囲では引き受けなくともよい、隣坊の僧の母の食料を提供し、死後の供養を行なう。第63話の証空は、年も若く、「弟子にとりては末の人なれば誰も思ひよらぬ程」であったにもかかわらず、師の命に替わろうとする。いずれも、周囲が予想し、もしくは期待することのないような場面で敢えて進んで行なわれる献身、という特徴を持った行動である。そしてこれらにつらなる特徴は、実は第64話以下の話群の主人公についても次のようにたどり得るのである。


〔第64話〕一乗寺僧正に拾われ、里親を決めて託してもらった恩を忘れず、僧正の葬儀に参列して落涙した女。

〔第65話〕堀河院の没後、その再生の地を訪ねようと一人海上に乗り出して行った蔵人所の衆。

〔第66話〕夫の遺言を守り、実子よりも継子をかばった母。

〔第67話〕長い間別れていた父の、突然の命に率直に従った西行の娘。

〔第68話〕病気治癒の祈りの効果が無いというので、長年の祈りの僧を変更しようとした親を、逆にたしなめた病床の少年成通。

いずれも、意想外な場面・状況で発現する、主従・親子等の間での信義・恩義への忠誠・献身である。

このような主人公像への編者の関心のあり方は、第64話や第65話の評言に直接示されている。

もろもろの事、珍しく耳近きを先とする習なれば、何わざにつけても、さしあたりてきはやかなる恩など蒙ぶれるをこそ悦ぶめれ。か様におほぞらなる事を、忘れず心にかくる事は、いと有難かるべし。誰も誰も、思知る人も、年月積りゆけば、すなはちの様にやはある。（中略）しかあるを、はかなき女の心に、さしも尽きせず思ひしめたりけん情の深さ、猶たぐひなくぞ侍る。（第64話）

直接の記憶にないような赤ん坊の時の恩を、成人してからも心に止め続けた女主人公の心情は、当面の事のみを大切にする世間一般の人情とは全く異なるが故に、編者の心を強く打ったのである。

大方、程につけつつ、まことのせには、思はずなる事、多かり。（親しき）疎きにもよらず、顧みのありなしにもよらず。かく走りつきたる者の命替はり、年頃深く相頼みたる人の、人よりもおろかなるためし、多くきこゆるは、前の世の結縁によるにこそ。一度は生きかへりて、見まほしき事なり。（第65話、「親しき」は慶安四年版本「シタ、シキ」を平仮名本を参考に校訂）

ここでは、世間一般の人間の恩義・信義への、編者の不信感がより露わに示される。守られて当然と思われる恩義や信義がつねに裏切られてしまう現実と、これらの説話主人公達の如き思いがけない恩義への忠実さとの背反を、編者は「前世の縁」という教義的枠組みで、いちおうは理解しようとする。しかし、編者のこの問題への異常とも言うべき関心の強さは、仏教教義の枠組みを逸脱しかねないものなのである。

「一度は生きかへりて、見まほしき事なり」という第65話評言の結語は、自分のこの世での人間関係が、次の転生の時にはどのように現われるかを見たいものだという意であろうが、仏教的に見れば奇怪な想念と言わなければならない。仏道の立場からは来世での往生をこそ期すべきであり、人界への再転生を望むことは衆生教化などの特別の動機による場合以外、むしろ罪深いことであろう。また仮に人界に再生したとしても、（序文で編者自身が言うように）「宿命智」のない凡夫には前世と今世との関係を認識できないはずであり（第九章参照）、この願望じたいが無意味とも言える。こうした特異な文言の場合、一般論として誤写等の可能性も考慮しなければならず、慎重な扱いが必要かもしれない。ただ、この評言を持つ第65話の説話内容じたいも、往生思想と適合しにくいものであることは注意される。主人公は、「西の海に大竜に成りておはします」故帝に仕えるべく舟出するのであるが、大竜の国も六道の内と見なければならず、彼の行為は仏教的救済と直接には何ら関わらない。浄土教教理にそって説話を取捨した形跡のある五巻本「異本」にこの話が無いのは、おそらく偶然ではなかろう。この点を考慮すれば、評言の特異な文言も、かえって編者自身によって記された可能性が高いと言えるのではないか。

実は、第65話の内容と評言の特異性については、はやく貴志正造が指摘している（鑑賞日本古典文学第二十三巻『中世説話集』角川書店、一九七七年、二四七頁）。貴志が示唆するように、そこには編者の「人間不信」の投影が窺われるであろう。編者には、現実社会において信義や恩義が守られることが稀有であるという認識がある。それは、編者が社会生活の中で嘗めた失望や挫折の体験と結びついていると想像される。こうした認識や体験が、世俗社会への嫌厭と仏教的遁世思想への傾斜の要因となることは言うまでもない。しかしその一方、現実と人間関係への絶望感は、その裏に信義・恩義を重んじる関係への渇望を潜めている（むしろ順序としては、理想的関係への希求が大きいがために、現実に失望することになる）。そのような渇望が、説話主人公への関心という形で浮上して来るのが、『発心集』の第61話・第63話から第68話なのである。この話群では、第65話のように仏教思想の原則との抵触が見られ、そこまでではなくとも、遁世思想とは直接的な関係の薄い話が多い。それらを敢えて集に導入しないではいられなかった所に、編者の関心とそれを支える渇望感の強さが見られる。その意味でこの話群は、編者（およびその周辺の遁世者達）の心情と仏教思想との交叉の、微妙な角度をも物語っていると思われる。

さて、この話群の末尾に位置する第67話（西行の娘）と第68話（藤原成通）は、巻六の中核に位置する「数奇と仏道」を主題とする話群（第69話から第72話）への導入部ともなっている（第七章参照）。一方、話群冒頭の第61話が、それまでの主題話群の結尾である第60話と要素的に連接されていることは、本稿で先に述べた。つまり第61話から第68話の話群は、集全体の構成から見ると、前の主題話群と後の主題話群とを橋渡ししていることになる。

このことじたいは、急激な転換を嫌って漸次の移行をはかる配列技法の問題である。しかし、その橋渡し部分の中に、集全体の一次的な主題を担う話群には繰り込み切れなかった、編者の心情的な関心が浮上し、説話配列の進行を支配するという点に、特に注意するべきであろう。第61話から第68話の話群は、それじたい「恩義・信義」についての主題話群と呼びたい程のまとまりを持っている。しかし、その主題的関心は『発心集』の第一次的な主題である遁世思想や仏教信仰との直接の接点を持たない。その点で私は、この部分に、第四章で扱った巻四巻頭部と似た、『発心集』独特の橋渡し話群（「間奏部」）の性格を認めたいと思うのである。こうした「間奏部」を主題話群の間にさしはさむことで、単に説話の配列が滑らかになるだけでなく、編者の関心のさまざまな層が、説話を通して集の中に投射されることになる。そのような仕方で、編者の精神の諸相を形象化している所に、『発心集』という説話集の独自性があると言えよう。

3 「間奏部」における第62話の異質性

繰り返しになるが、以上の考察は、第61話から第68話の話群中の第62話を除外して進められている。

既に見たように、修行僧の息子への母の愛を描いている第62話は、その前後の「信義・恩義」の物語と性質が異なっている。母の子への愛は、人びとが常識的にそれを期待し、予想している性質のものである。子のために髪を犠牲にする行為でさえ、必ずしも異常な意想外のものとは受け取られないであろう。そして第62話の評言も、母性愛を鳥獣にも共通の普遍的なものとして説くのみで、前後の説話の関心との脈絡を示していない。『発心集』の話末評言は、多く、そこまでの話群の中にあった関心を顕在化し、それをしめくくったり、新たな展開をはかったりする機能を持つ。しかし、ここにはそのような動的な働きが全く見られない。要するに第62話に認められる関心は、前後の話からは遊離した、母性愛への類型的称賛に過ぎない。

もちろん、以上の見方が、第62話の後補という事実問題を直接に証明するわけではない。構成の理解としては、第61話から第63話へと進む主系列から枝分かれした付属説話として第62話を位置づけることもできる。第61話と第63話に共に現われる母と子の関係からの連想で、挿入的に置かれたものと見るのである。その場合、事実経過としての後補は認めなくとも、第62話の質的な挿入性は認めなくてはならないと思われる。私自身は、総合的印象として第62話が後人の増補である蓋然性が高いと考えるが、問題を決着するにはやはり独立の実証的論拠が必要である。したがって、当面、次のような効用論的な観点を示しておきたい。すなわち、第62話の比重を他の説話と同等に見なすならば、この前後の説話配列の意味が不明瞭となるのに対し、第62話を除外し、巻分割を越えた第61話から第63話へのつながりを考えるならば、説話配列の一貫性を把握し得る。いずれの想定が『発心集』の理解に有益かは、論の観点によって変わってくるであろう。

4　補説　――巻四から巻五への移り――

ここで、『発心集』八巻本の巻六までの範囲で、前後の説話配列から見て不審な部分が他にないか、考えておこう。

第三章ですこし触れたことであるが、八巻本巻四の第41話と第42話には主題的な関連性が薄く、これ以降の部分でも巻四の説話配列は、やや見通しにくい。ではあるが、第42話「肥州の僧の妻、魔と為る事」は、修行者の家族が、悪縁となって修行者の往生を妨げる話、第43話は、玄賓僧都が高貴の女性への恋慕を不浄観により翻した話であり、男性修行者と女性（もしくは男性の情欲）との関係を扱う点で、連想の関係があり、一対と見ることができる。第44話は女性が臨終に際して魔の妨害に遭うが、善知識の僧の適切な導きで往生を遂げる話、第45話は、臨終に際して遺言をしそびれたために、往生に失敗する話であり、善知識の心得といった実践的な知識の側面を含めて、臨終の問題に関わる一対となっている。これを広く見ると、家族関係や男女関係を含むさまざまな「縁」と修行（特に臨終往生との関係）を扱う説話としての、ゆるやかな連接を持つとは言えよう（第八章3参照）。ところが、第46話「武州入間河沈水の事」は、入間川の氾濫の際の恐怖を描き、第47話「日吉に詣づる僧、死人を取り（棄つる）事」は、日吉社に詣でる途中の僧が、夫の亡骸の葬送に困っている女に同情して手助けしたが、日吉明神はこれをとがめなかったという話で、いずれも、それ自体としてはまとまりのある印象的な説話ではあるが、相互にも、また前後の説話との間にも、明確な関連性が認められない。もちろん、第46話の主題を「厭離穢土の教説」という所まで一般化して捉えれば、第45話までの「臨終正念」に関する話と関連させることはできるが、思索のつながりとしては切れていると言わざるを得ない。また、第47話は、「亡骸の葬送」という要素の方に注目すれば、次の第48話（巻五の巻頭話）に同じ要素があるので、関連性を認めることはできる。しかし、第48話は、仮死状態で葬送したため、蘇生した女性の眼球が失われ、これを悲観した夫が出家する話で、第47話からの主題的連続性は乏しい。また、第46話と第48話の間には、要素的共通性も見いだされない。

ここで視点を変えて、巻五の巻頭部分を見ていくと、前述の第48話に続いて、第49話も、長く顧みなかった女性のもとを尋ねた男が、女性の頓死を目の当たりにして出家する話で、両話は対をなす。第50話は、娘にみずから妻の座を譲った母が、内心の嫉妬のために蛇と変じた手指を見て出家する話、第51話は妻の亡霊が夫のもとに現われる話で、内心の思いの強さが不思議を現わすという共通性がある。第51話については、直接には仏道との関わり合いのない（むしろ形の上では、執心の正当化を示すとも受け取れる）話であるが、編者の評言は、「おおかた、志の深くなるによりて、不思議を現はすこと、これらにて知りぬべし」と総括した上で、「妻子を恋ふが如く」に仏を慕えば、かならず救済に預かれるという方向に説き進めている。右の「これら」は、第51話の付属説話として短く記された小野篁の妹の話を含めての言い方であろうが、内心の思いの強さという点は第50話にも通じるという前提で書かれていると見られる。これを広く見ると、第48話から第51話を、恋人や家族との関係（縁）の中で生じる、心の諸相を、発心や修行との関連の中で捉えた話群として見ることができる。

ここで、やや踏み込んだ見方をすれば、第42話から第45話までの「縁と臨終」と、第48話から第51話までの「縁と発心」の説話には、男女関係や家族を扱う緩やかな要素的連関もあり、それを基盤に緩やかに思索的な展開を見せていると解釈できる。何よりも、人間の「心」への深い関心と洞察が、「往生の条件」の話群（第三章）からの反響を響かせながら展開する点で、『発心集』的な個性を感じさせる部分になっている。なお、第52話は、不動を持した修行者が次の世に牛に生まれ変わるが、請願によって不動の助けを得ている話、第53話は、「少納言公経」が、前世の姿である修行者の請願によって寺を修理する話で、「強い志」の要素を前の話群と共有し、「転生」「仏の誓願」の主題を扱う一対となっている。そして、第51話からの一連の説話には、「貴族の道心」という、素材と主題にわたる連接性がある（第六章）。すなわち、第51話・52話は、「縁」の話群と次の話群を接続する橋渡しとして、思考や関心の流れを繋いでいると見ることができる。

このように考える時、配列の流れを妨げていると感じられるのは、やはり第46話と第47話である。前者が『方丈記』を連想させる災害の題材を扱い、後者が、長明の神官家の出自を連想させる「神明説話」であることは、むしろ、こうした外在的な（伝記的な）連想に基づいて、後人がここに挿入した可能性を考えさせる。八巻本の巻末のいくつかに、後人の増補があり、本来の説話連鎖は、これらを除いて、巻の間の連続性を見て取ることで復元されるとするのが、本章の提案である。もとより、前節までに述べたように、諸本論のような実証的裏付けを持たない論である以上、厳密な意味では「成立論」ではなく、この説話集に対する一つの読解であることを、あらためて確認しておきたい。

※初出「『発心集』の説話配列と選者の関心」（深井一郎教授定年退官記念事業会編『深井一郎教授退官記念論文集』（一九九〇年三月）。本書に収録するにあたり、4を書き加えたほか、全体に調整を加えた。

第六章　『発心集』の一面
——貴族の道心——

ここまでの章でも述べてきたが、『発心集』の思想的性格は、説話の形成や配列の方法と、互いに深く浸透し合っている。本章では、そのことを八巻本巻五に収められた一連の貴族関係の説話を対象に確認したい。取り上げる説話は次の四話である。

第54話　少納言統理遁世事
第55話　中納言顕基出家籠居事
第56話　成信重家同時出家事
第57話　花園左府詣八幡祈往生事

これらの説話では、先行の書物との書承関係・同文関係が確認でき、他書の本文との比較という簡易な方法によって、『発心集』の編纂作業の具体相を窺うことが可能である。さらに四話には、いずれも摂関期から院政期にかけての著名な文人貴族の道心に関わる話であるという、題材の共通性がある。仏教説話集としての『発心集』が、かつての平安貴族社会とそれに関わる価値観を、どのような思想的立場で捉えていたかを、編纂作業の分析を通して明らかにできる見込みがある。以下、一話ずつ順を追って検討していきたい。

1　少納言統理遁世の事（第54話）

第54話は、年来遁世の志を抱いていた統理が、ある月光の明るい夜、遁世の思いが高まり、関白に別れを告げて、増賀のもとで出家する話である。先学の指摘があるように『今鏡』巻九「まことの道」からの書承と見なされる（山内益次郎「中世初期における今鏡本文の考察」一九七一年三月、『日本文学研究資料叢書・歴史物語』に再録。藤島秀隆『中世説話・物語の研究』第一章一、桜楓社、一九八五年）。両書の異同は、ほぼ文体と細部の語句にとどまるが、比較的に目に立つ異同として、説話の後半の部分の叙述がある。出家した後も物思いにふけって修行の進まない統理を見て、増賀が問いただしたのに対する、統理の答えの部分から、まず『発心集』を示す。なお、文中の「聖」は増賀を指す。

「子うみ侍るべき月にあたりたる女の侍るが、思ひ捨て侍れど、さすがに心にかかりて」と云ふ。聖これを聞きて、やがて都に入りて、其の家におはして尋ね給ふに、今、子をうみやらで、なやみ煩らふ折なりけり。聖、祈りてうませなんどして、人に尋ねつつ、産養ひ(まで)なむ、ともしからぬ程にとぶらひ給ひける。かくて統理大徳、ひと方は心やすくなりぬれど、三条の院、東宮と申しける時、つねに仕へ奉りし事の忘れ難くおぼえければ、奉れりける。

君に人なれな習ひそ奥山に入りての後はわびしかりけり

御返し

忘られず思ひ出でつつ山人をしかぞ恋しき我もながむる

とて給はりけるに、涙のこぼれけるを押さへつつ居たりける程に、聖きさて、「東宮より歌給はりたらん、仏にやはなるべき。この心にてはいかでか生死を離れんぞ」とはぢしめける。(「産養ひまで」は、慶安版本「ウブヤシナヒテ」。この説話は異本にないため対校できないが、『今鏡』を参考に校訂。)

同じ部分の『今鏡』は、次のようである(日本古典文学影印叢刊の畠山本を参照して、適宜に表記を改める。以下同様)。「子産み侍るべき月にあたりたる女の侍ることの、思すて侍れど、いぶせく思給へて」などいふを、聖、都にいそぎいでて、その家にをはしたりければ、ゐ産みやらでなやみけるを、聖、いのり給て産ませなどして、人にまめなるものなどこひ給て、車につみて、産養ひまでし給けり。その統理、三条の院より歌の御返したまはれりける、

わすられず思いでつつやま人をしかぞこひしく我もながむる

と侍りけるに、涙のごひ侍りければ、「東宮より歌給はりたらむは仏にやはなるべき」と、聖、はぢしめ給けるとかや。たてまつりたる歌も、あはれにきこへ侍りき。

きみに人なれならひそ奥山にいりてののちはわびしかりけり

とぞよみて、たてまつりける。

三条院との贈答の部分の処理に注意したい。『今鏡』ではこの部分はそれまでの説話と直接のつながりがなく、「たてまつりたる歌も、あはれにきこへ侍りき」という評言も含めて、別個の和歌説話が付加されたという印象を与える。一方の『発心集』は、「かくて統理大徳、ひと方は心やすくなりぬれど」の文を挿入し、この部分と先行部分とをひとつの流れに結びつけ、和歌の配列も時間的順序に従って入れ替えている。この改変は、全体の叙述をすっきりさせるという単純な技術的理由からも了解はできるが、主題的な表現効果にも影響を与えていると思われる。すなわち『発心集』では、妊娠中の女を統理の「ほだし」の第一番目のもの、そしてこの「ひと方」が解決した後に出てくる第二番目の「ほだし」が三条院、という流れが明瞭になり、ふたつの部分の主題的共通性がはっきりと

浮かび上ってくるのである。

「ほだし」の問題という主題が説話の全体を一貫するように『今鏡』を書き改めたことは、編者の関心の方向、思想の傾向を示すものといえよう。仏教倫理の立場からすれば、（増賀が一度目は「ほだし」を絶つために献身的に努力したが、二度目にはあきれて非難したように）否定的に捉えられる「ほだし」に、編者はなぜ強調を加えたのか。これは次の第55話にも共通する問題なので、第55話を見た後に、あらためて検討することにしたい。

2　中納言顕基出家籠居の事（第55話）

諸書のうちで『発心集』と最も近い構成を持つ説話は『古事談』第一と『十訓抄』第六に収めるもので、出家のいきさつと説話後半の顕基と頼通とのやりとりについては、三書の叙述はほぼ共通する。ただし『十訓抄』『発心集』は、それぞれ『古事談』にはない若干の記事を加えている（藤島秀隆前掲書参照）。

まず説話前半部分について『発心集』を他の二書と較べると、出家までの経過がはっきり時間順になっていることと、叙述がわずかにふくらまされていることが判る。

中納言顕基は大納言俊賢の息、後一条の御門に、ときめかし仕へ給ひて、若うより司・位につけて恨みなかりけれど、心はこの世の栄えを好まず、深く仏道を願ひ、菩提をのぞむ思ひのみ有り。つねのことぐさには、彼の楽天の詩に、「古墓何世人。不知姓與名。化為路傍土。年々春草生たり」と云ふ事を口づけ給へり。いといみじき数寄人にて、朝夕琵琶をひきつつ、「罪なくして罪をかうぶりて、配所の月を見ばや」となむ願はれける。

これらの内容は大部分が諸書に見出される伝承だが、「いといみじき数寄人にて、朝夕琵琶をひきつつ」に対応する叙述は、「配所の月」に触れている『江談抄』『袋草紙』『古事談』『撰集抄』のいずれにも見られない。「数寄人」という評や、「朝夕琵琶をひきつつ」という描写は、伝承として他の文献の背後にも潜在していたもので、『発心集』がたまたまそれを文字化したにすぎないかもしれない。特に琵琶については、「配所の月」が白楽天の「琵琶行」を踏まえるのであれば、ごく自然な連想であろう。ただし、そうであったとしても、あえてそれらを文字化したところに『発心集』編者の関心のあり方を見ることは許されよう。

次に説話の後半部分を考える。大原に訪ねてきた頼通と仏道について語り明かした顕基が、最後にそれとなく息子の俊実の後見を頼通に依頼した、というエピソードだが、前述のように『古事談』とほぼ同文の関係にある。問題は、顕基のような道心者でさえ「世を背くといへども、なほ恩愛は捨て難きものなれば、思ひ余」った、というモティーフを持つこのような話を、なぜ『発心集』が採録したのかという点である。顕基出家譚は広く流布しているが、このエピソードじたいは、『古事談』に関連する諸書以外に鎌倉前期には見あたらない。『古事談』や、『発心集』とは別に『古事談』を書承したと見られる『十訓抄』は、忠臣として顕基を捉え、その後日譚としてこのエピソードを入れているのだから不自然とも思われない。しかし、両書より遁世思想に接近している『発心集』が、あえて『続本朝往生伝』に見える道心譚（病の治療を拒んで入滅した）ではなく、この「恩愛」の説話を残したらしいことは注意をひく。

第54話の統理出家譚とこの第55話とがともに主人公の「ほだし、恩愛」の問題に関わっていることを考え合わせれば、ここに『発心集』編者の関心の方向を見てとることができるであろう。出家後になお恩愛にひかれていることは、厳格に解された仏教倫理からは非難されるものであろうが（第54話の増賀の態度がそれを示す）、『発心集』編者は、「ほだし」にひかれている主人公に対して、直接に非難を加えるようなことはしていない。そこには、肯定ではないまでも、他人事として突き放せない関心の在り方が窺われるように思われる。

『発心集』の編者や初期の享受者たちが、壮年以降に貴族社会やその周辺から遁れて仏道に入ってきた人びとだったとするなら、当然「ほだし、恩愛」の問題は、彼等にとって身近で切実な問題であったであろう。『発心集』が、「…やがて家を出で給ふ。其のとしごろの上公達袖をひかへて別れをかなしみけれど、更にためらふ心なかりけり」という『古事談』にない描写を持ち（『続本朝往生伝』の「男女引衣。恩愛妨行。敢不拘留」に拠るか）、一方でその後に『古事談』の恩愛譚を取り入れ、「世を捨てて宿を出でにし身なれどもなほ恋しきは昔なりけり」という顕基の歌をも収録していることは、単に多くの情報を羅列しようとしたのではなく、「ほだし」への切実な関心にもとづく選択であったと解するべきであろう。『発心集』では、「いみじき数奇人」としての顕基、我が子のことを「思い余」る顕基、出家人としての顕基、はそれぞれに矛盾する像ではなく、感受性あるいは情感的傾向の強いひとつの人格のイメージに統合され得るものであった。仏道への志向と人間的情感とを兼ね備えた『発心集』の統理像、顕基像は、貴族社会からの遁世者たちの具体的関心と、彼等が自分たちの先行者としての著名な貴族道心者に対して抱いた共感とに、よく対応していたのであろう。

3　成信、重家同時に出家する事（第56話）

成信と重家の同時出家についての話も、事件発生当時から中世までのいくつもの文献に見出される（諸伝承については岡見正雄・赤松俊秀による日本古典文学大系『愚管抄』巻四の補注に詳しい）。

ここではまず、ふたりの出家の動機の扱いに注意して、『発心集』と関係する資料を検討してみよう。『古事談』は、ふたりの出家の動機を、四納言の才学をまのあたりにして悲観したこととしている。これに対して『今鏡』（巻五「苔の衣」）は、道長の病に際しての人心の変化を見たことを動機とする説を、行成の日記に述べる説として紹介し、『古事談』に言う四納言に関わる点は、「こと人」の語った異説として触れている。ただし、行成の『権記』長保三年二月四日条では、道長の病による人心の変化というのは成信ひとりに関する動機と受け取れ、重家については「年来難有本意不能入道」とする。いずれにせよ、『今鏡』の叙述は、二人の動機について明解な解釈は示さず、説を並列的に示すのみである（なお、『権記』長保三年三月五日条にはふたり共通の出家動機として豊楽院の荒廃を挙げているが、『古事談』『今鏡』ともにこれには触れていない）。

『発心集』はこれに対して、四納言の才学に関する動機は重家にのみ、道長の病に関する動機は成信にのみと、話を明快に整理している。これは、『今鏡』に依拠しつつ、そのあいまいな叙述を「志は一つなれど、発心の起りは異りけり」という解釈に基づいて再構成した結果と思われる。成信の動機については、

少将は、時の一の人の、重くわづらひ給ひけるに、その陰にかくれたる人の憂ひあるさまを、うけとり給ふべき方の御ゆかりの人のけしきなどを、見給ひけるに、「惜しむも、そねむも、心うき習ひなり」とおぼしけるより、おのづから厭ふ事となりにけり。（『発心集』）

年ごろの御志の上に、時の一の人のわづらひ給ふだに、人もたゆむ事おほく、世のたのみなきやうにおぼえ給ふことの、心ぼそくおぼえ給ひて、さばかり惜しかるべき君だちの、その御としのほどに思ほしとり、行ひ澄まし給へりし、あはれなど言ふも、よろしかりし事ぞかし。（『今鏡』）

と、『発心集』の方が、予想される権力者の死に対する人々の反応を、立ち入って説明をしている。『今鏡』の叙述を、貴族社会での人間行動の在り方そのものへの嫌悪という一般化の方向へ引き込んで、敷衍したものと解される。

『発心集』の説話の後半部分は、三井寺での待ち合わせに重家が遅れたので成信が先に出家してしまったところ、父にいとま乞いをすませて後から来た重家もすでに自ら元結を切っていた、というエピソードで、『古事談』に掲げる話とほぼ一致する。しかし、

此の少将、まづ元結を切りて、やはらかぶりをして、暗きまぎれに父の大臣に暇を乞ひ給ひければ、おのづから其の気色やあらはれたりけん、「いかに云ふとも、とまるべき様にも見えざりしかば、えとどめずなりにき」とぞ、のたまひける。

は『古事談』にはない部分で、

重家の少将、御親の大臣殿にいとま申し給ける。おほかた、とどめられるべき気色もなかりければ、えとどめ給はざりけるとも、きこえ侍りき。

という『今鏡』の叙述に、似てはいるがすっかりは一致しない。『発心集』の叙述の重要な点は、重家が暇乞いの前にすでに元結を切っていたと明記する点で、これによって暇乞いの話と三井寺での話とがひとつの流れでつながるとともに、ほだしを断つ行為の劇的性格も浮かび上がってくるのである。

このように『発心集』の成信重家説話は、『今鏡』『古事談』とつながりを窺わせつつも、全体的には独自の構成を持っている。この事件については当初からさまざまな異説や解釈が流布していたと思われ、『発心集』編者も、伝聞を含む彼独自の素材を持っていたかもしれない。けれども『発心集』の説話の性格を、それが依拠した資料の独自性に還元してしまうことはできないであろう。『今鏡』や『古事談』が、「又人の申し侍りしは」「或説云」などとして諸伝承を併記する態度を取り、これによっていわば記録文学的な性格に固執しているのに対して、『発心集』は、事件の事実上の経過よりも説話の首尾と主題の明確さの方に重点を置いている。つまり『発心集』説話の独自性は、事件に対する主観的な解釈に基づいており、編者自身の関心や思想が、独自の叙述を導き出しているのである。前述のように、ふたりの出家動機の説明や重家の暇乞いの描写は、説話としての明快さの要求に基づいて書かれているが、その技術的配慮のもうひとつ背後に、貴族社会の利害的な人間関係への編者の嫌悪や、その反面としての「ほだし」の問題への切実な関心などを、窺うことができるのである。

この説話の後半部分、すなわち、説話の主要部分となる花園左府有仁の七夜詣の話は、『今鏡』巻八「月の隠るる山の端」中の記事と近い関係にある。『今鏡』にあった和歌が省略されていること、「御幣の役すとて、近く候ひけるに聞きければ」という部分が『古事談』の「奉幣之時、幣取継人近く候ひて聞きければ」を承けていると見られること、などが主な異同であるが、全体的には『今鏡』を書承したと見なされる（山内前掲論文、藤島前掲書に指摘されている）。

ところが、これに先立つ説話前半部分で『発心集』が試みた有仁の造型は、『今鏡』の有仁像とは大きく異なっているのである。

『発心集』によれば、有仁は王孫の身で帝位につけなかったことに強い不遇感を抱き、

御よろこびなるべき事をも、其の気色、人に見せ給ふ事なかりけり。もし、つかふまつり人の中に、男も女もおのづから快げにうち笑ひなどするをも、「かかる宿世つたなき辺りに有りながら、何事のうれしき」など、聞きすぐさずはしため給ひければ、初春の祝事などをだに、思ふばかりはえ言はぬ習ひにてなむありける。

という状態だったとされている。『今鏡』は、「花のあるじ」「伏し柴」「月の隠るる山の端」と続く三つの章を有仁の記事のために割いているが、それはほとんど全て風流人・趣味人としての有仁像を伝えるもので、『発心集』の記事に対応するような部分を見出すことはできない。『発心集』は何を根拠に、またどういう理由で、上に引用したような有仁像をつくりあげたのであろうか。この点を考えるためには、有仁の実際の経歴を概観しておく必要がある。

4　花園左府八幡に詣で、往生を祈る事（第57話）

有仁の父輔仁親王は、後三条天皇の第三皇子で白河天皇の異母弟にあたる。同母兄の実仁親王が早く死んだため、それにつづいて東宮に立つ可能性があったが、白河天皇は実子の善仁親王（堀河天皇）を東宮に立てた。このため白河と輔仁との間に生じた反目は、永久元年（一一一三）には親王周辺の陰謀事件として顕在化する。白河院は、この事件で輔仁親王支持派を抑えたあと、永久三年に輔仁の子、有仁を養子にとり、元永二年（一一一九）には源氏の姓を与えて従三位右近衛中将とし、同年の親王の死の同日には権中納言に任じた。皇孫の賜姓は異例のことだが、いきなり三位に叙し、藤氏が独占していた中納言中将の職に就けたことは異例中の異例だと『中右記』は述べる（元永二年十一月二十八日条）。有仁は以後もほぼ順調に昇官して、保延二年（一一三六）には三十四歳で左大臣となり、久安三年（一一四七）の死の直前までこの職に留まった（なお、輔仁親王関係の資料は、前掲『愚管抄』巻四補注にまとめられている）。

白河院の有仁に対する処遇は、おそらく、陰謀事件以後もくすぶっていた輔仁親王とその支持派の不満を和らげる意図を含んでいたであろう。『中右記』は叙従三位の処置を評して「父依親王哀憐歟」と記し、『延慶本平家物語』巻二中は、よりはっきりと「輔仁の親王の御愁を休め、且つは後三条院の御遺言を恐させ給ひける故とかや」（『源平盛衰記』巻十六もほぼ同文）と述べている。

このように有仁は、いわば父の代償として官位上で厚遇された。たしかに父が帝位に就けば当然東宮になり得たであろうし、『台記』の記事に拠れば、堀河院に皇子（鳥羽天皇）が生まれなければ、代わって即位する可能性もあった（久安三年二月三日条「白川法皇迎以為子。今法皇未有継嗣。有意于欲立以為嗣」）。「御門のむまごにて、ただ人になり給へる。この世には珍しく」（『今鏡』）という認識は当時一般に流布していたと見られる。しかしそのことが、有仁自身にとって、また周囲の人々から、「不遇」として受け取られていたという確証はない。『本朝世紀』が「受性温雅、尤有器度」と評し、『台記』や『今鏡』が最大級にその人格を称賛している中で、『発心集』の有仁の極度の不遇感ととげとげしさはやや奇異な感じを与える。端的に言えば、『発心集』の有仁像には、父の輔仁親王についての印象が重ね合わされているのではないか。

輔仁親王についてならば、その詩が「喜び無く、憂ひ有り」と言い換えて伝えられたという『今鏡』の説も有り、「かかる宿世つたなき辺りに有りながら、何事のうれしき」と言っていたという伝承が生じたとしても不自然ではない。一方、前掲の『延慶本平家物語』『源平盛衰記』は、輔仁親王の花園での籠居生活について、

惣じて詩歌管弦の道に勝れてましましければ、人申しけるは、なかなか世にも無く、官もおはせぬ人は、院・内の御事よりも珍しく思ひ奉りて、参り通ふ輩多かりければ、時の人は、「三宮の百大夫」とぞ申しける。

（『延慶本平家物語』、汲古書院刊の影印を参照し、表記を適宜に校訂）

詩歌管弦に長じ御座ししかば、世にもなく官もなき人々は、院・内の御事よりも中々珍しく思ひ奉りて、参り通ふ人多かりければ、時の人、「三宮の百大夫」とぞ申しける。

（『源平盛衰記』、勉誠社刊古活字本影印を参照し、適宜に表記を校訂）

と述べている。『今鏡』では、山荘の造営や百大夫が有仁のこととして述べられることを踏まえれば、これら二本の非平曲系『平家物語』の記述は、輔仁の伝承の中に有仁の要素を取り込んで創作されていることになる（なお、長門本は該当記事を持たない）。

一方、『発心集』は、有仁について、先に引用した部分に続けて、

春は内わたりも中々事うるはしければ、身に才ある程の若き人は、ただ此の殿にのみ詣で集まりて、詩歌管絃につけつつ、心を慰むること隙なし。上の御せうと達、はたいます。朝夕といふばかりさぶらひ給ひければ、大臣殿など申すばかりこそあれ、さるべき（宮々）の御もてなしに変はらず、飽かぬことなく見えけれど、すべて身を憂きものに深くおぼしとりて、つねには物思へる人とぞ見え給ひける。（「宮々」は、慶安版本「色々」。

文脈から漢字草体の誤認による誤写と判断し、異本により校訂。）

と記している。「上の御せうと達」以下の箇所は、『今鏡』に、

上の御せうと達の君達、若殿上人ども、絶えず参りつつ遊びあはれたるはさる事にて、百大夫と世にはつけて、影法師などの、朝夕慣れつかうまつるが、弾き物・吹きものせ(ぬ)は少なくて、ほかより参らねど、内の人々にて御み遊び絶ゆる事なく、伊賀大夫・六条大夫などいふ優れたる人どももあり。（括弧内、畠山本「ね」を校訂）

に、ある程度対応する。一方、「春は内わたりも中々事うるはしければ」（春は宮中もかえって儀式張って面倒なので）以下の文言は、「なかなか世にも無く、官もおはせぬ人は、院・内の御事よりも珍しく思ひ奉りて」という『平家物語』二本に通じる。そして『発心集』は、有仁の境遇が「さるべき宮々の御もてなし」と差がないと明言しながら、なおかつ彼が「身を憂きものに」思い続けたことを強調してこの部分全体をしめくくるのである。

このような輔仁・有仁親子に関する諸書の記事の関係を、すべて明確にすることは難しいが、二本の『平家物語』の伝承は、いずれも以仁王の乱をめぐる挿入説話であり、同一の説話の異文として扱うことができる。おそらく、『今鏡』『発心集』の両資料を承けて、その歴史叙述に合致する形で、輔仁親王の造型を行なったものであろう。ただし、現存文献の範囲では、右のように考えるのが穏当であるものの、『平家物語』二本に顕在化したような、輔仁・有仁の伝承の交錯（風雅の才や人望といったふたりの共通点に起因する）は、『発心集』の編纂以前に既に、潜在的な形で存在していたと考えることもできる。『発心集』は、このような交錯を基盤にして、本来は不遇感がふさわしいのはふたりのうちでは輔仁の方であるにもかかわらず、あえて輔仁についての伝承を有仁像に挿入して、「不遇の有仁像」を創造した可能性がある。

この操作が意図的であったと証明することは難しいが、『発心集』にとって、有仁をこうした人物として設定することに、十分な意味があったことは確かである。有仁が不遇を嘆いていたという部分は、七夜詣の際に有仁の道

心が明らかになる部分への伏線として働き、不遇意識が実は現世を厭って後世を願う志向を内在させていたことが、意外性を持って明らかになる後半部分が、これによって生きてくる。この説話構成によってこそ、「まことに御門の御位もやむごとなけれど、つひには刹利も須陀も変はらぬ習ひなれば、往生極楽の(御ねぎごと)にはしかずなん」というモティーフが効果的に表現される（括弧内、慶安版本は「ツネノコト」、『今鏡』を参考に異本により校訂）。有仁七夜詣の話は、『今鏡』や『古事談』でのような扱われ方ならば、有仁についてのひとつのエピソードにすぎず、他の有仁伝承との間に一貫したテーマを見いだしにくいのであるが、『発心集』では「不遇感の人」という有仁解釈に結びつけられることによって、「不遇から厭世、そして道心へ」というテーマを明確に担うにいたるのである。

『今鏡』の有仁像（『十訓抄』などに受け継がれたものを含めて）が、あくまでも風流人・趣味人としての像だったのに対して、『発心集』の道心者的な有仁像はやや特異なものと言える。しかし『発心集』は、貴族文化人として理想化された有仁を否定し去って別の有仁像を造り出したのではなく、こうした理想像に多少の解釈の変更をつけ加えながら、いわば仏教的理想像へと転位させていこうとしているのである。編者や当初の読者の念頭に、風流人・趣味人としての有仁像がすでに共有され、そうした形でまず有仁という人物が理想化されているという前提があるからこそ、有仁の道心譚はより印象深いものとなったはずである。王朝文化的な価値へのこうした態度の取り方と、成信重家説話に共通する「不遇から道心へ」という主題によって貴族社会における道心を捉える視点に、『発心集』の思想的特徴を見ておきたい。

5　まとめにかえて

ここまでの考察によって、『発心集』貴族道心譚の説話構成の方法と、その思想的な方向性とを、確認してきた。他の書物からの直接書承と見られる場合もあれば、複数の資料・伝承から説話が作成されたと推定される場合もあるが、いずれの場合にも時間的・因果的な話の流れを明確化する配慮、主題の一貫性への関心、などが働いている。主題の把握に基づいた、叙述の改変や増補、諸伝承の取捨選択・再解釈・連結といった、文学的操作が行なわれたということである。その全てが意図的操作であったとまでは言えないにせよ、ほぼ編者個人の説話構成の技法と見てよいと思われる。

この操作の背景には特定の関心方向が認められる。貴族社会の否定的側面としての、無節操に栄達を求める人びとへの嫌悪、不遇と「ほだし」の問題への関心、そして何より、こうした事柄に対する主人公の敏感な感受性への共感が、目につく。これらの説話が、事実経過への興味にひかれて諸伝承を列挙する形態を取らず、むしろ話としての首尾を明確にする方向へ向かっているにもかかわらず、観念的な誇張を感じさせないのは、編者自身の切実で具体約な関心が、主人公に投影されているためではなかろうか。やや抽象化して述べれば、上・中流貴族社会のエピソードであった著名貴族文人の道心譚・出家譚が、主人公たちよりはやや下層の貴族知識人出身の遁世者の関心に捉えられ、文学的操作を通過させられることによって、仏教的な説話として成立してくる事態が、ここに見られるのではないか。

遁世思想と遁世説話集の成立に関して中下層貴族出身の知識人層が果たした役割については、はやく伊藤博之「撰集抄における遁世思想」（『隠遁の文学　妄念と覚醒』（笠間書院、一九七五年、初出は『仏教文学研究』第五号、一九六七年五月）が指摘している。私見では、『発心集』から『閑居友』『撰集抄』への過程で遁世思想の性格は転位と変質を受けているが（この点は第九章に述べる）、それにもせよ、説話集における遁世思想に対する貴族知識人的なもの、言い換えれば、仏教に身を寄せながらも、貴族社会の文化への郷愁を失わず、また寺院の専門仏教者にも、民間の宗教者としての聖たちとも、にわかには同化できない、という性格の刻印は否定しがたいと思われる。本章では、説話主人公像の造形の中で、いわば貴族文化的な価値と仏教倫理的な価値が融合される所に、そうした知識人的性格を認めたのである。このような価値の融合は、次章では、「数寄」と仏道との結びつきという形で捉えられるであろう。

※初出は「貴族道心譚から見た『発心集』―説話構成の方法と方向―」（日本文学協会『日本文学』一九七六年十二月）。修士課程在学中の執筆で、資料操作・文章技術とも未熟ではあるが、著者のその後の『発心集』読解の方法と方向がこの論文で定められているため、補訂と調整を加えて本章の一章とした。掲載誌の紙数制限の関係で不十分な叙述になっている箇所を中心に加筆し、文体・表記を大幅に調整し、文意の明瞭化を心がけた。『源平盛衰記』を引用しての考察は、一部延慶本に入れ替えている。

第七章　『発心集』の数寄説話

『発心集』八巻本巻六に、「数寄」を扱った説話を続けて配列している部分がある。編者鴨長明の人物像との関係からも、注目されることの多い話群であるが、本章では、前章までに指摘してきた、説話の編集と配列を通して編者の思想を展開していくというこの説話集の特徴的な方法が、ここでも確認できることを示してみたい。

1　成通と西行

巻六の数寄に関する話群は、第68話の侍従大納言藤原成通の話（「侍従大納言幼少の時、験者の改請を止むる事」）に始まると見るべきであろう。もっともこの話は、主人公の芸道への熱中を語る話ではない。概略は次のようである。

九歳の時、成通はわらわ病みに罹った。いつも祈禱を依頼されている僧都が呼ばれて祈るが、効果がないので、父の民部卿は別の僧を呼ぼうとする。病床の成通がこれを知って、ずっと頼みにしてきた僧都の祈りの効験を、ここに至ってにわかに疑うのはふびんであるから、この僧都に祈りを続けさせて欲しいと懇願する。両親は心を動かされて少年の言葉に従う。両親からこの事を聞いた僧都も感激して、いっそう熱心に祈ったところ、病は快癒した。

「数寄」とのつながりが直接に現われる箇所は、

此の君は、幼くよりかかる心を持ち給ひて、君に仕うまつり、人にまじはるにつけても、事にふれつつ情ふかく、優なる名をとめ給へるなり。惣て、いみじき数寄人にて、世の濁りに心をそめず、いもせの間に愛執あさき人なりければ、後世も罪あさくこそ見えけれ。（傍線、引用者）

という話末評言での言及のみである。しかしこの評言は、説話主部に描かれた少年成通の心性と、後年の「いみじき数寄人」としての成通の人間像との間に、直接的なつながりを見出している。しかも、この評言がいわば導入部となって、この後には典型的な数寄者の説話が並んでいく。この点から見て第68話は、一般的な意味での数寄者譚ではないだけに、かえって『発心集』が数寄者をどのように捉えているかを窺う上で重要な手がかりとなると予想されるのである。

さて、右に引用した評言は、成人後の成通の像については、何の具体的な描写も書くことなくすませている。おそらく、当時の人びとに、成通の特徴的な人間像が周知と言ってよいほどよく知られていたために、あらためて述べるに及ばなかったのであろう。成通についての伝承は、『発心集』と、同時代およびやや後の時期のいくつかの説話集、すなわち『古事談』『十訓抄』『古今著聞集』『撰集抄』などに見出すことができる。最も目立つのは、芸能諸分野に秀でた成通を取り上げた説話で、蹴鞠や今様の才能は時に神秘化されて語られる（たとえば『成通卿口伝日記』に基づくかと思われる『古今著聞集』巻十一の話、あるいは『撰集抄』第八や『十訓抄』第七の話）。その一方で、貧しい舎人に高価な薬をさりげなく与えたという『十訓抄』第一の話のように、情深さとふるまいの優美さを描いた説話があり、陣座で催馬楽を口ずさんで左大弁資信に非難されたという『古事談』第一の話のように、いくぶん世間的常識に疎い面を語る説話もある。そしてこれらの諸書よりやや時代を遡った所に『今鏡』の記事が位置する。『今鏡』は、巻六の「かりがね」の章のほぼ全部を成通の記事に割き、成通の諸芸にわたる才能、とくに今様・

蹴鞠への打ち込み、乗馬・早業の堪能について詳しく述べるが、それだけでなく、彼の人格の特徴にも触れている。「おほかたは心若くなどおはして」との評のもとに、はじめて婿に入った時、調度の厨子を寵愛していた呪師の童に与えてしまった話を記し、また時に故実に無頓着なふるまいがあったことを述べる。一方で「あまり音泣き易き」と言われるような鋭い感受性を持ち、武士や山伏のような階層の者の行動の小さな点にも感動して落涙したことを記す。すこし後の「梅の木のもと」の章には、

成通の御心ばへは、世の沙汰をばいたくも好み給はで、公事などは識者におはせしかど、世のまめなる事はとりいらぬ御心にや、蔵人頭も検非違使の別当もへ給はず、侍従の大納言などいひてすぎ給ひにき。（畠山本影印を参照して適宜に表記を改める）

という人物評があり、故実には精通していたのに俗世的野心を持たなかったとされる（『今鏡』の成通関連記事については、原田隆吉「今鏡の思想（二）」、日本文芸研究会『文芸研究』第二十集、一九五五年年六月にまとめられている）。

これらの伝承を見渡して得られる成通像は、諸芸能に熱中と才能とを見せることの他に、感じやすい優しい心と、いくぶん世間離れした態度とを特徴とする。このような伝承的成通像は、『発心集』の成立と深い関係を持つ『今鏡』や『古事談』を介して、またそれ以外の経路によっても、『発心集』の編者や当初の読者たちに共有されるものになっていたと思われる。この条件の下でこそ、幼少時の逸話から、「此の君は幼くよりかかる心を持ち給ひて、…事にふれつつ情ふかく、優なる名をとめ給へるなり」と成通の全体像へと飛躍していく話末評言の語り口が、無理のないものとして成り立ち得たのであろうし、この評言が、芸能への熱中と性格的な優しさとを「数寄人」の特性として不可分のものと見ているらしいことも、これらの伝承を背景として理解し得るのである。

しかしそうであるとしても、数多く流布したにちがいない成通の逸話の中から、『発心集』編者がなぜこのような幼少時の話を選び出して来たのであろうか。単に、あまり世に知られていない話を入手し得た（現存の説話集類

では、『発心集』を書承した『私聚百因縁集』以外に類話は見えない）からなのか、あるいは、藤原家隆の幼少時詠歌説話などと似た「栴檀の二葉」的な点への興味から選ばれたのか。それとも、成通伝承の中で、特にこの話のみが持ち得た特徴的な性格が何かあったのか。この問題を考えるためにぜひとも注意を向けておかなければならないのは、話中で「民部卿」と呼ばれている成通の父、藤原宗通ではないかと思われる。白河院の近臣として権勢をほしいままにしたことで知られ、保安元年（一一二〇）七月二十二日に宗通が死去した時、中御門宗忠は日記『中右記』に次のように記した。

此人、容体頗勝人、心性誠叶時。上皇、被仰合萬事。仍天下之権威、傍若無人也。家累宝貨、富勝衆人。就中子孫繁昌、只如任意也。（増補史料大成により表記を改める）

このような権勢と富が、権力・財力をあくまで追求する生き方の結果として獲得されたであろうことは容易に想像される。『今鏡』巻六の「旅寝の床」章には、宗通に所領を奪われた者が怨霊となって、彼の臨終の枕辺に出没したことが記されてもいる。井上宗雄は、「成通の人柄のよさは、父のあくどさを反面教師としたものであったかもしれない」（『平安朝後期歌人伝の研究』笠間書院、一九七八年）と述べるが、たしかに『今鏡』や『中右記』から窺い得る宗通の人間像は、先に見た成通とは対照的である。成通幼少説話を伝承した人びとは、成通を心優しい数寄人として思い描くことができただけでなく、父宗通を強欲な権勢家として聞き知ってもいたであろう。『発心集』編者や当初の読者たちも、おそらく同様であった。そう考える時はじめて、この説話がはらんでいた批評的な意味あいが了解されてくる。効験が現われないからといって、長く頼りにしてきた僧都をすぐ別の者と交替させようとする宗通の発想は、子への愛情から出たものとはいえ、信頼や恩義よりも直接の利害を重く見る彼の日頃の考え方を、映してはいないだろうか。そこには、財にまかせていくらも新しい験者を呼ぶことができるという富者のおごりや、他人をつねに利用価値から判断する権勢追求者の習性が、おのずと現われているのではないか。それに対して、病苦の最中に在る少年成通の言葉は次のようである。

猶、この度は僧都を呼び給へかしと思ふなり。其の故は、めのとなどの申すを聞けば、まだ腹の内なりける時より、此の人を祈の師とたのみて、生れて今九つに成るまで、事故なくて侍るは、ひとへに彼の人の徳なり。それに、今日、此の病により口惜しく思はん事のいと不便に侍るなり。若しこと僧を呼び給ひたらば、たとひ落ちたりとも、猶本意に非ず。況や必ず落ちん事もかたし。さりとも是れにて死ぬるほどの事はよも侍らじ。我をおぼさば、幾度も猶此の人を呼び給へ。

別の僧によって治癒したとしても本意ではないとまで言って、僧都との間の信義・恩義の大切さを説き、先の宗通の発想に対しての鋭い批判となっている。これを聞いた両親が、「幼き慮りには劣りてけり」と強く反省したのも、自分たちの生き様の負の側面を鏡に写し出されるような思いがしたからだと理解される。すなわちこの説話に潜んでいるのは、いわば、権勢家的価値意識に対する数寄者的価値意識からの批判というモティーフなのである。

このような読み方は、単独で見ればうがち過ぎかもしれない。しかし、隣接する話どうしが多くの関連要素を持つことの多い『発心集』の説話配列において、成通幼少説話の直前に置かれた第67話に、すでに、院の近臣・権勢家が登場しているという点を考慮すれば、そうは言えないと思われる。

第67話「西行女子出家の事」の主人公は西行の娘である。西行は出家遁世の際、幼い女の子を弟の許に残していくが、やがて彼女は「九条の民部卿の御女に冷泉殿と聞えける人」に養女に出され、成長する。そして「冷泉殿」の義妹が「播磨の三位家明」を婿に取った際、この義妹に女童として付けられることになる。ところがこの処置を伝え聞いた西行は、不本意に思い、娘に面会して出家を勧める。すなわち、

そこを、生れ落ちしより心ばかりは育みし事は、おとなに成りなん時は、御門の后にも奉り、若しはさるべき宮ばらのさぶらへをもせさせんとこそ思ひしか。かやうの次の所にまかなひせさせて聞こえんとは、夢にも思

ひよらざりき。仮令めでたき幸ありとても、世の中の仮なる様、とにかくに心やすき事もなかんめるを。尼になりて母がかたはらに居て、仏の宮仕へうちして、心にくくてあれかしと思ふなり。

と説くのである。娘は父親の意思に従ってただちに出家を遂げる。

この説話は西行の伝記資料のひとつとしてすでに注目されている。登場人物の考証については、石田吉貞『新古今世界と中世文学 下』（北沢図書出版、一九七二年）所収の「西行の家族的周辺」、目崎徳衛『西行の思想史的研究』（吉川弘文館、一九七八年）第一章、新潮日本古典集成『方丈記・発心集』（三木紀人校注、一九七六年）などの先学の研究があるので、ここでは本章の問題に関わる諸点のみを見ておこう。

西行の娘が養女に行くのは「九条民部卿」の女の許であるが、この「九条民部卿」は藤原（葉室）顕頼と考えられている。白河院の近臣として「夜の関白」と呼ばれた藤原顕隆の子で、自らは鳥羽院の近臣として権勢を振るった。『愚管抄』巻七が、「別に近臣とて、白河院には初は俊明も候。末には顕隆・顕頼など云物いできて」と述べるように、二代にわたる権勢家である。つぎに、西行の娘が女童として仕えた女性の婿「播磨の三位家明」はどうか。彼は、顕季・家保・家成の三代にわたる近臣の家、六条藤家の人で、三代目の家成の次男にあたる。

娘がこうした人びとに関わる所で暮らすことになったことについて、西行の不快は激しい。「御門の后」「さるべき宮ばらのさぶらへ」が彼の理想であり、権勢家とのつながりなどは「かやうの次の所」、つまりは二流・三流の境遇を意味するにすぎないと考えられている。伝統的な政治観から見れば、近臣の権勢はいわば非正統的な権力であるかもしれないが、院政期の現実から見れば、結びつくことに最も利益のある勢力であったにちがいない。しかし、西行の言葉には、権門につながりを持とうとして汲々とする一般の世間の風潮とは逆の志向が見える。つながりを持つならむしろ、正統な権威である天皇家の近くを望みたかったという口吻に、一種の矜持と世間の風潮への批判を読み取ることは困難ではない。

もちろん、この第67話と第68話の成通説話とを結びつける機縁としては、「親による子の説得」（第67話）と「子による親の説得」（第68話）という、内容の対偶関係を基本的な配列技法として認めるべきであろう。けれどもその背後に、西行・成通の非世俗的もしくは反世俗的な生き方と、権勢家に象徴される利害中心の風潮との、共通する対立図式を認めておくことは意義がある。おそらくそこには、世俗的価値観に対する『発心集』編者の批判が潜められていると思われるからである。西行もまた、和歌への愛好と没入という点から見る時、「数寄者」と呼ばれ得る面を持っていたことは言うまでもない。従って、西行から成通へ、さらに以下の話群へと、より典型的な姿で描き出されていく『発心集』的数寄者像において、第67話・第68話にこめられていた世俗的利害中心の価値観への批判という方向性もまた、受け継がれていくと予想できるのである。次節では、この予想を念頭に置きつつ第69話以下の数寄者説話を読み進めていくことになる。

2　永秀と時光・茂光

第69話「永秀法師数寄の事」では、笛に没頭して生活の貧しさを顧みない永秀法師と、そんな主人公に援助を申し出た八幡別当頼清とのやりとりを中心に話が展開する。必要な事があれば何なりと言ってくれてよいという頼清の言葉に対して、永秀はただちに「深く望み申すべき事侍り。すみやかに参りて申し侍るべし」と返事してくる。ここまでの敏速な反応を予期していなかったらしい頼清の心は、次のような揺れを見せる。

「何事にか。よしなき情をかけて、うるさき事や言ひかけられん」と思へど、「彼の身のほどには、何ばかりの事かあらん」と思ひあなづりて過ごす程に、

さていよいよ永秀が成清の許に現われて、「浅からぬ所望侍るを、思ひ給へてまかり過ぎ侍りし程に、一日仰せを

悦びて、左右なく参りて侍る」と口上すると、頼清は「疑ひなく所知など望むべきなめり」と内心で覚悟する。しかし続いて述べられる永秀の望みは、漢竹の笛を一本手に入れたいというただ一事なのである。頼清はその数寄者ぶりに感じて、笛を調達しただけでなく、若干の生活の援助もするが、永秀は贈られた物を全て八幡の楽人達と合奏を楽しむ用に費やしてしまい、物がなくなればまたひとりで笛を吹き暮らすという生活を続ける。「かやうならん心は、何につけてか深き罪も侍らん」という評言が、以上の話を締めくくっている。

『石清水祠官系図』（群書類従所収）によれば、八幡別当頼清は康和三年（一一〇一）に六十三歳で死んでいる。一方の永秀は、『古事談』巻六に戸部正近の同時代人として語られているが、戸部正近は、永承四年（一〇四九）に子の正清を儲けたと『戸部系図』（群書類従所収）に記されている人物である。十一世紀の後半に頼清と永秀が実際に交渉を持つことはあり得たと言えよう。また『古事談』は、永秀が愛用した竹笛が後に白河院の手に帰したことを記すが、『発心集』の話はあるいはこの永秀愛用の楽器の由来譚として伝承されていたものだったかもしれない。しかし、『発心集』以前の史実や伝承がどうあれ、第69話がきわめて『発心集』的な性格を付与されていることは明瞭であろう。頼清の心理の動きをかなり克明に描き出し、それを永秀の数寄者ぶりに対照させるという構成方法に、そのことはよく表われている。

頼清は、自分から永秀への援助を言い出しておきながら、相手が飛びついてくると、「うるさき事や言ひかけられん」と不安になっていくぶん後悔し、その一方で相手の身分を見下して「何ばかりの事かあらん」と高をくくる。また、永秀の願いを聞かぬ前から、所領を望むのであろうと早合点している。ここには、八幡別当の地位と財力を持つ頼清の、利害や地位を中心にしてしか他人を見ることのできない卑俗な心性がさらけ出されている。世俗の利害にとらわれて生きている人間に多少とも通有のこの卑俗さに対して、笛を吹く楽しみ以外に何ものも求めない永秀の「数寄」が鮮やかに対置される。第68話の宗通と同じく頼清も、説話主人公の生き様によって暗黙のうちに鋭く批判されているのである。第68話・第69話に共通するこうした構成は、『発心集』編者が意図的にとった方法であろう。そこに託されているのは、俗世に埋没した生き方への編者自身の反発と批判であり、その批判が、「かやうならん心は、何につけてかは深き罪も侍らん」という数寄擁護を思想的に支えていたと考えられる。

第70話（「時光茂光、数寄天聴に及ぶ事」）は、数寄の非世俗的性格を、現世の最高地位である帝位と対比させることによってさらに強調している。

笙吹き「時光」と篳篥師「市正茂光」が唱歌に熱中している時、宮中から召しが来るが、ふたりは耳を貸さない。使いが帰って事の次第を奏聞すると、帝は立腹するどころかかえって感動し、「王位は口惜しきものなりけり。行きてもえ聞かぬ事」と涙ぐむ。このように単純な短い説話である。同じ話が『今鏡』第九（昔語・かしこき道々）にあり、さらに『平家物語』の延慶本・長門本・源平盛衰記が高倉院崩御の部分にこの説話を入れている。平家三本のうちでは、この話の帝を堀河院とする延慶本・長門本の形が本来のものであろうが（水原一『延慶本平家物語論考』加藤中道館、一九七九年、八九頁）、『今鏡』は「いづれの御時にか」と帝の名を朧化する。時光は豊原氏の系図（日本思想大系『古代中世芸術論』所収『教訓抄』附載）によれば時元（一〇五八—一一二三）の父、『古事談』第六の説話によれば藤原宗俊（一〇四六—一〇九七）の師。茂光（『今鏡』では用光）は和邇部用光と見られ、『篳篥師伝相承』（群書類従）では藤原敦家（一〇三三—一〇九〇）の師。したがって、堀河院（一一〇六年、二十九歳で没）と同時期に、ふたりの楽人が高齢で生存していた可能性はある。ただし、『発心集』は、『今鏡』を書承したと見られ、もちろん帝の名は記していない。

この話では、数寄に共感して落涙する帝の姿に話としてのひとつの重点があり、それだけに音楽愛好家として名高い堀河院にこれを当てた平家三本の話にも、いわば伝承的なリアリティはある。けれども『発心集』の作品世界の中で見るなら、説話の中心はあくまでふたりの数寄者にある。現世における最高の栄誉である宮廷への召しを無視してしまう彼等の生き様は、宮廷を頂点とする貴族社会の中で、すこしでも上昇の機会をつかもうと狂奔している人びとの姿への批判をこめて、描き出されているはずである。ここから、

是れ等を思へば、此の世の事、思ひ捨てむ事も、数寄はことにたよりとなりぬべし。

という話末評言での数寄評価が帰結する。そしておそらく、「王位は口惜しきものなりけり」という帝の述懐には、世俗の最高地位よりも数寄者の境遇を上位に置こうとする編者の価値意識が、重ね合わされているのであろう。

3　数寄聖蓮如

さて、第71話（「宝日上人、和歌を詠じて行と為る事」）は、前話までに展開されてきた数寄の主題にひとつの決着を与える役割を担っている。内容的には単一の説話ではなく、説話と評言部とを交互にくり返す複合的な構成を持つが、整理すれば次のように三部分に分けて考えることができよう。

第一の部分は、和歌への数寄が仏道修行に入る媒介となる可能性を論じる。まず、宝日上人なる人物が、三時の行を行じる際、経文や讃を用いるかわりに三首の古歌を詠じて観想の助けとしていたという話を記す。次いで、評として、

いと珍しき行なれど、人の心の進む方、様々なれば、勤めもまた一筋ならず。（中略）況や和歌は能くことわりをきはむる道なれば、是れに寄せて心を澄まし、世の常なきを観ぜんわざども、便りありぬべし。

と述べる。そしてこの論の補足として、源信が最初は和歌を狂言綺語と見ていたが、ある機会に「世の中を何にたとへん朝ぼらけ」の古歌を想起して「聖教と和歌とは、はやく一なりけり」と、考えを改めたという説話を記している。

第二の部分は、定子皇后の歌と尊勝陀羅尼とを交互に詠み上げて夜を明かしたという蓮如聖の話と、琵琶の曲を極楽に廻向して仏行に代えたという大武資通の話からなる。その後の評言は、

中にも数寄と云ふは、人の交りを好まず、身のしづめるをも愁へず、花の咲き散るをあはれみ、月の出入を思ふにつけて常に心を澄まして、世の濁りにしまぬを事とすれば、おのづから生滅のことわりも顕れ、名利の余執尽きぬべし。これ出離解脱の門出に侍るべし。

というもので、数寄の反世俗的な性格が、仏道修行のための精神態度へとそのまま連接していくことを論じる。

そして第三部分は、第二部分で出た蓮如が、保元の乱で敗れて流された崇徳院の配所を訪れていく話で、一見したところ数寄の主題から離れた付加説話という印象を与える。

以上の三部分のうちで第一部分と第二部分の説話は、和歌・音楽と仏行との結びつきの実例になっている。これらの例を擁護する編者の主張は、まず、仏道修行の方法は画一化されるべきでなく、個人の特性に応じて主体的に選択されるべきだというものである。これは『発心集』全体に流れている基本思潮のひとつであるが、これに加えて、とくに数寄の宗教的意義を端的に言う論拠として、第68話から展開されてきた数寄の反世俗的性格という主題が十分活用されていることは言うまでもない。しかしここで特に注意しておきたい問題は、付加部分のように見える第三部分の説話の主人公で、かつ第二部分にも現われる、「蓮如」という人物の造型である。

第二部分では、蓮如は次のように描かれる。

近く蓮如といひし聖は、定子皇后の御歌、

夜もすがら契りし事を忘れずば恋ひん涙の色ぞゆかしき

と侍るは、隠れ給ひける時、御門に御覧ぜさせむためとおぼしくて、帳のかたびらの紐に結び給ひたりける歌なり。是れを思ひ出して、限りなく哀れに覚えければ、心にそみつつ此の歌を詠じては、泣く泣く尊勝陀羅尼

をよみてぞ後世をとぶらふ。又詠じては、さきのごとく誦す。かくしつつ、夜もすがらまどろまずして、冬の夜を明かしたりける、いみじかりける数寄者なりかし。

定子の歌は、自らの死後に帝が流すであろう涙を思いやる意を詠んでおり、仏教の見方からすれば死後も尽きない妄執の表現であろう。しかし蓮如は、この歌の情感に自らを同化して「限りなく哀れに」感じつつ、詠唱する。その上で、妄執に迷っているかもしれない定子の魂が救われるように、仏教者として尊勝陀羅尼を誦する。文芸作品にこめられた人間の感情を汲み取る感受性を持つが故に、その感情の浄化と人間の救済を願う志向も深く切実になる。ここに編者が、「いみじかりける数寄者」と呼ぶ性格の特質が認められる。ではこのような蓮如を、前話までに描かれた数寄者像に結びつけているものは何か。おそらく、蓮如の崇徳院訪問説話の分析がこの点を明らかにしてくれるであろう。

讃岐の崇徳院配所を蓮如が訪問する話は、保元の乱の後日譚として『保元物語』諸本に見え、また『平家物語』諸本中の長門本・『源平盛衰記』にも崇徳院追号の関連説話として見えている（ただし延慶本にはない）。これらのうち『保元物語』半井本と『源平盛衰記』は、崇徳院が自筆の経を悪道に廻向して天狗の姿となったあとに蓮如の訪問を置くが、他本は写経以前としている。文章が最も『発心集』に近いのは、『保元物語』の鎌倉本・金刀比羅本であり、半井本はかなり遠い。半井本を古態の『保元物語』とする永積安明は、この箇所についても、半井本にのみ『発心集』からの影響が見られない点に注目している（日本古典文学大系『保元物語・平治物語』三二六頁）。もし、半井本が蓮如・崇徳院説話の早い時期の姿を示しているとすれば、『発心集』研究にとっても興味深いこととなるが、この箇所で半井本に古態を認めることに否定的な意見もある（水原一「崇徳院説話本文考」前掲『延慶本平家物語論考』収録、服部幸造「延慶本平家物語と鎌倉本保元物語―崇徳院説話をめぐって―」、『名古屋大学国語国文学』二十七号、一九七〇年十二月など）。鎌倉本・金刀比羅本、および『十訓抄』は、おそらく『発心集』を書承したものと推定されるが、『発心集』以前の説話の形態について軍記物語の側から照明することは難しいように思われる。そこでもう一度、『発心集』の話そのものに立ち帰ってみる。まず、蓮如の配所訪問の発端については次のように記されている。

国の兵ども、朝夕御所をうち囲みて、輙く人も参り通はぬ由きこゆれば、彼の蓮如と云ふ数寄聖、もとより情ふかき心にて、いと悲しく覚えけれど、人遣ふ事もなかりけり。ただ、妹なる人の候ひけるゆかりに、御あたりの事をも聞き、又、昔陪従にて公事つとめける時、御神楽などのついでに、まれに見参に入るばかりなれば、さしも深く歎くべきにしもあらねど、わざとただ一人、身づから笈かけて讃岐へ下りけり。

数寄者の特性に「情ふかき心」があることを、改めて確認できるが、注意したいのは「さしも深く歎くべきにしもあらねど」という度合に設定されている蓮如と院との関係である。『発心集』はすでに第63話において、師の身がわりとして病を引き受けようとする末席の弟子の話を、第64話において、僧正から受けた恩を長く忘れなかった女房の話を、第65話において、帝の死後、その再生の地を訪ねるべく大海に船出していった蔵人所衆の話を、それぞれ讃嘆をこめて語っていた。

もろもろの事、珍しく耳近きを先とする習ひなれば、何わざにつけても、さしあたりてきはやかなる恩など蒙れるをこそ悦ぶめれ、か様におほぞらなる事を、忘れず心にかくる事は、いと有難かるべし。（第64話）

年頃深く相頼みたる人の、人よりもおろかなるためし、多くきこゆるは、（第65話）

など、話末評言のはしばしから窺えるように、利害を追って節を翻すことを常とする人間社会の現実への批判を、編者はこれらの話に託していた（第五章参照）。蓮如の崇徳院訪問の話に与えられている意味も、同様であったと見てよい。内乱の敗者として幽閉されている院に、かつて恩を受けた者さえ恐れて近づかないのは現実としてむしろ当然である。しかしそこに、僅かな関わりをしか院との間に持たない蓮如が、同情の想いにかられて訪ねていく時、権力の変転に振り落とされまいと必死になっている人びとの対極に在るひとつの人間像が浮かび上がってくるのである。蓮如は配所で笛を奏し、院に歌を贈るが、この音楽・文芸への愛情と、俗世の利害を顧みることなく人間的感情に順っていく生き方とが、不可分に結びついている所にこそ、『発心集』的な数寄者の像はあった。蓮如の崇徳院訪問説話は、決して第71話の単なる付加部分ではない。むしろ、第68話から語られてきた数寄者群像から蓮如までが、俗世の人間生活への批判という一本の糸で結びつくことを、この第三部分こそが明確にしているのである。

現実の蓮如は、定子皇后や崇徳院のような著名な人物の追善と称する芸能を、生計の手段にしていた聖であって、和歌や笛もその手だてであったかもしれない。そこにはまた、頼朝の墓前で落涙し詠歌し念仏する、『吾妻鏡』が記した限りでの鴨長明の姿と、重なる面影もある。しかし彼等の本来の姿はどうあれ、『発心集』の蓮如は、世俗的利害から離れた精神態度と、人間への深い情愛とを兼ねそなえた数寄者として理想化されている。

『発心集』の数寄観は、その基盤にある現実社会への鋭い批判という方向性の点で、『方丈記』における都の生活の批判を継承していると解してよい。一方、『無名抄』の勅撰集入集歌をめぐる述懐や、『家長日記』に記された後鳥羽院との琵琶の名器をめぐるエピソードが暗示するように、現実の長明にとっての数寄は、「執心」として現世離脱に逆行する性格を持っていたように見える。これに対して『発心集』での数寄は、その非世俗性のゆえに、執心の段階を超脱してしまっている。そこにはまた、『方丈記』的な社会生活への露骨な嫌悪をも通り越した、或る澄明さと優しさとがあらわれている。その意味では、『無名抄』で時に否定的に語られる芸術への「執」と、『発心集』の「数寄」とを同一のものと見ることはあたらない。後者の数寄とは、理想化された、いわば浄化された数寄なのである。長明が、自己の数寄をこのような理想像に合体させることで救済したいと願っていたこと、そうした編者の願望こそが『発心集』数寄説話を根底で支えていたであろうこと、ここまでは推定して誤りないであろう。そうした意味から、貴志正造の次のような見解には賛同できる。

長明の評はあくまでも彼の求める心から発したものである。数寄者往生の可能性をこれらの説話に見出した長明は、どんなに意を強くしたことか、想像にかたくない。（角川書店刊、鑑賞日本古典文学第二十三巻『中世説話集』、一九七七年、二五三頁）

もちろん、歴史的に見れば、こうした数寄観が長明ひとりによって担われたのでなかったことは言うまでもない。人と作品によって微妙に異なった経緯をたどりつつ、「隠遁」と「数寄」とは価値的に強固に結びつけられ、中世の文化を貫く理念のひとつがこの時期に形成されていったのである。歴史的文脈からの検討として、たとえば湯之上早苗「数寄と求道（二）――発心集の数寄」（広島文教女子大学「文教国文学」第十二号・第十三号、一九八二年年八月・一九八三年六月）が、本章で扱った問題の多くを取り上げている。

本章ではしかし、『発心集』がその価値観をどのような説話の扱いによって表現しているかという観点から、この問題を見てきた。説話の扱い、すなわち編者による説話集編集の方法は、それじたいも作品の「思想」の一部であり、作品の個性と一体化しているというのが本章および本書における『発心集』観なのである。

※初出「『発心集』数寄説話の思想性」（日本文学協会『日本文学』一九八三年九月）。本書収録にあたり、冒頭と結尾を改稿し、全体に調整を加えた。

第八章　『発心集』の終章

1　巻六終結説について

八巻本『発心集』のうち最後の二巻は、鴨長明の手になるものではなく、後人の増補であると論じたのは簗瀬一雄で、巻六巻末部分が跋の体をなしているとの読みと、異本五巻本には流布本巻七・八に相当する部分がまったくないという事実を出発点としての立論であった（「発心集研究序説」一九三八年、簗瀬一雄著作集三『発心集研究』加藤中道館、一九七五年に再録）。その後、『発心集』研究は大きな進展を見たが、右の問題に関しては、巻七・八増補説を念頭に論じる論者がある一方で、八巻形態を長明作と前提する論者もあるという状況のまま推移している。巻七・八所収の説話に、長明以後の成立であると客観的に立証されるものが見出されなかったこと、（ふたつの異本以外に）古写本が発見されず、伝本研究からの接近に限界があったことが、問題の決着を困難にしたと思われる。本章はこの問題を最終的に決着させることを意図するものではないが、いままでの章で考えてきたこととの関係において、ある程度の私見を示すものである。

巻六巻末部分を跋と見なす簗瀬説には、長い話末評論部に過ぎないとする反論があり得る。また、跋自体が三段階に分かれて後人増補の跡を示すとした簗瀬の読みは、その後、石田瑞麿の、『往生要集』的浄土教思想によって一貫されているという読みにより批判されている（『中世文学と仏教の交渉』春秋社、一九七五年）。結局は読解に帰着する問題なので、水掛け論になる危険もあるが、私見は石田の修正を認めた上で跋説を採るものである。ここまでの説話の評言部と較べて、教理的な一般化が目立っているが、『往生要集』を基盤とするこの集の教理的立場を確認していると見てよいことは、石田ほかの先学が認める通りであろう。最終的には印象の問題になるかとも思うが、虚心に熟読すれば跋と認めるのが穏当であろう。

したがって、私は巻七・八を増補と見なすこととなる。一巻から六巻までの構成が一定の完結性を持つことは、ここまでの記述に加えて、本章でさらに論じたいと思う。巻七・八の増補の主体が長明自身か否かについては、印象としては後人と見ている。この点に関する文学史的な観点からの私見は、次章の「補説」にいささか示す。ただし、この問題についての最終的な結論は、今後の注釈的・思想的・語学的な読みの深化と、新資料の発見（特に、近年の仏教関係史料の発掘に伴う、新たな伝本や享受や伝来に関するもの）に期待するべきであろう。巻六の最後の話群を検討する本章の論は、『発心集』が、巻六でいちおう終結しているという立場に立つが、それ以上でも以下でもない。なお、八巻本巻六までにも増補があるという指摘が、やはり簗瀬以来なされている。この点についての私見は、第五章を中心に既に述べた。しかし増補があったとしても、あくまで付加的なものであり、巻六までをひとまとまりの作品と見なすことをさまたげるものではないと考えている。

2　第74話をめぐって

この話については、諸先学の次のような研究がある。

今村みゑ子「武蔵野の花―『発心集』における抒情的一面―」（『中世文学』第三十七号、一九九二年六月初出、『鴨長明とその周辺』和泉書院、二〇〇八年に収録）

目崎徳衛「西行の虚実」（『数奇と無常』吉川弘文館、一九八五年）
木下資一「『撰集抄』の説話創作をめぐって―歌と歌枕と想像力―」（徳江元正編『室町芸文論攷』三弥井書店、一九九一年所収）
花山聡（a）「『発心集』構造試論―円頓止観の体現として―」（『仏教文学』第九号、一九八五年三月）、（b）「『撰集抄』構造試論―『撰集抄』の中の『発心集』―」（国東文麿編『中世説話とその周辺』明治書院、一九八七年）

これらの論に学びつつ、以下私見を述べてみたい。本節における各説の引用は、右に掲げた論文による。花山の二論文は、便宜上右記の（a）（b）の符号により区別する。なお、花山（a）には、次節以下でも言及する。

（1）原拠説話の問題

第74話は、東国修行中の西行が、秋の武蔵野で草花に囲まれて経を読む修行者に出会うという話で、そのような設定のみならず、和歌的な修辞を駆使した美文や、感傷的雰囲気等の要素も含めて、いわばプレ『撰集抄』的性格を示している。実際にも当話は『撰集抄』に取り入れられて巻六第十話となっている。ただし、その話自体は、『発心集』話の美文や感傷性をさほど顕著に継承しておらず、むしろ同じ巻の第七話「佐野渡聖の事」に『発心集』話の投影が見られ、一方では『西行物語』文明本などの武蔵野聖の話が、『撰集抄』巻六第十話よりもむしろ『発心集』話に近い面を持つといった事情があり、『撰集抄』や『西行物語』の形成過程や相互交渉の複雑さを暗示している。このあたりの問題は、花山（b）、木下が論じており、詳細はそれらに依られたい。私が注意したいのは、後の『撰集抄』などに顕在化された、当話の「西行の物語」としての性格である。それはおそらく、『発心集』の原拠説話にまで遡るものであろう。

『発心集』が当話を取材した資料については全く判っておらず、『撰集抄』や『西行物語』も『発心集』以前の資料に接触した痕跡を示していない。したがって想像に過ぎないが、当話のような説話が、孤立的に形成され伝承されたと考えるよりは、西行を主人公・副主人公とする説話群の一部として存在したと想定する方が、いくらか可能性が高いように思われる。そのような説話群（必ずしも「原西行物語」のごとき一書を成していたとまで主張するものではないが）から、当話や、西行の娘をめぐる第67話が、『発心集』編者の関心に合致するものとして取り出されたのではないか。このような想像の上に以下の論を組み立てるわけではないが、『発心集』以前の説話形成に関わった主体を、西行に関心を持つ人々として想定しておきたいと思う。

その上で、もう少し原拠説話について考えてみよう。この話から西行その他の固有名詞をはずすと、修行者が人跡稀な場所をさまよううち、別の（たぶんより優れた）修行者に遭遇するという類型を取り出すことができる。このような型の説話は、往生伝類の中に多く見いだされるであろうが、当話との関係から特に注意したいのは、『法華験記』上第十一にあり、『発心集』がそれを書承してもいる（第四章で検討した第38話）ような、仙境訪問譚的な読誦仙人譚である。右の話では、深山で道に迷った修行者の前に出現した僧坊は、

前後庭広、白沙遍布、花樹菓林、奇菓異草、処々生列。（『法華験記』、日本思想大系による）

庭の砂子、雪に異ならず、植木には花さき、木の実むすび、前栽にはさまざまの花、色殊に妙なり。（『発心集』）

という様子であった。つまり小仙境なのである。その有様が、第74話の、秋の花に囲まれた草庵の姿と意外に近いものであることにも気づかれる。

もちろん『発心集』の話の舞台は現実の武蔵野であり、主人公も仙人としては描かれていない。かえって、『撰集抄』や『西行物語』が、主人公を読誦仙人とする改作を行なっているのである。しかし翻って考えれば、主人公がかなりの高齢であるらしいこと、読んでいる経典が「法華経」と明示されていること、通常の食生活をしていな

いこと、等の要素は、読誦仙人譚のものと言ってもよいのであって、『撰集抄』などはそれらの要素を顕在化させたに過ぎないのである。この性格は、おそらく『発心集』以前に遡る。この説話の初期の形成は、読誦仙人譚の類型に、西行と郁芳門院の侍という固有名詞を結合し、それにともなう状況の写実化を施す形で遂行されたと、図式的には言い得るように思われる。『発心集』はその読誦仙人譚的性格（伝奇性）を決して強調しはしなかった、むしろ、後述するようにその写実的側面に関心を示したと考えられるが、そうであってなお、この話を『発心集』の中でも異色のものとしている一種の耽美的な性格（今村論文が「抒情的」と押さえるものとほぼ重なる）のある部分は、こうした原拠の仙境譚的性格から引き継がれているように思われる。

以上のような想定を念頭においた上で、つぎに説話の固有名詞的側面を検討したい。

(2) 固有名詞の問題

郁芳門院をめぐっては、目崎・今村が、それぞれ史料を示して論じている。とりわけ、和歌を中心とした宮廷文化の庇護者としての門院像は、この説話の形成・伝承を考える上で重要視される。そうした門院に使えた主人公の経歴は、歌人であり、また院の北面・徳大寺家家司として「侍」の身分ながら文化的空気を呼吸した体験を持つ西行に、発見され、共感されるのにまさにふさわしい。西行の物語としてこの説話を形成した人（々）は、西行の経歴についてとともに、郁芳門院の事績についても、具体的な認識を持っていたと考えてよいと思われる。また、門院の死去に際しての院以下諸人の悲嘆も、侍の行動を自然に理解するための背景として、説話の初期形成者の視野にあったことは確かであろう。もちろん、説話採録者としての長明も、『今鏡』を通じて郁芳門院についての知識を得ており、それを踏まえて説話を理解・享受していたであろう。

ここで、目崎・今村両論がともに注目する知信の存在について少し考えておこう。門院の乳母子知信が、門院の死に殉じて二十一歳の若さで出家した事件は、当時も評判になっていたと思われるし、『今鏡』などによって後世にも知られていた。目崎は、知信と説話主人公「侍の長」の出家行動の重なりに注目する。その上で、西行が常盤の三寂を通して知信出家譚を熟知し、知信に憧れていた可能性を指摘し、こうした西行・知信の「精神的な出会い」を「史実」的な「核心」として、物語的ふくらみを加えて形成されたのがこの説話であろうと考える。一方今村は、知信と長明とを結ぶ線を重視する。知信が出家後に住んだのが日野であったという地縁や、三寂への敬慕、『今鏡』の享受などを通して、知信出家譚に強い関心を抱いていた長明が、説話主人公と知信と思い合わせつつ、第74話の表現形成を行なったであろうと考えるのである。

私見を述べれば、まず目崎の論は、説話の形成についての考え方自体にやや首肯し難い点がある。西行が知信について知っており、また敬慕の感情を抱いていた蓋然性については、指摘通りと思われ、その意味で一種の史実と見なしてもよかろう。しかしその種の「真実」をいわば核として、説話が形成されたとする見方には疑問がある。説話的伝承は、それが登場人物の生身の実在の間近で発生する場合でさえ、事実そのものからではなく、言説から出自する。言い換えれば、見られかつ語られた事柄としてのリアリティ以外に、説話の「真実」は考え得ない。したがって、第74話のような話の場合、説話の形成者（初期の伝承者と言ってもよいが）の郁芳門院や西行をめぐる知識や捉え方が、説話のリアリティにどう寄与したかが重要になるのである。知信出家譚が、「侍の長」の造形の現実味を背後で支える要素の一つとなっていたことは、もちろん想像に難くない。しかし、西行その人の知信観（目崎の表現によれば「精神的な出会い」）を、説話形成者が斟酌し得たか否かには、決定的な意味を認め難い。

これに対して今村の見解は、説話の伝承・形成に関与する主体としての長明にとっての、知信出家譚の意味が問題になっており、理解しやすい。しかし、今村の指摘はそれとして、『今鏡』からいくつかの出家譚を書承した編者が、同じ『今鏡』の知信出家譚は書承していないことにも注意しておきたい。いくぶん結果論に傾くが、敢えて

『発心集』に採録するほどには、編者にとって重要でなかったとも考えられるのである。すくなくとも第74話に関しては、この説話の編者にとっての重要性は、知信譚によって代替し得ない部分にあったことは認められよう。次には、この、編者にとっての意味という面から、第74話を検討しなければならない。

(3)『発心集』の中での第74話

第74話の意味を考えるとき参考になるのは、先に読誦仙人譚として触れた第38話と、それに対をなす第39話である。これらの場合も、編者は単なる伝奇的興味から『発心集』に採録したのではなかった。説話主人公の遁世の動機や、訪問者に対する主人公の立場のかなり微妙な機微に、鋭い関心を向けていたのである（第四章）。そこから類推するなら、第74話の場合も、編者が重視したのは、「侍の長」という低い身分の、必ずしも特別の絆で（たとえば乳母子であった知信のように）結ばれていたとは言えない者の、出家という点であり、さらに、彼が、修行者西行を感嘆させるような、高い清澄な境地に至ったという点であったろう。

第一点の出家動機という点では、第64話や第65話の主人公がただちに想起される。崇徳院を慕って配所に赴いた、第71話の蓮如も同じタイプの人物に属する。第五章以下で論じたように、編者はこの種の人物に特段の思い入れを持っていて、時には仏教倫理の枠からはみ出しそうになってまで共感を示して来た。「郁芳門院の侍の長」の場合も、主従関係・主恩に対する、決して社会的規範に強制されたのではない、自発的で深切な尊重の念こそ、編者が共感を惜しまなかった要素であったと思われる。しかも第74話では、それが出家という仏教倫理と矛盾なく結びついている。いわばこの主人公は、編者の人間的理想と、宗教的理想の一致を形象化していたのである。

前章で論じたように、長明は「数寄」説話を通しても、こうした人間的心情と仏教的価値観との接点を追求していた。今村論や花山（a）論は、「侍の長」の秋の草花への偏愛に注目し、前章の初出稿も視野に入れつつ、第74

話も「数寄」説話の延長上にあると見ている。私も把握の基本線で異論はないが、編者の思索の筋道としては、人間的心情（恩義や信義を重んじる心情と美的感受性を包摂する）と仏教的な反世俗性とが調和する生き方を思い描き、その中に既成の「数寄」という価値意識を、変容させつつ取り込んで行ったと見る。

その意味で私は、先に指摘した、西行との関係、自身「数寄」者でもあり修行者でもある西行に対して、「侍の長」がそれを宗教的に凌駕し、優位に立っている点に注意したい。

もとより秋の草を心にそめ侍りし身なれば、花なき時は其の跡をしのび、此の頃は色に心を慰めつつ、愁はしき事侍らず、と云ふ。

彼は、人間的心情のみずみずしさを保持したまま、実に軽やかに読誦仙人に似た超越性の側に身を翻しているのである。

いかに心澄みけるぞ。うらやましくなむ。

という話末評言は、このあたりの機微を表現し尽くしているとはとても言えない。しかし、矛盾しかねない諸価値を、危うい均衡の上で繋ぎ合わせることに賭けられた、編者の希望（あるいは夢想）を窺うことはできるのである。

右のような性格は、続く第75話にも、やや形を変えつつ見出される。つぎに第75話を検討し、その後さらに『発心集』の「終章」のあり方について考えたい。

3　第75話をめぐって

(1)『発心集』的諸要素の集成

第75話の梗概を記す。

ある修行者が、隠棲の場所を求めて深山に入り、川を流れる花柄をたどって、庵を並べて住む二人の尼に出会う。彼女らは、かつて上東門院の女房であったが、無常を感じ、色欲の罪を恐れて心を合わせて遁世し、この所に四十余年念仏の生活を送っていると語る。修行者は感激して帰り、後に食料を持って再び尋ねたが、尼達は姿を消していた。

この話には、『発心集』において編者が関心を示してきた様々の要素が再現している。山中の隠棲、他人に発見された場合の再遁世などは、既に八巻本巻一において親しい（両方の要素を備えた話としては、第12話、後者では第1話、第2話の玄敏・平等）。遁世者間の友情（第一章、第二章1）、貴族社会の中心からの出家（第54話、第六章）などの要素、また後に詳述するが、女性と恋愛（性愛）の問題という要素も再現されている。

このように第75話は『発心集』世界の諸要素を取り集めて、いかにも「終章」にふさわしい性格を垣間みせつつ、様々な価値観と仏教的な価値観とを総合するという志向において、既に見て来た第74話と共通する性格を持っている。そのことを、まず、前話と同様に固有名詞の面から見てみよう。

上東門院も、郁芳門院と同じく『今鏡』に登場する（すべらぎの上・望月）。しかし、必ずしも『今鏡』に依存しなくとも、道長権勢下の最盛期の貴族社会の中心であり、紫式部をはじめとする才能によって支えられた、女房文化の開花した場所として、上東門院の周囲の世界は、編者の脳裏に思い描かれていたであろう（ちなみに、『今鏡』は、紫式部に仕えた女性の語りという建て前で記述されている）。説話の中ではこの世界は、

> 世の有様うつり行くを見るにも、高き卑しき、かたはしより隠れ行く。すべて此の世には心もとまらず。されば、殊に優なりし所の習ひに、色深き心とて、事に触れつつ身も苦しく、罪の積もらん事も恐ろしく侍りしかば、

と語られるように、仏道への否定的契機として語られてはいる。しかし、その環境に培われた優美な心情は、花を

仏に捧げ、いたわり励まし合いながら仏道にいそしむ尼達の現在のふるまいに、微妙に投影しているように読める。

王朝貴族文化的な（ものとして編者が思い浮かべていた）価値観と遁世倫理との融合は、第54話から第57話の諸話を通して志向されていたものである。そこでも、貴族社会は、表層的には主人公の出家動機を形成する否定的契機であるが、成熟した文化的環境に培われた主人公の繊細な情感・感受性は、ある程度まで遁世者の理想像に組み込まれる形で活かされている（第六章）。第75話でも、そうした説話形成が再び試みられていると言えよう。住居を変えてまで世間からの孤絶を追求する生き方と、深い友情で結ばれた二人の尼の共同生活という、原理的には矛盾しかねない二要素も、細やかな感情と現世拒否の姿勢との融合という基本線の上で、巧みに結び合わされているのである。

さらにもう一つの重要な要素として、この説話には、女性の罪障性への編者の関心が現われている。実は、『発心集』では、女性に関する問題が、八巻本巻四から巻五にかけてまとまって関心の対象になっていた。悪縁としての妻（第42話）、女性を対象とした不浄観（第43話）、女性の往生に対する魔障（第44話）、娘への愛情が往生を妨げる遠因になる（第45話）など、直接間接に女性の仏教に対するマイナスの関わり方が扱われた後、第48話・第49話の、恋愛を契機としての往生という題材へと展開している（巻四巻末の第46話と第47話は、このような主題の連続性を断ち切っているように見える。第五章４参照）。第50話は女性の嫉妬の罪業性を扱うが、最終的には主人公以下が出家して、仏道への契機になったとされる。第51話は、妻の亡霊が夫の寝所を訪う話で、仏教的に見ると罪深い妄執の物語であるが、編者は、志の深さが能く不思議を為し得る事例として、仏への至心の勧めに繫げている（配列方法から言うと、「志の力」を共通要素として第52話が導かれ、この51・52話のブリッジ構造が、それまでの女性関係話群と、以下の「貴族の道心・出家」話群を連絡する。第五章４参照）。

これらの説話が、女性に対する一貫した問題意識で貫かれているというわけではない。しかし、これらの話群と

第75話における再現とを考え合わせると、この問題への関心が、必ずしも通り一遍のものではないことも窺える。この点について考えるには、巻六巻末部全体を視野に入れておく必要がある。節を改めて述べよう。

（2）「終章」の意味

注意されるのは、女性を主人公とする説話が、第72話と第73話に見えることである。説話の配列方法という点から見ると、第72話・第73話は和歌という共通項によって、「数寄」説話群の最終話である第71話と連鎖し、第74話は、和歌そのものは含まないけれども、西行という歌人を登場させることによって前話とのつながりを与えられているというように、ほぼ二話一類的手法がとられている。しかし『発心集』においては、要素連鎖による表層的な配列方法の他に、配列を貫流していく編者の主題的関心の推移にも目を向ける必要がある。そのような見方からすると、第72・73話から第75話への関心の展開がむしろ重視される。

もちろん第74話は、それとして編者の関心の重要な部分を反映していることは既述した。しかし、そこに表現されているのは、宗教的なものと審美的なものとの一致についての一種の夢想であって、説話を覆っている耽美的雰囲気もそこに由来する。その分だけ、遁世者の生き方をめぐる実践的な関心から、いくらか離れていると言える。これに対して、第73話から第75話への展開は、より現実的な関心に支えられているように思われる。

たとえば、第75話が前話と異なる印象を与えるのは、

　其の形ともなく黒み衰へたる人、わづかにさし出て、

という描写に示された、遁世生活の苛烈さの露呈である。それは、第73話の、

　色、白ばみ、晒れほれたる老尼の、影の如くやせ衰へたる、物を乞ひありく有りけり。

という描写と直結する。さらに読み込めば、

何と習はせる事にか、生ける数とて雲風に身を任せてもえなければ、一人一人替はりて、十五日づつ里に出て、
いま一人を養ふわざをなんし侍る。

と語られる、尼たちの乞食の姿に、第73話の老尼の描写を重ねて思い描いてもよいのである。そして第75話の右に引いた箇所は、第74話がいわば仙人譚的に回避していた、生活の糧の問題が、正面から見据えられている。こうした脈絡から見て、女性を直接に扱わない（郁芳門院が女性であることによって要素連鎖は計られているが）第74話を、主題展開において間奏的な位置にあるとすることができると思う。

そのことは、編者が女性の罪障性に向けた関心も、遁世生活への実際的な関心と密接に関わるものとして理解されなければならないことを意味する。

編者の女性観は、前述の巻四から巻五への話群においても、巻六巻末諸話においても、「罪深く」といった表現が示すように、女性の罪障性を男性より重いとし、救済の可能性に関しては女性を劣位に置くという、平安末期鎌倉初期のいわゆる「旧仏教」の類型的枠組みを出ないものである。しかし、そのような女性の「劣位性」を、ただ外在的に説示するために、これらの説話が採録されたとは考えられない。『発心集』は、そのような非主体的な編纂作業を行なうことの、極めて少なかった作品であると見られるのである。むしろ、編者の主体的な問題意識が、女性を主人公とする説話を通して展開していると考えるべきであろう。

第72話は、遊女という職業にある「罪深き」女性が、和歌を介した結縁により救済される可能性を暗示的に描く。第73話は、既に現世的なものからの離脱をはたしている老尼の、貴族文化的な（しかし一面では「罪深い」であろう）過去を、「うつくしき手」で歌を書くという行為を通して暗示する。第75話は、いわば両話の主人公の境涯を繋ぐ部分を、主人公に語らせている。すなわち、「色深き」故に罪に満ちた（しかし、和歌や手跡などの文化的価値には恵まれた）環境から、乞食によって生をつなぐ反現世的生活への道筋である。

ここに現われた関心は、広い意味での貴族文化的な価値観に浸透された主体が、どのようにしてそこにつきまとう罪障性を克服して、出自の劣位性を救済の可能性へと反転させ得るか、というものであった。まさに、編者自身の主体的課題に関わっていたのである。そこでの女性の罪障性は（巻四から巻五の話群についてもそう言い得るのではないかと思うが）、男性としての自らを含めた罪障性の、いわば典型としての性格を帯びていたと思われる。

けがらはしくあだなる身を山林の間に宿し、命を仏にまかせ奉りて清浄不退の身を得ん事は、げに心がらによるべき行なり。

という第75話話末評言の、「けがらはしくあだなる身」は、言うまでもなく編者を含めた遁世者一般を指している。山林閑居という、遁世者の典型的な修行方法も、その可否を決めるのはそれぞれの主体の心の在り方であり、ひいては「自心をはか」（序）って、己にふさわしい修行の在り方を求める主体の真摯な姿勢である。これは、『発心集』の中でたびたび述べられた思想であるが、終章としての第75話もまた、そこに帰着して行くのである。

4　『発心集』の構成と性格

最後に、『発心集』全体の構成と終章との関係について、同じ問題を扱う花山（a）論への異見を交えつつ述べて置きたい。

花山論文は、長明という実在人物に引き寄せて断片的・主観的に読まれがちな『発心集』を、ひとまとまりの作品として扱い、（巻六までの）そのまとまり方を客観的に捉えようとする。私は、その問題意識には強い共感を覚える。しかし、『摩訶止観』の教理の体系に一致するものとして『発心集』の「構造」を説明する点に関しては必ずしも賛同できない。その理由は、大きくふたつになると思う。

一つは、『発心集』の（ひいてはこの時代の）仏教思想の捉え方の問題である。遁世思想と『摩訶止観』（以下『止観』と略す）との関係は私も否定はしない。しかし、『発心集』の思想的性格は、『止観』や（『止観』から発展したものであるが）『往生要集』などを含んだ幅広い天台思想として考える方がよいと思う。空・仮・中の三諦のような天台教理は、我々が想像する以上に当時の知識人の思考様式に浸透していたであろうが、その浸透の度合いに応じて、『止観』等の文言そのものの厳密な意味から、より一般性のある、いわば「ものの見方の型」といったものへと変化していたであろう。『発心集』では、たとえば「慈悲」を扱う説話の背景に、こうした（大乗仏教的と呼んでよい程度にまで）一般化した天台教理の枠組みが認められる（第三章参照）。藤原俊成の『古来風体抄』のように『止観』を名指しで引用している書物の場合でも、その思想的枠組みは、「従空入仮」といった天台的思考様式の一般的形式というレヴェルで押さえることができる（拙著『藤原俊成―思索する歌びと―』三弥井書店、二〇一四年）。このように考えた場合、『摩訶止観』の体系のかなり直接的な「適用」として『発心集』の「構造」があるとする花山説は、やや窮屈な読みのように思われるのである。

第二の理由は、『発心集』のまとまり方についての考えの相違である。端的に言えば、私は『発心集』を構造的な説話集と見ない。理念と現実の間を往復しつつ展開する編者主体の思考の運動が、説話配列の進行を支えているのであるが、そのような循環的な、螺旋状の動的「構造」はあっても、完結的に構築された静止的構造体になっているとは考えない。見てきたように第75話は、集中の諸要素を取り集めて一応の完結の相を示しはするが、質的には集を通して繰り返された問いへのさらなる回帰に過ぎず、その終結は絶対的なものではない。第75話の主人公が、それまでの説話の主人公よりも高次の理想を表現しているとか、集の最終的結論の形象化であるとかいうふうに、理解する必要はないと思う。

花山は、第10話の話末表現で、山林独居の生き方がいったん相対化されることをかなり重く見ているが、私見によればそれも繰り返される思考の往復運動の一こまである。第75話が再び山林閑居を肯定したとしても、かつての肯定と否定とを止揚する理念が出てくるのではなく、結局は「人それぞれの行」という既出の命題が再確認される。そこに認識の深化はあるかも知れないが、体系に支えられた予定調和はない。

結局私は、『発心集』という作品自体が、思考する編者主体を背後に想定せざるを得ない性格を持っていると考えるのである。もちろん、この主体に、鴨長明という固有名詞を過剰に背負い込ませるべきではないが、かといって無人称的な「構造」に置き換えることも無理があると思う。たとえば、「虚構」という操作によって「主体」を作品の内部に取り込んでしまっている『撰集抄』なら、それは可能かも知れない。『撰集抄』と『発心集』とはそれほど質を異にしていると思うのである。

この『撰集抄』との関係を含めた、『発心集』の文学史的位置づけについては、次章においてあらためて考えたい。

※初出「『発心集』の終章」(『金沢大学教育学部紀要四十三・人文科学社会科学編』一九九四年二月)。本書収録にあたり、全体に調整を加えた。

第九章　『発心集』と『閑居友』『撰集抄』

『発心集』『閑居友』『撰集抄』の三つの説話集は、鎌倉初期から中期にかけて「遁世説話集」とでも呼び得る一つの系列をなして出現した。『閑居友』が『発心集』を強く意識して執筆されたことは、『閑居友』の編者自身の言明から明らかであり、『撰集抄』が『閑居友』の強い影響下に成立したことは、類似の表現や文言から見ても疑いを容れない。このことは、既に先学の研究でも多く指摘、確認されてきており、研究上の共通理解としてよいと思う。

本書ではここまでもっぱら『発心集』の「思索的説話集」としての性格の解明に紙幅を費やしてきたが、本章では、このような特徴を示す『発心集』という作品が、説話集の歴史の中でどのような位置を持つかという点を考えるために、『発心集』をある意味で継承した二つの説話集との関係について、いささか考察する。三集が共通性の半面で持っている明らかな雰囲気の異質性を明確に捉えるため、敢えて仮説的にやや図式的な把握を提示したい。西暦十三世紀半ば頃までの鎌倉初期と、それ以降の時代とでは、同じ「中世文学」として扱われていても、作品の持つ雰囲気がかなり異なってくる。本章で示す図式は、そのような問題を考える上でも、見取り図としての役割を果たせるかと思う。

1　『発心集』の反「智者」性

まず、『発心集』序文の次の文言に注意することからはじめたい。

但し、此の心に強弱あり。浅深あり。且つ自心をはかるに、善を背くにも非ず。悪を離るるにも非ず。風の前の草のなびき易きが如し。又浪の上の月の静まりがたきに似たり。いかにしてか、かく愚かなる心を教へんとする。仏は、衆生の心のさまざまなるを鑑み給ひて、因縁譬喩を以てこしらへ教へ給ふ。我等、仏に値ひ奉らましかば、いかなる法に付きてか勧め給はまし。（今、智者の云ふ事を聞けども、彼の宿命智も無く、）他心智も得ざれば、唯我が分にのみ理を知り、愚かなるを教ふる方便は欠けたり。所説妙なれども、得る所は益少なき哉。此れにより、短き心を顧みて、殊更に深き御法を求めず、はかなく見る事聞く事を注しあつめつつ、しのびに座の右に置ける事あり。即ち、賢きを見ては、及び難くともこひねがふ縁とし、愚かなるを見ては、みづから改むる媒とせむとなり。

こうした序跋の類は、謙遜の姿勢をとりつつ、そこにいくらかの自負を潜めるのが通例であり、右の文言の場合も、自らの心を「愚か」「短き心」といった言葉で捉えている点までは、そうした常套的な修辞にならっているように見える。しかし、「今、智者の云ふ事を聞けども」という箇所以下になると、編者の自負心の表出が修辞の範囲を逸脱してしまう。この展開を少し詳しくたどっておこう。

はじめに編者は、自分のような「愚かなる心」の者でも、仮に仏の在世に出会えたならば、「衆生の心のさまざまなるを鑑み給ひ」て教説をあつらえる仏の能力によって、必ず何らかの仕方で教導されたであろうと想定する。ここまでは、当時における常識的な理解の範囲内と見てよいであろう。ところが編者は、この「仏」の教導能力と対比して、同時代の「智者」の教導能力を批判の俎上にのぼせ、「智者」の説法には「愚かなるを教ふる方便」が欠落しているから、いくら聞いても自分たちには無益だと言ってしまうのである。この論法は、いささか公平さを欠いているように思われる。むしろ、「智者」が「仏」でない以上、「宿命智もなく、他心智も」ないのはやむを得ないと考える方が普通であろう。たとえば源信の『往生要集』は、阿弥陀浄土に生まれた衆生が得られる「楽」を列挙する中で「宿命通」ほかの「五通（五神通）」について、

無量の宿命の事は今日聞くところの如く、六道の衆生の心は明かなる鏡に像を見るが如し。（日本思想大系『源信』、五六頁）

などと言及した後、

今この界の衆生、…五神通に於て誰か一通を得たるものあらん。

と、現世における神通の困難を述べている。現世の「智者」に他心智や宿命智を求めるのはもともと無理なのである。それならば、「智者」の説法にたとえ不十分な点があっても、それを介して仏法に触れ得ることには感謝するべきだというのが穏健な考え方であろう。それをあえて「所説妙なれども、得る所は益少なき」と否定し去るところに、「我が分にのみ理を知」る独善的な「智者」に対する、『発心集』編者の強烈な反発が見て取れる。

この反発は、自己の「心」の状態に対する編者のこだわりの半面である。そのことは、『方丈記』の結尾部分のよく知られた一節を想起することでよりよく理解される。

もしこれ、貧賤の報いのみづからなやますか。はたまた、妄心のいたりて狂せるか。そのとき、心さらに答ふることなし。

「貧賤の報い」は前世の罪業の結果の問題であり、「妄心」は心の内奥の問題であって、もし過去世を明察する「宿命智」と、他人の心のあり様を見通す「他心智」を持つ「智者」があったならば、この問いに答えられるはずであ

る。しかし、『発心集』編者は、そのような「智者」は同時代には求めがたいと考えたわけである。それならば、『方丈記』で「答ふること」なかった自らの「心」が、その「心」自体を自力で教導するしか道はない。そこで、「殊更に深き御法を求めず」、自力で収集可能な説話によって「みづから改むる」方途が選ばれることになる。

このような編纂動機が、集の実態の中にどのように展開されているかについては、第三章で論じた。様々な事例の説話を収集し、それらの相互相対化を通して往生の条件が各人ごとに様々であることを確認した編者は、各人が自らの「心」を内省することによって、自分なりの修行の方法を自覚するしかないと考える。

諸々の行は皆我が心にあり。みづから勤めてみづから知るべし。余所には、はからひ難き事なり。都て過去の業因も、未来の果報も、仏天の加護も、うち傾きて我が心のほどを案ぜば、おのづからおしはかられぬべし。

（第33話の話末評語）

本来ならば「過去の業因」は「宿命通（智）」、「未来の果報」は前掲五神通のひとつ「未来通（智）」によってのみ認識可能なことがらであろう。しかし現実には、各人が「うち傾きて」（じっと考えて）自分の心を内省することによって、それを推し量るほかないのである。「他心智」の不可能性は確信され（「余所にははからひ難き事なり」）、頼みになるのは各人の主体的な内省のみとされる。『方丈記』と『発心集』が事実としてどのような順序で書かれたかは別問題であるが、思想の展開の順序として考える限り、『方丈記』末尾の自問自答への解答は、右に引用した第33話の話末評語によって与えられていると見るべきである。

『発心集』のこうした主体的傾向は、既に第三章に述べたように、天台浄土教の教理が「往生の条件」を各人ごとに多様な（言いかえれば不定な）ものとしてしか示し得ないことの、一種逆説的な帰結であった。『発心集』において、往生の条件の多様性の教理は、説話集編纂という営為が本来はらんでいる相対主義的な態度と結びついた。多様性を認める相対主義を基盤として、信仰のあり方を各自が決定するという姿勢が生まれる。したがって教理次元での『発心集』は天台浄土教の枠組み内にあり、同時代の法然が、人間の多様性に左右されない単一普遍的なものとして往生の条件を考えたのとは異なる。しかし、「智者」の権威を離れて自己の救済を自ら考えようとする主体性の点で、「諸々の智者達の沙汰し申さるる観念」を無効とした『一枚起請文』の法然と、『発心集』の長明との間に共通性を認めることができる。「智者」の権威が揺らぎ始める時代の刻印がそこにある。『発心集』は「智者」の権威への不信や反発を序文以外ではあからさまには語らないが、「並びなき智者」千観に空也を対置した第4話、増賀が説法の機会を「魔縁」と観ずる第5話、また貪欲の律師を評するに「智者なればこそ、律師までものぼりけめ」の文言をもってする第35話など、随所にそのようなモティーフの潜在は窺えるのである。

なお、『発心集』序文の引用箇所のうち、「今、智者の云ふ事を聞けども、彼の宿命智も無く、」の部分は慶安版本などの八巻本に見えず、異本系二本にのみ見える。一般論としては、こうした本文異同のある細部を基礎に一作品を論ずることは避けた方がよいが、ここでは敢えてそのリスクを犯した。慶安版本の本文は全体的には異本系のそれより良好であり、新たな伝本が出現しない限り校訂本文の底本としての位置は動かないと考えられるが、部分的には異本系本文に祖形を認めるべき場合が見られる。この場合は前後の文脈の繋がりとバランスを勘案し、版本の脱文を補うべきであろう。なお、異本系「書写山の客僧、断食往生の事」末尾に、「とにかくに志の人は、智者・道者に会ひてよくものを問ふべし」という後人の追補と見られる独自異文があるが、このことは異本系本文の形成に関わった人々がどちらかと言えば「智者」を尊重する立場にいたことを物語っている。彼等が序文の当該箇所に、故意に「智者」批判の文言を挿入したとは考えられないことも、先の判断を傍証すると考える。

2　慶政・長明と慈円

『閑居友』の編者を慶政と見てよいとすると、『閑居友』が『発心集』の反「智者」的性格をすんなり継承するわけにいかなかったことは、ただちに見通される。幼少時に三井寺に入り、天台教学と密教の体系的知識や作法を成人時までに既に修得していた慶政にとって、「智者」や大寺院の権威の意味は、長明にとってのそれとは根本的に異なっていたはずである。にもかかわらず、慶政はある面において『発心集』を引き継ぐ作品を編纂することになった。この彼の立場の問題性を考えるためには、いささか迂遠ではあるが、大伯父にあたるとされる慈円の場合に目を向けておくことが便宜かと思われる（本章で触れ得ない詳細については、多賀宗隼『慈円の研究』吉川弘文館、一九八〇年、および拙著『慈円の和歌と思想』和泉書院、一九九九年を参照されたい）。

慈円は久寿二年（一一五五）の生まれで慶政より三十五歳年長、ちなみに鴨長明は通説に従えば同年の生まれである。九条兼実の弟として、九条家を仏教界から補佐することを期待され、延暦寺の覚快法親王のもとに入ったが、二十代の後半には何度か籠居の意志を抱き、そのたびに兼実に抑止されている。しかし建久期以降は、天台座主や大僧正を歴任、国家仏教をになう高僧としての道を歩むことになる。この間の経緯を詳述する余裕はないが、本章の観点から注意したいのは、承元二年（一二〇八）頃からの数年間、公的な活動を抑制して西山善峰寺に本拠を移した、「西山隠棲」と呼ばれる行動である。

慈円の善峰寺への本拠地移動は、現世的活動の完全な放棄を意味せず、客観的には「隠遁」と呼び得るかどうか問題があったとしても、彼なりの遁世思想の実践であった。そのことはこの時期の和歌作品から窺える（以下、歌番号・歌本文は『新編国歌大観』によるが、表記は私意による）。たとえば、承元三年十月に詠まれた『厭離欣求百首』やその草稿から切り出された「厭離欣求百首中被取替三十五首」には、

紫の雲待つ宿の西の山にかかれる藤の色ぞうれしき（三一八九）

夢さめて心も空にながむれば我が世もふけぬ月もかたぶく（三二四三）

草の庵になにと心のとまるらむ離れてものを思ふべき身の（四五五二）

なにとなき口ずさみまで契りける仏の御名は南無阿弥陀仏（三二六二）

など、三年後に書かれる『方丈記』の文言を連想させるような表現が見らる。承元二年夏から秋の一連の詠草（四七九六から四八〇〇）も山中の感興を詠み、就中「西山往生院より眺望には、宇治・伏見等、鳥羽院等なり」の左注を持つ、

この庵は我が故郷のひつじさるながむる方は宇治の山もと（四七九八）

は、日野山からの眺望を述べる『方丈記』の一節を思わせる。

もちろん、ここで両者の間の影響関係を問題にするつもりはない。和歌所の会での「同席」をはじめ「接点」はいくらも存在するものの、社会的地位の隔たりをこえた直接の交渉については明徴がなく、どちらかと言えば私的な詠作に属する西山での慈円詠を、『方丈記』が参照していたとするには無理がある。むしろ後述する慶政の遁世との関係からも、この時代における地位や立場を越えた隠遁思想の広がりを、確認しておくべきであろう。

西山隠棲の思想的背景を慈円自身が説明したものとして、承元二年頃に編まれた歌合の跋文と思われる仮名の文章があり、『拾玉集』巻五に収められている（『新編国歌大観』私家集編Ⅰ七三九頁～七四〇頁）。彼はそこで、仏教教義の要諦を源信の『往生要集』に従って「厭離穢土欣求浄土」に求め、さらにその実践形態としては「静処閑居」、具体的には山中隠遁が最もふさわしいとする。その文脈で、本来山中の清浄な道場として開かれたはずの比叡山・高野山が、内部抗争に明け暮れて荒廃していったことを嘆き、それら大寺院への批判として登場した「遁世の聖」に言及して次のように述べる（和歌文学大系『拾玉集（下）』明治書院、二〇一一年により一部表記を改める）。

悲しきかなや、仏法末になるままに、其の跡はみな闘ひの庭となりて、果てには鉾先を争ひ、むつかしき相論をのみ好みて、天聴を驚かすことになることぞかし。（中略）かかるままには、法師の道にさらに二途の道を

なして、「遁世の聖」といふ者出できたり。しばしは尊しと聞きこしかども、今はまた聖といふものはみな様悪しきものなり。

慈円はこのように、「遁世の聖」の当初の姿は評価しながら、同時代の聖については「みな様悪しきもの」と一括して否定してしまう。その理由は具体的には語られないが、法然門下の念仏聖の動向を含めて、当時の聖たちの教義上の非正統性や、生活形態の世俗化を念頭に置いていたのであろう。しかし慈円は、これに続けて、

かかるままには、かへりて道もなき心地し侍れど、さりとてはとて、この至れるまことに責め出されて、深き山に入りつつ仏道を思惟し侍る中に

と述べることで、自らを隠遁の実践者として位置づける。「この至れるまこと」とは文章の始めに述べられた「静処閑居」の理念を指し、「深き山に入りつつ仏道を思惟し」は、西山隠棲という実際の行為を『法華経』の修辞を用いて暗示していると解される（詳細は前掲拙著第十一章、第十二章、および前掲和歌文学大系『拾玉集（下）』脚注）。つまり、やや屈折した仕方ではあるが、慈円は自らの行動を「遁世の聖」の思想的系譜に関連づけていることになろう。

慈円のような立場の人さえ、大寺院を否定して「二途の道をなし」た再出家者たちのモティーフに理解・共感を示していることは（増賀への敬意は、『愚管抄』の法然の臨終と増賀のそれを批判的に対比していることから窺える）、注意されるべきであろう。半面、同時代の聖の実態を厳しく否定してゆずらない点には、天台宗の正統をになう高僧としての責任感と自負を認めることができる。

いま慈円の姿勢を仮に『発心集』の構成の上に引き当てれば、長明が集の冒頭近くに収めた玄賓・増賀・千観らのような初期の遁世聖は慈円の共感の範囲である一方、八巻本巻一の後半に見える。「もの狂い」のようすでさまよい歩く聖たち（第10話）、偽って妻帯する隠徳の聖（第11話）などは、慈円の目には「様悪しき」ものに含まれる

か、少なくとも疑わしい存在として映るということになろう。

では、この慈円と長明との間に、慶政と『閑居友』の位相をどのように見定めることができるであろうか。慶政が後に法華山寺（峰の堂）となる松尾の奥山に隠遁したのは、承元二年（一二〇八）のことと見られ、慈円が西山隠棲を開始し、鴨長明が日野の外山に移住したのと、ほとんど同時期である。慶政も彼等の模様は知っていたと思われる（慈円の隠棲、長明の遁世ともに話題性があり、九条家などの「接点」もあったわけであるから）。しかし、こうした同時性は、狭い意味での交流や影響としてよりも、さしあたっては時代の精神的雰囲気の問題と見ておく方がよいであろう（ちなみに、明恵の高山寺移住や貞慶の海住山寺移住も同じ頃である）。

慶政の隠遁の直接の契機は、師の延朗の死であった。すなわち『法華山寺縁起』（『図書寮叢刊・諸寺縁起集』所収）に、「ただ上人の墳墓を以て樹下の主となし」（原文は漢文）とあり、この場所が「上人」すなわち延朗の墓所であったことが判るのである。『元亨釈書』の伝によれば、延朗は承元二年一月に入滅し、遺言に従って西山の峰に出現した光の場所が墓とされた。慶政はその後まもなく延朗の跡を慕う形で山中隠遁を始めたことになる（平林盛得「九条家文書に見る慶政関係資料」、伊地知鐵男編『中世文学資料と論考』笠間書院、一九七八年所収。小林保治「慶政」、岩波講座『日本文学と仏教』第一巻、一九九三年所収）。慶政は早くに三井寺の慶範に師事していたが、隠遁に先立って松尾の最福寺（谷の堂）の延朗の教えを受けていたのであろう。延朗と慶政との関係は具体的には明らかでないが、慶政の私淑は右の行動から推し量られる。前述の慈円が隠棲した、善峰寺往生院が、青年期の師観性の旧房であったことも思い合わされる。

しかしながら、師の入滅は一つの契機であっても、遁世の動機そのものとは言いにくい。慶政自身の内部に育っていた隠遁志向を考えなければならない。

慶政の社会的立場は長明よりは慈円に近く、九条道家の兄として、将来は仏教界から摂関家を支えることが期待されていたはずである。九条家には延暦寺に慈円や良快（良経弟、慈円の弟子、後に天台座主）が居り、三井寺には道家弟の良尊・道慶が入っているので、この時点で慶政への期待の比重については速断できない。しかし後の慶政と道家との関係から逆算して、何の期待もなかったとは考えにくい。それだけに、九条家の一員であることを意識して公的な活動に従っていくのか、みずからの救済・求道を優先して「遁世」を志すかという選択が、（青年期の慈円を捉えたと同様に）慶政を捉えたと見ることは無理ではない。『沙石集』の「証月房久しく遁世のことと」によれば、慶政は「遁世の始め」を「人間にながらへても用事なし。如説修行して臨終せんと」思い立って「一人松尾の奥に」入ったと語っている。慶政の言葉を直接伝えるものかどうかは判らない。しかし、僅かな糧食のみ携えて単身入山したものの、偶然に供養を受けて「次第に寺とな」ったという話の枠組みは、前掲『法華山寺縁起』が、整備後の寺の模様を語った後に、単身入山した当初を回想していることとよく対応している。「人間にながらへても用事なし」云々の動機説明は道心の説明として類型的なものではあるが、青年期の慶政に当てはめても決して不自然ではない。青年期の慈円もまた再三、九条兼実に「世間事無益」「生涯無益」を理由に遁世の願望を語っていたのである。

このように慶政の遁世は、慈円が何度か果たそうとした再出家行動に近いものであり、当初はまさに閑居・独行の境地を志向するものであったと見られる。しかし、慈円が結局は遁世よりも仏法興隆・衆生教化の道を歩んだように、結果的には慶政も社会的な宗教活動に入っていくことになる。草庵が「次第に寺とな」ったいう法華山寺の創設は、その経緯を象徴的に示している（原田行造『中世説話文学の研究　上』桜楓社、一九八三年、第二編第一章第二節）。ただし後半生の活動における慶政は、道家との密接な関係に立ちながらも大寺院の僧官には就かず、「上人」とのみ呼ばれる立場を貫いた。延暦寺の体制の中に生きた慈円とは異なる選択であり、その姿勢にはむしろ貞慶や明恵との共通性が認められる。

ただし、慶政の仏教者としてのタイプについては、堀池春峰「法隆寺と西山法華山寺慶政上人」に「貞慶・明恵上人のごとき学僧ではなく（中略）勧進聖人の名にふさわしい人物であったと思われる」との指摘があり（『南都仏教の研究 下』法蔵館、一九八二年所収）、これを受けて美濃部重克「閑居友」（『解釈と鑑賞』一九九三年十二月所収）は、「師僧・善知識」と規定する。たしかに、慶政は明恵や慈円のように教学上の著作は残さなかったようであり、教理・教学に関して独創性を発揮するタイプではなかったと思われる。とはいえ、往生伝や縁起類の書写には、典籍を組織的に後代に残そうとする学問的意図が窺われるし、『比良山古人霊託』『漂到琉球国記』などの聞き書き作成も、情報の記録を意図する知的活動である。明恵との親交も、学識の上での相互理解を基盤として成り立っていたと思われるので、慈円や明恵とのタイプの差を過大に見ることはできない。名門の出自にふさわしい正統的な教育を受けた上で、敢えて「上人」の立場を選び、かつ摂関家との協力のもとに仏法興隆を志向するという点で、慈円と貞慶・明恵との中間に位置づけてもよいであろう。

さて『閑居友』は、上巻第三話末尾の記事によれば承元二年（一二〇八）の遁世から八年後の建保四年（一二一六）。通説に拠ったが、足かけで数えれば建保三年か）第一次稿が執筆され、渡宋などにより中断放置された後、某高貴な姫君の依頼により承久四年（一二二二）に完成されたと見られている。「閑居友」という書名（おそらく原書名）が示すような、修行者の自己規律のための書として書き始められながら、高貴な姫君の教化という啓蒙的意図によって完成されたという経緯は、この期間の慶政の意識の推移を反映するものであり、内省的性格と説示的（啓蒙的）性格とを併せ持つ特異な説話集が、そこに出現することになった。完成形態は説話の性格から大きく三つの群に分けられ（美濃部重克『中世の文学 閑居友』三弥井書店、一九七四年、「解説」の区分による）、それが直接に執筆の段階性を反映しているわけではないが、往生伝などに名前の見える人物の異伝からなる第一部（上巻第一話から第五話）と、無名の遁世者の話を集めた第二部（上巻第六話から二十話）とに隠遁思想との関わりが深く、女性に関する説話を中心とした第三部（上巻二十一話から下巻末尾まで）には依頼者の姫君を意識した性格がやや強く出ていると考えられる。そこで、先に見てきた慈円の言説を考え合わせると、第一部の初期の再出家者たちと第二部の同時代の無名の聖たちとが、『閑居友』においてはどのように扱われ、そこに『発心集』との差異がどのように見て取れるかが、関心をひくのである。

3　『閑居友』の「智者」性

まず、過去の著名な再出家者を主に扱う第一部についてみよう。ここで扱われるのは、慈円が「法師の道にさらに二途の道をなし」と表現した大寺院からの遁世者であり、玄賓・空也など『発心集』と重なる人物の伝も含まれる。そして、諸先学も注意してきたように、『発心集』への直接の言及が上巻第一話末に見える。

さても『発心集』には、伝記の中にある人々あまた見え侍れど、このふみには、伝にのれる人をば入るることなし。かつはかたがた憚りも侍り。また、世の中の人のならひは、わづかに己がせばく浅くものを見たるままに、「これはそれがしがしるせるものの中にありし事ぞかし」など、よにもたやすげにいふ人もあるべし。また、もとより筆を執りてものをしるせる者の志は、「我この事をしるしとどめずは、後の世の人いかでこれを知るべき」と、思ふより始まれるわざなるべし。（中略）いはんやまた、古き人の心も巧みに詞もととのほりてしるせらんをぞ、今、あやしげにひきなしたらむもいかがとおぼえ侍り。（中略）長明は、人の耳をも喜ばしめ、また結縁にもせむとてこそ、伝のうちの人をも載せけんを、世の人さやうに思はで侍るにならひて、かやうにも思ひ侍るなるべし。ゆめゆめ、草隠れ亡き影にも「我をそばむる詞かな」とは思ふまじきなり。（『閑居友』の本文は新日本古典文学大系を参照するが、表記は私意による。以下同様）

このように、慶政は先行の往生伝との関係を集中的に問題にしている。書物を記す意義は知られていない情報の記録にあるという観点から、既に往生伝に記載されている事柄を避ける（引用箇所では「伝にのれる人」とあるが、実態としては事柄のみが回避された）という執筆方針が、『発心集』との対比の上に述べられる。先行文献との重複を避けたことは上巻第二話・第五話末尾にも断られていて、慶政はこの点で『発心集』とのいわば差別化を志向していた。その背景には、「古き人の心も巧みに詞もとゝのほりてしるせらんをぞ、今、あやしげにひきなしたらむもいかが」という言い方が示すような価値観、すなわち、漢文で記された伝類を正統のものとし、『発心集』『閑居友』のような仮名の集を補完的なものと見なす意識があったと思われる。

しかし長明の側から言えば、慶政のこの批判は承伏しがたいものであろう。往生伝との重複回避が意味を持つのは、多数の往生伝類の披見が比較的容易であるような立場の人にとってである。しかし、大寺院や権門と密接な関係を持たない遁世者たちにとって、それらの書物の利用や所持（書写）は決して容易ではなかったと想像される。彼等にとっては、往生伝の感銘深い箇所を抜き出し、他の説話と共に手許に置ける形にすることは、きわめて意義のあることであった。さらにその際、「詞もとゝのほりて」記された漢文の伝記を「あやしげにひきなし」て仮名文化することも、それらの説話を身近に感じるために重要な意味を持っていた。仮名の集は、漢文の伝の補完物ではなくむしろその代替物となることで、「智者」に依存することのない自己教化の糧となり得たのである。

実際に多くの往生伝の書写に携わり、草庵でもさまざまな仏教典籍を披見できた（上巻第三話の話末「天竺・震旦の書をも、ここにて多く披けり」）慶政は、自身の恵まれた条件を対象化できず、長明の意識を汲み取れなかったのであろうか。あるいは『発心集』の自律志向に気づきながら、露骨な対決を避けたのかもしれない。彼にとって、往生伝をはじめとする典籍に象徴される「知」の体系と伝統とに自分が属していることを（端的に言えば「智者」

としての自分自身を）、敢えて否定したり放棄したりするべき必然性がなかった以上、『発心集』の反「智者」性との潜在的な溝は埋めがたいものであったと言えよう。

一方、第二部では、『発心集』への直接の言及は見られないが、「我この事をしるしとどめずは、後の世の人いかでこれを知るべき」という意識のもとに、無名の聖たちの行跡を記しとどめようとする点で、『発心集』第9話・第10話などを継承していると見られる（第一章3参照）。彼等の「身に持ちたる物、少しもなし。仏も経もなし」（上巻第六話）、「物を乞ひて世を渡る」（同第七話）、「いひ知らず汚げなるが、髪長く着物けがれたる」（同第九話）などの外見を、慶政は慈円のように「みな様悪しきもの」とは断じない。この点で慈円よりも謙虚であり、後に「上人」の道を選ぶことになるのも、こうした姿勢の帰結という面があったかと思われる。しかし、これらの説話の扱いにおいても、慶政の「智者」としての立場の作用が、『発心集』との差異を生み出しているように見える。

典型的な場合として、上巻第十七話「稲荷山の麓に日を拝みて涙を流す入道の事」が挙げられる。この話の主人公は、太陽を阿弥陀仏に見立てて毎日拝むことを勤めとしている。太陽の輝きの中に阿弥陀浄土を観想する日想観の、経典通りの実践とは言えないが、慶政はこれを「いとこまかにこそなけれども、日想観にあたりて侍りける」と強い共感を表明する。無学の遁世者が心のおもむくに従って行なっている修行を、「智者」の知識によって教理的に意味づけていくのである。上巻第十九話は、延暦寺の中間僧が人知れず不浄観を実践していた話であるが、慶政は話を紹介した後に仏典の本文を列挙し、さらに次のように言う。

　かやうにいみじき人々の説き置き給ふ事をも知らぬあやしの僧の、おのづからその教へにあたりて侍りけん、たのもしくも侍るかな。

おなじく第二十話の話末でも、類似の文脈で、

　かやうの文にも暗き男の、おのづからその心発りけん事、なほなほ有り難く侍るべし。

と述べる。こうした箇所に表明された慶政の感銘の真率を疑う必要はないが、そこに「あやしの僧」「文にも暗き男」に対する智者の優越感がかいま見えることも否定できない。『閑居友』ではこれらの説話は、慶政の知識によって教理的に意味づけられることによって有効性を与えられる。慶政の感銘はそのような知識の働きと不可分なのである。

また、第六話末尾には、次のような文言も注目される。

唐土にまかりて侍りしにも、さらに何もなくて、袈裟と鉢とばかりを持ちたる人、少々見え侍りき。猶、仏の御国に境近き国なれば、あはれにもかかるよと思ひあはせられ侍き。

これと共通する意識は、第三部にあたる下巻のさうき売りの娘の絵に関して、「唐土は、かやうの事はいみじく情けありて」にも見られる。宋との対比の中で日本の仏教の在り方が反省され、それが無名の聖の尊さの再認識を促す。これを逆に言えば、無名の修行者への関心は、渡宋僧としての知的選良意識（優越感）を前提としているのである。

もちろん、こうした慶政の「智者」性は、単純な傲慢や無造作な自己肯定を意味するわけではない。「わづかに比丘の名を盗みて、かへりて三宝をあざむく罪をまねくべき身なれば」（上巻第二十一話）、あるいは、

これを聞き侍りしに、あはれつくしがたく侍りき。まことにさやうの心を持ちてこそ、仏の道をも願ふべきに、身にはわづかに道をまなぶやうにすれど、心はつねに濁りにしみたらんは、定めて三宝をあざむく咎もあるべし。いかが侍るべからむと悲しくあぢきなし。（下巻第七話）

のような文言に示された自省の真摯さをむやみに疑うべきではないし、そうした真摯な姿勢は、先に述べたような「上人」としての生き方につながってもいる。しかし、その自己批判はもっぱら心のありようという点に集中し、自らを支えている「知」の体系にまでは及ばないのである。その結果、『閑居友』の説話の扱いは『発心集』に較

べてスタティックなものとなる。『発心集』は、教理的な説示では十分納得できない自己の救済の条件を、説話に描かれた具体性の中に探っていく。そこに、説話を媒介にして思索を深化させていくダイナミズムが生まれる。しかし慶政にとっては、救済を保証する教理そのものは揺るぎのない知識として既に獲得されていて、何も説話を通して探索されるには及ばないのである。『閑居友』が、いくつかの説話内容の迫真性や特異性にもかかわらず、近代人にとってある種の単調さを感じさせるとすれば、その要因のひとつは右の点にあるのではなかろうか。

とはいえ、慶政が「不徹底」であったなどという評価を下すつもりは私にはない。仮に、慶政のような立場の人が自己の「知」にまで批判を及ぼしたらどうなっていたであろうか。法然や道元のように教理的立場自体の変更を迫られ、精神的にも現実的にもより危機的な境遇をくぐり抜けなければならなかったであろう。後から歴史を見る者が、安易に価値判断できる問題ではないと思うのである。

4　『撰集抄』の自己権威化

『撰集抄』の文体や表現が『閑居友』のそれを意図的に継承していることは、先学の指摘がある（安田孝子『説話文学の研究―撰集抄・唐物語・沙石集―』和泉書院、一九九七年、一七七頁）。このことを踏まえて小島孝之は、慶政に私淑した遁世者たちが、慶政の衣鉢を継ぐための指針として、『閑居友』にならって『撰集抄』を創作した可能性を指摘した（『中世説話の形成』若草書房、一九九三年、一三〇頁）。『閑居友』が流布せず、慶政の手もとの草稿本を披見し得る者は限られていたであろうとの想定を踏まえた、魅力的な仮説と言えよう。しかし、次のような疑問も生じる。もし、慶政個人を尊崇する人々が書を編むとすれば、敢えて世代を遡る西行に仮託する必要があったであろうか。この仮託を信じる者が見れば、『閑居友』の方が西行作品の亜流ということになってしまい、それでは慶政の顕彰につながらないのではないか。あるいは、慶政が生前から著名な仏教者であったのに、『閑居友』があまり流布せず、しかも作者未詳になっていった事実は、むしろ後半生の慶政自身が『閑居友』を重視せず、弟子や縁者・知人達もその存在を知る機会がなかったことを意味すると考えられないか。これらの疑問はもちろん想定に過ぎず、小島の説をただちに否定する論拠となるものではない。しかし、『撰集抄』創作と「慶政の衣鉢を継ぐ」遁世者たちとの関係を具体的に思い浮かべることは、それほど容易ではないように思われる。むしろ、『撰集抄』作者は、『発心集』よりも権威のある書物を編もうとして長明より一世代前の西行に仮託し、また『閑居友』があまり知られていないのをよいことに、そのスタイルを創作に利用したと見る方が、私には考えやすい。

作者は、西行の最晩年ではなく寿永二年（一一八三）に成立を設定し、西行の同時代人であっても世代の若い新古今集歌人などは登場させず、説話世界を源平争乱以前の「古き良き時代」に完結するよう装う。権威づけとともに見破りにくさを狙った工夫とも取れる。とはいえ、少なくとも成立当初には、読者の立場や知識しだいでは、虚構に気づかれる可能性があったであろう。たとえば、実在の青蓮院門跡覚快法親王と抵触する「真誉法眼」（巻二第二話）の創作や、源平争乱期の実在の天台座主明雲に抵触する明雲遁世譚（巻四第七話）などは、天台宗上層部とある程度交渉のある者からは不審を抱かれるであろうし、大江匡房の『続本朝往生伝』を暗示する記述の虚構（巻一第三話）は、原典を披見しやすい立場の人物には通用しにくい。端的に言えば、慶政その人なら見破れた仮構である。したがって、おそらく当初の読者として想定されていたのは、大寺院での修学を経ず、典籍や文献に明るくない遁世者たち、そして、（一部の博学で批判的な貴族知識人を除く）公家とその周辺の男女俗人信者たちではなかったか。『撰集抄』作者は、『発心集』編者が（いわば読者とともに）「智者」の権威に抵抗したのとは逆に、これらの読者を導く「権威」を自ら創作したのである。そして『閑居友』の文体は、このような目的に利用するのに有利な特長をそなえていた。

『撰集抄』は、『閑居友』の経典や文献名の引用のやり方を積極的に模倣しているが、それらの箇所に挙げられた書物を作者が実際に披見しているかどうかはしばしば疑わしく、慶政においては彼の学識の自然な発露であったものが、『撰集抄』では衒学的な自己権威化に奉仕している。たとえば、『撰集抄』には他書との重複を気遣う『閑居友』に似た文言がまま見られるが、そのうち先にも触れた巻一第三話の「この事、江帥の往生伝に注し載せ給へり」は虚構であると見られる。しかもこの箇所には、

見捨て難さに、たくみの詞をいやしげに引きなし侍るなり。見及ばざるにはあらず。（『撰集抄』の引用は、安田孝子ほか校注『撰集抄』現代思潮社刊を参照するが、表記は私意による。以下同様）

という文言が続くのであるが、それは『閑居友』が『発心集』を批判した「古き人の心も巧みに詞もとののほりてしるせらんをぞ、今、あやしげにひきなしたらむもいかが」の換骨奪胎なのである。『撰集抄』はここで、「あやしげにひきなした」と自らの営為を卑下しつつ「見及ばざるにはあらず」とひそかに知識を誇るという、二重の擬態をたくらんでいる。あるいは、巻一第八話では、

この事、『遊心集』にかたばかり載せ侍りしやらん。結縁もあらまほしくて、書き載するに侍り。たくみの詞をいやしきさまに引きなしぬる憚り、一方ならず侍れども、漏らしてやみなん事のあたらしさに、また筆を染めぬるなり。憂き世の中の草隠れ亡き跡までも、我をそばむるわざなかれ、と。

と『閑居友』の『遊心集』への言及箇所に、再び『発心集』批判の箇所を（今回は「草隠れ亡き影にも、我をそばむる詞かなとは思ふまじきなり」まで含めて）接合して、文言を構成している。ここでも『撰集抄』の作者は、実見していない『遊心集』の書名を、『閑居友』から借りて修辞に利用したに過ぎないのではなかろうか。『閑居友』に一箇所のみ言及される『遊心集』の実体は不明で、速断はできないが、少なくともここでの『遊心集』への言及が、実見しなくても創作し得る類型性を持っていることは否定できない。いずれにせよ右の箇所でも作者は、次のよう

な二重の操作をやっている。すなわち、慶政に批判された長明の位置に滑り込み、慶政の文言を反転させて謙辞として使う一方、慶政の批判を仮構上で「先取り」して、典拠の参照を暗に誇示するのである。このようにして彼は、『発心集』の反「智者」性と『閑居友』の「智者」性とをいわば中和してしまう。そこに生まれるのは、謙辞・卑下によって読者の近くに降りて来ながらも、なお潜在的には知的権威を感じさせるような、二重性を持った撰者「西行」像である。

主情的もしくは感傷的な文体も、『閑居友』から『撰集抄』へと摂取された。先にも引用した『閑居友』下巻第七話の「これを聞き侍りしに、あはれつくしがたく侍りき。（中略）いかが侍るべからむと悲しくあぢきなし」のような部分を変奏・反復することで、『撰集抄』は作品を特徴づける感傷的美文の基盤を獲得した。この文体によって、撰者「西行」・説話主人公・読者という三者の間の距離は朧化され、三者間の相互相対化を促すような緊張はあらかじめ緩和される。『閑居友』では「感動を媒介としてそれ（説話主人公）に寄りそっていこうとする」（美濃部、前掲『解釈と鑑賞』所収論考、括弧内は山本の注）慶政の個性の表われであった文体は、さまざまな説話内容と教理的意味づけを情緒的に包み込み、等質化してしまう装置へと、見事に変換される。このような文体の中では、教理に対して自己の救済の条件を問いかける『発心集』のような主体的・批判的意識は、働き得ないであろう。『撰集抄』に「出家、遁世行為の中で『発心集』が見せたような切迫した緊張感」が見られないとする浅見和彦の指摘（『説話と伝承の中世圏』若草書房、一九九七年、二一三頁）は、この意味からも首肯できる。

『撰集抄』に『発心集』のような「智者」性との緊張関係が見られないのは、成立基盤となった遁世者層の意識の相違によるであろうが、つきつめれば「智者」性そのものが崩壊した時代思潮の反映ではなかろうか。鎌倉中後期には浄土宗諸派をはじめとする新宗派が次第にそれなりの存在基盤を確保して行き、ある部分では先鋭さを失う一方で、旧仏教系大寺院の「智者」の権威も相対的に低下し、時代の価値観は多元化して、明確な「中心」を失っていく。その中で、雑多な思想傾向を含み持つ遁世者集団が、もはや権威への反発をばねにしての自律によってではなく、権威の創作（捏造）によって自己主張する局面が生じていたのではないか。『撰集抄』の成立基盤として、そうした性格の遁世者集団を想定できる。『撰集抄』の意義は、詩歌芸能から禅や唯識、さらに神祇信仰にいたる鎌倉中後期の多様な価値領域を、情調化した遁世思想という一つ宗教的トーンになんとか包み込む、言ってみれば「なんでもあり」の容器を創案した点にある。『発心集』が「中心としての智者」に抵抗する「周縁」的遁世者の自己表現であり、『閑居友』がそうした抵抗を「中心の智者」の側から真摯に受け止める文学的営みであったとすれば、『撰集抄』は「智者」になりかわって自ら「中心」の座を占めようとした。それがかなりの程度に成功したことは、その後の『撰集抄』享受史が裏書きしている。

5　補記――『発心集』巻七・巻八について

前章で述べたように、八巻本『発心集』の巻七・巻八の後補説について、私自身は明確な考えを持つに至っていない。反面、本章での『発心集』把握は、流布本巻六までを中心に組み立てられていることは否めない。本節では、この点に関して補足しておきたい。

巻七の巻頭に置かれた、源信と空也の出会いの説話は、巻一（第4話）の千観と空也の出会いの説話と話の型が極めて似ている。しかし、巻一では、「さようの事は、御坊なんどにこそ問ひ奉るべけれ」と、明確に「智者」性と対峙していた空也は、巻七では、「我は無知の者なり」といったん言いながら、「ただし、智者の申し侍りし事を聞きてこれを案ずるに」として、結局は教義的な言説を源信に与えている。本章で強調した反「智者」性という点から見れば、はなはだ歯切れの悪い話になっている。

また、巻八の跋文と見られる部分は、「そもそも、ことの次いでごとに書き続け侍るほどに、おのづから神明の御事多くなりにけり。『昔の余執か』など嘲りも侍るべけれど」という、神明関係説話についての言及から始まる。この「余執」は、神官の家に生まれながら、家業を継ぐことのできなかった鴨長明の経歴を暗示する文言であるから、仮にこの箇所およびそれに対応する巻七・巻八が後人の増補であれば、ここに長明への「仮託」の意図を読まねばならないことになる。一方、『撰集抄』は、序文に「巻ごとに神明の御事をしるし載せ奉るに侍り」と記すように、神祇と仏法の関係を強く意識している。『撰集抄』を生み出した時代思潮の特性のひとつをそこに認めるならば、そのような時代の要請が、鴨長明の名にふさわしい（神明との関係を裏書きするのに都合のよい個人名である）と人々が感じる説話集として、巻七と巻八を加えた形の『発心集』を生み出した可能性が考え得る。

要するに、本章での議論は、『発心集』巻七と巻八の方法と性格（そして時代）を、『撰集抄』的なものに近いと見るという仮定を、含意として持つということである。この仮定からは、『発心集』巻七・巻八は、『撰集抄』的な仮託の方法に先んじてか、またはその影響下に、仮託書として成り立ったと考えられる。もちろん、あくまで一つの仮説であり、その域を超えて成立論を作品論に合致させるならば、強引のそしりは免れないであろう。

巻七・巻八の成立をめぐっては多くの議論がある中で、池上洵一「発心集と三国伝記―百座法談聞書抄との交渉―」（『説話文学研究』第十号、一九七五年六月、のち池上洵一著作集第二巻『説話と記録の研究』和泉書院、二〇〇一年に収録）が説話の典拠の観点から、小林芳規「心経―発心集増補部の撰者についての国語史よりの提言―」（『汲古』第九号、一九八六年六月）が国語学の立場から、いずれも慎重な言い回しながら重要な指摘を行なっていることに注意したい。もとより、近年には、真作説に立つ伊東玉美の周到な論考「流布本『発心集』跋文考」（『国語と国文学』二〇一三年八月）もあり、現存の版本系をひとまとまりの作品として捉える可能性も、追求されるべきかと思われる。さまざまな可能性と論拠とが今後検討されると思われるので、本章の議論はあくまでその過程での一考察として捉えていただきたい。

※初出「『発心集』『閑居友』から『撰集抄』へ」（池上洵一編『論集 説話と説話集』和泉書院、二〇〇一年五月）。本書収録にあたり、執筆意図を明確にするため5を書き加えたほか、全体に調整を行なった。慶政に関する近本謙介の研究を始め、初出稿以降の関連研究の進展を盛り込むことはできなかったが、乗り越えられるべきひとつの観点として提示しておきたい。

第十章　『十訓抄』と歌物語

本章では、『十訓抄』が、一般に「歌物語」として分類される作品、すなわち『伊勢物語』と『大和物語』から取材した説話に関わる問題を検討する。「歌物語」という区分は便宜的なものに過ぎないが、『十訓抄』との依拠関係が比較的具体的にたどれるところから、編者の説話処理や配列の方法、あるいはその知識・教養の性格や関心のあり方などの、さまざまな問題を考えるための糸口になり得るのではないかと思われる。

本章での『十訓抄』の説話番号は岩波文庫『十訓抄』（永積安明校注による）、『十訓抄』本文の引用は主に泉基博編『御所本十訓抄』（笠間影印叢刊）、同『十訓抄』（古典文庫）所収片仮名本（原則として本行本文）により、平仮名本は福島尚「『十訓抄』の本文について─『十訓抄』をよむために─（上）」（『国語国文』五六巻八号、一九八七年八月）の指摘に従い、益田勝実蔵本の写真（国文学研究資料館蔵、以下本章および次章では「益田本」と称する）をおもに参照するが、適宜岩波文庫（永積安明校訂、一九四二年）を参考とし、適宜に句読点・濁点等を補う。

1　歌物語依拠の形態（一）

『伊勢物語』『大和物語』（以下、伊勢・大和とする）に関連する説話は次のように分布している。便宜上、岩波文庫本により、説話番号と説話本文の冒頭部分の一部を示し、伊勢・大和の対応段数を掲げてある。

第一・可定心操振舞事
（54）右近馬場のひをりの日〔伊勢99・大和166〕
第五・可撰朋友事
（9）昔、大納言なりける人の〔大和155〕
（12）むさしの守なる人の娘〔大和103〕
第六・可存忠信廉直旨事
（8）良峰宗貞は〔大和168〕
（9）橘良利は〔大和2〕
第八・可堪忍諸事
（6）亭子院、御息所あまた御曹司して〔大和61〕
（7）大和国に男有りけり〔大和158〕
（8）業平の中将、たかやすへ〔伊勢23〕
第十・可庶幾才能芸業事
（40）かつらの御子の〔大和40〕
（41）二条のきさきにつかうまつる男〔伊勢95〕

これら十条のうち、「伊勢物語云」「大和物語には」等の文言で原拠が明示されているものが半数の五条ある。一般的に言って、説話集等で文中に名を明示されている書物が、実際に編者によって直接参看されているとは限らない。『十訓抄』についてもその点は考慮されなければならないが、伊勢・大和を編者が見ていないという想定も不自然なので、いちおう直接の参看があったと認めておきたい。ただし個々の説話の書承関係については後に必要に応じて検討する。なお、『十訓抄』の中で伊勢・大和や『文選』・『俊頼髄脳』(『俊頼の口伝』)などの言及される書名と、依拠が確からしいにも拘わらず言及されない書名(『袋草紙』など)が併存することも気にかかるが、今は立ち入ることができない。

さて、これらの各説話と原拠との関係について、まず伊勢関係ついで大和関係の順に概観する。

まず第(54)は、「伊勢物語にいはく」で始まり、比較的短い伊勢九十九段の全文を、ほぼそのまま継承しており、現在の流布本である定家本系伊勢の本文と大きな差異は認められない。この段の贈答歌は『古今集』にも収められ、その詞書も伊勢に近いが、どちらかといえば『十訓抄』はより伊勢に密着している。なお、大和百六十六段にも同一説話の異伝があるが、これも『十訓抄』に無関係とは言えない。この点については、次章に再論する。

『十訓抄』は、結尾の一文を省いてそこに俊頼によるコメントを書き加えている。「くはしくは彼の口伝に見ゆ」とあるように『俊頼髄脳』に依っている。『俊頼髄脳』は伊勢の本文を詳しく引用していないので、『十訓抄』は、伊勢と『俊頼髄脳』の両書を参照してこの条を構成したと考えられる。ただし、『十訓抄』の『俊頼髄脳』依拠の形態を、後者の異本群をも考慮して検討することが必要であるが、このことも次章に譲り、本章ではとりあえず近代に広く用いられる定家本によって考えておく。

第八(8)は、「風ふけば沖津白波立田山」の歌を含む有名な話で、伊勢二十三段の後半にあたる。この歌は『古今集』雑下に左注を付して収められ、また、大和百四十九段にもやや異なった形の話として見えているが、『十訓抄』は、いきなり「業平中将、たかやすへ通ひける比」で始まっており、伊勢二十三段の内容を読者にも周知の事として踏まえているようである。ただし、女が「立田山」の歌を詠もうとするところの描写、

夜フクルマデマチキテ、箏ヲカキナラシテ(片仮名本)

夜ふくるまてうちいて琴琵琶かきならしつゝ(益田本)

の傍線箇所は、現存伊勢になく、『古今集』左注に見える「夜ふくるまでことをかきならしつゝ、うちなげきて」（定家本による）の傍線部分に対応している。『十訓抄』は、伊勢二十三段を念頭に置きつつ、本文的には『古今集』を利用したのであろうか。そう考えておくのが穏当であろうが、片桐洋一『伊勢物語の研究（資料篇）』（明治書院、一九六九年）に収められた『書陵部蔵伊勢物語難義注』が、「月のくまなきに、はしちかくいでて、ことうちならして」（傍線山本）という注文を持つことを思うと、伊勢関係の文献で『古今集』左注の形を伝えるものがあったかもしれないとも思われる。とすれば、『十訓抄』がそうしたものを見ていたとも考えられる（この問題については次章で別の観点から検討する）。なお、『十訓抄』では、「立田山」の歌の第五句は「ヒトリユクラム」（片仮名本）、「ひとり行らん」（益田本）、「ひとり越らん」（東大本）である。伊勢および『古今集』は、定家本ではいずれも「こゆらん」であるが、非定家本に「ゆくらん」とするものがあり、『十訓抄』が定家本的でない歌本文に触れていた可能性は当然ある。

第十（41）は、伊勢九十五段とほぼ同文であるが、話末に「かくはいへどもまことは后の御事とぞ」というコメントを付す。すなわち、話中に二条后に仕える女として現われ、歌にめでて男と逢う女性は、実は二条后その人であるのを、憚ってこう表現したものだとするのである。登場人物の正体を暴露するといったこの種のスタイルは、鎌倉期の伊勢物語注釈にも見られるものである。片桐前掲書によって見ると、『冷泉家流伊勢物語抄』にこの女を「伊勢也」（歌人の伊勢か）、『彰考館文庫本伊勢物語抄』に「潔子なり」とするが、「二条后」とするものはない。『伊勢物語知顕抄』は、続群書類従本・松平文庫本・書陵部本とも九十五段の注を持たない。伊勢三・五・六段から知られる二条の后と業平との関係から類推して、『十訓抄』編者が私に付した注なのであろうか。あるいはその背景に、当時そのような読み方が流布していたと考えるべきであろうか。現時点では何とも言えないが、いずれにしても思考の傾向には時代的な特徴が見られるのである（次章3に再説する）。

2　依拠の形態（二）

次に大和に関係の深い話について見たい。

結論から言うと、大和関係の七話は、大部分が大和そのものをいくぶん簡略化しつつ書承したものと見て不自然はない。しかし、第五（9）は例外である。「安積山」の歌物語として有名な話だが、片仮名本により『十訓抄』の話を掲げてみる。

大和物語ニハ、昔大納言ナリケル人ノ、御門ニ奉ラントテカシヅキケル女ヲ、内舎人ナルモノ、トリテ、ミチノ国ニイニケリ。アサカノ郡アサカ山ニ、イホリムスビテ住ケル程ニ、男ノ外ヘ行タリケルマ、ニ立出テ、山ノ井ニ形ヲウツシテ見ニ、アリシニモ非ズナリニケルカゲヲハヂテ、

　　アサカ山カゲサヘミユル山ノ井ノアサクハ人ヲ思フモノカハ

ト木ニカキツケテ、ミツカラハカナクナリニケリトシルセリ。

これを大和百五十五段の本文と比較すると、最初の部分は、次のような大和の文言が適宜に簡略化されている。

むかし、大納言のむすめいとうつくしうてもちたまふたりけるを、みかどにたてまつらむとてかしづきたまひけるを、とのにちかうつかうまつりけるうどねりにてありける人、いかでかみけむ、このむすめをみてけり。

（為家本、日本古典文学大系）

ところが、この簡略化の形が『十訓抄』にきわめて近似するものとして、藤原俊成の『古来風体抄』上巻末尾部分があるのである。

又大和物語にも、むかし大納言なりける人の、みかどにたてまつらむとて、かしつきけるむすめをうどねりな

りける者のみて、よろづの事おぼえざりければ、ゆくりなくとりてみちのくに、いにけり。あさかのこほりあさか山にいほりをしてすみけるほどに、たちいでゝ、山の井にかげをみるに、ありしにもあらずなりにけるかたちをみるもはつかしくて、よみてきにかきつけて、なくなりにけるとてかける

あさか山かげさへみゆるやまの井のあさくは人をおもふものかは（再撰本・日本歌学大系による）

傍線を付した部分が『十訓杪』になく、歌の前の部分「男ノ外へ行タリケルマ、ニ」が『古来風体抄』にないなどの差は有るが、全体の梗概化の形は全く一致している。

実は『十訓抄』は、第十（40）の大和関係の話に関連して、『古来風体抄』の説を、書名を明記して示している。従ってこの安積山説話においても、『古来風体抄』を参照したものと見てよい。ただ、「男ノ外へ行タリケルマ、ニ」は、大和原文を念頭に置いて、『古来風体抄』の説明不足を『十訓抄』が補っている（『古来風体抄』のこの箇所は、初選本・中間本も同文で『十訓抄』編者が異なった本文を持つ伝本を見たという可能性は少ない）。それにしても『十訓抄』編者は『古来風体抄』を孫引きなどではなく読んでいたと見られるのであり、編者像の面でも俊成歌論の受容史の面でも注意されるのである。

他の六話はいちおう大和に直接に拠ったと見られるが、その中で第八（6）は梗概化の程度が少なく、同文書承に近い形になっている。前半部分を比較してみると、

亭子院ニ御息所アマタ御ザウシ、テ住給ニ、河原院ヲミドコロアルサマニ、イトメデタク（おもしろく）ツクラセ給テ、京極御息所ヒト、コロヲノミ具シ奉テ、ワタラセ給ケリ（にけり）。春ノコトナルニ、トマラセ給御ザウシドモイト思ノ外ニサウ〳〵シキ事オボシ（おはし）ケリ。殿上人ナド参テ、藤ノ花イトオモシロキヲ、コレ（これか）サカリヲダニ御覧ゼザラム（御覧ぜて）ナド云テ見アリクニ、文ヲナン結ビ付タリケル。（片仮名本。括弧内の校異は益田本。）

亭子の院に宮すん所たちあまたみざうししてすみ給に、としごろありて、かはらの院いとおもしろくつくられたりけるに（つくらせたまひ）、京ごくの宮すむどころひとところ（「ひとところ」ナシ）の御ざうしをのみしてわたらせ給ひにけり。春のことなりけり。とまり給へるみざうしども、いとおもひのほかにさう〲しきことをおもほしけり。殿上人などかよひまいりて、ふぢの花のいとおもしろきを、これかれ（これが）さかりをだに御らんぜで、などいひてみありくに、ふみをなむむすびつけたりける。（為家本。括弧内の校異は御坐本。本多伊平『大和物語本文の研究・対校篇』笠間書院を参照し、天理図書館善本叢書『竹取物語・大和物語』（御坐本）、和泉書院影印叢刊『鈴鹿本大和物語』を参考とした。）

右によって同文関係は明らかであろうが、同文関係を明瞭に確認するためには、両作品において伝本間の異同を参照しなければならない。

『十訓抄』について言えば、たとえば冒頭近くの「イトメデタク」「いとおもしろく」は後者の平仮名本（一類本）が原拠に近い。泉基博は、前掲古典文庫『十訓抄』解説において、原拠との比較から全体として片仮名本（二類本）の本文が優秀であることを論証しており、私も異論はないが、個々の細部の本文に関しては、（当然のことながら）やはり両系統の異同を考慮する必要がある。

大和の側で言えば、引用部分の終わりに近い「これかれ」「これが」では、（僅か一字のちがいながら）前者すなわち為家本など二条家本系統の本文ではなく、後者すなわち御坐本・鈴鹿本・拾穂抄の本文が『十訓抄』と一致する。『十訓抄』と大和を同次元で細かく比較して、依拠本文を云々することにはあまり意味がないと思われるので詳論しないが、梗概化の進んだ他の話においても、どちらかと言えば異本系大和に近い細部を見出すことはできる。(注)もちろん、逆に二条家本系に近く異本系に遠い形（右の引用部分では「ひとところ」）を、『十訓抄』が示す場合もあるが、すくなくとも『十訓抄』編者が見ていた大和が後世の流布本である二条家本と同一の本文を持っていたわけではないこと（これも当然であるが）は窺い得るのである。
以上形態上の問題点を気のついたままに拾ってきた。

（注）たとえば、第五（12）「夫ナドモセデ思アガリタリ（てありけるを）」は、大和では「思あがりて、をとこなどもせでなむありける」（為家本）、「おとこなんどもせで思ひあがりたる人にてなむありけるを」（御坐本）、「おとこもせで思ひあがりたる人にてなむありけるを」（鈴鹿本）。

3 「第五」の配列の中で

次に、歌物語から採られた話が、『十訓抄』そのものの構成の中ではどのような位置と意味を与えられているかを考えたい。

例として、まず「第五・可撰朋友事」を取り上げる。「第五」は表題どおり友情を主題として始まっているが、途中（7）の中ほどで、

抑イモセノナカラヒハ、偕老同穴ノユヘアリテ（契とて）、只ウチアル友ニハナズラヘガタケレバ、妻ヲ求ニハ、上臈ハシナヲモ撰ブベシ、次ザマニハ、ミナシナヲサキトスベカラズ。心ヲエラブベキ也。

という文言によって、夫婦の問題に主軸を転じてしまう。

そして、「律令」、白居易「井底引銀瓶」（白氏文集・新楽府）、紀長谷雄「貧女吟」（本朝文粋・巻一）などを引証しつつ、誤った婚姻を戒める。さらに、特に慎しむべき「アルマジカラム振舞」として、まず大和の「安積山」説話を例示するのである。つまりこの説話は、身分違いの、しかも略奪による結婚がたどった不幸な結末を語るもの

という意味を与えられている。女の最期の記述、

ミヅカラハカナクナリニケリ

は、『古来風体抄』の「なくなりにける」、大和の「しにけり」「しににけり」と較べて、自死という点を明瞭に出しており、それだけ女の最期の悲惨を強調しているようである。

これに続けて、不法な恋愛の事例として斎宮に関するスキャンダルが二話並べられる。(10)は寛和二年の斎宮済子内親王と滝口平致光の野宮での密通事件で、『日本紀略』『本朝世紀』等に見えるが、『十訓抄』の直接の原拠はいまだ明らかにし得ない。(11)は、当子内親王と藤原道雅の件で、これは有名な話であったらしく、『栄花物語』巻十二、『大鏡』師尹伝、『今鏡』(夢の通ひ路)などに言及があるが、『十訓抄』は『袋草紙』雑談に依ったと見られる。

次に、「又スキモノナレバトテ、一筋ニメデチカヅクベキニアラズ」という教訓が先に提示されて、大和百三段による(12)が来る。平中になびいた武蔵守女が、またの訪れのないのを捨てられたと早合点して、尼になってしまう話である。大和では、女を気づかいながらも雑事を脱け出せない平中の柔弱と、女の軽卒とが、いくぶんの滑稽味を帯びて描かれるが、『十訓抄』は、

カヽレバ女ハヨクス、ミシリゾキ、身ノホドヲ案ズベシ。スベテ父母ノ計ニ随ベキ也。ワレトシ出シツル事ハ、争ニモクヤシキカタオホカリトナン。

という教訓に結びつけている。そしてこの教訓を強化するように、(12)には、斉の閔王に見そめられた庶民の女宿瘤が、王のいざないに対して、まず父母の許しを得てから随いましょうと答えた話を置いている。

大和関係二話の位置はこのようなものであるが、そこから知られる点の第一は、歌物語の話が事実譚としての建前で扱われていることである。歌物語をフィクションと見ないのは当時の一般的受容態度であって驚くにあたらな

いかもしれないが、『十訓抄』の場合、史書等の逸話と歌物語とを方法上はっきり同次元で扱っていることはやはり注意される。

第二は、第一の点に関連して、歌物語の話を実際的な教訓に結びつけている点である。「教訓的意図」は序文にも明記され、『十訓抄』の特色について述べられる際には必ず言われる事でもあるので、歌物語の教訓譚化ということもそれじたいは特筆に値しないかもしれない。ただし、この点をあまり単純に受け取って、教訓が先行してそれに見合う説話を集める形で『十訓抄』が編成されているとか、編者は歌物語を教訓的にしか理解し得なかったとか、そのように考えるのは短絡である。当面の問題について見ても、たとえば「朋友」の主題を強引に「夫婦」の主題へと転換しているのは、男女関係にまつわる多くの説話をここへ収録したかったからとしか思われない。もちろん、それらを通して男女間の教訓を述べたかったからであるかもしれない。しかし、編者が愛着と関心を持っていた歌物語や和歌説話に触れたいがために、それに適合する教訓を強引に設定したとも見られなくはないのである。また、「スベテ父母ノ計ニ随ベキ也」という（11）平中譚の教訓を（12）の宿瘤譚で強化しながら、（13）では、富家の卓文君が貧しい司馬相如に遇い、父母のいさめを守らなかったという話を出し、「又スキノ道ナレバ一筋ニ難定」と教訓を再び相対化してしまうというように、編者自身の教訓の捉え方も必ずしも単純ではない。これらについてもう少し考えるために、『十訓抄』の別の箇所を取り上げてみよう。

4　「第八」の配列の中で

「第八」の表題は「可堪忍諸事事」であるが、（4）の話の後に「又、女ノ物ネタミ、同ク忍ビツ、シムベシ」という文言が来て、この後は終わりまで専ら女性の嫉妬が主題になってしまう。

まず、后の嫉妬の例をいくつか挙げ、これにちなんで（5）の斎宮女御の歌の説話（『俊頼髄脳』によるか）を述べ、（6）の大和六十一段の話が続く。これは、宇多法皇が京極御息所を寵愛し、彼女のみを伴って改修した河原院へ移ってしまった後、見捨てられた形の他の夫人達の曹司の前の、満開の藤に、

世の中の浅き瀬にのみなりゆけばきのふの藤の花とこそ見れ

という歌が結びつけてあったという話。言うまでもなく、夫人のひとりが、淵が瀬となる愛の無常を、満開の藤が自分達とともに見捨てられていることに重ねあわせる懸詞で詠んだのである。編者の評は、心中の嫉妬を耐え忍んでいるようすを「優ニイミジクコソオボユレ」とする。

続く（7）（8）はそれぞれ大和と伊勢に依る。（7）は、隣家に新しい妻を据えて住んでいる男に対し、もとの妻が少しも嫉妬の色を見せなかったが、或る秋の夜、鹿の声を聞いて詠んだもとの妻の歌に賞で、男が戻ってくるという話。（8）は先にも触れた有名な「立田山」の話である。いずれも、嫉妬を表わさずに耐えている女のもとに男が戻ってくる話で、女の詠む和歌がその契機になっている点で、一種の歌徳説話でもある。『十訓抄』はこれらを、ともに嫉妬を忍ぶことを美徳とする教訓に結びつけているわけである。

さて、この「第八」でも「第五」と同様、途中で主題を男女間の問題に転じたことが、歌物語・和歌説話取り入れの道を開いている。「第八」は、十の教訓の中で説話数のかなり少ない所なので、このような処置によって説話の数を確保しようとしたとも考えられる。しかしそれも、歌物語・和歌説話の活用を前提としての処置なのであるから、編者が本来、歌物語や和歌説話にかなりの関心と知識を持っていたことは確かなようである。

一方、教訓書としての実用性から考えると、たとえば『閑居友』のように女性の読者を前提としていればともかく、このように男女関係の方に大きく主題を引き込んでしまうことに、意味があったかどうか疑問がわく。むしろ編者は、教訓の実用性などはじめからあまり信じてはおらず、さまざまな話を教訓の枠にはめこんでいく作業に、

一種の遊びとしての楽しみを見出していたのではなかろうか。そう考えると、主題が途中から男女の話になってしまう無理も、編者自身その無理を承知の上で、こんな説話処理も可能ですよというひとつの趣向を見せたものとして理解できる。とすれば、編者が念頭に置いていた読者も（特定の人物かどうかは別であるが）、周知の歌物語の話が、「十訓」という固苦しい枠の中に置かれて意外な意味連関を担っているのを見て、笑みを漏らすだけの知的余裕を持った人物であったことになろう。

5　作品論・編者論に向けて

先走って想像を拡げすぎたかもしれない。言い得るのは、見通しとしてすら実は次の程度のことである。

本章で見た僅かな範囲でも、『十訓抄』編者は伊勢・大和をはじめ『古今集』『俊頼髄脳』『袋草紙』『古来風体抄』を比較的自由に利用し得ていたようである。その自由さの程度と性質は、これらの諸書の当時における流布の状態と見合わせて検討しなければならないが、場合によっては、編者の社会的地位等をある程度限定する手がかりとなるかもしれない。

次に、教訓的意図およびそれと結びついた「十訓」の構成についてである。本章に見た「第五」「第八」における男女問題への主題の「逸脱」は、あるいは逸脱としない見方もできるかもしれない。しかし、性格はやや異なるが「第一」にも途中での主題の転移が見られ、それが伝本系統間での表題の対立（平仮名本「可定心操振舞事」、片仮名本「可施人恵事」）にまで反映している。また、「第二」や「第八」が短く、「第十」が目立って長いといった編成のアンバランスの問題もある。これらをすべて、当初の意図が思うように貫けなかった結果と見ることもできるが、編者がはじめからこの構成を一種方便的なものと見ていたという捉え方も可能である。すなわち、さまざまな話を集めて一書とする目的が先にあり、それらを並べつなぎあわせる方便的枠組みとして、「教訓」が用いられているという理解である。すくなくとも、序文の記述そのままに実用的教訓書と決めてかかるのではなく、作品の具体相の側からその性格を考えていくことが必要であろう。

本章では、依拠資料と『十訓抄』との関係を概観したに過ぎない。いくつかの問題点は、次章で別の角度から検討することとしたい。

※初出「『十訓抄』と歌物語」（金沢古典文学研究会『説話・物語論集』第十二号、一九八六年十二月）。本書に収録するにあたり、若干の修正と調整を行なった。初出稿は、初出誌の発行者である金沢古典文学研究会での『十訓抄』輪読の成果の一部である。同人各位からの学恩に、あらためて感謝申し上げる。特に、本章初出と同一誌上に掲載された竹村信治「連想と展開―十訓抄の表現（1）―」およびその続稿「連想と読み替え―十訓抄の表現（2）―」（『金沢美術工芸大学学報』第三十一号、一九八七年三月）に示された見解は、輪読会の席上での議論を介して、本章の私見に影響していることを付言する。

第十一章　『十訓抄』の注釈的空間

——『俊頼髄脳』『古来風体抄』関係説話から——

本章では、前章で言及した『俊頼髄脳』と『古来風体抄』の受容に改めて検討を加えることで、『十訓抄』編者が歌物語や和歌関係の書物や知識を扱う際の姿勢に、どのような特色が見られるかを考察する。問題点の列挙と想像的仮説との反復に終始するが、敢えてそれを回避せず、むしろ意図的に些末な細部の問題にこだわり、想像の枝道に踏み込んでみたいと考えている。そのことによって、編者像の具体化につながるある種の展望が開けることを期待しての作業である。このような方法の性質上、前章で述べた見解との間で、視点の相違から来る多少の差違が生じる場合がある。

なお、『十訓抄』が、説話素材を己れの教訓的目的にかなうよう加工しているといった、いちおう自明の事柄については再説しない。本章で問題にしたいのは、教訓書としての『十訓抄』の在り方の向こうに、編者が置かれていた知識の世界の性格や、編者自身の知的姿勢が、どの程度透視できるかという点なのである。もう少し分かりやすくいえば、小峯和明が言うように（『研究資料日本古典文学３・説話文学』明治書院、一九八四年）、『十訓抄』が教養書でもあるとするなら、その編者自身の「教養」の質を、いくらかでも具体的に思い浮かべてみたいということである。

なお、以下の『十訓抄』本文の引用は、片仮名本は前章に掲げた泉基博による複製・翻刻、平仮名本は前章に掲げた益田本写真を参照する。いずれも濁点・句読点・引用符号などの表記は私意による。また、説話番号は、岩波文庫本の番号による。

1 『俊頼髄脳』の受容

（1）『十訓抄』が参照した『俊頼髄脳』

前章でも触れたが、『十訓抄』第一（54）には「俊頼朝臣」の「口伝」として『俊頼髄脳』が引用されており、この話を含めて『十訓抄』全体では少なくとも七話が『俊頼髄脳』から書承されたと見られる。周知のように、『俊頼髄脳』は鎌倉初期には顕昭本・定家本の二系統を生じており、現存する多様な略本系の諸本も、その源は鎌倉期に遡る可能性が高いようである。では、『十訓抄』編者が参照したのがどのような本であったろうか。十全な究明を行なう準備は無いが、気のつく点を記しておくと、まず、『十訓抄』に引用された本文には、現存の定家本（『日本歌学大系』や小学館刊日本文学古典全集『歌論集』に翻刻されている国会図書館本）と一致しない箇所が見られる。すなわち第八（5）の、斎宮女御と村上帝との贈答歌についての話の末尾、

此歌ヲバ后ヲノゾマセ給気色アリト世人申ケレバ、ワケテノゾカレニケルトゾ。（片仮名本）

此歌は后のぞませ給けしきありとよの人申ければ、恥てかの集にのぞかれけるとぞ。（平仮名本）

という一節は、『俊頼髄脳』諸本に、

后のぞませたまふけしきなりとよの人申ければ、さて御集にはのぞかれけるとぞ、うけたまはりし。（京都大学附属図書館蔵『無名抄』＝顕昭本完本により適宜に表記を改める）

后のよませ給へるけしきなりとよの人申ければ、はぢてかの御しうにはのぞかれにけりとうけ給はりし。（彰考館本『唯独自見抄』＝略本により、適宜に表記を改める）

などとあるのを承けているが、国会図書館本（定家本）は、

后のぞませ給ひたるけしきなりとぞ世の人申ける。（俊頼髄脳研究会編『和泉書院影印叢刊92』により、適宜に表記を改める）

とのみあって、歌集からの除外についての文言を欠いている。この箇所に関して現存本が鎌倉期の定家本の形を伝えているならば、『十訓抄』が見たのは定家本ではなかったことになる。また本文の細部を見ると、『十訓抄』や、平仮名本固有の「恥て」が、『俊頼髄脳』の本文に根拠を持っていることも、上に引用した顕昭本系二本との対照によって知られる。もちろん、これらの点を、依拠伝本の特定や、『十訓抄』両系統の優劣判断に、ただちに結びつけることは危険である。むしろ、諸本間の本文の異同を念頭に置くことで、依拠関係をやや広い視野で眺めることが可能になる点に意味があると思われる。

この点について別の面からもう少し考えてみよう。

第十（37）の惟規の説話は、次のような短いものである（以下、引用は片仮名本により、必要に応じて平仮名本の異同を括弧内に示す）。

大斎院ト中宮ノ御所ノ内ニ、女房ニ物申サントテ、蔵人惟規忍テ参リタリケルヲ、侍ドモ見付テアヤシミ思ケルニ(あやしみとひけるに)、カクレテ(かくして)誰トモイハザリケレバ、門ヲサシテトヾメケルニ、

神ガキハ木ノマロドノニアラネドモナノリヲセネバ(なのりせぬをば)人トガメケリ

トヨミケルヲ、彼タヅネラル、ル女房院ニ申ケレバ、許レニケリ。

これを顕昭本完本『俊頼髄脳』によって見ると、

大斎院と申ける斎院の(御時に)、蔵人惟規、女房にもの申さむとてしのびて夜参たりけるに、侍共みつけてあやしがりて、「いかなるひとぞ」ととひたづねければ、かくれそめて、えたれともいはざりければ、御門をさ

してとゞめたりければ、かたらふ女房、院に、「かゝる事こそ侍れ」と申ければ、「歌読ものとこそきけ、とくゆるしてやれ」と仰せられければ、ゆるされてまかり出るとて読る歌

かみがきは木の丸どのにあらねどもなのりをせぬは人とがめけり

とよめりければ、大斎院聞食てあはれがらせ給て、「此木の丸殿といふことはしかぐ〳〵きゝし事なり」とて、仰せられて、「とくゆるしやれ」とさぶらひをめして仰せられければ、いでにけり。女房にあひたりけるに、「此ことはさぞと仰せられつる」とかたりけるをきゝて、「此事、よみながらとし比おぼつかなかりつることを、きゝ、あきらめつる」とよろこびけるとぞ。「此斎院は、むらかみの御むすめなれば、さだめてしろしめしたらん」とぞ、のぶのりも申ける。（以下、『俊頼髄脳』の引用は、顕昭本完本である京都大学附属図書館蔵『無名抄』の写真により、濁点・句読点・引用符号などを私に補う。また同本の欠脱などを他本で補う場合は括弧に入れて示す。）

のように、もう少し複雑である。すなわち、惟規の歌人としての名声に免じた大斎院の粋なはからい、惟規の詠んだ歌が、たまたま大斎院が伝えていた故実に関わっていたための大斎院の感銘、おかげで故実を聞くことのできた惟規の感激という、いわば二人の人物が和歌愛好を縦糸として織りなす綾といった趣の話になっている。これに対して『十訓抄』の話は、歌を詠んで相手を感じさせ、危難を脱するという、歌徳説話の一般的類型を出ていない。『十訓抄』編者が、「可庶幾才芸事」（平仮名本は「可庶幾才能芸業事」とする）という「第十」の主題に合わせて、話を単純化したと見てもよさそうである。

ところが、略本の『俊頼髄脳』の一種で、赤瀬知子「『俊頼髄脳』における享受と諸本―諸本論のための試論―」（初出『国語国文』一九八二年八月、『院政期以後の歌学書と歌枕―享受史的視点から―』清文堂、二〇〇六年）において、鎌倉初期の受容史との関わりから注目している『唯独自見抄』を見ると（以下、『唯独自見抄』は、彰考館本の写真による。括弧内の注記は山本）、

おほきさひと申けるさいゐんの御時に、蔵人のり《ママ》と申ける人の、女房にもの申さんとて、しのび、よるまいりたりけるに、む（「む」は漢字「武」か）ども見つけて、あやしがりて、「たぞ」とたづねければ、かく《ママ》かくれそめて、えたれともいはざりければ、門をさしてとゞめたりければ、うたをよみて、「もの申さん」とて、まいりたる人によみかけける、

　神がきは木の丸殿にあらねどもなのりをせね《ママ》ど人とがめけり

とよみけるを、斎院きこしめしてあはれがらせ給ひて、「この木の丸殿といふ所はしかぐ聞し所なり」と仰られて、「とくゆるしつれ《ママ》」とむ（同上）をめして仰られければ、にげはてにけり。女房にあひたりければ、「此ことは、さりなんと、仰られける」とかたりたるをきゝて、（以下略）

のように、話の前半に大斎院が惟規の解放を命じる箇所がなく、惟規の歌に感じたことが放免を命じる直接の動機になっていて、この点では『十訓抄』の形に近づいている。

そこで、『十訓抄』編者が見たのが『唯独自見抄』のような形のものであった可能性も考えられる如くである。しかし私は、編者が見たのはやはり完本であろうと考える。『十訓抄』が、歌を大斎院に伝えるのを女房自身としている点などは、完本の形からの自由なアレンジと見た方が理解しやすいからである。もとの話自体が、歌徳説話的な性格を内在させていたのである。大斎院は、許された惟規がなにか歌を詠むものと期待していたという解釈ができるからであり、たとえば佐藤幸男「『今昔物語集』における和歌の機能―都と地方との秩序をめぐって―」（『説話文学研究』二十七号、一九九二年六月）は、歌徳説話として扱っている。『十訓抄』と『唯独自見抄』は、それぞれ独自に歌徳説話的な性格を顕在化する方向で梗概化をおこなったものと見たい。

ところで、顕昭本完本には、「とくゆるしやれ」という大斎院の言葉が、惟規の歌の前後に重複して出てくる。重複のない定家本の本文を原態と見るかどうかは別として、この形のほうが、『十訓抄』や『唯独自見抄』のよう

な形の梗概化をより誘発しやすいことは認められよう。こうした点で、『唯独自見抄』は、それが直接参照されたか否かにかかわらず、『十訓抄』の『俊頼髄脳』受容のあり方を照明する資料であると言える。

『俊頼髄脳』諸本論の十分な理解もないままに饒舌を弄してしまったが、いちおう以下の考察では顕昭本完本を軸に『十訓抄』における受容を考えることにする。

(2) 諸書の「相互注釈的」な関係

次に、いくつかの説話について、『十訓抄』の『俊頼髄脳』受容の様相を検討してみよう。

第一(54)では、前述のように「(俊頼朝臣の)口伝」として名指しで『俊頼髄脳』が利用される。全文を引用すると、

> 伊勢物語云、右近馬場ノヒヲリノ日、ムカヘニ立タリケル車ニ、女ノカホノシタスダレヨリスキテホノカニ見エケレバ、中将ナリケル男ノ読テ遣ケル、
>
> 見ズモアラズミモセヌ人ノ恋シクハアヤナク今日ヤナガメクラサム
>
> 返シ
>
> シルシラヌナニカアヤナクワキテイハン思ノミコソシルベナリケレ
>
> 此返歌、宿ハイヅクゾト云タランニコソカクハヨムベケレ。サシスギタルサマニヤト、俊頼朝臣云リ。委ハ彼口伝ニミユ。

のように短い説話である。一方、ここでの言及に該当する『俊頼髄脳』の記事は、以下のようである。

> かへしとおぼえぬかへしある歌、
>
> みずもあらずみもせぬ人の恋しきはあやなくけふやながめくらさん

返し

しりしらずなにかあやなくわきていはん思ひのみこそしるべなりけれ

此歌のかへしすべきこゝろは、「いつかはみえつる。そらごと。」とも、また、「みえなば、よも、さはおもはじ。」とも、「まことにさおもはゞ、うれし。」ともぞ、かへすべき。此返しの心は、「おまへをば、たれとか申。すみかはいづれの所ぞ。たしかにのたまへ。たづねてまいらん。」とよみたらん歌のかへしとぞきこゆる。されど、まことにあしからんに古今にいらんやは。かうおもふは、まことのひがごとなり。されど、かやうのかきたるを御覧じて、「あし」とも、又「さも」ともおぼしめさんおぼへのことなり。

両者を比較して気づくのは、まず、『十訓抄』では、『俊頼髄脳』が引用していない『伊勢物語』第九十九段の全文が引用されていることである。これについて前章では、『伊勢物語』と『俊頼髄脳』の合成として捉えた。現象の把握としてはそれでよいのだが、二書の合成といった機械的な説話形成理解の有効性には、いささか疑問も残る。このことについて少し考察を費やしておきたい。

この一対の歌は、『古今集』の恋一にも収められており、俊頼の議論は右に見るようにそのことを踏まえたものとなっている。『十訓抄』の説話で、これと同じように『古今集』と『伊勢物語』とに共通する話としては、第八の（8）（「立田山」の歌の説話）がある。この話については、前章で『伊勢物語』第二十三段を念頭に置きつつ『古今集』左注に依ったか、とした。しかし、『古今集』か『伊勢物語』か、あるいは両書の合成か、といった問題設定自体があまり意味を持たないのではないかとも考えられる。すなわち、『古今集』と『伊勢物語』との共通話の場合、どちらか一方は必ず他方を念頭において、あるいは、（熟さない言い方であるが）他方を注釈的に参照しつつ、受容されていたのではないか、『十訓抄』の説話形成はそのような受容の仕方を反映していると見るべきではないか。前章で指摘した、『書陵部蔵伊勢物語難義注』の同段注における『古今集』左注的本文（「ことうちならして」）も、そうした受容の在り方を物語るものと理解したいのである（この『難義注』の形が孤立したものでないことは、嵯峨本『伊勢物語』の同段挿画の河内の女の傍らに、琴が描き込まれていることからも推測できる。おそらくこの図柄は、中世における受容に根を持つものであろう）。

『古今集』と『伊勢物語』とのこうした関係の中に、さらに『大和物語』も加えて考えることができるであろう。『大和物語』第百四十九段は、『伊勢物語』第二十三段のいわゆる異伝であって、本文上『十訓抄』第八（8）と重なる点はないが、この話を河内の女の内心の嫉妬のすさまじさに焦点を当てて語る『大和物語』の話は、『古今集』および『伊勢物語』の受容のなかでも常に意識されるものであったのであり、そのことが『十訓抄』においては、嫉妬を主題とする第八後半の話群の中にこの話を取り入れるという編者の選択として、現われたと考えられよう（『十訓抄』以外では、慈円が古今集の歌をもとに詠んだ「千五百番百首」の歌において、「立田山」の歌を、女の嫉妬心の罪深さという観点で受けとめていることなどが、同じような受容の存在を窺わせる。これについては拙著『慈円の和歌と思想』和泉書院、一九九九年、第九章参照）。

ここで論を第一（54）にもどせば、ここでの説話形成も、『古今集』『伊勢物語』さらに『俊頼髄脳』の三書が、相互に注釈し合うものとして参照されるような受容の在り方（その具体的な実態は未だ明言し得ないが）を、基盤としているのではないかと思うのである。

さらに、この第一（54）においても、右の三書に『大和物語』所収の同一説話（百六十六段）を加えることが可能である。そのことは、現象的には本文の細部に関わって見て取れる。すなわち、「女ノカホノシタスダレヨリスキテ」の部分は、『伊勢物語』『古今集』いずれの諸本も「下簾より」とするのみで、「すきて」に該当する語句を持つのは、『大和物語』のいわゆる異本系三本（御巫本・鈴鹿本・勝命本）の「下すだれのすきたるより、女のかほの」という本文なのである。

前章2で指摘したように、『十訓抄』編者が用いた『大和物語』は細部の本文において異本系に近づく場合があったと見られ、編者が「すきたるより」の語のある本文を見ていた可能性はないとは言えない。もちろん、この程度の微細な部分に関して、『十訓抄』編者が異本系『大和物語』を参照したとか、その部分を『伊勢物語』本文に切り入れて合成本文を作成したとか言い立てることにはそれほど意味はないと思われる。むしろ、『十訓抄』編者が状況をわかりやすくするために加えた言葉が、たまたま異本系『大和物語』の本文に一致したにすぎないと見る方が、現象の理解としては妥当かもしれない。しかし、それは見方を変えれば、この「異文」が、潜在的か顕在的かは別として、この歌語りそのものに付着していたことを示すのである。『十訓抄』と異本系『大和物語』が、現存資料中ではそれを顕在的な本文として持っているということである。

我々は、ともすれば、これは『大和物語』これは『伊勢物語』というように伝承を書物別に考え、さらにこれは何系統の本文というように伝本別に考えがちである。その上で、それらのいくつかの「合成」による説話の形成を想定する。しかし、同じ話の異伝や異文は、どれが真でどれが偽というふうに相互に排除し合うものとしてではなく、並存を認められ、また時には相互に補完し合って話の理解を助けるものとして受けとめられるのが、少なくとも平安・鎌倉期の受容の在り方としては一般的であったであろう。そして、古い伝承だけでなく、『俊頼髄脳』や、それより後に成立した注釈書や歌学書による説明や解釈も、こうした相互注釈的な関係の中に参入していったと考えられる。我々は、まず現存資料を介してこうしたいわば相互注釈的な空間を思い浮かべ、その中で説話の形成を考えてみなければならない。そのためには、時に、直接の参照の可能性の有無という観点からいったん解放されることも意味があるように思われる。もちろん、それはあくまで「いったん」の手続きであり、この空間を再び実証的に限定していくことも必要になって来ることは、以下でも折に触れて言及する。

（3）編者の「理解」と「無関心」

第一（54）における『俊頼髄脳』の扱いそのものを検討しておこう。すぐに気づかれる点は、『俊頼髄脳』のもってまわった言い回しが、『十訓抄』では「サシスギタルサマニヤ」という極めて明解な要約を与えられていることである。俊頼自身は、この返歌が、名前や住家を質問された場合にこそふさわしいものであるとまでは言っているが、「差し過ぎ」ているという価値判断を言明することを慎重に避けている。そのかわりに、

本当によくない歌であったならば、『古今集』に入集するはずがあろうか。してみれば、右に記したような私の考えは、まったくの謬見である。けれども、このように記しつけてあるのを（読者が）お読みになって、「謬見である」とか「妥当な意見だ」とか、いろいろ考えていただくための心覚えとして記すのである。

といった意味のことを書き連ねている（私解は、前掲顕昭本の本文に依りつつ、かなり言葉を補って訳した。この箇所は、定家本との若干の本文異同もあり、定家本に基づく日本古典文学全集『歌論集』の現代語訳は右の私解と多少異なっている）。もちろん、俊頼が結局はこの歌を返歌のあるべき詠み方にかなっていないと見ていることは明らかであり、右のような弁解は『古今集』の権威のあからさまな批判を韜晦するものにすぎない。とはいえ、『十訓抄』編者がそうしたものに惑わされずに、俊頼のいわば本音を、的確につかみ取っていることは注意されてよいであろう。

同時にしかし、『十訓抄』編者は、俊頼の『古今集』への遠慮にはあまり意味を認めていない（共感を持っていない）らしいことも窺える。また、直接『俊頼髄脳』とは関係がないが、この歌に関して顕昭などが大問題としていた「右近の馬場のひおりの日」の解釈に、『十訓抄』編者が言及していないことにも注意を向けておきたい。こうしたことどもは、それらが『十訓抄』の教訓的編集意図と関係を持たない以上、何ら異とするに足りないとして処理すればそれまでのことである。しかし本章では、先に見た的確な理解が窺わせる、編者の歌学知識への関心の深さと、右に見たようなある種の事柄への無関心との交差する点に、編者の知識の在り方をどのようなものとして想

定し得るかを問題にしてみたいのである。

（4）編者の「誤読」、文字づらの影響力

さて、第一（54）の『俊頼髄脳』理解をいちおう「的確な」ものとして押さえたのであるが、逆に原文の「誤読」かと考えられるものとして、次のような例を挙げておこう。

第一（45）は、前に触れた第十（37）にも登場した惟規を主人公とする話である。父に従って下った越後で病み、重態となった惟規は、

都ニモ恋シキ人ノアマタアレバナヲコノタビハイカントゾ思フ

と詠むが、臨終が近いと見た父が、善知識の僧を呼んでくる。僧が中有の様を説いて念仏を勧めようとすると、惟規は、中有にも秋の紅葉・草花・虫の声があるならば恐ろしくはないと語る。惟規の数寄者ぶりを語る説話であるが、その末尾に次のような一節がついている。

此歌ノハテノソ文字ヲバエカ、ザリケルヲ、サナガラ都ヘモテカヘリ、オヤドモイカニ哀ニ悲シカリケム。

（「ソ文字」は「フ文字」の、「モテカヘリ」は「モテカヘル」の、それぞれ誤りか。平仮名本はこの部分欠脱。）

これに対応するのは『俊頼髄脳』の次のような文章である。

はての「ふ」もじをばえかゝで、いきたへにければ、おやこそ、「さなめり」と申て、「ふ」もじをばかきそへて、かたみにせんとてをきて、つねにみてなきければ、なみだにぬれて、はてはやれうせにけるとかや。

すなわち、歌の最後の「ふ」の文字は、『俊頼髄脳』では親の手で書き加えられるのであるが、『十訓抄』では惟規が書かずに果てた形のまま都へ持ち帰られるのである。

一見かなり大きな違いのようであるが、私見によればこれはおそらく、『十訓抄』編者が『俊頼髄脳』の「『ふ』

もじをかきそへて」の箇所を、「かきそへで」と否定の助動詞（濁音）に読んだために生じた相違にすぎない。とすれば、そのような解釈も、多少不自然ではあっても不可能とは言えない以上、これを「誤読」と呼ぶのは厳密には正しくない。しかし、そこに『十訓抄』編者の、一種主観的な、いわば「思いこみ」による原文解釈の姿勢が窺われもする。もう少し具体的に言うと、例えば歌の家の流れを汲む者の講釈を受けるといったような、他者の解釈との交流の中で書物が読まれている場合は、このような「誤読」は比較的起こりにくいのではないかと思うのである。『十訓抄』編者は、もっぱら文字づらを自分自身の目と思考によって追うという仕方で、『俊頼髄脳』を読んでいたふしがある。

些末な事象を大きすぎる問題に結びつけることになる危険は承知の上で、もう少しこの「文字づら」ということにこだわってみたい。

第四（17）は、長能の「心憂き年にもあるかな二十日あまり九日といふに春の暮れぬる」を、公任が「春は三十日やはある」と難じ、これを苦にした長能が不食の病となってついに死んだという話である。『十訓抄』編者はこの話の後に、公任を評した次のようなコメントを付けている（片仮名本は本文に損傷があるので平仮名本により掲げる）。

さばかりおもんばかり有身にて、何となく口とく難ぜられたりける、いとふびんなり。

これに対して、『俊頼髄脳』でこの話に付されたコメントは次のようである。

されば、かばかりおもふばかりの人の歌などは、おぼつかなき事ありとも難ずまじき料にしるし申なり。

『俊頼髄脳』が一般的な感想を記している箇所で、『十訓抄』は、公任という著名人の不慮の一失として話を捉えようとする。『十訓抄』編者は、やはり『俊頼髄脳』を出典とする、第三（1）の小式部の「大江山」の歌をめぐる説話も、定頼ほどの人物らしくない失錯として捉えており、こうしたところに公任定頼父子への編者の思い入れが感じられもする。しかし、ここで問題にしたいのはそのことではなく、「さばかりおもんばかり有身」という表現（公任に対する）が、『俊頼髄脳』の「かばかりおもふばかりの人」（長能に対する）という表現に触発されているのではないかということである。すなわち、『十訓抄』編者は、「かばかりおもふばかりの人」までをひと続きと読んで、公任を指すと解した、あるいはそのようにはっきり誤読したのではないにしても、読解の過程でそのような解釈を念頭に浮かべた、そのいわば残像が、公任を評する編者の言葉を「さばかりおもんばかり有身」という形に導いたのではないかと考えるのである。

文字づらに引かれる読みとは、いわば孤独な読者が、共同的な理解から孤立した書記言語としてテキストに対する所に生まれるものである。表記法が整備された近代以降においては、文字言語を独力で正確に理解することはそれほど困難ではなくなり、孤独な享受は読書の一般的な姿となっていくであろう。しかし、中世においては、小数の特別な読書人・知識人を除いて、このような享受はリスクを伴うものであった。時に非常に鋭く的確で、時に奇妙に文字づらに煩わされるかに見える、『十訓抄』編者の『俊頼髄脳』享受は、このようなリスクとその半面としての自由さの中に彼があったことを物語るのではなかろうか。

2　『古来風体抄』の受容とその周辺

（1）『古来風体抄』と『大和物語』

藤原俊成の『古来風体抄』も『十訓抄』に名指しで引用されている歌書である。次に、この『古来風体抄』の関係説話を、ここまで『俊頼髄脳』の受容に関わって考えてきたことどもを念頭に置きつつ検討してみたい。

第五（9）の「安積山」の歌をめぐる説話が、「大和物語ニハ」と語り出されながら本文上ではほぼ『古来風体抄』が『大和物語』を梗概化したものに依拠していることを、前章で指摘した。ただ、細部において『大和物語』そのものに依った箇所も認められることから、両書の合成本文と捉えたのである。本章では、二書の合成という現象面のみの把握を避けて、相互注釈的享受という観点を採ろうとすることは前述した。ここでも、『大和物語』と『古来風体抄』が（あるいは『古今集』仮名序などを中間項として）相互注釈的に参照されたものと見たいが、もう一箇所の『古来風体抄』関係説話である第十（40）がやはり『大和物語』関係説話でもあるので、その検討によって両書と『十訓抄』との関係をより具体的に考え得るのではないかと思われる。

まず、第十（40）の全文を引用するが、複合的でかなり長い説話なので、論を進めるつごう上適宜符号を加える。

（a）後撰集云、カツラノミコノ蛍ヲトラヘテト云ケレバ、ワラハノカザミノ袖ニツ、ミテ、

ツ、メドモカクレヌモノハ夏虫ノ身ヨリアマレル思ヒナリケリ

ト申（とあり）。（b）宋玉ガ隣ニスミシ女ハ、コレホドマデハホノメカスタヨリモナクテヤ、ミニケン（なくてやみにけり）。

（c）抑此歌大和物語ニハ、「カツラノ御子ノ、故式部卿ノ御子ニスミ給ケルヲ、彼宮ノ童女ノ（のナシ）、オトコミコヲ思カケテ、彼ミコノ、蛍トリテテ有ケルニ、カザシ（かざみ）ノ袖ニツ、ミテ奉ルトテヨメル」トアリ。（d）ソレニ（それに又）、近比、俊成卿ノヱラバレタル古来風躰抄ト云物ニハ、〈カツラノミコト申女御子ノ、蛍ヲトリテテト有リケレバ、童男ノカリギヌノ袖ニツ、ミテ奉ルトテヨメル〉ヲ、（御子を）オトコミコト心得テ、アシク人ノ云ナセルトカ、レタリ。（e）説々ノ不同心得ガタシ。中務卿重明親王ヲ桂親王ト号ス。宇多女五宮ヲ鬘内親王ト申ス。イヅレノ事ニカタヅヌベシ。

（f）寂蓮ト申歌ヨミノアリシガ、

思ヒアレバ袖ニ蛍ヲツ、ミテモイハヾヤ物ヲトフ人ハナシ

トヨメル、此心ニヤ。

符号によって構成を整理してみると、

（a）『後撰集』（夏・二〇九）の、本文の引用。

（b）そこからの連想としての、宋玉に恋した隣家の女の故事（『文選』十九「登徒子好色賦」など）。

（c）『大和物語』第四十段の引用。

（d）『古来風体抄』の説の引用。

（e）「かつらの宮」についての『十訓抄』編者の見解。

（f）関連話題としての寂蓮の歌（『新古今集』恋一）。

のようになり、この重層的な構成自体が諸書の「相互注釈的」な使用の実態をよく示していると思われるが、各部分について細かく見ていくとさらにいろいろな問題が出てくる。

まず（a）に引用された『後撰集』本文は、現在通行の定家本と大異がない。この詞書では「かつらの御子」「わらは」それぞれの性別が明瞭でないため、解釈上の問題が生じてくるわけだが、編者自身は「かつらの御子」を男性、「わらは」を女性とする立場に立とうとしていることは、（b）の連想から明らかであろう。承安二年清輔本『後撰集』の詞書には「桂のみこ、ほたるをとらへてといひ侍ければ、カノミヤヲ思カケタル童女ノソデニツ、ミテ」とあって（岸上慎二・杉谷寿郎校注『後撰和歌集』笠間叢書12、所引）、『十訓抄』と同じ理解を明確に示しているが、『十訓抄』編者がこうしたものを参照したかどうかは判らない。以下に見る（c）の状態から考えると、『十訓抄』編者は、むしろ『大和物語』を自説の根拠と考えていたふしがある。

さてその（c）であるが、細かく見るといくつか奇妙な点がある。

まず『大和物語』は、「桂のみこ」（女性）のもとに「式部卿宮」（男性）が通っていて、そこの童（女）が女主人の恋人である男宮にひそかに想いを寄せるというふうに、状況を設定している。ところが、『十訓抄』に引かれた本文には、「カツラノ御子ノ、故式部卿ノ御子ニスミ給ケル」とあり、このままでは「カツラノ御子」が男性で、「式部卿ノ御子」（女性）のもとに通っていたようになってしまう。内親王が「式部卿」の名で呼ばれるというのは極めて不自然なので、むしろ『十訓抄』の転写過程での誤写と考えたくなるが、平仮名本に異同がないことから、いちがいに誤写と決めつけるわけにはいかない。仮に、この本文が『十訓抄』本来のものであったとすると、それは、編者が自分の『後撰集』理解に引きつけて『大和物語』をいわば「曲解」し、助詞を書き誤ったことを示すと解釈できる。その場合、『十訓抄』編者のように『大和物語』を読めば、『後撰集』と『大和物語』は、ほぼ同一の状況を描いていることになる。『十訓抄』編者は、そのような読みに立って『大和物語』を「誤読」し、さらにそれを、『後撰集』の詞書の「桂の御子」を男性、「童」を童女とする解の正しさの根拠と考えたのではなかろうか。もしこの想定が当たっているとすると、『十訓抄』編者は、『大和物語』と『後撰集』が異なる伝承を載せているという理解に立って問題を考える『和歌童蒙抄』や『古来風体抄』とは、その前提から食い違った理解をしていたことになる。

（c）の『大和物語』引用本文にはさらに問題がある。実は『大和物語』の原文は、

かつらのみこに、式部卿宮すみ給ける時、その宮にさぶらけるうなひなん、このおとこみやをいとめでたしとおもひかけたてまつりたりけるをも、えしりたまはざりけり。（為家本、日本古典文学大系による）

のように始まっていて、『十訓抄』の引用とはかなり相違があり、『十訓抄』が引用にあたって梗概化したことがわかる。ところで、『古来風体抄』の『後撰集』二〇九に対する注文を見ると、

又一説には、「かつらのみこに、式部卿のみこすみ給けるを、かの宮の童女の、をとこみこを思ひかけ申して、男みこの、ほたるをとりてと侍りけるに、かざみの袖につゝみてたてまつるとてよめる」ともいへり。（再撰

本による。初撰本にはこの注文なし。)

とあって、「」により示した『大和物語』の大意を取った引用は、一見して『十訓抄』のそれと極めて近いことが判る。『十訓抄』編者は、『大和物語』の梗概化にあたって『古来風体抄』を参考にしているのであろう。ただし、俊成は、(直接に否定することをはばかってか)『大和物語』の書名を明示していないのに、『十訓抄』はそれを明らかにしているので、単純な孫引きではない。より細かい点を言えば、『十訓抄』の本文では式部卿に「故」がついているが、これは『古来風体抄』にはなく、『大和物語』伝本中の為氏本・御巫本・鈴鹿本などに見える。前章2で検討した編者使用の『大和物語』の本文の性格を窺わせるのである。要するに『十訓抄』編者は、前章で指摘した第五(9)の場合同様、『大和物語』『古来風体抄』の二書を参照しているらしい。ところが、それにもかかわらず、『大和物語』を「誤読」してしまったとすると、編者の思考の働き方にはかなり特徴的なものがあると言わなければならないであろう。

この点を、(d)(e)の検討の中でさらに考えてみよう。

(2)「桂の御子」問題に対する編者の姿勢

(d)は『古来風体抄』の引用の形をとっているが、私に〈〉に囲んだ文言は『古来風体抄』の当該箇所にはないものである。俊成は、先に掲げた『大和物語』の引用箇所にすぐに続けて、

それを、かつらのみこを、をとこみこかと心えて、此比も物にかくものなど侍るなるこそいと見ぐるしく。

と記していて、この箇所では、彼の解釈を直接文言化していない。そのかわり、『後撰集』本文の抄出に際して、詞書を、

桂のみこの、蛍をとりてと侍りければ、かりぎぬの袖に包みて

として、「狩衣」という語を用い、また作者名「うなゐ」の下に「童男也」という小書きの注を付けることで、自らの解釈との整合性を取っている。〈〉内の文章は、『十訓抄』編者が、俊成の意を汲み、かつ『古来風体抄』が抄出した形での『後撰集』詞書本文を尊重して、記したものということになる。『十訓抄』編者は、ここで俊成の主張を正しく理解しているのであり、先に見た『俊頼髄脳』の「みずもあらず」歌の場合と同様、不明確な原文から著者の説を的確に読みとる能力を示している。それにもかかわらず、俊成が引く『大和物語』については、前述のように「誤読」していると見られるわけである。

（e）では、「カツラノミコ」について男女両説があることをいちおう踏まえた上で、女性説の場合の候補として「鬘の御子」（宇多第五皇女、依子内親王）を、男性説の場合の候補として重明親王（醍醐皇子）を挙げている。

「かつらの御子」についてはは宇多第四女孚子内親王を宛てるのが現代の通説であるが、顕昭『勅撰集作者目録』の『後撰集』作者の箇所を見ると、「女四親王」の作者名表記の項目の下に「号桂宮」という注記があり、さらに、「宇多天皇第四女、母参議十世王女也、鬘宮姉也」などの注がある。そして、同じ箇所の三つ後に「宇多女五親王」の作者名表記が項目として掲げられ、項目の下には「号鬘宮」とある。この後者の人物が、『十訓抄』が挙げる依子内親王である。つまり、宇多の四女五女に「桂」「鬘」の二人がいたことになり、きわめて紛らわしい。顕昭が、桂宮が鬘宮の姉であることを特に注しているのもそれを考慮したからであろう。ただし、『後撰集』一二〇九の詞書についての顕昭の説は不明である。

一方、上覚の『和歌色葉』の「名誉歌仙者」には、古今・後撰の作者として「桂内親王　宇多院御女」を掲げ、「諱依子」と注する。これは「桂」「鬘」両親王を混同している可能性がある。

これらの説に対して、『十訓抄』編者の説は、「かつら」が「桂」である可能性を考えていながら（重明親王についてはそう読んでいながら）、桂内親王（孚子）説に全く言及しないという点で特異であると言えよう。『和歌色葉』

との関係についてはただちになんとも言えないが、顕昭の考証はおそらく視野に入っていないと考えられる。

一方、重明親王は、その娘が村上天皇の女御となったことなどから『栄華物語』『大鏡』にその名が見えるが、「桂親王」と呼ばれたとする『十訓抄』の説が何に依ったかは確認できない。『文机談』巻二に、清和天皇第四皇子貞保が「桂の親王」と呼ばれたとする記事があり（中原香苗「菊亭本『文机談』の性格―伏見宮本との比較を中心に―」、大阪大学古代中世文学研究会『詞林』十一号、一九九二年四月）、「桂」の名は必ずしも特定の一人物のみに冠せられたのではないが、『十訓抄』が「説々の不同」と言ったのはあくまで男性・女性両説の対立についてであって、重明以外の「桂親王」候補はその視野にないと見られる。

（e）についてはいまのところ以上の程度のことしか判らないのであるが、「桂の御子」問題について編者が独自の視点（根拠となる資料）を持っていたらしいこと、しかしその視野はあまり広いとは言えないことが推測できる。なお、最後の（f）については、『十訓抄』と同時代の『詠歌一体』（甲本）に、やはり寂蓮歌の本歌取りについての指摘が見られることがいちおう注意されるが、それ以上追求する準備はない。

第十（40）についての以上のような不十分な考察から、なにか明確な編者像のようなものを導くことは期待できない。しかし、そこに窺われる編者の一種の「主体性」は、無視し難い。『古来風体抄』を積極的に利用し、その説を読み解く一方で、独自の観点に立ってその説を採用しないといったところにそれは現れているが、それは一方では、『大和物語』（『古来風体抄』所引のものを含む）の本文の強引な解釈、あるいはむしろ「誤読」と結びついている。一方でこの「主体性」は、編者の歌学知識自体のある種の「偏り」を背景に持つようにも思われる。たとえば『古来風体抄』は、『和歌色葉』上巻に列挙された歌書の中にその名が見えるものの、鎌倉前期・中期において必ずしも多く諸書に引用される書物ではなく、『十訓抄』の積極的利用はその受容史の側からも注意される。半面、編者は顕昭の著作にはあまり通じていないように見受けられる。すなわち、先に述べた相互注釈的な諸書の使用という観点は、ある種の資料の不参照という別の観点によって限定づけられることになろう。『十訓抄』が利用した可能性のある和歌関係の書物についての、網羅的な基礎調査としては、すでに泉基博「『十訓抄』に於ける和歌―先行文献からの考察―」(島津忠夫編『和歌史の構想』和泉書院、一九九〇年)があって有益であるが、今後は上に述べたような観点からの、参照書・非参照書リストの精密化が課題となろう。本章は未だそのための偵察作業といったものにすぎない。

最後に、やはり『後撰集』『古来風体抄』両書と接点を持つもう一つの説話について検討を加えておきたい。

3　時平・国経・平中譚をめぐって

(1) 国経の妻と平中の妻

ここで取り上げたいのは、第六(23)の後半部分である。天神(菅原道真)に関する説話の付属説話として時平の好色についての話を並べているのであるが、ここでは問題を複雑にしないためこの部分のみを切り離して扱う。便宜上(a)(b)の符号を挿入して引用する。

(a)時平ハスベテオゴレル人ニテオハシケルニヤ、御オヂノ国経ノ大納言ノ室ハ在原棟梁女也ケルヲ、タバカリテ(たばかり取りて)我北方ニシ給ケリ。敦忠卿母也。国経歎給ケレドモ、世ノ聞ニ憚テ力及バザリケリ。

思ヒイヅルトキハノ山ノイハツ、ジイハネバコソアレコヒシキモノヲ

此歌国経卿其頃読給ケルトゾ。古今集ニ(には)読人不知ニ入ケリ(といれり)。(b)兵衛佐貞文ノ妻、本院侍従ヲモサマタゲラレケリ。貞文消息ヲダニカヨハサズナリニケレバ、カノ女ノワカギミノ、歳五バカリナルガ、本院ノ西対ニアソビケルカイナニ、母ニミセタテマツレトテカキツケケリ。

昔セシワガ、ネゴトノカナシキハイカニチギリシナゴリナルラン
　カヘシ
ウツ、ニテタレ契ケンサダメナキユメチトマトフ(夢ぢにまよふ)ワレハワレカハ

右のように、（a）時平が国経の妻を奪ったこと、（b）同人が貞文（平中）を奪ったこと、の二説話からなり、二つの話は、共に時平の好色を示すという点以外は直接関係のない独立の話のように語られている。ところが、この両話が独立させられていること自体が『十訓抄』の特異な点なのである。

まず、『十訓抄』編者が見ていたはずの『後撰集』が、既に、（b）の贈答歌の詞書に次のように国経の名を出している（恋三・七一〇）。

大納言国経朝臣の家に侍りける女に、平定文いとしのびて語らひ侍りて、ゆくすゑまでちぎり侍けるころ、この女にはかに贈太政大臣にむかへられてわたり侍りにければ、文だにもかよはすかたなくなりにければ、かの女の子のいつゝ許なるが、本院のにしのたいにあそびありきけるをよびよせて、「はゝに見せたてまつれ」とて、かひなにかきつけ侍ける

もちろん、この詞書だけからなら、国経のもとにいた女を（a）の国経妻とは別人とする解釈も（自然な解釈ではないにしても）不可能とは言えない。しかし、院政期に流布していたと見られる時平による国経妻強奪の物語には、平中が登場しているのである。『今昔物語集』巻二十二第八（後半欠）や『世継物語』によれば、国経妻の美貌の噂を聞き及んだ時平は、既に彼女と交渉のあった平中からそれが事実であることを聞き出す。そして、国経邸を訪問し、接待の宴で主人を酔わせて、帰宅の際、強引に妻を同車させてつれ去ったのである。話の後半を存する『世継物語』は、国経の妻が時平のもとにつれ去られて後、平中が「昔せし」の歌を若君の腕に書き付けて北の方に見せさせたことを、「ある人」の説として述べている。これに類する伝承がかなり広く知られていたらしいことは、

後述の『清輔本古今集』の注にその投影が見られることからも推測できるのである（なお、この伝承と『散佚宇治大納言物語』との関係についての研究は、勉誠社刊・説話の講座4『説話集の世界Ⅰ』所収の田中徳定「梅沢本古本説話集・世継物語」にまとめられている）。

　そこで、『十訓抄』編者が、国経の妻と平中の妻を別人のように書き記したのは、どのような依拠資料、あるいは思考過程に基づいてであったかを以下に考察してみたい。

(2)「岩躑躅」の歌の作者

（a）の方から考えてみよう。ここに出てくる「思ひ出づる常盤の山の岩躑躅」云々の歌は、『古今集』恋一・四九五の「読人不知」歌である。そして、これを国経妻強奪譚と関わらせる理解が存在したことは、『清輔本古今集』によって知られる（宮本家本複製により、括弧内は前田家本による私の校訂）。

　此歌、本院大臣ノ在原北方トルヨ、車ニノスル所ニテ、平仲カ彼北方ノキヌニムスビツクル歌也者、平仲歌（歟）。将若（「若」は「以古」の誤）歌付之歟。

　［山本釈］この歌、本院大臣の、在原北方取る夜、車に乗する所にて、平中が彼の北方の衣に結びつくる歌なれば、平中の歌か。はたまた古歌をもってこれを付くるか。

清輔は、時平が国経妻を奪った夜に、平中がこの歌を北方の衣に結び付けたという話を踏まえて、歌が平中の自作であるか、古歌を利用したかの二通りの可能性を考えているのである（なお、この注は雅経筆崇徳院本『古今集』の朱注に受け継がれ、また顕昭の『古今集注』に引かれている）。清輔が知っていた説話は、『世継物語』に記されたものとほぼ同一の内容であったであろう（引用は、続群書類従による）。

　おとゞ、北の方車にのせ給し程に下かさねのしりとりて、御車にいる、ようにて、へいちうよりてかきつけて、をしつけてさりけり。おとゞは見給はず成にけり。北の方又見けるに、袖の下に、みちのくに紙をひきやりて、をしつけたるを、あやしとおもひて見れば、忍る人の手にて、

物を社いはねの松の岩躑躅いはねばこそあれ恋しき物を

となん有ける。

このような、国経妻強奪にからんでの平中の歌とする伝承に対して、『十訓抄』は、歌の作者を国経本人とする独自の見方を持っているわけである。

「読人不知」歌の実際の作者を明かすという課題は、和歌注釈にとって魅力的であり、多様な説が生まれる潜在的可能性をはらんでいる。実際にも、荒木浩「十訓抄と古今抄」（『国語国文』五十五巻七号、一九八六年七月）が指摘しているように、『弘安十年注』（片桐洋一『中世古今集注釈書解題二』所収）などの中世古今集注釈は、この歌の作者に関して異なる説話を伝えている。しかし、これらの、いわば秘説を所有すること自体を目的とする注釈書群と、『十訓抄』との間には、ある種の質的差異が存するように思われる。すなわち、おそらく『十訓抄』編者は、清輔などが知っていたと類似の国経妻強奪譚を踏まえて、そこからごく単純に思いつき得る解釈として、国経作者説に達しているのである。その思考の性格はむしろ素朴とも言えるのであって、秘伝を増殖させていく創作的思考と同一視するべきではない。

この点に関連して想起されるのは、前章で指摘した、『伊勢物語』第九十五段の、二条の后のもとに「さぶらふ女」を「まことには」二条の后本人であると注釈している『十訓抄』編者の姿勢である。その注釈の形式は（前章でも指摘したが）、たしかに鎌倉期伊勢物語注釈書群の、匿名の登場人物の実名を明かすという方法に一致している。しかし、その発想は、第三段や、第五段などの本文自体から容易に連想によって到達し得るものであって、新たな秘説を語ることを志向する注釈書群と同質ではなく、むしろそれ以前のよりプリミティヴな段階を示していると言

えよう。もちろん、『十訓抄』編者が我々の知らない独自の資料を参照していた可能性はつねに考慮しておかなければならない。しかし、『十訓抄』の示す「独自の説」が、しばしば、特定の依拠資料なしにも、言い換えると編者の比較的単純な思考によって、到達し得る性格を示していることも無視するべきではない。

ただし、編者が、『古今集』四九五歌を国経作であると考えるためには、そのもとになっている国経妻強奪譚にまつわる平中の姿を敢えて無視する必要があった。そのような思考経路は、何らかの積極的動機がなければ不自然なものと言えよう。この点は、（b）の検討を終えた上で改めて考えたい。

（3）腕に書かれた歌

『清輔本古今集』はまた、夏・一四八「思ひいづる常盤の山の郭公唐紅にふりいでてぞ鳴く」について、恋人を「一の人」に奪われた男が、後に、女の生んだ子どもが「五つ六つばかり」になっているのを見て、その腕に「指の先を食ひきりて」書き付けた歌であるという、「ある人」の説を伝えている。清輔は、この話が国経の妻と平中をめぐる話の異伝と見られること、またこの「常盤の山の郭公」の作者を四九五の「常盤の山の岩躑躅」と同一人とする伝承があることから、それらに依拠すれば夏・一四八の作者は平中と見なされるとした上で、結論としてはそうした説を信じるに足りないとするのである。これとほぼ同様の資料を引いている顕昭の『古今集注』も結論は同じで、当然のことながら彼ら歌学者にとって最も信ずべきは『後撰集』の記載であった。

おそらく、この「ある人」の説は、「郭公唐紅にふりいでてぞ鳴く」という表現が伴う鮮血のイメージに触発され、上句が一致する四九五歌に平中と国経妻の話が付随していることにも助けられて、「指の血」という要素の追加を眼目に国経妻強奪譚を変形して作り出されたものであろう。いずれにしても、『十訓抄』とは直接の接点を持っていない。ただ、この話が、清輔の聞いた形においては、平中・国経・時平のいずれの名も直接に明示していなかったらしいことはいちおう注意される。それは、平中の名にいろいろな歌と異伝が吸い寄せられていく動きと、各異伝が独立性を求めて拡散していく動きとが表裏一体であることを窺わせる。実際、『世継物語』においても、国経妻強奪譚の本体と和歌関係の二つの話とは、必ずしも緊密な結びつきを持ってはいない。「岩躑躅」の歌は、話の本体がひととおり語り終えられた後に付加的に述べられ、子どもの腕に歌を書く話は、さらにその後に、しかも「ある人」の語った異伝としての扱いで述べられるのである。そうした意味では、（a）（b）二つの話を全く分離してしまった『十訓抄』の措置も、伝承の運動の一般的な法則に背馳しているわけではないと言えるかも知れない。

　ともあれ『十訓抄』編者は、おそらくこれらの伝承とは直接には関わりなく、『後撰集』七一〇の詞書自体から（b）のような理解を導いたものと考えられる。『十訓抄』の記述は、『後撰集』の詞書をいくらか簡略化している。しかし、両書の間に『古来風体抄』の、

　大納言国経卿の家に侍りける女を、忍びて行くすゐまでちぎる事侍りけるを、にはかに贈太政大臣の家にわたり侍りければ、せうそこをだにかよはさずなりにければ、この女の子の、とし五ばかりなるが、本院の西の対にあそびける、かひなにかきて、母にみせたてまつれとてかきつけ侍りける

を置いてみると、やはり『古来風体抄』が参考にされたことが窺えるが、先に見てきた例から考えて、『後撰集』そのものも参照されていると思われる。そこで注意されるのは、直前の七〇九歌（『古来風体抄』には抄出されていない）の作者が、ほかならぬ「本院侍従」であることである。もちろん、七〇九と七一〇との間に何らかの関係を示唆する要素があるわけではなく、『十訓抄』編者も両者を直接関わらせて理解したわけではないであろう。しかし、第一（29）が示すように、平中の妻の名を「本院侍従」と承知していた編者が、隣接する作者名から何らかの影響を受けなかったとは言い切れない。ここにもまた、前述した書記言語の「字面」に引かれる編者の読みの特性

が窺えそうである。

『後撰集』作者の本院侍従は、平中より後の時代の人であるが、時平（本院の大臣）に迎えられた国経妻と平中との恋愛譚が発端になって、著名な女流歌人である本院侍従と平中を結びつける伝承が生み出されたのであろう。後には、逆に平中との交渉を前提に本院侍従が考証されるといった混乱も生じたが、このあたりの事情についてはここでは触れない。ただ、『十訓抄』編者は、『後撰集』を前にした彼自身の思考過程において（隣接歌作者名の心理的影響下に）、改めて「本院」に迎えとられた平中のかつての恋人を「本院侍従」の名で理解したことだけはほぼ確かなように思われる。

しかしそれにもせよ、『後撰集』にも『古来風体抄』にも明記する国経の名を敢えて抹殺したのはなぜであろうか。そして他方で、先に見たように、国経妻強奪譚に付着している平中の名を無視したのはなぜであろうか。他のどのような資料を持っていたにせよ（あるいは持っていなかったにせよ）、第一（29）の平中譚では『世継物語』にかなり近い文言を持つ『十訓抄』が、『世継物語』形の国経妻強奪譚と全く無縁であり得たとは考えにくい。結局、編者は（a）（b）をぜひとも別個の話として示したかったが故に、なかば故意に二重の無視を行なったと考えるほかなさそうである。編者がそうしなければならなかったのは、二つの話が時平の「好色」の例示である必要があったからである。もし、二つの話が一連のものであり、そこで問題になっている女性が同一人物であるということになれば、時平が複数の女性に手を出す好色な人物であったという主張は根拠を失ってしまうのである。

右のように考えて、編者の措置はいちおう了解できる。しかし、相手によってはすぐばれてしまうような説話処理を敢えて行なっている『十訓抄』の性格を、どう捉えるべきかという問題は残されている。それはやはり、『十訓抄』の著述が（説話資料の享受という面のみならず、予想されている読者という面においても）、比較的閉ざされた場においておこなわれたことを意味するのであろうか。

本章では、『十訓抄』の編者像を描くための試験的補助線のようなものをいくつか引いてきた。それらの線は、一見するとばらばらのもののように見える。諸書の相互注釈的・重層的な利用の反面での、ある種の資料の視野からの欠落。的確な要約の反面での、強引な曲解や奇妙な誤読、などなど。しかしそれらは、ある種の比較的孤立した、閉ざされた知的空間での、恣意的とも主体的とも言い得るような編者の営為を思い浮かべることで、交差するのではないかと思われる。閉ざされたと言っても、そこだけで通用するような知識や言葉を共有する親密な場といったものではない。また主体性と言っても、秘説を生産し、それを所有することで自己を権威化しようとする志向を含まない。編者はもう少し素朴であり自足的であって、本章で既に用いたことばで言えば「孤独」である。相当数の歌書を入手・披見できたにもかかわらず、編者の知的位置は、時代の和歌知識の流通の共同性から（その共同性が権威の「中心」に形成されたものか、むしろ「周辺」的であるかを問わず）、なにほどか隔てられていたように思われるのである。

（付言）本章で用いた「相互注釈的関係」という造語は、フッサール現象学の用語「間主観性（相互主観性）」（およびクリスティヴァの用語「間テキスト性」）の「もじり」であるが、それらの著述の精読から導いたものではない。

※初出「『十訓抄』と歌学書・和歌注釈―『俊頼髄脳』『古来風体抄』関係説話から―」（説話と説話文学の会編『説話論集　第三集―和歌・古注釈と説話―』清文堂、一九九三年）。初出稿発表後、『十訓抄』についての研究は大きく進展している。すべてを挙げることはできないが、浅見和彦「十訓抄編者攷―後藤基綱の可能性をめぐって―」（説話と説話文学の会編『説話論集　第七集―中世説話文学の世界―』清文堂、一九九七年）、福島尚「『十訓抄』の出典からの話題形成に関する覚書―『奥義抄』『和歌色葉』と関係する話題よりの考察―」（同上）、内田澪子「『十訓抄』序文再読」（日本文学協会『日本文学』61巻7号、二〇一二年七月）、野本東生「十訓抄における叙述方法―類比的装い―」（『国語と国文学』二〇一三年四月）などの論考が発表されている。また『俊頼髄脳』諸本の研究も大きく進み、鈴木徳男『俊

頼髄脳の研究』（思文閣出版、二〇〇六年）、赤瀬知子『院政期以後の歌学書と歌枕』（清文堂、二〇〇六年）をはじめ、多くの研究成果が公刊されている。本章もこれらを踏まえて全面的に考え直すことが望ましいが、力が及ばなかった。初出稿が諸氏の論考に引用されていることも踏まえ、初出稿の論旨は変更せず、引用本文を訂正し、文意の不明確な箇所等に加筆・修正を加えるにとどめた。

第Ⅱ部　ことば、こと、もの

―読解のために―

第一章　副詞の「あやまりて」

――『宇治拾遺物語』『平家物語』の語彙から――

本章では、「あやまりて（あやまって）」という言葉に、「誤る」「謝る」等の意味の動詞連用形に「て」のついたものとしてではなく、「それどころか、反対に、むしろ」などの意味の（「ついうかうかと」等の意味の副詞「あやまりて」とは異なる）副詞として理解されるべきものがあるのではないか、という問題を論じる。

この問題については、本章の初出稿「副詞としての「あやまりて」―中世文学の用例から―」（『北陸古典研究』七、一九九二年九月）に先立ち、小林保治が指摘している。すなわち、『古今著聞集』巻十七「大納言泰通狐狩を催さんとするに老狐夢枕に立つ事」に、

…今よりのち、おのづからもしれごとつかまつり候はゞ、其時いかなる御勘当も候べきなり。わかく候奴原に、この御気色のやう申含候なば、いかでかこり侍らず候べき。あやまりて御まもりとなり候て、今より後は、御内の御吉事などをば、かならずつげしめしまいらすべく候」（日本古典文学大系、四七〇頁）

の「あやまりて」について、新潮日本古典集成『古今著聞集 下』（西尾光一・小林保治校注、一九八六年）二九五頁頭注において、本章の次節に掲げる『宇治拾遺物語』の二例を挙げた上で、

…の場合と同じく、「かえって反対に」の意に解すべきである。

と明言し、日本古典文学大系の頭注「謝罪する」を訂している（小林は『完訳日本の古典・宇治拾遺物語』小学館、一九八一年、八一頁脚注でも指摘）。

この指摘に注目した山田みどり「用法の違いと意味の差と―「あやまりて」を例として―」（『同朋国文』二十二、一九九〇年三月）は、中古から中世にかけての「あやまる」の用法を広く検討して、一見「反対に」の意味のように見える場合も、「あやまる」という動詞の用法の幅に収まることを論じている。

私は、両先学の指摘・論を参照せずに初出稿を発表しており、その点についてあらためて訂正とお詫びをしておきたい。以下、本章ではいくつかの用例を挙げることにより、小林の解釈を支持するとともに、このような用法を副詞的用法として特立してよいとの見解を述べる。結果的に、山田論とはやや見解を異にすることになるが、その点については本章の最後に触れたい。

1『宇治拾遺物語』の用例、その一（用例一）

〔第一一九話・吾妻人いけにへとどむる事〕

又、我をかくしつとて、この男とかくし、又、今日の生贄にあたりつる人のゆかりを、れうじわづらはすべからず。あやまりて、その人の子孫の末〳〵にいたるまで、我、まもりとならん。（新日本古典文学大系、岩波書店、二五五頁）

これは、村人から生贄を要求し続けていた猿神が、主人公に捕らえられて命ごいをする場面である。生贄の子孫に危害を加えない事を約束する文と、その子孫を将来にわたって守護する事を約束する文の間に「あやまりて」の語が入っている。早く、『日本古典全書』（野村八良、朝日新聞社、一九五〇年）は、

この「あやまりて」も続きが悪い。「ゆかりを」の下に入るべき語かもしれない。今昔には、「其ノ男ヲ錯（アヤマリ）犯ス事無カレ。」と用ゐられてゐる。

と、『今昔物語集』の同文話（巻二十六第七）の該当箇所との異同を背景に、『宇治拾遺』の本文に不審を呈している。『日本古典文学大系』（渡辺綱也・西尾光一、岩波書店、一九六〇年）は、この説を紹介した上で、「更」を「アヤマル、アラタム」とする『名義抄』の訓によって、

「あやまりて」は「あらためて」の意か。

との説を立て、『日本古典文学全集』（小林智昭、小学館、一九七三年）は、これらの説を示した後、『名義抄』の「行」にも「ツトム、アヤマル」の訓があり、つとめての意かとも推量される。

と述べる。『新潮日本古典集成』（大島建彦、新潮社、一九八五年）は、

言葉の続き方が自然でないが、「ゆかりを」の下におくと「誤りて」の意に解される。

と、野村説に従った上で、補足的に右の二説をも示している。中島悦次『宇治拾遺物語・打聞集注解』（有精堂、一九七〇年）は、「間違っても。又は、あらためての意かという。」、『新日本古典文学大系』（三木紀人・浅見和彦、岩波書店、一九九〇年）は、「悔い改めての意か。」とするのみ。桜井光昭『三本対照宇治拾遺物語』（武蔵野書院、一九八九年）は、

解は一定していない。「自分は間違いを犯して今いけにえを取ろうとしたが」と解しておく。

とする。普及してきた注釈書類において、定解を見なかった語と言えよう。

『今昔物語集』と『宇治拾遺物語』との同文話では、一般的には後者の方に原和文資料の面影がとどめられている場合が多い。字形の誤認や脱字・脱文など機械的な誤りとして理解できる場合以外は、『今昔』による本文の改訂は避けた方がよいであろう。『宇治拾遺』の諸本間に異同が無く、また次に示すように『宇治拾遺』内に類似の用例があることから見れば、「あやまりて」の形で考察するべきことは明らかである。『今昔』の編者が原資料の「あやまりて」に疑問を持って文章を改めたとすれば、この「あやまりて」の用法にいくらか一般性が乏しかった

ことにはなるかもしれないが、それは次の段階の問題である。

2 『宇治拾遺物語』の用例、その二（用例二）

我は死ぬとも、経を、しばしが程も濡らし奉らじと思て、さゝげ奉しに、腕たゆくもあらず、あやまりて軽くて、腕も長くなるようにて、高くさゝげられ候ひつれば、御経のしるしとこそ、死ぬべき心地にもおぼえ候つれ。（新日本古典文学大系、二六四頁）

［第一二三話・海賊発心出家事］

経の霊験を語る僧の言葉の部分で、海に投げ込まれて浮かびながら経を捧げ持っている場面である。『日本古典全書』は『国史大系』掲出の校異に依って「あやまりて」を「あまつさへ」と校訂している。この異文については他のいくつかの注釈書も言及するが、本文を改めているものはない。主要な諸本が一致している「あやまりて」の本文に依って考えるべきではあるとしつつも、明確な解釈が得られなかったために異文に言及したのであろう。

『日本古典文学大系』は『名義抄』の訓を参考に、

「楽（らく）で」の意か。

と注し、『日本古典文学全集』は同じ方法に依って「さらに、またの意とも解される。」とする。用例一の場合についても言える事であるが、古辞書の訓はその漢字の意味の広がりを示すのであって、同じ字の訓がすべて同義語・類義語であるわけではないから、このような方法にはかなり問題がある。『新日本古典文学大系』は「いつもと違っての意か。」とする。

本章冒頭に掲げた小林保治の指摘以前には、用例一と用例二の両者を統一的に処理する試みはなされなかったようである。『角川古語大辞典』も、動詞「あやまる」の異なる意味項目の用例として採用している。すなわち、「まちがえる。しそこなう。」の用例として、用例二を、「ソウデナイヨウニ予期シテイタノダガ、意外ニ」と意味を注して掲げ、用例一は、「今までの進行を貫くのをやめ、改める。悔い改める。」の用例として掲げている。しかし、前者では動詞としての解釈を可能にするために文章に表わされていない内容を大幅に補うという無理を犯しており、後者では『宇治拾遺』諸注の問題のある解釈にそのまま乗っている印象を否めない。いま、先入観を排して素直に観察すると、二つの用例は、逆の事態を示す記述の間に在ってそれらを繋いでいるという、顕著な共通点を持っている。仮に、「そうではなくて」「むしろ逆に」のような意味をこれに当てれば、二例とも文意は無理なく通ると思われる。

生贄になった人の縁者を困らせることはしない。それどころか、その子孫の末末まで守護しよう。(用例一)

(経を支える)腕が疲れるということもない。むしろ逆に(経が)軽くて、(用例二)

品詞としては、主語を取る動詞ではなく、前文までの内容を前提として下の動詞や形容詞(ここでは「まもりとならん」「軽くて」)を修飾し、その意味を前文の内容と対立的な関係に置く働きをする、副詞ということになるであろう。従来は、これを動詞「誤る」の用法としてそれぞれ別個に解釈しようとしたために明解が得られなかったのであろう。

そこで、この方向でさらに用例を求めてみたい。

3　『平家物語』の用例(用例三)

[巻一・殿下乗合]

自今以後も、汝等能々心うべし。あやまて殿下へ無礼の由を申さばやとこそおもへとて帰られけり。（覚一本、日本古典文学大系、一一八頁）

乗合事件の後、摂政への報復を匂わす清盛に対して、重盛は、非は息子の資盛の方にあるとして清盛を諫め、さらに資盛とともに居た侍達にも厳重な注意を与える。引用箇所はその注意の部分。「あやまて」と表記されているが発音は「あやまって」で、「あやまりて」と同一の語である。『日本古典文学大系』（高木市之助ほか、岩波書店、一九五九年）の注は、「私はまちがって殿下に対して無礼をしたことをおわびしたいぐらいだ。」と訳し、「あやまりて」を「（重盛が）間違いを犯して」の意味に解している。

諸注もほぼ同様で、冨倉徳次郎『平家物語全注釈』（角川書店、一九六六年。本文は米沢本だが、この箇所は覚一本と同文）は、流布本の本文が「申さばやとこそ」の「こそ」を欠くために「おもへ」が侍達への命令形になってしまう点を「誤伝」とし、文の主語が重盛であるべきことを強調する。その上で、「無礼の由」は「無礼せし由」という動詞形となるべき所を省略した「語りもの風の語法」であると説明している（この説明は、左記の新日本古典文学大系の注に踏襲されている）。なお、冨倉の訳は、

摂政殿下には、私のほうから、見誤って無礼をした由を、改めてお詫びしたいと思う。

である。『新日本古典文学大系』（梶原正昭・山下宏明、岩波書店、一九九一年）の注は、

まちがって殿下に無礼をしたことをおわびしたいぐらいだ。

と訳する。

以上の覚一本系本文による解釈の問題点を述べておくと、まず、「あやまりて」を動詞の連用形と見ると、それが修飾する「無礼」が動詞になっていないのが幾らか不自然となって、なんらかの説明が必要になるが、たとえば「あやまりて」がなければ（あるいは本章が想定するように副詞ならば）、「無礼の由を申す」が「無礼についての詫び

を申す」の意味であることは特段の説明を要しない。第二に、流布本の形が覚一本から崩れたものであるにしても、それとして受容されたものである以上、その形なりに自然な解釈の可能性を探る必要があるのではないかということである。

次に平家の諸本であるが、まず岡山大学小野文庫本・両足院本は、覚一本とほぼ同文である。延慶本・四部合戦状本その他の非平曲系の本には該当する表現が無い。屋代本も、「自是殿下へ無礼ノ恐レヲ申サバヤトコソ思へ」となっていて、該当表現はない。平曲系のうち八坂流とされるもの（厳密な流派の判定については専門家の意見が分かれていて判断し難いので、とりあえず覚一本と異なる本文のものをここに総括する）では、奥村家蔵八坂本には該当表現が無い。一方、

誤テ重盛ハ是ヨリ殿下ヘマイリ無礼ノ怠ヲ社申ント思ヘト宣ヘハ（片仮名百二十句本）

あやまつてしけもりはこれよりてんかへふれいのおそれをこそ申さんとおもへとの給へは（平仮名百二十句本）

のように、「重盛」という主語の提示の前に置く形のものがかなり見られる。すなわち、竹柏園本・平松家本・鎌倉本が、「怠」を「恐」とする異同を除いて片仮名百二十句本に同文である。さらに、他本では「あやまりて」の前にある七十字程度の文が脱落し、清盛に対する言葉に直接続いてしまっているものがある。

よりまさみつもとなど申しけむげむじどもに、あざむかれても候はゞこそ、一もんのちじよくにても候はめ、これはすこしもくるしかるまじ、あやまて殿下へ無礼を申したくこそ存候へとてたゝれければ（中院本）

機械的脱文から発生した本文と見てよいが、文禄本もこのような本文であり、これはこれなりに理解可能な文として享受されていたかもしれない。

平仮名百二十句本による『新潮日本古典集成』（水原一、新潮社、一九七九年）は、底本の本文を「順当でない」として、「重盛はこれより殿下へ、あやまつて無礼のおそれをこそ」と改め、「多くの諸本にも混乱が見られる」と

注している。覚一本系本文による諸注と同じく「あやまりて」が「無礼（せし）」にかかると見ての改訂であるが、複数の本が底本と一致しているにもかかわらず、どの本にもない本文を新たに立てるという処理には少し無理がある。中院本等のように明らかに原形から崩れたものも含めて、これらの諸本の本文が意味不通のまま受容され伝承されていったとは考え難く、その形での解釈が考えられる必要がある。

この箇所の「あやまりて」を、前節で考えたように「それどころか」「むしろ」などの意味の語と考えれば、その文中の位置に関わりなく文を解釈することが出来る。ただし、「あやまって」が承ける内容が、直前の文に直接表現されていないので、補って考える必要がある。すなわち、「自今以後も、汝等能々心得べし」の指示の中に、清盛のように報復など考えてはならないという含みがあると見て、

（報復どころか）むしろ殿下に「ご無礼を申しました」とお詫びしたいくらいだ。（覚一本など）

（報復どころか）重盛は逆にこれから殿下に参上して無礼のお詫びを申したいと思っているのだ。（百二十句本など）

（報復どころか、お前達は）逆に、殿下に無礼のお詫びを申し上げたいと思わなければいけない。（流布本）

さらに、脱文の結果と思われる中院本等の本文の場合では、

（恥辱を受けたと憤るどころか）むしろ殿下に無礼のお詫びを申し上げたいと思っているのだ。

と訳することが出来よう。会話文であることを考えると、特に無理な解釈とは思われない。（なお、この節での『平家物語』の引用は、公刊されている複製または翻刻に依拠した。本章の論旨からは『平家物語』の原態や諸本系統は直接問題にならないので、用いた本の選択ではそれらの問題は特に留意していない。）

4　その他の用例

［沙石集・巻四］（用例四）

又洛陽ニ弁阿ト云相人アリ、片足ノ短シテ腰ヲ引ケルガ、弟子ニ逢テ、「誠ニヤ、世間ニ弁阿ヲ片足ノ短トテ、人ノ咲フナル」ト問バ、「思モヨリ候ハズ。誤テ片々ノ御足ヲバ、ナガクオハスルトコソ、人ハ申候ヘ」ト答。

（日本古典文学大系、一七三頁）

『日本古典文学大系』の底本の梵舜本は、「片々」の字の前に「旁」の字が入っているのを、校注者（渡辺綱也）が右のように訂している。弟子の言葉の部分、米沢本は「思カケソロハズ、誤テカタカタノ御足ヲバ長ク御坐ストコソ人申ソロヘ」、慶長十年古活字十行本は「思モヨリ候ハスアヤマテ片方ノ御足ヲハ長クオハストコソ人ハ申候ヘ」、阿岸本「思モヨラヌ事ニコソ誤テ片々ノ御足ノ長ク御坐トコソ申候ヘ」。前後の表現に小異は有るが、「あやまりて（あやまって）」の用法に差は認められない。「それどころか」「反対に」等の意味を当てることが文脈上もっとも自然である。動詞と見て、「（人々が）間違えて」の意とすることも不可能ではないが、この話の面白さは、同じことの言い回しのみを変えて師匠の気を休めようとしている点に在るのだから、人が間違っているという言葉は余計であり、笑話としての面白味をそいでしまう。

［雑談集・巻三「乗戒緩急事」］（用例五）

昔ノ陶淵明ハ酒ヲ愛シ、禅門ヲ行ジケル。（中略）カヤウノ人ノタメニハ、アヤマテ道ノ助也。何ノ過（トガ）カ有ン。（三弥井書店・中世の文学、九三頁、括弧内は振り仮名）

「（戒を犯す事が、罪になるどころか）むしろ反対に、仏道の助けになる」と解される。『中世の文学』（山田昭全・三木紀人、三弥井書店、一九七八年）の注は「戒を犯しても、それが修行の助けとなるのだ。」としていて、文意の理解としては従えるが、「あやまって」を「戒を犯す」の意味の動詞と解しているようにも見える。

［西行『残集』二六番歌左注］（用例六）

申つゞくべくもなきことなれども、空仁がいうなりしことをおもひいでゝ、とぞ、このごろはむかしの心わすれたるらめども、うたはかはらずとぞうけたまはる、あやまりてむかしにはおもひあがりてもや。（久保田淳編『西行全集』三五〇頁）

出家前の西行が、空仁の庵室を訪問した際のやりとりの全体を承ける左注である。解釈上いろいろの問題があり、全文についてはなお明解を得ないが、「あやまりて」部分は、「昔の心ばえは忘れたらしいが、歌は昔と変わらず優れていると聞く。（変わらないどころか）むしろ反対に、昔よりもよくなったと自負しているのではないか」のように解せる。少なくとも「錯誤を犯す」の意味の動詞と考えるよりは、自然な解釈の可能性が開けるように思われる。

5　補足的用例

『日本国語大辞典』は、動詞「誤る」の項目の中に、「あやまりて」の形で用いて「思わずとりはずす」の意味となるものを立て、『今昔物語集』と『浜松中納言物語』の用例を掲げる。しかし、このうち後者は、本章で問題にしてきた類の副詞として解し得るように思われる。

［浜松中納言物語・巻四］（用例七）

はづれて見えたる顔つきの花やかに、中〳〵さまかはりて、なつかしげにおかしう見え給ふ程、たぐひ有がたうおぼえて、けしやうしつくろひたるは、めもたゝず、あやまりて気疎き心地せられぬべくおぼされて、何の

うつくしきけぢめもなふ覚ゆるは、たゞこの御有さまにけをされ給ぬるなるべし。（日本古典文学大系、三六七頁）

右に引いた大系（松尾聰、一九六四年）は、「あやまりて」の直前の語を、丹鶴叢書本等により「めもたゝず」と校訂している。小松茂美『校本浜松中納言物語』（二玄社、一九六五年）によれば、写本諸本は「めもたへず」等とする。しかし、「あやまりて」そのものには異同が無い。

尼姫君の様子が素晴らしいので、そばで「化粧しつくろひたる」式部卿宮の北の方が「けをされ」るという場面で、この前後全体に補注で「通解」を付けている大系は、「あやまりて」の箇所を、

化粧をしつくろっている式部卿宮の北の方のほうは目立たないで、うっかり間違って疎ましいきもちが自然おこってしまいそうに（中納言は）お思いになって、（四九一頁）

としている。「あやまりて」を「うっかり間違って」と解するわけだが、ここは「それどころか」と解しても十分意味は通じるし、むしろその方が自然なように思われる。

『角川古語大辞典』も、「ついうかうかと。何かのまぎれに。」の意の「あやまりて」を認め、『日本国語大辞典』とは異なり副詞として項目を立てている。漢文の「謬・誤」の訓読に由来する語であると解説し、『宇治拾遺』の例を掲げる。

［宇治拾遺物語・第一〇八話］（用例八）

「…心ざしばかりに、これを」とて取らすれば、「あな心憂や。あやまりて人の見奉らせ給に、御さまなども心憂く侍れば、奉らんとこそ思ひ給るに、こは何しにか給はらん」とて取らぬを、（新日本古典文学大系、二二八頁）

第一〇八話は、貧しい女が、観音のお告げによって、家に宿った旅の武将と結ばれ、幸せになる話。右の引用箇所

は、女主人公が未来の夫をもてなすのを支援してくれた女性（実は観音の化身）に、せめてもの礼として袴を与えようとするのを、女性が辞退する場面である。『日本古典文学大系』の頭注に、

たまたま何かの折にご主人様がお召し物を御覧になった時に。

とあり、諸注、解釈に大差は無い。未来の夫が、何かの拍子に女主人公のみすぼらしいなりを見とがめることを、心配する気持ちの表現と取るのであり、『角川古語大辞典』もこれに従って用例を採用している。新大系は、

「あやまりて」は、あるはずがない（また、あってはならない）ことを想定して言う語。ここは貧しくみじめな姿を誰かに見られることについての不安を背景に持つ。

と説明する。

これらの解釈が明確に不都合だとは言えないが、隠すべくもない貧窮に関して（新大系が指摘するような心理的機制を考えるにしても）、「たまたま」の意の語を用いるかどうかという素朴な疑問が無いではない（早く、『日本古典全書』が、「併し『あやまりて』は前後の続きが妥当でない。今昔はこれに相当する語が現れてゐない」と不審を述べる）。この「あやまりて」を「奉らん」に懸かると見て、

（このように品物を頂くどころか）逆に、私の方からさしあげようと思っていましたのに、

と解し、「人の」以下「心憂く侍れば」までは理由を具体的に説明する挿入句とするのが私案である。貧窮している相手から物をもらうわけにはいかないことを強調しているのである。

『今昔』巻一六第七の同文話は、『日本古典全書』が言うように「あやまりて」を用いず、

「人ノ見給フニ、御様モ異様ナレバ、我レコソ何ヲモ奉ラムト思ヒツルニ、此ハ何デカ給ラム」

とする。『宇治拾遺』に似た原和文を、『今昔』編者は右の私案に近い線で理解したと見られる。強い傍証とはなり得ないが、参考までに指摘しておく。

以上二例は、「それどころか、逆に」の意味の「あやまりて」の用例として確実なものではないが、そのように解することも可能である場合として挙げたのである。

6 ここまでのまとめ

動詞の連用形と見るよりも、「それどころか、逆に」の意味の副詞として解する方が合理的な「あやまりて」が存在することは、以上の考察によっていちおう実証し得たと考える（掲げた用例の全てではなくとも、少なくともそのいくつかはそう解釈せざるを得ないはずである）。また、会話文中に現われる用例が目立つので、比較的に口語的な表現であった可能性も考えられる。

もちろん、この「あやまりて」も、本来は動詞「あやまる」から派生したのであろう。たとえば「かへりて」の「かへる」からの派生などと似た事情を持つと推測される。そこで、動詞「誤る」「謝る」の意味に、「それどころか、逆に」といった意味の母体になるものが認められるかが問題となるが、この点については動詞連用形「あやまりて」の次のような用法が注意される。

清輔朝臣は、外相はいみじう清廉なるようにて、偏頗といふ事、露も気色にあらはさず、おのづから人のかたぶく事などあれば、気色をあやまりて、あらそひ論ぜられしかば、（鴨長明『無名抄』、簗瀬一雄『無名抄全講』二九三頁）

小学館『古語大辞典』が、「変える。改める。」の例として掲げる、「皆色をあやまりぬ」（金剛波若経集験記古点）と同様、「（顔色を）それまでと一変させる」の意味である。こうした「一変させて」の意味の「あやまりて」が、やがて副詞として独立して、「反対に」などの意味で用いられるようになったのではないかと推測される。

なお、前掲山田論文は、新潮日本古典集成『古今著聞集』における小林の指摘を批判的に捉え、中古から中世にかけての「あやまる」の用法を広く検討して、一見「反対に」の意味のように見える場合も、「あやまる」という動詞の用法の幅に収まることを論じている。「あやまる」の用例の検討から、

「て(も)」を伴わない場合には誰かの行動に関わり「はずれる」といった意味であり、「あやまりて(も)」の形で連用修飾として働くばあいには「変わって・変えて」といった意味であること、また、「間違う」という意味、およびパターン化された「心あやまる」という形以外は、仮定・推量に使われる例がほとんどであることがわかった。

との展望を導き、さらに『類聚名義抄』を援用すると、これらの多様な意味の「本流」が「失う・忘れる」あたりにあると考えられるとして、「その筋で考えていくと、実例にうまくあてはまり、前にようやく解釈をほどこしたり、無理な訳をあてたりしたものも素直に訳せることがわかった」と述べる。山田論文では動詞「あやまる」からの意味の派生の問題が扱われており、特に「何かからはずれる」の意味がこの動詞に本来備わっていること、そこから「て」を伴っての「見方や感じ方が今までとは変わって」「考え方を変えて」の様な意味での用法が生じてくることが示されているのは、中世の「あやまりて」を理解する上で極めて有効である。ただし、多様な用法を統一的に把握することに重点を置く一方で、中世において「あやまりて」が実質的に「反対に」の意味を持って副詞化していく現象の認知には消極的である。

山田は、『類聚名義抄』の字訓の検討にもとづいて「あやまる」の本義を「失う・忘れる」と考えるならば、種々の用法についての説明を「区別する必要がなくなる」としているが、平安時代語として共時的に見る場合はそうであろうが、中世を含めて通時的に見るなら、副詞化を認める方が好都合のように思われる。山田論文に示された用例のうち中世の例、例えば、『閑居友』上巻十二話の、「…我、ものいみじく食ひて、力ありとても、なにのお

こなひをかし侍べき。あやまりて、おこたりぞいでき侍べき。…」（新日本古典文学大系、三九一頁）のような会話文中の用例は、「反対に」と解する方が自然であろう。これ以上の考究は国語学者ではない私の能くするところではないが、中世文学の研究者として、「反対に」の意味の「あやまりて」の存在を承知しておく必要はあると思う。

7　用例の追加

副詞的「あやまりて」と認められる用例を、若干追加しておきたい。

［『文机談』（菊亭本）第二冊］（用例九）

妙音院太政大臣師長は、若い頃、琵琶の師孝博が、筆頭の弟子博業に、自分より先に秘曲の伝授（灌頂）を行うであろうことを妬んで、孝博の若い妻に博業が通じていると嘘の告げ口をし、博業を追放させたことがあった。

孝博が没して後、師長の夢に孝博が現れ、「博業を許してやりたい」と言った。師長は自分の罪を後悔し、博業を召し出して謝罪し、さらに、孝博から授かった秘曲も伝授しようと約束した。博業は感激して帰った。ところが、このことを聞いた孝博の後継者孝定が、みだりに秘曲を伝授されては困ると意義を申し立てて来た。師長は、孝定の言い分ももっともと思ったが、博業への約束を反故にはできない。苦肉の策として、孝博から受けた「西流」の奏法は伝授せず、別に学んだもう一つの流派「桂流」の奏法で、博業に秘曲を伝えることとして、一件落着した。

排他的な「相承」によって維持される楽の家の在り方をよく示す話であるが、桂流を伝えることにしたいという師長の妥協案への孝定の回答は、次のように記されている（以下引用・頁数は、岩佐美代子氏『校注文机談』笠間書院、一九八九年による)。

　それは他家のみち也、さらにさゝうべきぶんにあらず、あやまりて庶幾仕をもむき也。(五八頁)

意を汲んで訳すと、「桂流については、それはよその家の伝える流派です。全く私たちが支障を言うべき立場にありません。むしろ、そのようにはからって頂きたいと思うご提案です。」とでもなろうか。要するに、自分の流派の秘伝さえ守れればよい、桂流伝授でことが収まるならむしろ望ましいところだ、と言っているのである。「あやまりて」は、ほぼ現代語の「むしろ」「かえって」にあたる。

[『文机談』(菊亭本)第二冊](用例十)

『文机談』のもう一箇所の用例も、たまたま西・桂両流に関わる。

後鳥羽上皇は、西流の孝博に琵琶を習いながら、灌頂は桂流の信綱に受けた。このことを許して、西流の孝道(先出の孝定を継いだ人)は、「君は御束帯に折烏帽子召されたる御琵琶にてわたらせ給候」と言っていた。この孝道の言について、『文机談』の語り手は次のようにコメントする。

　たとひ桂流なりとも、おりゐぼうしまでくたすべきにあらず。あやまりて経信卿をこそ正流とは申べけれども、みちの棟梁たる人のこゝろねは、げにかやうにこそあるべかむめれ。(一〇六頁)

「いくら、重要部分のみが桂流で、他の西流の部分と不釣り合いであるからといって、それを公卿の束帯に対する地下の折烏帽子にたとえるというのは行き過ぎで、そのように桂流を蔑むべきではない。むしろ、桂流の祖は源経信卿で、そちらの方を正統と言ってもよいのである。しかし、流派の指導者の心構えとしては、確かにこのように他流に対する自負を持つべきなのであろう。」のように敷衍出来よう。この「あやまりて」は、現代語の「むしろ」「それどころか」にあたり、前文で述べた内容を、以下の文では逆の面からさらに強調することを予告するのが、その機能である。

岩佐前掲書「解説」の中で、『文机談』の国語資料としての重要性を指摘するが、上記の二例を見出してそのことを実感した。

〔『宝物集』〕（用例一二）

もう一例は、月本直子・月本雅章両氏編『宮内庁書陵部蔵本　宝物集総索引』（古典籍索引叢書6、汲古書院、一九九三年）によって知った。

…ヒトノ心ヲモテノゴトシトテカナラスシモヒトコトニ孝養心ハヘラスアヤマリテ子ハヲヤノタメニカタキナムト申スコトモ侍リ…（同書八頁、古典保存会複製の3ウ）

試みに表記を訂すれば、

「人の心、面の如し」とて、必ずしも人ごとに孝養心侍らず。あやまりて、「子は親のために敵」なんど申すことも侍り。

ここは「子は親のためにかたき」という言（当時の常套句の類か？）が錯誤だと言っているのではない。皆が皆親孝行の心があるわけではない、と言った後、さらにそれを強めて、「子は親にとっての敵とさえ言われるくらいだ」と言っているのである（この後、子が親の不幸の原因となった例を列挙し、親を殺そうとした子の例までも挙げている）。

これも現代語の「かえって」「むしろ」に近い用い方である。

右の『総索引』の底本書陵部本は、伝康頼筆鎌倉初期写の一巻本であるが、同じ箇所が、吉田幸一氏蔵九冊本（古典文庫二五八）には「あやまちて子は親の為に敵、など申者も侍るめり。」とある（四四頁）。また、『新日本古典文学大系』（小泉弘・山田昭全校注、一九九三年）は、吉田本と同じ第二種七巻本系の吉川泰雄蔵本を底本とし、当該箇所の本文は吉田本と一致する（三三頁）。ここだけ読むと、「あやまちて」は「間違って（誤って）」の意と解せそうであるが、すぐに「少々其証を申侍るべし。」とあって（この文、一巻本にはなし）、やはり親不孝の例が示されるので、「錯誤」の意と解するのは落ち着かない。この「あやまちて」は、「誤て」あるいは「あやまて」等の表記から派生した後出本文とも考えられる。しかし、既に「あやまって（表記は「あやまて」）」から「あやまちて」という転訛した語形が生じて、「あやまりて」と同意味で用いられていた可能性も考えておくべきであろう。片仮名古活字三巻本（黒田彰編『身延文庫蔵宝物集中巻（付片仮名古活字三巻本）』和泉書院、一九八四年に収録）は、

誤テ子ハ親ノタメニ敵トナルト云事モ多ク聞ヘ侍リ少々其タメシヲ申ヘシ

とする。これも「あやまりて」と読み、漢字の意味にとらわれずに「むしろ」と解するべきであろう。

※初出「副詞としての「あやまりて」―中世文学の用例から―」（『北陸古典研究』第七号、一九九二年九月）、「〈研究ノート〉副詞的な「あやまりて」についての補足」（金沢大学教育学部国語国文学会『金沢大学語学・文学研究』第二十三号、一九九四年年七月）、「〈研究ノート〉「あやまりて」についての再補足」（『金沢大学 語学・文学研究』二十四号、一九九五年七月）。本書に収録するにあたり、三本の論考をひとつにまとめ、全体を調整した。

なお本章初出稿は、幸いにして諸賢に注目され、小林保治・増古和子校注『新編日本古典文学全集 宇治拾遺物語』（小学館、一九九六年）三二九頁頭注、福田晃・佐伯真一・小林美和校注『平家物語（上）』（三弥井書店、一九九三年）四九頁頭注、岩佐美代子『文机談 全注釈』（笠間書院、二〇〇七年）九五頁脚注などに触れられた。本書に収録したことで、さらに広く批正の機会を得たいと願うものである。

また、複数の方々から新たな用例とみなし得るものを教示されたが、確認の機会を失い、本章に取り入れることができなかった。お礼とともにお詫びを申し上げる。

第二章　「夢見」と「議勢」

――『平家物語』の語彙から――

1「予告する」意味の「夢見」

『平家物語』巻一「殿下乗合」に、平清盛が摂政藤原基房への報復を行った後、清盛の命令を実行した侍たちに対して、平重盛が非難を口にする場面がある。

たとひ入道いかなるふし議を下知し給ふとも、など重盛に夢をばみせざりけるぞ。

清盛（入道）が報復を命令した時点で、そのことを重盛に知らせなかった点を問題にしていることは、文脈から明らかであろう。もし事前に知ったならば、自ら清盛を諫止したであろうという含みを持った発言である。右は、岩波書店刊日本古典文学大系（底本は龍谷大学図書館蔵覚一本）一二〇頁によるが、屋代本（角川書店刊貴重古典籍叢刊所収複製による、括弧内は振り仮名）では、

縦(タトヒ)入道如何ナル事ヲ下知シ給フト云トモ重盛ニ夢ヲ可(キ)見(ス)ニテコソアレ

延慶本（汲古書院刊複製による）では、

設ヒ入道イカナル不思議ヲ下知シタマフトモ争カ重盛ニ夢ヲハミセサリケルソ

のようになっている。細部に異同はあるが、清盛の命令あるいは意図を重盛に「知らせる」という行為を、「夢を

見す」という言い方で表現している点は共通する。こうした用法は『平家物語』の他の箇所には見られないようであるが、『源家長日記』建仁三年大内花見の箇所（石田吉貞、佐津川修二『源家長日記全註解』有精堂、一七三頁。朝日新聞社刊『冷泉家時雨亭叢書』第四十三巻一三三頁）に、

さもまいりぬべき、はの人々に夢見せにつかはす

という例が見いだせる。これは、和歌所の寄人たちがつれだって大内裏の花見をしたことを聞いた後鳥羽院が、翌日自らも花見をすることを思い立ち、供奉できそうな人々に伝達する場面である。「前もっての知らせ」のような意味で「夢見せ」が使われていると見られ、「夢見す」が「予告する」の意味を持ち、動詞としても名詞化した形でも使われる、熟した表現であったことが推測できる。

同様の用例が、寺院内の一見特殊な用語にも見いだされる。永村眞「「法会」と「文書」―興福寺維摩会を通して―」（佐藤道子編『中世寺院と法会』法蔵館一九九四年、のち『中世寺院史料論』吉川弘文館二〇〇〇年に収録）、高山有紀『中世興福寺維摩会の研究』（勉誠社一九九七年）、泉谷康夫『興福寺』（吉川弘文館一九九七年）などの研究・紹介により広く知られるようになった、興福寺維摩会の竪義の次第についての故実の中に見える、「夢見」である。

指名された問者は、竪者と同様にあらかじめ探題のもとに参上し、自らが問答すべき問題を密かに知らされるが、この儀式は「夢見」と呼ばれた（「東大寺雑集録」巻一二）。出世奉行は探題の命をうけて、竪者の提出した「論義題」の因明・内明各一問ずつ記した「夢文」（「夢状」）を、竪者が五人であれば二十五通作成し、公文所において「袖ニ引入テ給之、無一切言」との所作によりこの「夢文」を問者に手渡す（「尋尊御記」）。また精義も同様に「夢文」を渡される。この「夢見」という作法は、本来は竪義の場に臨み竪者が読み上げる「義」について、即興で問者は「問」を試み、精義は問答の内容に講評を副えて判定を下すべきところを、事前に問題について稽古を積むために、密かに「論議題」を耳打ちされたことを暗示している。（前掲、永村眞

『中世寺院史料論』二一六頁）

このように、竪義における問題の内々の事前予告が、「夢見」と呼ばれていた。『平家物語』や『源家長日記』の「夢見す」には「内々」というニュアンスがあるであろうか。前者では、清盛には知られないようにして重盛に内々に連絡するということであれば、「内密」の含みもあるといえるかもしれない。後者の例は、すぐ後の箇所に「しのびて仰せありつれど」とあるように非公式の（もちろん近代語における「秘密の」ではない）御幸であり、したがって「人々」への知らせも命令のかたちをとらず、内々の通知のかたちをとったものとすれば、やはり類似のニュアンスがあることになる。いずれにせよ、三例が共通の根を持つことはまず間違いないと思われる。寺院の特定の場面で使われていた用語が、次第に世俗社会に広がって、一般的な意味を持つようになったのか、それとも「予告」の意味の「夢見す」の語が一般社会で定着してから後、興福寺で故実の名称に用いられるようになったのか、今のところいずれとも決めがたい。今後、寺院関係の資料などからもより多くの用例が見出されれば、この語の成立や性格が明らかになるかもしれない。また、興福寺以外の寺での類似の故実の有無やその呼称にも、注意する必要がありそうである。

語の成り立ちから言えば、古代・中世を通じて夢告による予言が広く信じられていたところから、「夢を見せる」が将来についての情報を与える意味を持つようになったのであろうとは、誰しも思い至るところであろう。しかし、むしろ現時点で確認しておきたいのは、遅くとも鎌倉時代初期には、「夢(を)見す」は、いちいち「夢」という語の意味を意識しなくても、ただちに「予告する」の意味で理解されるだけの、語（句）としての自立性を備えていたという点である。

2 「議論」もしくは「議論の趣旨」の意味の「議勢（義勢・擬勢）」

『平家物語』巻二「西光被切」で、いわゆる「鹿ノ谷陰謀」に加えられていた多田蔵人行綱が、謀反の成功に疑念を抱いて寝返りを決める場面は、覚一本（前掲書、一五二頁）では次のようになっている。

そも内義支度はさま〴〵なりしかども、義勢ばかりでは此謀反かなふべうもみえざりしかば、さしもたのまれたりける多田蔵人行綱、此事無益也と思心つきにけり。

屋代本は欠巻、延慶本（前掲書、二五二頁）は、

ソモ内議支度ハサマ〴〵ナリケレトモ議勢計ニテ其事可叶トモミヘサリケリ其中ニ多田蔵人行綱サシモ契深タノマレタリケルカ此事無益ナリト思心付ニケリ

である。この「議（義）勢ばかり」とは、ここでは口先だけで現実みのない計画のあり方を指しているようであるが、この「議（義）勢」という語について、すこし検討しておきたい。

この語はすでに既存の辞書類にも記載されていて、たとえば『日本国語大辞典 第二版』では、

①（―する）相手に対して示す威勢。意気込み。［以下略］
②（―する）自分には相応の力や才能があると信じ込み、そう見えるよう振舞うこと。
③正しいと信じて主張する考え、意見、見解。
④注釈で、特に詳しい説明を付け加えること。
⑤（―する）見せかけだけの勢力、また、必要以上の元気を現すこと。虚勢。
⑥［略］

という意味項目が立てられ、『平家物語』の用例は、後述する『吾妻鏡』の用例とともに①の項目に掲げられている。

しかし、以下に示すような用例を見ていくと、この語の意味の広がりと、その広がりの根本にある本来的な語義について、やや異なった見方ができるように思われるのである。いささかその点を述べてみたい。

十四世紀前半の成立と見られる『法然上人絵伝（四十八巻伝）』巻四十六の、聖光房弁長伝では、弁長の著作『末代念仏授手印』について、

上人相伝の義勢、つぶさにかの書にのせたり。

としている（岩波文庫『法然上人絵伝（下）』二三九頁、中央公論社刊『続 日本の絵巻3』八九頁上段）。ここでは、上人（法然）から伝えられた「考え方・趣旨」を「義勢」と呼んでいると解される。

貞治二年（一三六三）成立の『愚問賢注』は問答体の歌論書であるが、その第一問は、まず「或」として和歌を詠むのに古典の知識や伝統への配慮は不要とする意見を記し、次にこれを批判する「難」を掲げ、「いづれを是とすべきをや」と問うものである。このうち「難」の部分の結びに、

しからば以前の義勢甚甘心せずといへり。

とある（三弥井書店刊『歌論歌学集成』第十巻一四九頁、風間書房刊『日本歌学大系』第五巻一二四頁）。これは「或」の見解に対する評であり、「義勢」は「或」の「議論の趣旨」を指すのであろう。これらは、前掲『日本国語大辞典 第二版』の意味項目では③に属するとされるのであろうが、本来的な語義のうちに、この「議論」という要素が入っていると考えることはできないであろうか。

『弁慶物語』諸本のうち、『室町時代物語大成』に翻刻された、国立国会図書館蔵元和七年写本では、弁慶が鍛冶屋で太刀刀を鍛えさせ、傍らで仕事ぶりを監視する場面が次のようになっている（『室町時代物語大成』第十二、二

○二一～二〇三頁、括弧内は振り仮名）。

弁慶、太刀刀の金をみる間、すこしのきずもあらば、きたいなをさせて、傍（ソバ）にて、儀勢を始たり本より、内典外典の、学匠なる間、唐土、天竺、日本の物語、虚言（ソラコト）、実（マコト）、云程に、弁慶が物語に、きゝほれて、送（オクル）月日の、数をへて、百余日にぞ、打出しける、太刀刀、心も言も、およばれす

室町時代物語のつねとして『弁慶物語』にも諸本の細かな異同が多く、この場面についても、新日本古典文学大系所収本（チェスター・ビーティー図書館蔵本）をはじめ他の公刊された本には「儀勢」の語は見えないが、こうした異同は、それぞれの本の独自の表現として理解されるべきものであろう。元和七年写本は、立て続けにさまざまな知識を動員して「物語」することを、「儀勢」と表現している。これはおそらく寺院社会内で、意見を述べ議論を展開する行為をこのように呼んだことの反映であろう。

寺院関係の資料としては、『続天台宗全書　論草1』に翻刻されている十四世紀成立の『廬談』に、用例が見える。訓読の形で掲げると、

誠ニ是レ一流ノ義勢也。（二一六頁上段）

北谷ノ義勢ハ権教ニ限ると云也。（二七三頁下段）

などで、流派の相伝により解釈が異なる問題について、特定の流派の見解を指す場合に「義勢」を用いているように見える。

右に挙げてきた例は、一見すると意味もさまざまなようであるが、「口頭で議論すること」を指す場合、「議論の趣旨」を指す場合、にほぼ整理できる。両者は重なる部分があって、具体的な意味が勝つ場合は前者、やや抽象的な意味が勝つ場合が後者で、両者を含めて一語と見てよいと考えられる。表記もさまざまであるが、この時代の漢

字表記の一般的なあり方から考えて、用字の差異をあまり重く見ることはできない。同一語の表記のゆれと考えておきたい。最初に示した『平家物語』の場合は、「（平家を倒すという）趣旨の議論を口先でするばかりで」と解釈でき、右に示した二つの意味合いをともに含んでいると考えてよいのではなかろうか。

『吾妻鏡』の用例は、建暦三年五月二日のいわゆる和田合戦の条に見られる。北条義時の留守宅が包囲される箇所である。

相州雖被候幕府、留守壮士等有義勢、各切夾板、以其隙為矢石之路攻戦、義兵多以傷死（新訂増補国史大系）

なお貴志正造訳注『全訳吾妻鏡』（新人物往来社）の訓読文では、

相州幕府に候ぜらるといへども、留守の壮士等義勢あり。おのおの夾板を切り、その隙をもつて矢石の路となして攻め戦ひ、義兵多くもつて傷死す。

のように、「有義勢」を上の文に続けているが、版本（寛文版）の訓点を参考にすれば、

相州幕府に候ぜらるといへども、留守の壮士等、義勢あつて、おのおの夾板を切つて、その隙を以て、矢石の路となして攻め戦ひ、義兵多く以て傷死す。

と下に続けて訓読できる。本稿で見てきた他の用例に引き寄せて解釈すれば、戦闘を想定していなかった「留守の壮士等」が、臨時に相談して板を用いて防戦することにしたのであり、「義勢」は「議論（する）」の意味に連続することになる。

『太平記』には、西端幸雄・志甫由紀恵『土井本太平記 本文及び語彙索引』（勉誠社刊）によって十箇所の用例が検出できる（以下引用本文は同書により、参考として日本古典文学大系本により章段名を示す場合がある）。

四五百騎集まりたれども、皆ただ呆るるばかりにて、さしたる擬勢も無かりけり。（巻八・三月十二日合戦事）

ただ呆れたるばかりにて、ここかしこに群立つて、落ち支度の他は擬勢も無し。（巻九・六波羅攻事）

前者は、摩耶合戦の勝利を楽観していた六波羅勢が、想定外の赤松勢の入京に混乱する場面。後者は、六波羅に立てこもったものの戦意をうしなっている場面。いずれも、前後の状況からは「威勢」「気力」などの意味をあてても理解できるようにも見えるが、「さしたる…も無かりけり」「他は…も無し」という表現に注目すると、「（勝ったための）考え、工夫、相談」の意味と考えられる。戦闘への意欲をうしなっているという描写にかわりはないが、単なる感情的な戦意ではなく、戦術・戦略についての思考力をも失っているという含みがあると見られる。

日頃の擬勢尽き果てて、いつしか小水の魚の泡に息づく体に成つて、（巻十一）

この春の敗北に懲り恐れて、諸卒敢へて進む擬勢無かりけるところに、（巻十六）

ただ惘然たる他は、さしたる擬勢も無かりけり。（巻二十）

などもほぼ同じ用法で、「戦うための考え、方策」と捉えることができる。

延び延びとしたる評定のみあつて、誠に涼しく聞えたる擬勢は、更に無かりけり。（巻十九・奥州国司顕家卿並新田徳寿丸上洛事）

これは「戦意の表明」と解することもできるが、場面が評定であるから、「議論、意見」の意味に基づく用法と見ることができる。

はやく当機不交の擬勢を成して、速やかに義を見、すなはち勇の歓声を聞かん。（巻二十四・依山門嗷訴公卿詮議事）

延暦寺の牒状の中にあり、「不交」は「不拘」が本来であろう。状況を見て適切に考えをめぐらすことを、「擬勢を成す」と言っていると考えられる。

師直・師泰、擬勢はこれまでなれども、さすが押し寄する事は無く、いたづらに時をぞ移しける。（巻二十七・御所囲事）

御所を包囲するという「あらかじめの考え、計画」だけは実行したことについて、「擬勢はこれまで」と言っているのであろう。

始めはさしも擬勢しつる吉田肥前、真先に橋を渡して逃げけるが、（巻三十六・秀詮兄弟討死事）

これは、先立つ軍議の場面で吉田肥前房厳覚が神崎橋を渡ることを主張したことを指す。これも本来的には「議論する、意見を主張する」の意味であり、状況との関係の中で「虚勢」の意味になっていると考えられる。

「あ〔つ〕ぱれ、我討手を承つて向かはばや」と擬勢しける者ども、相模守七百余騎にて控へたりと聞しかば、興醒め顔に成りて、（同上、清氏叛逆事付相模守子息元服事）

これも結果的には「虚勢」であるが、「議論、意見、主張」の意味と見ることができる。

以上を要約すると、「義勢（擬勢）」の基本的な意味を、「議論、議論の趣旨（意見、主張）」とし、合戦などの場面で「議論、意見、主張」をそのとおりに実践できない状況がしばしばあるため、そのような場合に結果的に「義勢（擬勢）」が「虚勢」の意味となると考えると、用例の全体がシンプルに説明できる、ということである。一方、「見せかけ」等を基本的な意味として考えようとすれば、「議論、意見、主張」等の意味の用例についても、基本的な意味との連続性を見出す必要があり、そのために、たとえば「相応の力や才能があると信じ込み」、「正しいと信じて」（前引、日本国語大辞典）のように、「主観的な（客観的には誤りであるかもしれない）意見」というニュアンスを含む語として捉える必要が生じる。しかし、実際の用例には、必ずしもそのようなニュアンスがない『法然上人絵伝』『廬談』のようなものがある。「議論、議論の趣旨（意見、主張）」を基本として捉える方が、用例全般の説明として、より無理が少ないと思われる。

※初出「『平家物語』等に見える「夢（を）見す」「議勢」の二語彙について」（『金沢大学教育学部紀要』第五十四号、二〇〇五年二月）。本書への収録に際して、文言を一部修正した。

第三章　「霞」と反照

――藤原家良歌の「ほてり」など――

「霞」は中国古典語では「朝焼け・夕焼け」の意であり、和語の「かすみ」とは異なることは、和漢比較文学への関心の広がりと共に常識となりつつある。しかし、和語「かすみ」が「霞」の字によって表記されることになったのはなぜかという点、ひいては中国古典語における「霞」「霧」その他の語彙と、上代日本語における「かすみ」「きり」その他の語彙との間に、どのような関係があるかについては、あまり明快には説明されていないように思われる。もとより中国古典文章語や上代日本語について論じるには、高度に専門的な習熟を要する。とうてい私の手におえるとは思われないが、聊か気のついた点を整理しておきたい。

1 「霞」に対応するべき和語は何か？

小島憲之「上代に於ける詩と歌―「霞」と「霞」―」（『松田好夫先生追悼論文集・万葉学論攷』続群書類従完成会、一九九〇年）は、「霞（カ）」と「霞（かすみ）」の違いはすでに近世の詩人が指摘しているとして、三浦梅園『詩轍』（天明四年・一七八四）、六如『葛原詩話』（天明七年）を引いている。ここでは『詩轍』を示す（巻之六・雑記・三十八丁オ、中文出版社刊複製五三七頁、表記を一部改める）。

烟ノ字、火ノ気ナルハ勿論ナリ。其他ノ烟ト云ハ、靄ノ字ヲ用ユベキ処ニ用ヒテ、烟波・烟花等ノ如キ、皆氤氳冥濛ノ状也。霞ノ字ハ、ホデリ、一名ヤケ、朝ヤケ夕ヤケノヤケ也。

右の内、前半については2で触れることとし、ここでは後半に注意する。江戸中期の時点では、漢語「霞」の意味にほぼ正確に対応する和語として、「ほでり（火照り）」「やけ（夕焼け・朝焼け）」が考えられていたことが判る。これらの語は、その使用をどこまで遡ることができるであろうか。

『日本国語大辞典』の「あさやけ」の項は、『文化句帳』二年五月「朝やけがよろこばしいか蝸牛」ほか近世の用例を挙げるが、その中に、北静廬の考証随筆『梅園日記』（弘化二年・一八四五）の用例がある。当該箇所を、『日本随筆大成』第三期12により、適宜表記を補って示す。

『七玉集』に、家良、「山のはもかすむと見ゆる朝あけにやがてふりぬる春雨の空」。按ずるに、「朝あけ」の「あけ」はあかきをいふ。今いふ「朝やけ」なり。「あ」の声の「や」のごとく聞こゆるは、歌合、根合などのたぐひ也。又『新撰六帖』に、衣笠内大臣、「山のはにほてりせる夜はむろの浦にあすは日よりと出る船人」とよみ給へるは夕あけにや。されば朝あけは雨、夕あけは日よりとふるくよりいへる諺なるべし。

以下、「唐国にても」として「朝霞門を出ず、暮霞千里を行く」という「呉の諺」他の用例、同じ問題を扱う「友人西島蘭渓が坤斎日抄」（後述）の、「唐俗」にも「朝焼晩焼之語」があるとする記述、その他を引いている。

さて、静廬が引く『七玉集』は『弘長百首』（弘長元年・一二六一）の別名、この歌は「春雨」の題に見える。『日本国語大辞典』は「朝焼け」の意の「あさあけ」を立項して、用例としてこの歌と右の『梅園日記』を掲げている。また、静廬が引くもう一首の歌は、寛元二年・一二四四頃成立の『新撰和歌六帖』の「浦」題に見えるもので、作者の「衣笠内大臣」は、（静廬が気づいていたかどうか判らないが）先の歌の作者と同じ藤原家良である。この歌は『日本国語大辞典』の「ほてり」の項の「朝焼け・夕焼け」の意味項目の用例として採用されている。つまり、偶然にもと言うべきか、『梅園日記』の同じ箇所が引く同一作者の歌が、漢語「霞」に相当すると思われる二つの和語の十三世紀に遡る用例として問題になることになる。

しかし、このうち、『弘長百首』の歌の「あさあけ」を「朝焼け」の意とすることについては、疑問が感じられる。「あ」が「や」となるという説明も疑わしいが、むしろ、歌意から見て、「朝、夜が明ける頃に」の意の「あさあけ」（『日本国語大辞典』では別語として立項）と解して支障がないからである。顕昭『拾遺抄注』が、『万葉集』にも見える「秋立ちていくかもあらねどこの寝ぬるあさけの風は袂寒しも」について「あさけは朝なり。あさあけともいふ。朝明なり。（以下略）」と注するように、「朝（旦）開・朝（旦）明」と表記される「あさけ」は、「あさあけ」と訓まれることがある（西本願寺本訓にも散見）。定家『僻案抄』はこの形を後世のものと見ているが、いずれにせよ鎌倉期の歌人は同語と見ていたと思われる。家良歌の「朝あけ」も、万葉語「あさけ」と同義のつもりで用いられたと見てよかろう。

これに対して、もう一首の「ほてり」の方は「朝焼け・夕焼け」の意と解してよいと思われる。ただし、静廬は版本の本文に拠ったかと思われるが、『新編国歌大観』（底本は日本大学総合図書館蔵室町末期写本）では、

　やまのはにほてりせぬよはむろの浦にあすは日よりといづるふな人

と第二句が一字違いで意味が逆になっている。なお、穂久邇文庫蔵室町初期写本（『日本古典文学影印叢刊』15所収）、『夫木和歌集』（『新編国歌大観』本文のほか、寛文版本も）も同様の本文である。「朝焼けは雨」の諺によって解すれば、ここでは未明に現われる東の空の赤光を指すことになろうか。右記の影印本の解説（久保田淳）が、「だいたいにおいて誹諧的傾向が強く、正雅・典雅ないしは優艶さからは遠い作品が少なくない。中世国語資料として貴重な用例も多く見いだされる」と述べるような『新撰和歌六帖』の性格の一端を示す、通常の歌語以外の語を使用した例である。

以上から見て、朝焼けや夕焼けを意味する「ほてり」の語が鎌倉期に存在したことはほぼ確実であり、少なくと

も口語レベルでは、もう少し古くから使用されていた可能性が高いと思われる。
なお、前述の『梅園日記』が引く『坤斎日抄』（文政十一年・一八二八）上巻のすこし前の箇所には「原希翊曰、邦俗以霞為靄誤矣、霞者所謂日焼也」（続日本儒林叢書第一冊による）云々とあり、西島蘭渓は榊原篁洲（字は希翊、一六五九―一七〇六）の『榊巷談苑』を見ている。その『榊巷談苑』には、「霞の字をいにしへよりかすみとよめどもあやまりなり。霞は俗にいふ日やけのことなり。朝やけを朝霞といひ、夕やけを暮霞といふ」（日本随筆大成3期8、二五一頁）とあって、十七世紀には朝夕の反照現象を日常語で「ひやけ」とも言っていたことが判る。『日本国語大辞典』では「ひやけ」のこの意味を立項しないが、『日本方言大辞典』（小学館、一九八九年）には、「好天の前触れの夕焼け」を指す例が掲げられ（鹿児島県肝属郡）、また朝焼けを指す「あさひやけ」も掲出されている（栃木県、群馬県山田郡、千葉県印旛郡）。

しかし、いまのところ、文学作品などの一般的な文献資料においては、「ほてり」系統にせよ「やけ」系統にせよ、朝夕の反照現象を指すとことが明らかな語で、かつ平安期以前の用例を指摘されているものはないようである。後世に夕暮れの残照を指す「ゆうばえ」は、『日葡辞書』に「夕方のころに、花などが一段と見事に美しくみえること」と解説され、平安時代の文学作品の用例もこのような意味で解釈されている。すなわち、朝夕の反照現象を指すための固有の語彙は、平安時代以前の文章語には存在しなかったか、少なくともあまり一般的に使用されなかった可能性がある。あの著名な『枕草子』の「春は曙」「秋は夕暮」の文章も、そのような語彙を用いることなしに書かれているのである。より精緻な調査が必要ではあるが、もし天象に関する上代語の語彙体系の中で、漢語「霞」の中心的意味に対応する箇所（朝夕の反照現象）が、いわば空席であったと仮定すると、「霞」は特定の和語に制約されないいわば自由状態の字となり、やや異なる意味の和語「かすみ」の訳に転用することも、比較的容易であったろうと考えることができるのである。

一方、漢字の意味に対応する多くの和語を列挙する『類聚名義抄』などの古辞書類にあって、なお「霞」の訓には「カスミ」のみが宛てられていることから見れば、和語「かすみ」が、いわば兼務の形で、他の語彙で分節されていない反照現象（漢語の「霞」）をも意味することができたのかもしれない。この可能性については、あらためて3で問題にする。

2　和語「かすみ」に対応するべき漢語（漢字）は何か？

前掲『詩轍』の記事は、通常「かすみ」の語が意味する視界不良をもたらす現象に該当する漢語としては、「靄」「煙（烟）」などが（「霧」以外に）あることを示唆する。これらの字は、平安期以前にどのような和訓が与えられていたのであろうか。

『類聚名義抄』は、「靄」については「キリ・クモル・タナヒク・アタ、ム・アカル」、「烟」「煙」については「ケブリ」「モユ」を示す。『白河本字鏡集』は「靄」に「アタ、ム・カスカナリ・ツクス・アタクモ・タナヒク」、「煙」に「ケフリ・モユ・カマト」。なお「霞」には「カスミ」とともに「タナヒク」を示す。『寛元本字鏡集』では「靄」に「クモル・カタム・アカル」が加わるほかは『白河本』に同じ。なお、「タナヒク」の訓は、三本とも「靉」「靆」に見える。

この程度の調査ではほとんど意味のあることは言えないのであるが、気づかれる点の一つは、「靄」の字についての現行の訓「もや」の不在である。「もや」は、『日葡辞書』に「湿気を含み、雨を催す一種の霧」と説明され「Moyaga vorita（もやが降りた）」の用例がある。しかし、『日本国語大辞典』ではこれが初出用例で、平安鎌倉期以前の一般的な文学作品には見られない語のようである。現代の「もや」は、気象用語では「霧」または「煙霧」

と同じ浮遊微粒子による現象で、より視界不良の度合いの軽いもの（1キロメートル以上）を指すと定められているが、日常語としての「きり」との使い分けは、地方や個人によっても差があると思われる。「もや」の語誌や「靄」の字の訓として定着した経緯は興味を引くが、立ち入る準備がない（古辞書の「煙」「烟」の訓に見える「モユ」は、「燃える」の意の語と思われるが、後代の「もや」との関係も考える必要があるかもしれない。ちなみに、山や海の霧をさして広く用いられている「ガス」系の語は外来語と解されているが、英語gasには通常の用法ではこのような意味はないようなので、成立の経緯に興味が持たれる）。

「靄」「煙(烟)」については、いずれも意味的には「かすみ」の和訓を宛てられ得る字であったと思われるにもかかわらず、実際にはそうならなかったのである。「煙」の場合は、「けぶり」との結びつきが優勢であったため、他の訓があてられにくかったということがあるかも知れない（ただし、あまり説得的な説明ではない）。「靄」の場合は、「もや」という語との結びつきは上代には存在しないと思われるので、そのために「かすみ」の訓が排除されたということはあり得ない。これらのことは逆に言うと、「霞」と「かすみ」の間に、「靄」や「煙」と「かすみ」の間にあるよりも優勢な結合要因が存在した可能性を示唆する。すなわち、「かすみ」と「霞」との間に、本来、ある程度の意味の重なりがあったという可能性である。

3　和語「かすみ」の範囲と「霞」との接点

『万葉集』を中心とした上代文学の「かすみ」（およびその「きり」との関係）については、井上富蔵「万葉集における用語の一考察―霞と霧について―」（岡山大学法文学部「学術紀要」13、一九六〇年五月）、戸谷高明『古代文学の研究』（桜楓社、一九六五年）、同「万葉の霞」（『万葉集を学ぶ』第五集、有斐閣、一九七八年）、政所賢二「「霞たつ」

「霞たなびく」の表現について—万葉集を中心に—」（『解釈』一九八二年二月）などの研究があり、秋の「かすみ」の用例もあるとはいえ、既に『万葉集』で主に春の事象とする見方が成立していること、また「たなびく」の語と親近性があることなどが指摘されている。本章の観点から注意されるのは、「かすみ」は「山や野に関係して多く詠まれて」おり、「遠望のもとに、把握されている場合が多い」のに対して、「霧は必しも距離的な認識を伴わない」という井上富蔵の指摘であろう。「かすみ」は、基本的には空に現われる不定形の広がりとして観望されるものであり、この形態の点では（色彩はともかく）、漢語「霞」と共通すると考え得る。

佐藤武義「翻訳語としての万葉語—「春」の複合語を中心に—」（『佐藤喜代治教授退官記念国語学論集』桜楓社、一九七六年）は、『万葉集』に頻出する「はるがすみ」の語が「春霞」の翻訳語である可能性を指摘している。ただし、そうであったとしても、『佩文韻府』は「春霞」の他に「秋霞」「冬霞」も立項しているし、『文選』二十七「望荊山」（江淹）の「雲霞粛川漲」（粛の訓は「さむし」）のように秋冷と結びついても使われる。したがって、「春」との関係の深さが「かすみ」と「霞」の共通項であったとは考えにくい。むしろ、『万葉集』に「あさかすみ」が八例、そのほかにも朝夕に関するものが多いことが注意される。「あさきり」もかなりあるが、上述の距離感の問題と複合させると、「霞」と「かすみ」の接点が見えてくるように思われる。

朝焼け・夕焼けを専らに指す語を持っている現代人は、「かすみ」と「朝焼け・夕焼け」を画然と別の現象と認識しているが、上代人も同じように見ていたと決めてかかることは危険である。認識の分節化はかなりの程度言語に依存し、かつ1で見たように、朝焼け・夕焼け専用の上代語の存在は知り得ないからである。和語「かすみ」が指す現象の主要なものが、現在の我々の理解と同じ「浮遊微粒子による視界不良」であることは、動詞「かすむ」の意味から見てもまず動かないとしても、間接的に朝焼け・夕焼けを指す場合がなかったとは言い切れないのである。『万葉集』巻十「春雑歌」には、

ひさかたのあめのかぐ山この夕べ霞たなびく春立つらしも（一八一二）
たまかぎる夕さりくればさつ人のゆづきが岳に霞たなびく（一八一六）
冬過ぎて春きたるらし朝日さす春日の山に霞たなびく（一八四四）

などがあるが、これらを朝夕の実景を叙するものとすれば、「かすみ」が朝日や夕日を反映して赤みがかった色彩を呈しているとの理解は、必ずしも排除されない。あるいは、

鶯の春になるらし春日山霞たなびく夜目に見れども（一八四五）

は夜間の「かすみ」で、平安期以降はほとんど詠まれないものであるが、これも反照と関わる可能性が考えられそうである。そもそも、朝夕以外でも「かすみ」は多くの場合、色相はともかくある明るさを帯びて広がるものではないかと考えられ、その点に漢語「霞」との重なりないしは接点が見出されるようである。

なお、「かすみ」が、言葉として指すものの次元において「きり」と異なることは、上記井上論文も指摘する。そうである以上、近代以降の自然科学的把握と関連づける場合にも、単純に同一対象に対応するとするべきではない。『角川古語大辞典』は「細かい水滴が空中に浮遊するために、空がぼんやりする現象」と説明し、これならば現在の気象用語で「霧」とされるもの（及び薄い霧が「もや」と呼ばれる場合）と同一の現象となる。しかし、平凡社版『気象の事典』（一九八九年）に、

山など奥の景色がかすんで見える現象で、気象学の用語ではない。薄い層雲、霧、もや、煙霧などを通して見える場合おこる。

とする定義が、「かすみ」の語の説明としてはより妥当というべきであろう。中世以前の人々にとっては、「きり」のように眼前の視野を遮ることはなく、遠くで柔らかく光を反射している何かであり、それを形成している浮遊微粒子の科学的実体は関心外の事柄である。凝結水滴以外の気象学上「煙霧」と呼ばれる現象のうち、工業化・都市

化以降のいわゆるスモッグ以外のもの、特に春先の強風による塵埃の浮遊や、同じく春によく観察される黄砂現象が、「かすみ」として認識されていた可能性は十分考えられ、それによって春の季節との結びつきが理解され得るかも知れない（倉島厚編『おもしろ気象学春・夏編』朝日新聞社、一九八五年）。文学や生活における語彙の分節と、自然科学的な現象の区分とは、直接対応しないという点に、注意しておく必要がある。

4　漢語「霞」の範囲と「かすみ」との接点

「漢語「霞」は、和語の「かすみ」とは明らかに違い、朝焼け夕焼けの雲をいう」（柳沢良一「和漢朗詠集を読む―「霞」と「かすみ」―」、『国文学』一九八九年八月）ものであり、「紅」「赤」「丹」などと優越的に結びつくことは、用例的にも語源的にも動かない。ただし、川村晃生「詩語と歌語のあいだ―〈霞の色〉をめぐって―」（『國學院雑誌』一九九四年十一月）、田中幹子「浅緑の霞ついて―和漢朗詠集「碧羅」と千載佳句「碧煙」―」（札幌大学『史料と研究』24、一九九五年三月）などの論が注意するように、「霞」と色彩との結びつきには幅がある。このことは、「霞」自体に、すべて和語「朝焼け・夕焼け」に置き換えられない意味の幅があることを示唆するであろう。

白雲随玉趾　青霞雑桂旗（文選二十二・鐘山詩応西陽王教・沈約）

鬱青霞之奇異、入脩夜之不易（同十六・恨賦・江淹）

は、（後者は比喩的用法であるが）空の青さの広がりを指すようである。

撫凌波鳧躍、吸翠霞夭矯（文選十二・江賦・郭璞）

は、水面上の霧様の広がりのように解される。また、『佩文韻府』は「白霞」の用例もあげている。おそらく「霞」は、広義に用いられれば、ある色や光の領域として空中に広がっているものを指すことのできる語でもあったのではなかろうか。光（明るさ）との結びつきは、「連氛累靄、掩日韜霞」（文選十三・雪賦・謝恵連）などから窺われる（この例では、「氛」「靄」が「霞」の光を覆い隠すのである）。「広がり」という要素との結びつきは、

集如霞布、散如雲豁（前掲、江賦）

鏤章霞布（文選十四・赭白馬賦・顔延之）

など、「霞布」の形の存在からも示唆される。おそらく「雲」の立体性に対して、より面的な現象と見られていたのではないか。そしてこのことは、おのずから、前項で見た和語「かすみ」の範囲との、接触または重なりの可能性を物語っていよう（『文選』は主に集英社刊『全釈漢文大系』を参照したが、一部字体を変更した場合がある）。

半澤幹一・津田潔「『新撰万葉集』注釈稿（上巻・春部・一〜七）」（『共立女子大学文芸学部紀要』第四十号、一九九四年二月）は、第3首語釈の「雲霞」の項で次のように述べている（前掲、川村論文にも引用）。

（「霞」は）「かすみ」と大きく意味・対象にズレがあるわけではない。ズレがあるとすれば、むしろそれを見る人間の色彩感覚や季節感の方であろう。

「かすみ」と「霞」との区別の強調に終始しない点で、傾聴される。ただし、「それを見る人間」の見方は、彼が所属する言語共同体の語彙体系にある程度まで依存し、制約されている。中国の類書の体系も、現代の気象学用語の体系も、上代人の語彙体系も、近世随筆家の語彙体系も、天空の諸現象を見る人間の、それぞれ少しずつ異なった見方（現象の分節）を示している。異なる体系の中にいる人間が他の体系の見方を窺うことは、必ずしも容易ではない。

現代人とは異なった語彙の体系の中にいる人々が、どのように現象を体験し、どのようにそれを言語に表現していたか、それをできるだけこまやかに把握することは、ことばの専門家である文学研究者の任務であろう。本章はこの課題に確かに答えているわけではないが、答に近づくための視点のいくつかを示し得たのではないかと思う。

※初出「霞とかすみの問題をめぐっての覚え書き」（金沢大学教育学部国語国文学会『金沢大学語学・文学研究』第二十六号、一九九七年七月）。漢文学の授業を担当されてきた園家榮照教授の退官記念号に寄せたことから、中国文学に関連するテーマを選んだものである。本書への収録にあたって全体にわたって文言の補訂を行なった。

第四章 「ふるさと」と「ふるや」
――『方丈記』の和歌的修辞――

『方丈記』の終わりに近い部分の一節、大福光寺本の本文に依拠した岩波文庫（市古貞次校注）により掲げる。

おほかた、この所に住みはじめし時は、あからさまと思ひしかども、いますでに五年を経たり。仮の庵もややふるさととなりて、軒に朽葉深く、土居に苔むせり。

いわゆる「閑居の気味」を述べ立てた後の、一呼吸置くというような部分である。気がついてみると、「もし心にかなはぬ事あらば、やすくほかへうつさむ」と考えていた場所に五年も安住していた、という感慨。そこから、その間の都の状態（数度の火災、高位の人の死）に思いを馳せ、それとの対照のもとに再び草庵生活の意義を確認する以下の部分へと続く（この確認の後に、更にいわゆる終章がくる）。岩波文庫本の脚注にもあるように、大福光寺本以外の諸本は「ふるさととなりて」という箇所を「ふるやとなりて」とするものがほとんどである。現代の諸注釈書はみな、最古の写本で善本とされる大福光寺本を底本としているので、本文は「ふるさと」とするが、注等での異文の扱いは、指摘のみするものと「ふるさと」の優位を主張するものとにわかれる。後者の例としては、

「故郷」は、諸本「ふるや」とするが、「故郷」のままでもよいと思う。ここでは住みなれた住居の意で用いているのである。（簗瀬一雄『方丈記全注釈』）

意味上の差はないが、「ふるさと」の方が情感のこもる語であろう。（三木紀人校注『新潮古典集成』頭注）

ここは「フルサト」とあってこそ、深い感慨の滲み出る所なのだ。（佐竹昭広校注『新日本古典文学大系』解説

「方丈記管見」三六〇頁）

等があるが、とくに佐竹校注『新 日本古典文学大系』は、脚注においても『顕注密勘』『連珠合璧集』の例を挙げて、「住みながら年久しくなりて破れたる家」「今住む里の旧りたる」の意味で「ふるさと」の語が用いられ得ることを実証し、「ふるや」とするのとでは「感慨の度合が違う」ことを強調する。佐竹は、ここ以外の場所でも一貫して大福光寺本本文を尊重する立場で立論し、底本の本文をみだりに改めず、可能な限りそれを生かすことを考えるべきだという原則を明確に打ち出している。言うまでもなくこの原則は、恣意的本文校訂を防ぎ、新たな混態本文を生み出さないための、近代的本文校訂の常識として、それ自体としては異論の余地のないものである。また、佐竹が指摘している具体的な諸点も学ぶべきところが多いのであるが、当該箇所のごとく、本文としての妥当性の指摘から更に踏み出して、表現のいわば文芸性に関わって大福光寺本本文の優位が主張される場合には、本文校訂の原則論にとどまらない問題が生じて来るであろう。本章では、この箇所の修辞を和歌的なものとする仮定の上で、「ふるさと」「ふるや」の両本文が実際にどの程度の表現効果の差を持ち得たのかを検討してみたい。『方丈記』諸本の本文の評価という大問題に直接触れるものでないことはもとより、この箇所の本文校訂を決着させようとするものでもないが、古典作品の本文とは何かという問いへの一つの視点を提起することはできるかと思う。

なお、乾克己「方丈記『おろそかなれど哺を甘くす』私見」（『仏教文学』十四、一九九一年三月）、芝波田好弘「方丈記本文考―「舞人」か「病人」か―」（『大東文化大学・日本文学研究』二十九、一九九〇年二月）、「方丈記本文考（二）―「音羽山」か「外山」か―」（『大東文化大学大学院・日本文学論集』十四、一九九一年三月）は、大福光寺本本文の再検討という点で本章と趣旨を同じくするが、本文処理に対する問題意識のあり方についてはおのずから相違する点もあろうかと思う。

1　歌語としての「ふるさと」

この箇所は、思いがけず方丈の庵に足掛け五年も住んでしまったことへの感慨を述べている。したがって、「仮の庵もややふるさととなりて」は、一時の住処のはずの庵も少しばかり古びた、住み慣れた場所になったということを意味し、「ふるや（古屋）」の本文を採った場合も解釈の基本線に変更が生じることはない。むしろ問題は、古くなった住居を「古屋」と称することは当然としても、「住み慣れた場所」という意味で「ふるさと」の語を使うかどうかであろう。古語、とくに歌語としての「ふるさと」は、自分がかつて住んでいた（現在は住んでいない）土地や家屋を指すのが基本的な用法で、それから転じて旧都、離宮跡なども指すというのが常識的な理解であり、用例も量的には大部分がこれらに帰すると考えられる。たとえば『歌枕歌ことば辞典』（片桐洋一、角川書店、一九八三年）は、

本来の意は、（一）自分が昔から住んでいた里の意、少し転じて（二）昔からかかわりをもっていた里の意、さらにそれから（三）昔、都のあった所というような意にもなったが、根源はいずれも同じで、昔かかわりがあったけれども、今はもう過去のことになってしまった里という意に尽きるといってよい。

としている（『方丈記』の少し前の箇所で、山上から都を望んで「ふるさと」と呼んでいるのは、こうした用法に当たっている）。

この意味で、「ふるさと」の語が、現在住んでいる場所を指して、その住んでいる人間自身によって用いられ得ることを、同時代資料である『顕注密勘』によって示した佐竹説は画期的である。この問題を考えるには、まず佐竹説のこの論拠の検討から始めなければならない（さらに『連珠合璧集』も示されたが、これは『顕注密勘』を承けて

いる可能性もあり、時代の近さからも『顕注密勘』がやはり最も重要であろう)。
引かれているのは、古今集三二一番歌に顕昭が加えた注文の一部で、顕昭が後に著した『古今集抄』には見えない文言である(引用は日本歌学大系による)。

古郷は吉野の山しちかければひとひもみゆきふらぬ日はなし

ふる里とは、すみうかれたる里也。又あからさまにたちはなれても、本の家をも云也。又すみながら年久なりてやぶれたる家をもよめり。此ふる里とよめるは、吉野の宮也。ふる里のならの都とよむがごとし。(以下略)

まず、顕昭も、現在住んでいない場所を指す用法を基本的なものとしているらしいことがわかる。またこの三二一歌自体は旧都を指す例に属する。しかしそれ以外に「住みながら年久しくなりてやぶれたる家」を指すこともあるとするのである。この書物は歌学書であるから、「ふるさと」にこのような意味があるというとき、顕昭はなんらかの歌を思い浮かべて言っている可能性が強い。その歌を顕昭はここにあげていないが、彼が念頭に置いていた歌がどういう歌かを推定し、その例にそくして「ふるさと」の意味を検討することは、試みられるべき手続きであろう。

『八代集総索引』(ひめまつの会編、大学堂書店、一九八六年)により八代集の「ふるさと」の用例を検討してみよう。全用例についての吟味を示せば万全であろうが、量が多いので、自分が住んでいる場所について用いていることの確実な例、及びそのように解する事の可能な例を示して考えてみよう(引用本文は『新編国歌大観』に依るが、表記は適宜改める)。

[後撰集四五八・四五九]

すまぬ家に詣できて、紅葉に書きていひつかしける　枇杷左大臣

人すまずあれたる宿を来てみれば今ぞ木の葉は錦織りける

返し　　　　　　　　　　　　　伊勢

涙さへ時雨にそひてふるさとは紅葉の色もこさまさりけり

[後撰集一〇〇六]

いひわびて二年ばかりおともせずなりにける男の五月ばかりに詣で来て、年頃久しうありつるなどいひてまかりけるに　　　　　　読人不知

忘られて年ふるさとの郭公なにに一声鳴きて行くらん

との密接な関連も明らかなのである。

この二例では、詞書が示す状況から見て、自らの家を「ふるさと」と言っていることは確かである。しかしまたその状況故に、「かつて住んだ場所」、そのうちでもとくに「かつて通っていた恋人の家」という、広くみられる用法との密接な関連も明らかなのである。

前者では、通ってこなくなって久しくなった後、珍しく訪れた男が詠みかけた歌に対する返歌で、「男が通ってこなくなった（忘れられた）住居」の意味で「ふるさと」を用いている。後者では、頻繁に文をよこしていた男が諦めて何も言ってこなくなって後、たまたま尋ねてきたのに対して、「忘られていた家」の意味で自宅を「ふるさと」と言っている。この場合は、実際には恋人として通うところまでもいっていなかったのであるが、相手が諦めるほど冷たくはねつけた女の方が、逆に男の心変わりをなじるような物言いをするというのも、この種のやりとりではよく見られることである。以上のどちらの場合も、「ふるさと」の語は、自分が現在住んでいる家を、「主人が不在の家」として（あるいはあたかもそうであるかのように）表現するのである。なお両首とも懸け詞（「ふる」と「降る」「経る」）を用いており、そうした修辞的要求も「ふるさと」の語を選ばせた一因であったと考えられる。

[後拾遺集二六八・二六九]

（鈴虫の声をききてよめる）　　　　前大納言公任

年へぬる秋にもあかず鈴虫のふりゆくままに声のまされば

返し　四条中宮

たづねくる人もあらなん年をへてわがふるさとの鈴虫の声

この例でも、「わがふるさと」と明白に自分の住居に対して用いているが、それは「たづねくる人」の不在を強調するためと、「ふる」に「経る」を懸けるという、場面上及び修辞上の必要に基づいている。

これに対して、次の例は多少問題がある。

［後拾遺集一一四］

つつしむべき年なれば、あるくまじきよしいひ侍りけれど、三月ばかりに白河にまかりけるをきて、相模がもとより、かくもありけるはといひおこせて侍りければよめる　中納言定頼

桜花盛りになればふるさとの葎の門もさされざりけり

詞書によれば、「(物忌みに籠っていると言っておいて)花見に出かけていたではないか(私の所へは来ないのに)」、という女性（相模）からの非難に応えた歌で、「ふるさと」を、籠っているべき自宅に対して用いている。この歌については、はやく『難後拾遺』（源経信）が次のように言っている（日本歌学大系により表記を改める）。

ふるさととは、ただ古くなれる家をいふか。さらばいはれたり。もしすまぬ家をいはばいかがあらん。これは奈良の都のことをよむよりおこりたることとぞききたまへし。

経信が言うように、この例では「ふるさと」に「主が不在の家」といった意味合いで解するには無理があり、単に古くなった住居とするしかない。顕昭の『後拾遺抄注』は、この歌については『難後拾遺』を、自説を加える事なくそのまま引用しており、顕昭が「住みながら年久しくなりてやぶれたる家」の意味の用例として考えていた歌が、この歌であった可能性も考えられる。

しかし、もちろんこの歌の作者が実際にあばら屋に住んでいたのではなく、「人に顧みられない者の古ぼけた家」といった自卑の身振りをとったものである（相手の非難をはぐらかす社交術である）。そのような形では、「ふるさと」の伝統的用法と全く無関係であったとは言えない。一方、経信の批判は、この歌のそのような表現がやはり常識的には不自然で、「すまぬ家」を指す方が「ふるさと」の用法として普通であった事を示しているように思われる。

以上のように、勅撰和歌集という限られた範囲でも、自宅を「ふるさと」と呼ぶ例は複数見られる。しかしいずれも詞書が示す或る人事的状況のもとでの意図的表現としてであり、また最後の定頼の歌も含めて、「尋ねて来るべき人が尋ねてこない場所」といった、本来の「ふるさと」の用法と一定の関係を失っていないと見られるのである。顕昭の念頭にあったのもこうした種類の複数の歌であったと考えてよいであろう。

なお、この他に次のような例もある。

［詞花集三〇］

すみあらしたる家の庭に、桜花のひまなく散りつもりて侍りけるを見てよめる　源俊頼朝臣

はく人もなきふるさとの庭の面は花散てこそ見るべかりけれ

［新古今集五三三］

障子の絵に、あれたる宿に紅葉散りたる所をよめる　俊頼朝臣

ふるさとは散る紅葉葉にうづもれて軒のしのぶに秋風ぞ吹く

これらは、自宅を「ふるさと」と表現しているわけではない。「主の不在の家」あるいは「来るべき人の尋ねてこない家」といった一般的意味合いで使っている。ただ、第三者的に見られた情景に対して、歌を通して感情移入して行くときに、その場面が「ふるさと」として捉えられていることは、『方丈記』の場合と関連して注意されるの

である。特に後者は、その情景が『方丈記』のそれと一脈相通ずるだけに無視しがたい。しかし、これらの歌については、後にもう一度触れることにし、先に「ふるや」という語の和歌における用例に目を向けておこう。

2　歌語としての「ふるや」

前掲『八代集総索引』により、「ふるや」の用例をすべて掲出する。

［古今集・恋五・七六九］

（題しらず）　さだののぼる

ひとりのみながめふるやのつまなれば人をしのぶの草ぞおひける

［金葉集・恋下・五〇四］

（題、読人不知）

あふことはなからふるやの板庇さすがにかけて年のへぬらん

［千載集・恋一・六五五］

権中納言俊忠家の歌合に、恋の歌とてよめる　藤原基俊

みこもりにいはでふるやの忍草しのぶとだにもしらせてしがな

［千載集・雑中・一〇八五］

題不知　藤原公重

世のうさを思ひしのぶと人も見よかくてふるやの軒のけしきを

最後の例を除いて恋の歌であること、いずれも「軒」「庇」「忍（草）」などとの縁語関係で使われていることが注意

される。また「ふる」が懸け詞になることが多いのは「ふるさと」の場合と同様である。それらのことの源泉となっているのは、最初の古今集歌であろう。この歌では「ふるや」に「経る」が、「つま」に「軒のつま」と「妻」が、「忍の草」に実際の植物名と恋人を思い出すこととが懸けられている。つまり、和歌の世界では、「古屋」の語は、ただ無機的に「古い家」を指すものではなかったのである。むしろ恋の歌においては、「ふるさと」と同じく、恋人に忘れられた女性の住居について用いられていたのである。

勅撰集以外の歌でも、上記の縁語のいずれかを用いるものが多い。

［和泉式部集・五一〇］

　　人のかへりごとに、五月五日

涙のみふるやの軒の忍草今日の菖蒲はしられやはする

［康資王母集・七三］

　　正月に、雪のあした見渡されて

新しくふるやの軒もなりにけりみな白雪のうはぶきをして

［御室五十首・春・四五九・有家］

春雨のふるやの苔のひまわけてしづかに落つる軒の玉水

このうち後の二例は、縁語には依っているが、恋愛とは関係がなく、「古い家屋」の情景を詠んだものである。もちろん、縁語に依らない叙景的な歌もある。

［為忠家初度百首・閨上霰・四七三・源頼政］

さむしろにあられもりきてたたくなりふるやの板の朽ちくだけつつ

［久安百首・夏・一三二六・花園左大臣家小大進］

五月雨のふるやの板間ひまをあらみもりしめてけり床朽つるまで

これらの歌や、先の三例の最後の有家の歌は、「ふるや」の語が、和歌の世界では、寂寥・静寂などの情感をともなう叙景の中で用いられていたことを示している。

ここで少し『方丈記』に目を戻してみると、「仮の庵もややふるさと(ふるや)となりて、軒に朽葉深く」と続く表現の中で、軒の縁語である「ふるや」が用いられることは、修辞として決して不自然でも「非文学的」でもないことが了解されよう。もっとも、前節の最後にあげた俊頼歌は、「ふるさと」を「軒」「しのぶ」と共に使っている。しかしこれは言うまでもなく、古今集の「一人のみながめ古屋のつまなれば」を踏まえているのであり、それは、ある点では「ふるや」と「ふるさと」とが交換可能な(もちろん全く等価なというのではない)語として意識されていたことを意味するであろう。

なお、前節の最後に挙げた二例の俊頼歌は、「ふるさと」もまた情感的な叙景歌に用いられた事を示すのではあるが、これらの場合やはり「ふるさと」は「かつての主に忘れられて荒れ果てた家」の気分をともなっているとみられる。

3　まとめ

以上のような簡単な調査からは、「ふるさと」「ふるや」の両語の用法について決定的な何事かを言うことはできない。しかし『方丈記』の当該箇所に関して、次のようなことは言い得るであろう。

「ふるさと」は、たしかに古くなった自分の住居について使われ得るが、その場合は「主たるべき人の不在」「忘れられていた」等の含意が加わり易い。したがって、長明が住居をしばらく留守にしていたとか、訪れる人のないのをかこっているとか解する必要がないならば（今の所ないと思われる）、この箇所の修辞として非常に適切であるとまでは言えない。（補注）

一方、「ふるや」は、和歌の世界ではかなり「ふるさと」と重なるような用い方がされているのであるが、単に「古い家」を指す文脈でも十分用いられ得る。当該箇所に関しては、「軒」と縁語関係をもち、古歌の世界と淡いつながりを感じさせる歌語であり、修辞として不適切ではないように思われる。

最初にも述べたように、私はここでただちにこの箇所の本文の問題を決着させようとするものではない。大福光寺本本文をむやみに改めるべきでないというのも理由のある立場であり、この箇所について、「ふるさと」の本文に根拠のあることを指摘した佐竹説は軽視するべきではない。しかし、「ふるさと」は、消極的には支持し得るとしても、積極的な優位を認め得る本文かどうか。「ふるや」に対して「ふるさと」が「情感のこもる語」（三木）、「感慨の度合が違う」（佐竹）と断言できるであろうか。長明の言葉の感覚に大きく投影していたと思われる歌語としての用法を見てきたところでは、この箇所の文脈に適合する特別の「情感」「感慨」を「ふるさと」に見ることは難しいのではないかと思われる。もし、歌語としての経歴が「ふるさと」の語に「情感」を加えているとすれば、歌語としての「ふるや」もそれになりの情感は持っていたと言わなければならないし、逆に一般的に古い家を指すのならば、むしろ「ふるや」がやや自然であると言わなければならない。

『方丈記』の表現や内容をこの箇所に関連して考える際には、「ふるさと」「ふるや」の両様の本文があることを無視すべきではないという、平凡かも知れない結論に、本章は帰着することになる。

《参照した注釈書》

市古貞次『新訂　方丈記』（岩波文庫、一九八九年）

三木紀人、新潮古典集成『方丈記・発心集』（新潮社、一九七六年）
佐竹昭広、新 日本古典文学大系『方丈記・徒然草』（岩波書店、一九八九年）
水原一『方丈記全釈』（加藤中道館、一九六三年）
安良岡康作『方丈記全訳注』（講談社学術文庫、一九八〇年）
簗瀬一雄『方丈記全注釈』（角川書店、一九七一年）
細野哲雄、日本古典全書『方丈記』（朝日新聞社、一九六〇年）
井手恒雄、校注古典叢書『方丈記・発心集』（明治書院、一九七六年）
川瀬一馬『方丈記』（講談社文庫、一九七一年）

なお、旧版の岩波文庫（山田孝雄、一九二八年）は、この箇所大福光寺本のまま。草部了円『方丈記諸本の本文校訂に関する研究』（初音書房、一九六六年）は、「ふるさと」について「誤写とも見られる」とする。

（補注）『発心集』には、本書第Ⅰ部第一章でも引用した次のような「ふるさと」の用例がある（傍線二箇所）。

今も昔も、まことに心を発せる人は、かやうに古郷を離れ、見ず知らぬ処にて、いさぎよく名利をば捨てて、失するなり。菩薩の無生忍を得るすら、もと見たる人の前にては、神通をあらはす事、難しと云へり。況や今発せる心はやむごとなけれど、未だ不退の位に至らねば、事にふれて乱れやすし。古郷に住み、知れる人にまじりては、争でか一念の妄心おこさざらむ。（第3話）

「以前住んでいた土地」の意味であるが、二つめの場合は、離脱するべき本の住処に住み続けている場合を想定しているので、現代語訳に置き換えれば「今住んでいるのと同じ場所」となるであろう。このような用例を、『方丈記』の当該箇所に代入すれば、「離れるべき古い住処」のニュアンスが加わり、同書末尾の「草庵を愛するも、閑寂に着するも、障りなるべし」に通じるという捉えもできるかもしれないが、やはり前後の文脈からは自然でない。

※初出「『方丈記』の和歌的修辞――「ふるさと」と「ふるや」――」（『金沢大学 語学・文学研究』第二十号、一九九一年七月）。本書に収録するにあたり、論旨を変えない範囲で文言や表現を整理し、「補注」を追記した。

第五章　外山と音羽山
——『方丈記』の修辞と歌枕——

本章では、前章に続き、大福光寺本『方丈記』と他本との本文異同について考察するが、ここで特に私が関心を持つのは、中世の人々が「地名」に対して抱いていた印象をどのようにして推測するかという問題であり、この問題意識は佐竹昭広校注『新日本古典文学大系』（岩波書店、一九八九年）の指摘に触発されたところが大きい。

なお、本文の妥当性という点に関しては、前章冒頭に掲げた芝波田好弘の論「『方丈記』本文考（二）——『音羽山』か『外山』か——」も同様の結論に達しているので、併せて参照されたい。

1　地名の妥当性と修辞の妥当性

方丈の庵の回りの情景を説明する部分のはじめに、長明は次のように述べている。

その所のさまをいはゞ、南にかけひあり。いわをたて丶水をためたり。林の木ちかければ、つま木をひろうにともしからず。名を丶とは山といふ。まさきのかづら、あとうづめり。（大福光寺本に依り、表記を適宜改める）

庵の在る山の名称について「名を丶とは山」と記すのは大福光寺本のみで、他の諸本は「名をとやま」（前田家本）「名を外山」（その他の諸本）とする。現代の注釈書類は、ほとんど全てが最古の写本である大福光寺本を底本としているが、この箇所に関しては他の諸本により「外山」と校訂しているものが多い。そのほうが、作品の末尾に

「とやまのいほりにして、これをしるす」と在るのと符合すること、大福光寺本本文は「音羽山」の意と解されるが、通常「音羽山」と呼ばれる山は、長明の草庵のあった日野から北に位置が離れていること、そして「まさきのかづら」へのつながりを「深山にはあられ降るらし外山なるまさきのかづら色づきにけり」という『古今集』の古歌との関係で理解し易いことが底本本文を改める主な理由である。たとえば三木紀人は、

「音羽山」では位置が異なる。『方丈記』巻末に「外山の庵」とあるので諸本により訂正。（新潮日本古典集成）

と処理し、安良岡康作は、

「音羽山」は、有名な逢坂の関の南に近くあって、近江・山城の国境に位置し、歌枕としても著名であるが、日野の近くには存しないので、これまでの研究者によって、この部分は写し誤ったものとされて来ている。本書の末尾にも、「トヤマノイホリニシテコレヲウツス」とある。（講談社学術文庫）

と述べている。

これに対して、これらの理由の内、とくに「音羽山では位置が合わない」という点に疑問を呈し、大福光寺本の本文を生かす可能性を探ったのが水原一の説であった。『とはずがたり』巻四の伏見御所の記事を引きつつ、音羽山が日野山はもとよりさらに遠方の伏見東方の丘陵地をも包括する広い山域の名称であるとして、

長明が自分の住む日野山を「音羽山」と言ったのは何等不都合ではない。（『方丈記全釈』、加藤中道館）

と論じたのである。「大福光寺本を底本とする限りでは、音羽山を認め」と述べるように、底本本文の尊重という原則に忠実であろうとする立場での立論であって、いたずらに異説を示したのでないことは言うまでもない。水原説をさらに発展させたのが、本章冒頭に示した佐竹の見解である。佐竹説は、資料を博捜し、（1）「音羽」という地名が、清水寺のほか、逢坂の南及び比叡山西坂本に在ること、（2）『源氏物語』椎本の薫宇治訪問の箇所から、「宇治東方の山々も音羽山と呼ばれていたことを看取し得る」こと、を指摘して、「音羽山とは、元来、北は叡山か

ら南は宇治山に及ぶ大山系の総称だったと推測される」のであり、「水原氏の卓説通り、長明の日野山もまた音羽山の一部に属した」として、大福光寺本以外の本文を誤りとした。『新日本古典文学大系』校訂・注釈は、可能な限り大福光寺本で本文を理解しようとする一貫した立場に立っていて、この箇所でもそれが明確に打ち出されている。

佐竹説は、考察を要するいくつかの重要な問題を提起している。その論点は、大きく二つに分かれる。まず、「音羽山」が長明の庵の辺りを包括する地名であること。つぎに、文章表現としてこの箇所の「音羽山」は妥当であること。二つの内、後者が成立しなければ、前者の当否に拘らず「音羽山」説は成立しない。実際、前掲の芝波田論文は、主に後者に関わる議論によって「音羽山」の本文を否定している。しかしここでは、まず前者の論点（それ自体が多岐にわたる問題を含むが）の検討から始めたい。

2　三つの「音羽山」

佐竹説が古い時代における「音羽山」の呼称の広域性を推定する根拠とした二箇所の地名について検討しよう。まず、比叡山西坂本および東山清水寺に「音羽」という地名が存在したという点であるが、この事実認定には問題がない。すなわち、西坂本については、西本願寺本『伊勢集』四六八の詞書に

ある大納言ひえさかもとに、おとはといふ山のふもとにいとをかしきいへつくりたりけるに、おとはかはをやり水にせきいれてたきおとしなとしたるをみて、やり水のつらなるいしにかきつく（私家集大成）

とあり、「おとはといふ山」が、島田本では「をのといふ山」、正保版本では「をとはといふところ」となるなど異同はあるが、『古今集』雑部九二八・九二九の詞書「比叡山なる音羽の滝」と併せて、この地域に「音羽」の地名

が存在したこと自体は動かないと考えられる。東山の清水寺の「音羽の滝」「音羽山」の方は、さらに著名であり、疑問はないが、念のため長明に近い例を一つ挙げておけば、俊恵の『林葉和歌集』巻六・九六八に、

清水寺地主権現のおまへにて、人人いはひの心をよみしに
音羽山きよき流の滝の糸は千世をへつつも君ぞむすはん

のように見えている（新編国歌大観による）。

ここで京都盆地東側の山並の地理を概観しておくと、東北の比叡山から如意嶽へと南下し、近江に向かう峠道の南側でふたつに分岐し、京都寄り（西側）では低い「東山（ひがしやま）」と現在呼ばれる山並となって、南の伏見方面の丘陵まで続き、近江寄り（東側）では近江・山城国境の大きな山塊となって逢坂山・音羽山（現在もこの名で呼ばれる）・醍醐山、そして日野周辺の山を経て、宇治方面へと続く。ふたつの山並の間には山科川が南流して宇治川へ到り、その谷は小盆地になって山科・醍醐・日野の里がある。したがって、もっとも著名な逢坂南方の音羽山に対して、山科の谷を隔てた東山の京都側斜面に一箇所、如意が嶽を隔てた比叡方面に一箇所、「音羽」の地名が存在したことになる。

しかし、これを古い広域的名称の残存と断定するにはなお吟味が必要であろう。少なくとも東山の方については、清水寺の縁起との関係を考慮せねばならないように思われる。『本朝神仙伝』の「行叡居士の事」（日本古典全書では第十三、日本思想大系では第六）によれば、行叡は清水寺の本の主であったが、東国へ赴くと称して東に向かい、「行きて乙葉の山に至りて」わらじと杖のみを残して忽然と姿を消したという。この乙葉山は、行叡が東方へ向かったという話の脈絡から見て、逢坂南方の（現地名の）音羽山とするのが自然であろう。延鎮と田村将軍による清水寺の草創を伝える『清水寺縁起』（群書類従第七百七十二）、『清水寺建立記』（大日本仏教全書第八十三巻）などによれば、延鎮は東山の滝の側で行叡と出会い、行叡は東行の志が有るのでこの地を延鎮に譲ると言って姿を消す。

後に延鎮が跡を慕って、「山科東峯」で履物を発見する。山の名称は示されないが、位置は逢坂南方の音羽山に符合する。清水寺の滝を「音羽の滝」と称し、裏山を「音羽山」と呼ぶことと、縁起に逢坂南方の音羽山が登場することとの間に何の関係もないとは思われない。もっとはっきり言えば、東山の方の「音羽」は、縁起にちなんで、あるいは縁起の世界を寺域内部にミニチュアライズして示す意図から、清水寺の関係者によって後に命名された疑いがある。

なお、『今昔物語集』巻十一第三十二では、履物の発見地は「東ノ峯」とのみ記されていて、清水寺の裏山とも解せる。固有名詞に敏感な『今昔』の編者が、原拠に有った「山科」の文字を不用意に脱落させるとは考えがたいから、この例は単純には処理できないが、あるいは、『今昔』に似た形の資料の介入が、伝承を二重化させ、清水にも「音羽」を作り出す一因となったのかもしれない。

以上はなお憶測にすぎず、清水寺の「音羽」の成立事情の解明には程遠いが、それにしても「残存地名」のリストの中にこれを加えることはためらわれるのである。

かりに三つの音羽が同じ広域的名称の残存であったとしても、それは非常に大きな時間の幅の中で考えられることで、現存資料ではそれぞれ別の地名として扱われており、『方丈記』やその他の平安・鎌倉時代以降の作品の解釈には直接は影響してこないと考えられる。これに対して、京都の東南方向における「音羽山」の呼称の広がりの方は、もう少し微妙な問題である。節を改めて考えたい。

3　遠望される歌枕「音羽山」

『源氏物語』椎本の例は次のようである。

宇治にまうでで久しうなりにけるを、思ひ出でて参りたまへり、七月ばかりになりにけり、都にはまだ入りたゝぬ秋のけしきを、音羽の山近く、風の音もいとひやゝかに、まきの山べもわづかに色づきて、なほ尋ね来たるに、をかしうめづらしうおぼゆるを、宮はまいて、例よりも待ち喜びきこえたまひて、このたびは心細げなる物語、いと多く申したまふ、（玉上琢也『源氏物語評釈』第十巻、一八九頁）

薫が八宮を訪問する部分である。古注では「松虫の初声さそふ秋風は音羽山より吹きそめにけり」（後撰集・二五一）を引き、「音羽山は都近き所なり、まきの山は宇治にいたりての事なり」（『細流抄』『岷江入楚』など）のように処理している。「槇の山」が宇治の地名であるのに、音羽山は宇治からやや隔っているために、都から宇治へ向かう道中の描写として解したのである。もっとも、山科へ出てから南下する経路をとらない限り（事情次第で選ばれ得る経路ではあるが）、音羽山の山麓を実際に通ることはない。しかし前掲『源氏物語評釈』が「巨椋池の北岸に立てば、東北に音羽山が見えたのだろう」と注するように、山科の谷を南の方で横切る位置から音羽山を望んだものと見ることはできる。そこから宇治までの道程はわずかである。

ちなみに、音羽山は、都の側から見ると、東山の直下ではその陰になって望めないものの、京都盆地の大部分から、丘陵状の低い東山の向こうに望見できる。『六百番歌合』秋中二十五番右に「広沢池眺望」の題で家房が詠んだ「広沢の池には沈む月影の音羽の山にたちのぼるかな」は、方人の難でも判詞でも遠方の地名を詠みすぎているとして非難されたが、実景としては成り立つ。もちろん、たとえ実際に見えるものであっても、歌枕は知識のレベルで扱われるので、都の東の山を都の西から望むというのは和歌表現としては受容されなかったであろう。

しかし、都の東に常に実際に望み得る山として意識されていたという面は無視できない。とりわけ、近江や東国への交通路である逢坂に隣接しているが故に、

音羽の山のほとりにて人をわかるとて詠める　貫之

音羽山こだかく鳴きて郭公君が別れを惜しむべらなり　（古今集・離別）

のように、生活の現実の中で詠まれ、そのような体験に基づく遠近感を踏まえた修辞として、

音羽山音に聞きつつ逢坂の関のこなたに年をふるかな（古今集・恋一・在原元方）

なども成り立っている。その点で、都人が常に歌には詠むが、たいていは一度も現地を訪れることのない遠国の歌枕とは、性格が異なる。身近な山であって、しかもなお歌枕として古歌の印象を伴っている点に音羽山の特質がある。都人が、南東の宇治へ向かう道を、周知の音羽山に近づく方向として意識し、古歌を思い起こして旅情を感じたのは、そのような理由によるのであり、そこに『源氏物語』の修辞が成立し得る基盤があったのである。

『とはずがたり』には、巻二に「伏見の小林といふ所」へ行った際のこととして、

四月の空の村雨がちなるに、音羽の山の青葉の梢に宿りけるにや、時鳥の初音を今聞きそむるにも、（福田秀一校注『新潮日本古典集成』、一四〇頁）

とあり、前掲書頭注は、「音羽山」について

伏見の東北一帯の山。「音羽山今朝越え来ればほととぎす梢遥かに今ぞ鳴くなる」（『古今集』夏、紀友則）

と注する。「東北一帯」とは、伏見方面から望見する時、山科谷東側の山並が、逢坂南方の音羽山を主峰格とすることをふまえての見解であろう。また巻四には、水原説が指摘した伏見御所における例、

音羽の山の鹿の音は、涙をすすめ顔に聞え（同二七五頁）

がある。これについて同書頭注は、

伏見付近にもある（一四〇頁注一）が、京都東山の一角、清水寺の裏にもあり、後者は鹿の名所。従って、ここはその二つを混成したもの。

とする（一四〇頁注は前掲）。しかし、鹿との関係を清水寺の音羽に限定する必要はなく（縁起にはたしかに鹿が登場

するが）、「鹿のねの音羽の山に音せぬはつまにこよひや逢坂の関」（夫木集・四五九九・寂蓮）のような例もあるから、ここも逢坂に近い音羽山を念頭に置いたものとしてよいように思われる。時鳥や鹿の声が届き得る現実的な距離を考えれば、「音羽山」は伏見のすぐ近くになければならないが、それは和歌や修辞的文章を扱うには窮屈すぎる発想であろう。

これらの例は、音羽山が、歌枕として、また都の東に控える山として、都人に強く意識されており、その意識を前提とした修辞が成り立つ領域が、音羽山を主峰とする山並の西南方向山麓に広く及んでいたことを示している。そのようないわば心理的（もしくは文学知識的）な遠近法の広がりを、そのまま具体的地名の範囲と見なして、宇治周辺の山や伏見丘陵までも「音羽山」であったとするのはやや早計であるが、そのような留保をつけたとしても、音羽山が西南の日野醍醐方面への一定の広がりを持った地名たり得たことは認めなければならないであろう。従来の注釈書が、地図上の位置が離れているという単純な断定によって大福光寺本本文を退けてきたことには問題があり、水原・佐竹両説はその点を突いたものとして貴重であった。とはいえ、それによって直ちに、この箇所での大福光寺本本文の優位性が証明されたとすることはできない。地名呼称の当否を機械的に本文の当否に結び付けるのでは、通説と質的に同じである。問題は、もう一度当該箇所の読みに帰ってくる。

4　修辞としての「音羽山」と「外山」

結論をさきに言えば、「名を音羽山といふ」という本文は文章表現としてはきわめて不自然であると私は考える。はじめに挙げなかったが、「音羽山」を採るもう一つの校注書、市古貞次氏『新訂方丈記』（岩波文庫）が、「日野山から山続きで東北にあったところから、歌枕にひかれて言ったのであろう」としているように、「音羽山」を用いる表現は、その歌枕としての著名性・周知性を前提としているはずである。しかし、「名を何何と言ふ」という表現は、読者にとって未知の、もしくは意外な名称を紹介するものではなかろうか。自分が住んでいるのが有名な音羽山の一部だと言いたいならば、単に「音羽山の続きなり」あるいは「所は音羽山なり」とでも言えば十分で、「名を」とことごとしく言い出すに及ばない。未知の地で偶然既知の地名と同じ地名に出会って感慨をおぼえる場合などでなければ、不自然である。

やはりここは、「外山」という名称を持つ場所に、現実に（古今集の古歌に詠まれた）「まさきのかづら」が存在することへの、長明の歌人としての興味と、読者にそれを語りたい心情に支えられた表現と見るべきであろう。

右のような単純な論拠によって、私は通説どおり「外山」の本文を支持するのであるが、その当否は別にして、文学作品の表現から作品当時の地名呼称へ、あるいはその逆へと推論を行う場合の手続きについて、本章がいささか問題提起をできていれば幸いである。

※初出「「音羽山」考――『方丈記』の本文異同から――」（『北陸古典研究』第六号、一九九一年九月）。本書に収録するにあたり、論旨を明瞭にする方向で文言を追加・整理した。

第六章　「もんをむすびて」

——思想形成期の親鸞——

私の青年期親鸞への関心は、慈円や鴨長明の同時代人（世代はやや降るが）としての親鸞に対するものである。慈円と長明は社会的地位も宗教者としての立場も大きく異なるが、天台浄土教の救済思想の影響はいずれの場合にも大きい。青年親鸞もまた、天台僧として天台浄土教の救済思想の影響のもとにあったと想定できるが、やがて法然に入門して伝統的な教理を離れ、慈円や長明とはまったく異なる方向に、宗教的思索を進めていく。親鸞が歴史の上で重要な人物となるのは言うまでもなくそれ以降のことであるが、私が本章で考えたい点は、どのようなきっかけと内的欲求が彼を比叡山から連れ出し、法然のもとへ運んだかにある。とりわけ慈円との関連で興味を引くのが、聖徳太子信仰がそこでどのように働いているか、という点である。

平安後期から鎌倉初期、聖徳太子は、日本に仏法を広めるきっかけを作った人物と考えられ、観音の化身と信じられてもいた。しかも太子は僧ではなく、為政者として俗人にとどまり、妻を持ったことも注目されていた。それゆえ、たとえば慈円にとっての聖徳太子は、政治権力（王法）と性愛（彼の場合の性愛は、天皇家と摂関家との婚姻による権力継承の仕組みを意味するが）を仏法に結びつけ、いわば浄化（正当化）するための根拠として思いうかべられる人物となった（拙著『慈円の和歌と思想』和泉書院、一九九九年、第十六章）。一方、親鸞の場合には、俗人と出家者、妻帯者と非妻帯者を、救済の可能性において区別しないという、既存の仏教から見れば異端的な自らの主張を、日本仏教の正統的な流れの中に逆転的に位置づけるための、いわば梃子の働きをしたのが、聖徳太子の上述のようなあり方であった。

右のように図式化すれば、慈円と親鸞の思想における聖徳太子の意味は、両者の社会的立場の違いを反映して対照的である一方で、いわば対称性とでも言うべき相似をも持つことが理解される。しかし、こうした結果論的な図式では、二人に共通の時代的問題を明らかにするにはなお不十分である。慈円や親鸞がどのような道をたどってそれぞれの聖徳太子像を形成していったかという、生きた主体の軌跡を明らかにすることで、はじめて、二人が共通に背負っていた時代の課題をうかがうことが可能となろう。慈円と親鸞との夢告・性愛観を軸とした対比的考察は、すでに田中貴子によって試みられたものであるが（「〈玉女〉の成立と限界―『慈鎮和尚夢想記』から『親鸞夢記』まで」、『外法と愛法の中世』砂子屋書房、一九九三年）、本章では、慈円を背景に置いて親鸞を考える形で、あらためていささか検討を加えてみたい。

親鸞の青年期についての資料は少なく、仮説や類推に頼らなければならない部分が多い。しかし、それを考えることは、鎌倉時代前期の宗教的価値観の世界のなかで、それぞれの個人がどのような精神生活を営んでいたかについて、いくらかでも具体的な像を描くための、ひとつの修練となるのではないかと思う。

1　慈円伝と親鸞伝

本題に入る前に、慈円と親鸞との伝記上の関係について整理しておきたい。

覚如の『善信聖人絵』（永仁三年・一二九五）によれば、親鸞の出家は慈円のもとでおこなわれた。これについて他に確実な史料が見出されているわけではなく、これを疑問視する見方もある（平松令三『親鸞』吉川弘文館、一九九八年、今井雅晴「親鸞の六角堂の夢告について」、『中世仏教の展開とその基盤』大蔵出版、二〇〇〇年、所収、など）。

その一方で、慈円の弟子であることを前提にして親鸞を論じている論者もすくなくない。

慈円の伝記資料の側からは、いまのところ親鸞の入門を裏づけることはできない（多賀宗隼『慈円の研究』吉川弘文館、一九八〇年、四七〇頁）。もちろん、現在知られている資料だけから簡単に否定の結論を出すことはできない。ただ、かりに『善信聖人絵』が記すように親鸞の出家が養和二年（一一八二）であったとすると、この時期の慈円が、青蓮院門跡を継ぐという大きな節目を迎えていることは注意しておきたい（はやく藤原猶雪「堂僧親鸞に就いて」、初出一九三九年、法蔵館刊『親鸞大系』第二巻所収、にも指摘がある）。前の年の治承五年（養和元年・一一八一年）十一月、慈円の師、覚快法親王が亡くなり、慈円は青蓮院門跡を継承する立場となる。この時代の門跡とは、後の時代のように院家や院主個人を意味するのではなく、法流（または門流）と言うべき集団を指し（永村眞「門跡と「門跡」」、大隅和夫編『中世の仏教と社会』吉川弘文堂、二〇〇〇年、所収）、さまざまな制度的・経済的諸権利の管理・継承をともなう大きな組織である。青蓮院門跡は、梶井門跡と対抗する延暦寺内の大勢力であった。その直前の治承三年、四年頃まで、兄九条兼実に遁世願望を表明するなど、将来の宗教者としての生き方に迷いを持っていたらしい慈円も、結局は兼実との連携のもとで門跡を後継する意思を固め、覚快が没して間もない十二月六日には、全玄から両部灌頂を受けるなどして条件を整えていく（多賀前掲書四一頁、前掲拙著五一頁、同四一〇頁、および本書第九章）。慈円にとって、かなりあわただしい時期であったことは間違いない。

また『善信聖人絵』は、親鸞を日野家の有範の子、範綱の猶子とし、範綱が少年親鸞を慈円のもとにともなったとし、範綱が出家に立ち会う様子を描いている。しかし、このような範綱と慈円との接点も、今のところ同時代資料からは裏づけにくい。たしかに九条家と日野家の関係は、皇嘉門院領の管理をめぐる経緯が示すように後代まで深い。ただし、それはおもに資長・兼光・資実とつづく日野家長者との関係と見てよい。兼光と慈円の間には和歌の贈答も残されているが（建久五年・一一九四、九月、『拾玉集』巻五）、範綱・有範との直接の交流は明らかではない。

一方、親鸞の出自については、研究が積み重ねられてきたが、祖父と見られる経尹が『尊卑分脈』注記に「放埒」と形容され、また実父宗光から離れて別の家系の猶子になっていることが注意されている（畑龍英『親鸞を育てた一族―放埒の系譜―』教育新潮社、一九八三年）。何らかの事情で宗光と不和になり、それが結果的に「放埒」と形容されたとも考えられる。『尊卑分脈』によれば、経尹の子供達はそれぞれ日野家に戻され、範綱・有範は曾祖父の有信の、宗業は祖父宗光の、それぞれ猶子となったようである。このような事情を背負った経尹の子供たちを、九条兼実が低く見ていたことは、宗業に関する『玉葉』の一連の記事（畑前掲書指摘）からも窺える。宗業について「凡卑の者」と兼実が記した養和元年十一月十二日のすぐ翌年に、同様の出自である有範・範綱の子・猶子である親鸞を慈円が厚遇したとは考えにくい。また、範綱が後白河院の近臣であったという『善信上人絵』の記述は、『玉葉』の後白河院葬送の際の記事などにより裏づけられるが、九条家と後白河院の政治的関係は複雑であり、院近臣であるというだけで兼実や慈円が範綱の申し出を快諾したとも思われない。

もちろん、以上のようないくつかの疑念は、慈円のもとでの親鸞の出家の可能性をただちに否定するものではない。現実というものは、平凡であると同時に意外なものでもあって、間接的な資料による蓋然性からの推測では結局は捉えきれないというべきである。ただ、『善信上人絵』が描き出したかったであろう、名門日野家と高僧慈円に見守られた温雅な雰囲気の中での出家、といったイメージは、養和二年当時の状況の中でリアリティを持つものではない。そういう意味では、法然が九条兼実の帰依を受けていた事実からの類推によって、親鸞の師にふさわしい名僧としての慈円の名が、後の伝記編集者によって呼び出された可能性は現段階では否定できないと言えよう。

本稿では、慈円と親鸞の師弟関係の有無については判断を保留し、事実であるとの前提をとらずに考察を行ないたい。

2「恵信尼消息」の「もん」をめぐって

親鸞の法然入門の経緯についての基本的な資料「恵信尼消息」三は、弘長三年（一二六三）、親鸞の死の翌年に覚信尼あてに記されている。親鸞の往生についての疑念を払拭しようとする立場から書かれた手紙であり、そのことが記述の選び方にも投影しているであろうことは念頭に置いておかなければならないが、それにしても、親鸞自身に最も近い位置での証言として、まず参照されなければならないものである（『真宗史料集成』第1巻、同朋舎出版、一九九一年、を参照し、表記を適宜に改める）。

…山を出でて六角堂に百日籠もらせ給ひて、後世を祈らせ給ひけるに、九十五日の暁、聖徳太子のもんをむすびて示現にあづからせ給て候ければ、やがてその暁出でさせ給て、後世の助からんずる縁に逢いまいらせんと尋ねまいらせて、法然上人に逢いまいらせて、又、六角堂に百日籠もらせ給て候けるやうに、又、百か日、降るにも照るにもいかなる大事にも参りてありしに、ただ後世のことは善き人にも悪しきにも、同じやうに生死出づべき道をばただ一筋におほせられ候しを承り定めて候しかば、…

（裏端書）
このもんぞ、殿の比叡の山に堂僧勤めておはしましけるが、山を出でて六角堂に百日籠もらせ給て、後世のこと祈り申させ給ける、九十五日の暁の御示現のもんなり。御覧候へとて、書きしるしてまいらせ候。

このように、六角堂での示現こそが法然入門のきっかけになったことを明言するのであるが、残念なことに添えられたはずの「ご示現のもん」の本文が伝わらないため、示現の内容と法然入門との関係が具体的にたどれない。そのため、本文中の「聖徳太子のもんをむすびて」の箇所の意味も理解しにくく、聖徳太子と示現との関係がはっきり読みとれない。これらの問題についてはさまざまな研究と推定が積み重ねられている。しかし、私的性格の強い消息のような文章では、文意の伝達は受け手との共通理解に依存する度合いが強く、第三者の理解を前提とした細かな推敲などは行われていないと考えられる。したがって、助詞の用法や待遇表現の分析など、通常の文章解釈の手法で文意を確実に把握することはきわめて難しい。特にこの資料の場合は、添えられた文書と一具になってはじめて相手に真意が伝わるはずだったものであり、それを欠いた状態での解釈には限界があるともいえよう。

ただ、「むすびて」については、多屋頼俊が指摘した『法然上人絵伝（四十八巻伝）』巻二十七の用例が注意され、後述する古田著書もこれに検討を加えている。すなわち、熊谷直実（蓮生）が元久元年五月十三日に行なった「上品上生の発願文」に関する記事で、はじめに、

かたき願をおこして発願の趣旨をのべ、偈をむすびて、みづからこれをかきつく。

とあり、発願文と偈を掲げた後、

于時元久元年五月十三日午時に、偈の文をむすびて、蓮生いま願をおこす。熊谷の入道としは六十五也。京の鳥羽にて上品上生のむかへの曼陀羅の御まへにてこれをかく。〈已上取詮〉

と記している（中央公論社刊『続　日本の絵巻』2、七六頁上段。〈〉内は割注）。伝の体裁から見ると、前者は地の文であり、後者は直実の文章の引用と見られる。この文章から見る限り、偈を作成したことを「偈（の文）をむすびて」と表現しているように読める。ただし、現存する直実自筆とされる願文（『日本名跡叢刊』57、二玄社、一九八二年）と夢記は、伝に引用されるものとほぼ同文であるが、今問題にしている偈は見られない。

『法然上人絵伝』にはもう一箇所、巻四十の静遍伝に、これと類似の用例が見出せる。この箇所は、『明義進行集』巻二第一の静遍伝を出典とすると見られるので、それにより引用すると、

サテ静遍ガ念仏ノ詮要、コ、ロヘタルヤウハトテ、一偈ニソノコ、ロヲ結スバレタリ。

右の引用では、大谷大学文学史研究会編『明義進行集 影印・翻刻』（法蔵館、二〇〇一年）の翻刻に、濁点・読点を私に補ったが、同書所収の影印によれば、「結」の後の「ス」は小書きされており、この箇所は「むすばれたり」と訓まれたことがわかる。この三例から、「むすぶ」には「偈文などを作文する」の意味があったことがわかる。これを「恵信尼消息」の「聖徳太子のもんをむすびて示現にあづからせ給て」にあてはめれば、「もん」は偈文の形のものであり、それを親鸞（または夢の中に現われた聖徳太子の化身）が、作成した（文字にしたためた）ことになるように思われる。

前述したように、この部分の解釈は難しい問題があるが、あえて私見を述べれば、親鸞は、夢の中で聖徳太子の指示に従い、太子の意思を表わす偈文を文字にしたのであろう（「聖徳太子のもんをむすびて」とはこの夢の中での行為を指す）。夢から覚め、これをあらためて示現として認識し（「示現にあづからせ給て」）、夢の中で作成した偈文を思い出して記録したはずである。端書に示された「ご示現のもん」は、親鸞が覚醒後に書きとめた文書を指すと思われる。その意味では、親鸞は、夢の中と覚醒後との二回、同じ偈文を文字にしたためたことになる。一つの試案として示しておきたい。

さて、この「御示現のもん」は、消息に付された形では伝わっていないのであるが、これに該当するかもしれないとされてきたのは、『善信聖人絵』上巻第二段に建仁三年（一二〇三）四月五日のこととして描かれる六角堂夢告、いわゆる「女犯偈」である。『日本絵巻物全集』等を参照し、原文の振り仮名を省略または本行の送り仮名に組み入れるなど、表記を若干変更して引用する（〈　〉内は原文細字）。

建仁三年〈癸亥〉四月五日夜寅時、聖人夢想告ましましき。彼記云。六角堂の救世菩薩、顔容端厳の聖僧の形を示現して、白衲の袈裟を着服せしめ、広大の蓮華に端座して、善信に告命してのたまはく

行者宿報設女犯、我成玉女身被犯、一生之間能荘厳、臨終引導生極楽〈文〉

救世菩薩、善信に言。此我誓願なり。善信此誓願の旨趣を宣説して、一切群生に聞かしむべし。云々

同書詞書ではこの後、親鸞が夢の中で六角堂の正面に出ると、東方に「峨々たる岳山」があって「数山万億の有情群集」している。親鸞は、彼らに観音からの文の内容を説くと見て、夢からさめる。後の親鸞の言葉として、

仏教、昔西天より興りて経論いま東土に伝る。是偏に上宮太子の広徳、山よりも高く、海よりも深し。（中略）儲君若し厚徳をほどこしたまはずは、凡愚いかでか弘誓にあふことを得ん。（中略）抑又大師聖人〈源空〉若流刑に処せられたまはずは、我もまた配所に赴かん哉。もしわれ配所に赴かずは、何に由りてか辺鄙の群類を化せむ。（中略）大師聖人すなわち勢至の化身、太子また観音の垂迹なり。このゆへにわれ二菩薩の引導に順じて如来の本願をひろむるにあり。

が引かれ、絵には、六角堂の中で観音の示現を見る親鸞と、縁の右端に立って山の方からやってくる道俗を見つめる親鸞が、異時同図的に描かれている。

『善信上人絵』では、親鸞はこれに先立って既に「隠遁の志に引かれて」吉水（東山の麓）に法然を訪ねたとされているので、この六角堂夢告は法然入門のきっかけとしては描かれない。むしろ、東国宣教などによる宗派の興隆の予言として描かれるために、右に見てきたような描写となったのであろう。これに対して、恵信尼の証言を信ずるとすれば、言うまでもなく六角堂参詣は法然入門以前でなければならないが、そうなると「女犯偈」の内容が直接的には法然を示唆しないことが疑問となる。

法然入門と六角堂参籠との前後関係については、江戸時代以前からさまざまな説や解釈が行なわれてきた。基本的な問題点は、先にも述べたとおり、「女犯偈」が直接的な法然入門の示唆とは受け取りにくいことである。それにもかかわらず、ほぼ入門と同時期に、六角堂での重要な体験があったことは、どの伝記も無視しにくい「事実」であったため、両者をどう整合させるかという問題が生じたものと思われる。

また、なぜほかならぬ六角堂に親鸞がこもったのかについては、右のふたつの資料はあまり説得的な説明を準備していない。近年までの研究によって六角堂と聖徳太子信仰との結びつきが確認され（藤井由紀子『聖徳太子の伝承イメージの再生と信仰』吉川弘文館、一九九九年など）、親鸞の太子信仰が六角堂へ彼を導いたという推定が可能になった。そこで、前述のようにいささか不明瞭な記述とはいえ、恵信尼消息が聖徳太子に言及していることも理解しやすくなっている。しかし、恵信尼によればそれ以前には延暦寺で堂僧をしていたとされる親鸞が、なぜ後世の救済についての疑問を、とりわけ太子信仰と結びつけたのかは、やはり十分明瞭とは言えないように思われる。

では、「女犯偈」を「恵信尼消息」の言う「もん」であると仮定し（すくなくとも偈であるという条件に適う資料であるから）、その内容を比叡山から六角堂へと向かう親鸞の軌跡との関連の中で理解する可能性はあるのであろうか。また、「女犯偈」の内容を、法然入門に向かう動機として理解する道はあるのであろうか。以下では、この点を考えてみたい。それには、もうひとつの、研究史上論議のある資料に目を向けておかなければならない。

3　『三夢記』が示唆する軌跡

その資料とは、高田専修寺蔵の「親鸞夢記」、通称『三夢記』と呼ばれる文書である。建長二年（一二五〇）、過去の三つの夢告を親鸞がまとめて記したというこの資料を、そのまま信頼すれば、六角堂夢告は、それに先立つふたつの夢告に導かれた結果ということになり、法然入門に到る青年親鸞の心の軌跡がたどれることになる。しかし、これらふたつの夢はすべて、江戸時代に書かれた、史料としての信頼性の薄い親鸞伝、『親鸞聖人正明伝』（良空開版）および『親鸞聖人正統伝』（正徳五年・一七一五、良空編）に記され、かつ他のより史料性の高い文献には見いだされない。そのため『三夢記』は、前節にもすこし触れたように、古田武彦『親鸞思想　その史料批判』（冨山房、

一九七五、明石書店、一九九六年）が強く真作を主張した後も、偽書とする意見の方が有力なようである。たしかに、右の古田説を批判した山田雅教「伝親鸞作『三夢記』の真偽について」（『高田学報』七十五輯、一九八六年）が述べるように、『三夢記』はほぼ上記『正統伝』等から得られる内容、用語で書かれており、これら二書以降に成立したと見ることも可能である。そして、『正明伝』『正統伝』がともに、史料としての信頼性に乏しいこともたしかである。たとえば慈円の高弟としての親鸞像が非常に強調されているが、これは慈円の同時代史料から見て無理な設定であり、慈円の恋歌が秀歌であったため後鳥羽院から女犯の疑いを受けるというエピソードは、新古今期歌壇の実態からすればナンセンスにひとしい（なお、この際に慈円が詠んだとされる鷹狩題の歌は、『正治初度百首』の藤原範光の歌であり、同じ折の親鸞の作とされる歌は、『遺塵和歌集』にほとんど同じ形で高階成朝の作として見えている）。これらの伝承は、親鸞が貴族的な環境で活躍することに意味を見出すような時代の産物であることは疑えない。そして『三夢記』が『正統伝』の単なる抜書きであれば、その親鸞像は右のような時代の親鸞像をなぞるものに過ぎないと見られよう。

ただ、この種の同文的資料について、表現の比較からだけ先後（書承・被書承）を決定することは、書承の際に生じた明らかに不可逆的な変化（誤認によるものなど）が指摘できない限り、かなり難しいと思われる。また同様に、古田が試みたように、その用語・文体等から成立した時代を推定する方法にも、語彙等の絶対量が小さいこの種の資料の場合には、限界があるように思われる。一方、偽書がどのような偽書なのか、どの時代の人々のリアリティ感覚に立脚しているのかは、真偽の決定に劣らず重要な問題であるが、『三夢記』を偽書とする見方のなかでも、親鸞の時代に近接した時点での成立を考える論もある（重松明久「「親鸞夢記」の成立」、『千葉乗隆博士還暦記念論集　日本の社会と宗教』同朋社出版、一九八一年、所収）。また『三夢記』に関しては、それが親鸞自筆本でないらしいという点は古田前掲書を含めて一致しているものの、推定書写年代についての共通理解は得られていないようである。

これを要するに、専門外の立場からは『三夢記』の性格については不明と考えるしかないのであるが、その点を踏まえた上でも、私は、三つの夢告をひとつながりのものとして示すこの資料が、青年期親鸞についてのどのような「解釈」に立っているかという点に強く興味を引かれる。というのは、前節で見たように、「女犯偈」が恵信尼消息に言う「聖徳太子のもん」であるという仮定に立つ限り、そのような夢がなぜ見られ、それがなぜ法然入門の契機になったかという問いは避けられないが、その問いに対するひとつの答えとして、この「解釈」は無視しがたいと思われるからである。それが誰の解釈か（文書が真作で有れば親鸞の自己解釈ということになるし、江戸時代中期の偽作であれば『正統伝』の解釈の変奏ということになり、そのほかさまざまな引き当てが考え得るが）はひとまずおいて、それが鎌倉時代の精神史の中でリアリティを持ち得るかどうかを検証してみたく思うのである。

つぎに、まず古田前掲書等を参考に、本文を掲げる（片仮名の傍書は省いて本行本文のみを示し、細字部分は〈〉にくくる）。

親鸞夢記云

建久二歳〈辛亥〉暮秋仲旬第四日夜

聖徳太子善信告勅言

我三尊化塵沙界　日域大乗相応地

諦聴諦聴我教令　汝命根応十余歳

命終速入清浄土　善信善信真菩薩

正治第二〈庚申〉十二月上旬

睿南無動寺在大乗院同月下旬終日

前夜四更

如意輪観自在大士告命言
善哉善哉汝願将満足
善哉善哉我願亦満足
建仁元歳〈辛酉〉四月五日夜寅時
六角堂救世大菩薩告命
善信言
行者宿報設女犯
我成玉女身被犯
一生之間能荘厳
臨終引導生極楽〈文〉
于時建長第二〈庚戌〉四月五日
愚禿釈親鸞〈七十八歳〉書之
釈覚信へ

右の内容を整理すれば、次のようになると思われる。

①建久二年（一一九一）十九歳、聖徳太子から夢告を得る。親鸞個人に対する救済（往生）の約束と、余命の予告、聖徳太子と親鸞との特別の関係、などの要素が不分明なまま告知される。

②正治二年（一二〇〇）、予告された往生（すなわち死）が近づいたため、大乗院に参籠して念仏に専心していたところ、如意輪観音から、願の成就（すなわち往生）が告げられる。

③建仁元年（一二〇一）、山を下り、聖徳太子ゆかりの六角堂観音に指示を求め、「女犯偈」の夢告を得る。

それぞれについて、検討を加えておこう。

まず①であるが、『三夢記』が真偽いずれから論じられる場合も、この夢告は『正統伝』『正明伝』が記すのと同様に「磯長太子廟」での霊告であるとされている。しかし、公刊されている資料等による限り、『三夢記』は第一の夢についてその場所を記さない。それが、『正統伝』からの抜書きを行なった偽作者の書き落としにすぎないとすれば別であるが、かりに『三夢記』をいちおう独立のテキストとして見るなら、その場所を「磯長太子廟」としない可能性について考えておく必要があるであろう。

なお、平松前掲書は、『三夢記』を偽書と断定した上で、「磯長夢告」の史実性について多少の含みを残している。五巻本『拾玉集』巻五所収歌の詞書に建久二年九月に慈円が四天王寺での如法経供養の後、磯長太子廟に詣でていることに注目し、親鸞が弟子として磯長に同行して夢告を得たと考えれば、この伝承が史実である可能性もわずかながら残ると述べている。しかし、この可能性は、慈円研究の側からは否定される。親鸞が慈円の直弟子であったかどうかは別としても、この箇所で述べられる慈円の事跡が、建久二年ではなく翌年のものであり、当該詞書が誤記であることは、前掲拙著（一三九頁以下）および石川一『慈円和歌論考』（笠間書院、一九九八年）第二章第一節の考証によって明らかになっているからである。したがって、親鸞の夢告の真偽は慈円の事跡といちおう切りはなして考えるべきであるが、当時の太子信仰の状況を考える際には、慈円のこの前後の行動は無視できない。それについては、後に述べる。

さて、『正統伝』『正明伝』は、南都での親鸞の修学と関連づけて、磯長太子廟への参詣を描くのであるが、親鸞と南都との関係は、後世の真宗と南都との関係や（これについては、小山正文『親鸞と真宗絵伝』法蔵館、二〇〇〇年、所収「南都の親鸞伝説」参照）、親鸞を仏教伝統の正統的後継者として権威づけようとする伝記作者のモティーフによって、強調されたものと思われる。この描き方のもとでは、親鸞は少年時代から自覚的な太子信仰を持っていて、それに導かれて磯長へとおもむいたことになる。しかし、かりに『三夢記』をそのまま受け入れて、①の夢告の場を磯長とせず、親鸞がいつも修行していた比叡山のどこかと考えれば、この夢告こそがきっかけとなって、親鸞が聖徳太子信仰に強く傾いていったと解されることになろう。もちろん、まったく心の中にないものが夢に現われるはずがないという観点からいえば、夢以前にも親鸞は太子信仰を持っていたことになり、右のような議論は無意味な循環論に見えるかもしれない。しかし、中世において夢告が重要になるのは、偶発的に夢の中に現われる要素が、夢見た人自身や周囲の人々の解釈によってアクセントを与えられたり、合理化されたりすることで、夢と昼間の思考とがいわば弁証法的に関係し、発展していくからである。たとえば、前述の慈円の如法経に先立って、文治四年（一一八八）九月、慈円・観性・九条兼実らと大規模な如法経供養を四天王寺で行なったことは、山上まで喧伝されていたに違いなく（つまり慈円らの直接の関係者でなくても知っていたはずで）、このような四天王寺を中心とした太子信仰のたかまりが少年親鸞の意識に投影して、夢中に太子を出現させたものと見ることもできよう。そしてこの夢によって、親鸞の意識の中で、自己の往生（後世の救い）の問題と聖徳太子とが強い連想で結ばれることになり、②③の夢告を呼び出したとも考えられるのである。

さて、少年親鸞が比叡山の天台浄土教の世界の中で修行を続けていたと考える限り、彼の最大の関心事は「後世」、すなわち臨終時の極楽往生の可否であったことは間違いないであろう。慈円のように、明確に政治的な役割をになうことを期待されて比叡山に入った人物であっても、後世への関心は決して小さいものではなかった。少年親鸞の心の中に、往生の可否についての夢告を期待する気持ちがあったとしても、なんの不思議もない。そして、聖徳太子が告げ手であることをのぞけば、①の夢告の性格は、念仏行者にしばしば与えられる往生の予告と異ならないと言えよう。往生を願う念仏行者にとって、往生の確実性や期日について、夢告などの形で得られる予言は重要であり、期待されるものであった。たとえば『拾遺往生伝』下に収められた高階敦遠の妻の伝によれば、彼女は二十歳で信仰心をおこして『法華経』を読み、阿弥陀像を作り、さらに『法華経』に起請してみずからの寿命を知ろうとした。すると夢に僧が現われ、青い数珠を授けて「汝寿之数」であると告げた。珠は四十五であり、彼女はこの告げのとおり四十五歳で往生した。また、『後拾遺往生伝』上に見える比叡山の僧隆暹は、毎日十二万遍の念仏を唱える往生行者であったが、告げによって寿命が七十であることを知っており、六十九歳の時に阿弥陀峰に隠棲して予告どおりの往生を迎えている。

これらの例では、修行者の一生の命数が予告されているのに対して、①の夢告は十九歳の親鸞に「十余歳」と告げられるため、合理化すればこれを「余命」の告げと見なければならない。「歳」が年齢ではなく年数を意味することは問題ないとしても、余命を予告する形はやや特異であるとも考えられる（『正統伝』が解釈に迷う親鸞の様子を描いていることも、その点では意味がある）。しかし夢告とは解釈によって意味を持つのであるから、このような夢を親鸞が余命の告知として捉え、十数年後の往生が約束されたと信じたとしても、特に不自然とは言えない（石田瑞麿『親鸞とその弟子』毎日新聞社、一九七八年）。その場合、前述の往生伝中の修行者たちと同様、余命を念仏にはげみ、なかんずく死期が近づいた段階では、往生を迎える準備を考えたにちがいない。そこに第二の夢告の下地が作られることになる。

②の夢は、足かけで建久二年から十年目にあたる正治二年のものとされている。①の夢を受けた親鸞が、死期（往生）が近く迫ったことを意識した時点での告げということになり、『正統伝』はこのことを、建久二年の夢告を他人としてはただひとり知っている弟子の「正全坊」が「木幡民部」に事情を明かすという形で、物語化して描いている。『三夢記』は大乗院という場所を記すのみであるが、特記されなくても、①の告げの実現に関する起請などを託しての参籠であったと解される。大乗院は、建久年間に慈円によって再建された堂舎で、建久六年に慈円が発足させた修学組織「勧学講」が置かれた場所である（多賀前掲書第一部第十四章、前掲拙著二六四頁）。その結衆に

は、「住山不帯の輩」から器量のある者百人を選んで宛てたとされる。しかし、建久七年の政変で慈円が天台座主を辞した後、慈円らと対立する梶井門跡出身の座主は維持の努力をはらわず、そのため荒廃の危機に瀕したとされる（慈円『勧学講縁起』）。これは慈円の側の主張であって、それ以上の実態は明らかでないが、正治二年四月という『三夢記』の記述をかりに事実であるとすれば、親鸞は座主の支援を失い、人少なになった大乗院にとどまって念仏を続けたことになる。親鸞が慈円の直弟子ではなかったとしても、慈円座主時代になんらかの形で勧学講に加えられていた可能性を考えるならば（佐々木正『親鸞私記 隠された真実を読み解く』筑摩書房、一九七七年）、かつて慈円が、騒乱によって荒廃した無動寺にとどまって修行を続けたように（『千載集』ほか、多賀前掲書三七頁）、親鸞も支援を失った大乗院にとどまって修行を続けたことになろう。もしくは、勧学講には加えられなかったが、人少なになった堂舎に、修行に専念できる場所を見出した、と想像することもできる（もちろん、親鸞以後の人物が、親鸞を慈円の直弟子とする伝えにもとづいて、慈円にゆかりの大乗院を夢告の場にあつらえたにすぎないとすれば、右のような想像は文字通り小説的想像にすぎないことになる）。

ところで、夢告に言うように親鸞の願いが「満足」するということは、往生が実現するということであり、現世においては端的に「死ぬ」ことを意味した。もちろん、実際には親鸞は死ななかった。この点について、意外にも『正統伝』『正明伝』はあまりこだわらず、②の夢が如意輪観音の示現であったことから、その縁で翌年六角堂に参籠したと記すのみである。しかし、親鸞が実際に②の夢告を受けたとすれば、ただちに往生の予告が実現すると考えるのが自然であり、命終がおとずれなかった場合には、①の夢の場合以上の悩みや当惑があったはずであろう。たとえば、いくつかの夢告の現実化によって、歴史の進行を予想できると確信していた慈円が、最後に承久の乱によって予想を覆された場合のように、神秘的な予言（と確信されたもの）がはずれることは、深刻な懐疑や混乱をもたらすはずである。慈円の場合、やがてそこから立ちなおるため、解釈の再構築が行なわれていった。親鸞も、往生（命終）の知らせと、自分が生きているという現実との間の宙吊り状態になんらかの形でけりをつける必要があったはずである。六角堂の観音（聖徳太子）にさらなる告げを求めたのは、比叡山上では決着のつかなかった問題の解決を、そこに求めたものと考えられる。

おそらくこの時点で親鸞の頭に浮かんだ最大の選択肢は、『発心集』などの説話の主人公に見られるような、深山にこもっての断食行や入水・焼身など、命終の予言を現実化する行為であったであろう。しかし、比叡山を去って、（後にしばしば親鸞の先駆者と見なされる）『日本往生極楽記』の教信のように、家庭を持ち俗世間に交わる聖として暮らす、という選択肢も、心のどこかにあったかもしれない（本章冒頭に述べたような聖徳太子の「俗人」としての生き方についての知識が、既に親鸞の心の底にその選択肢を準備していたとも言えるかもしれない）。はたして、与えられた③の夢告は、妻帯して生活することを示唆するものであった。親鸞はそれを、俗聖の姿で俗人たちを救済に導くことが、命終を猶予された自らの使命であると受け取ったのであろう。

この時点で、そのころ広く評判になっていた法然の、妻帯等を往生の妨げと見ない教説への関心が、あらためて強く呼び起こされたに違いない。「やがてその暁出でさせ給ひて、後世の助からんずる縁に逢いまいらせんと尋ねまいらせて、法然上人に逢い」におもむいたと恵信尼が描いたいきさつは、既に往生の確証を与えられながら、一方でその余生を俗世間内の聖として生きるよう示唆された親鸞が、その生き方の具体的なまた教理的な支えをもとめて、法然のもとに向かったものとして、解釈されることになる。

4　結語

親鸞自筆とされる断簡の伝わる「女犯偈」のみを実体験と見て、六角堂夢告の意味を考察する論は多くある。穏当な扱いであろうが、とはいえこの夢告を単独で理解することは非常に難しいように私には思われる。松野純孝（『親鸞─その思想と行動─』評論社、一九七七年、八〇頁）が述べるように、夢告はいくつかのものがつながって意味をなすと考えるほうが、この時代としてはむしろ自然であろう（建保・承久頃の慈円の場合も、たびたびの夢告が知られている）。もちろん、このことは、『三夢記』が偽書でないという積極的論拠にはならないのであるが。

仮に本章のように解釈すると、「女犯偈」は、たとえば性欲の苦悩といった親鸞個人の救済にかかわる内面的な意味を持つものとしてよりも、往生までの猶予の期間をどのように生きるか（孤独な修行者となるか、世俗の中に仏道を説くか）という、いわば対社会的な問題にかかわるものとして捉えられる。その点では、東国布教の予言として「女犯偈」を捉えた前述『善信聖人絵』に接近する面もある。『善信聖人絵』が、宗祖となった親鸞から遡ってその青年期を描いているのに対して、本章では、いまだ一修行僧にすぎなかった親鸞の像を、その時代において自然な形で描こうと試みたのである。

※初出稿「親鸞以前の親鸞」（『北陸古典研究』第十九号、二〇〇四年十月）。これは「北陸古典研究会」二〇〇〇年度上半期研究発表会（同年九月九日）で口頭発表した内容の一部を、発展させたものである。当日、批判や助言をいただいた諸氏にあらためて感謝申し上げる。初出稿には論旨の不明瞭な点が多くあったため、本書に収録するにあたって全体的に改稿した。

親鸞の夢告に言及する研究はきわめて多く、参照、引用したものはごく一部であるが、初出稿以降に目にし得たものとして、佐藤弘夫『偽書の精神史　神仏・異界と交感する中世』（講談社選書メチエ、二〇〇二年）第三章を挙げておきたい。

なお、本章の論旨と直接の関係はないが、慈円の思想と夢との関係についての私見は、前掲拙著『慈円の和歌と思想』のほか、拙稿「慈円の言説活動」（阿部泰郎編『中世文学と寺院資料・聖教』竹林舎、二〇一〇年）および本書第Ⅱ部第十章2に述べている。

第七章　冷然

――稚児追考――

拙著『慈円の和歌と思想』（和泉書院、一九九九年）第十六章の初出は「慈円と性愛―許されないものと許されたもの」（日本文学協会『日本文学』一九九五年七月・特集〈中世的秩序〉）であるが、この拙稿には、私の研究論文としては例外的に、早い反応が多くあったように思う。とはいえ、性愛に関わる問題を扱うことが「刺激的」と受け取られるのであれば、いささか問題であろう。むしろ、性愛に関するテーマを特別視しない姿勢が、必要であろうとも思われる。

ところで、右の拙稿では、稚児寵愛が僧坊における「許された」性愛であったという観点を採ったのであるが、この観点は、平安後期鎌倉初期に関して、いまだ十分実証的に裏づけられているわけではなく、偏見なく見ればそのように感じられるという、いわば印象にすぎない。たとえば松野陽一『千載集―勅撰和歌集はどう編まれたか―』（平凡社、一九九四年）が指摘するように、平安後期にはごく普通のこととして僧から稚児への恋歌が勅撰集に現われる。もちろん、たとえば業平の斎宮「密通」のような場合もあるから、勅撰集に歌が採られたからと言って、社会規範がその歌を生んだ状況を許容していると即断することはできないが、すくなくとも稚児愛と俗人における異性間の恋愛とが、格別に異なるものとしては意識されなかったことを窺い得る。そのような意味を含めて、「許された」性愛という観点を採ったということである。

『往生要集』の地獄の記述には、「衆合地獄」の十六の別処の一つとして、「男の、男において邪行を行ぜし者」

が苦を受ける「多苦悩」別処について述べる箇所がある（日本思想大系『源信』一七頁）。『正法念処経』からの抄出である。ここには男性同性愛を罪業と見る見方が示されているが、しかし『往生要集』は、十六の別処から「他の児子を取り、強ひて邪行をせまり、さけび哭かしめたる者」や「他の婦女を取れる者」の堕ちる場所とともにこれを引いているのであり、邪淫の罪一般に含まれるひとつとして捉えているにすぎない。平安鎌倉期の仏教思想が、さまざまな「邪淫」の罪、あるいは「淫欲」の罪業性全体との関係の中で、男性同性愛をどのように位置づけていたか、また稚児に対する場合と成人男性に対する場合、僧の場合と俗人の場合が、どの程度区別して意識されていたか、といった点は今後さらに考察される必要があろう。

ただし、鎌倉後期以降に関しては、松岡心平「稚児と天皇制」（『宴の身体―バサラから世阿弥へ―』岩波書店、一九九一年）が引用する『児灌頂私記』のような、稚児との性関係を宗教的に意味づけ、正当化する資料がある。また、細川涼一『逸脱の日本中世―狂気・倒錯・魔の世界―』（JICC出版局、一九九三年。ちくま学芸文庫、二〇〇九年）に、次のような注目すべき指摘がある。

比叡山青蓮院の末寺である出雲鰐淵寺の一山の僧侶が、南北朝期の正平十年（一三五五）三月、寺内の南北両朝勢力の対立を和合すべく、連署して取り決めた式目がある。（中略）このように、女性に関しては、女犯による破戒を恐れて寺中に住むことを厳しく禁制した同じこの式目は、児童についてはつぎのように述べている。児童は断絶させるべきではない。というのは、児童は法灯を継ぐ種となるものであり、また冷然（独り寝の寒さ）を慰める媒だからである。連理の情（契りの深さ）に関わらず、同穴の昵を執ること、すなわち児童と枕を共にすることが無かったなら、（この世を）厭離することもできない。したがって、鰐淵寺の諸院諸房は、児童を絶やすことなく定役とするべく、秘計を廻らしなさい、というのである。女犯については厳しく禁制した鰐淵寺の衆徒は、しかし、児男色については、普通は男女の性関係に使う「同穴の昵」という言葉まで使って容認していることがうかがえる。（第二章「中世寺院の稚児と男色」、ちくま学芸文庫、八三～八四頁、原文の振り仮名を省略した）

このうち、『児灌頂私記』については未見なので、細川が利用した『鰐淵寺文書』について私見を述べておきたい。

1　鰐淵寺文書の稚児

鰐淵寺は、建暦三年（一二一三）に慈円が認めた譲状『慈円和尚建暦目録』の「門跡相伝房領等」の中に三昧院に属する寺として名が見え（京都大学文学部博物館の古文書・第9輯『浄土宗西山派と三鈷寺文書』思文閣、一九九二年）、その後も青蓮院門跡に保護される関係が続いた。室町物語『自剃弁慶』で弁慶が鰐淵寺に行くが、中世後期に地方の天台寺院として重要視されていたことの反映であろう。問題の文書は、「鰐淵寺大衆条々連署起請文」（「鰐淵寺文書」八一号）で、鰐淵寺の大衆が自ら守るべき箇条を列挙した、いわば自治的な法規とも言うべきものである。法制史史料としても注目されており、その側面については、清多義英『中世寺院法史の研究』（敬文堂、一九九五年）第二編第二章第二節等を参照されたい。当該文書は、曽根研三編著『鰐淵寺文書の研究』（鰐淵寺文書刊行会、一九六三年）として公刊、『新修島根県史・史料編一（古代・中世）』（一九六六年）に収録、さらに鰐淵寺文書研究会編『出雲鰐淵寺文書』（法蔵館、二〇一五年）に収録されていて、容易に利用できる。

この箇条の中から、細川前掲書が取り上げたのは次の条である。

一児童不可断絶事、是則継法燈之種、慰冷然之媒也、必不拘連理之情、強不執同穴之昵者、不能厭離、可足依用者歟、然者諸院諸房、各為不断之定役、可廻随分之秘計也（『出雲鰐淵寺文書』七一頁）

試みに私に訓読すれば、

一つ。児童、断絶すべからざる事。これすなはち、法燈を継ぐの種、冷然を慰むるなかだちなり。必ずしも連理の情にかかはらず、あながちに同穴のむつびに執せざれば、厭離するあたはず。依用に足るべきものか。しかれば、諸院・諸房、おのおの不断の定役を為し、随分の秘計をめぐらすべし。

対句仕立てになっていることをも考慮して、右のように訓めるのではないかと思う。私に意味を取ると、一つ。稚児がいなくならないようにすること。稚児は、将来は弟子として法を継ぐことになるし、僧坊の退屈を紛らすのに必要な存在でもある。恋愛の対象として執着する場合はともかく、そうでなければむやみに否定するわけには行かない。むしろ何かと有用なものと言えよう。そこで、院や坊では、それぞれ稚児に関する責任者を常に決めておき、可能な限り、必要経費の捻出などの工夫をするべきである。

問題は、「必不拘連理之情」以下の部分を、全体の文脈の中でどう位置づけるかであるが、私には、「必不拘」「強不執」の限定的な否定のニュアンスを生かすには右のように訓読するしかないように思われる。つまり、この箇条の筆者は、稚児との恋愛関係を積極的に肯定しようとしているのではなく、それ以外の面での稚児の効用を強調しようとしていると解される。また「冷然」は、訓にするなら「すさまじ」とでも訓む語で、細川のように「独り寝の寒さ」に限定するのは無理があるように思われる（本章2参照）。むしろ、歌舞管弦その他の娯楽によって慰められるべき寺院生活の単調を指すと見るべきであろう。

このように解して来ると、この箇条を、直接に稚児寵愛を擁護したものと読むことはできないようである。あからさまな恋愛・性関係は、むしろ言葉の上では否定されていると考える。その意味では、稚児寵愛が「許された性愛」であったとする見方を、この資料によって直接的に裏づけることはできない。しかしながら、この箇条が稚児の存在の必要性を強調し、その一理由として「法燈」の存続をあげていることは、前掲拙著で、「しばしば成長した稚児が僧の弟子になるという形で僧坊の秩序に回収され得るが故に、僧界の秩序を脅かさない」というふうに想定した、稚児寵愛の許容条件と符合する。そして、「連理」「同穴」といった表現は、たとえ否定的な文脈で現われるにもせよ、稚児と僧との恋愛関係がごく当たり前に見られる実態を反映していることは明白であろう。この意味では、この箇条は、細川が指摘した稚児寵愛の「容認」に、かなり近いところにある。実態としては容認されているものを、文言上で消極的に否定しているにすぎないと言うべきかもしれない。

一方、稚児が必要であるもう一つの理由として挙げられる「冷然」の慰めは、稚児のいわば文化的役割を示すものである。寺院の生活において、稚児が与えるある種の「華やぎ」が重視されていたことは、仁和寺の守覚法親王の『右記』（群書類従・釈家部）「童形等消息事」から窺うことが出来る。周知の資料ではあるが、関連部分を若干引用する。

一、落飾之事、以十七若十九可定其年限也。然翠黛之貌、紅粉之粧、僅四五年之間也。相構其程競寸陰而学外典、緇襟之後、可嗜内典也。…

稚児の間に外典学習に励むべきことを説いた文脈ではあるが、修辞として用いられた「翠黛之貌、紅粉之粧」が、寺院の中での稚児達の受け取られ方を、おのずから示している。

一、囲碁双六等諸遊芸、鞠小弓等事、強不可好之。但一向不知其消息者、還又非常儀。只片端携得、而痛不可張行也。…

囲碁・双六・鞠・小弓等の遊芸について、「あながちにこれを好むべからず」「いたく張行すべからず」と言う一方で、まったく無案内なのは「かへりてまた常の儀にあらず」とも言わざるを得ないほど、これらの娯楽と稚児の存在とは不可分であったことが窺える。

一、管弦音曲等事。…爰童体携此芸事、先閣内外深義、暫見遊宴逸興、緩心悦耳媒也。若又毀形剃頭之後、声明習学之時、尤大切事歟。…故児童令翫彼音曲、可応其身上也。…

音曲の技芸は、剃髪後の声明学習の準備とされてはいるが、実際には「遊宴」での「逸興」として期待されていたのである。歌舞音曲の担い手としての重要性は、『拾玉集』からも窺うことができるが（前掲拙著）、特に童舞を中心とした芸能と稚児との関係については、土谷恵『中世寺院の社会と芸能』（吉川弘文館、二〇〇一年）に詳しい。

一、詩歌会之時、…而児懐紙者、一涯可存美麗者也。無風流直檀懐紙用之事、無下覚侍。下絵檀紙並薄檀紙等、其外色紙、尽美事不可有究期、又衣装等事、和漢会席出仕之時、殊可鮮也。…

絵巻物の画面に衆徒達に混じって描かれている色鮮やかな衣装の姿が稚児であることを指摘したのは、黒田日出夫「「女」か「稚児」か」（『姿としぐさの中世史』平凡社、一九八六年）であったが、稚児たちは、詩歌の会の席において、美麗な「懐紙」や「衣装」によって、僧坊に文字通りの「彩り」をもたらす役割を課せられていたのである。

なお、先ほどの鰐淵寺の起請文の別の箇条には、次のような記載もある。

一、非指宴席、高声雑言可停止事、宿老小人之会合、檀那貴族之登山、如此之時、催酒宴携遊覧者、山寺風躰、人間之栄耀也、不然之時、或一向無骨之僧俗集居、張行無益之戯笑、或全分下輩之同類寄合、猥催高声之乱舞、傍若無人之至、何事如之哉、然者各々同宿、各々坊人等、以此可被加誡也　（同上七二頁、ただし対句的表現を考慮して読点を一部改めた）

試みに訓下せば、

一、指せる宴席にあらざれば、高声雑言を停止すべき事。宿老小人の会合、檀那貴族の登山、此くの如きの時、酒宴を催し、遊覧に携はるは、山寺の風躰、人間の栄耀なり。然らざるの時、或ひは一向無骨の僧俗の集居し、無益の戯笑を張行し、或ひは全分下輩の同類の寄合ひ、猥りに高声の乱舞を催すは、傍若無人の至り、何事かこれにしかん哉。然らば各々の同宿、各々の坊人等、此れを以て誡を加へらるべきなり。

私に意訳すれば、

一つ。特別の宴席を除き、高声雑言を禁止すること。老僧や稚児が集まったり、身分の高い人が山を訪問したりという場合、酒宴を開き、遊覧するのは、山寺の習慣であり、世間に栄えあることでもあり、当然である。それ以外の場合に、芸能も心得ない僧俗が集まって、無駄に楽しむことや、身分の低い者ばかりが集まって、むやみに歌い舞うことは、辺りをはばからぬ所行として、これ以上のものはない。それであるので、それぞれの宿や坊において、このようなことを取り締まらなければならない。

酒宴や遊覧が許容されるのは、いわばその「文化的意義」が認められる場合であり、その条件の中に、「小人」が含まれている。この場合の「小人」は、「児童」と同じく稚児を指すとみられる。稚児を交えた特定の酒宴での高声は、「山寺風躰」として許容されたのである。

稚児が担ったこのような「文化的」役割は、もちろん彼等の性的役割とそのまま直結するものではないが、きわめて近接する関係にあったことは確かであろう。言い方を変えれば、稚児とは、僧坊に「文化」の感覚的・官能的諸要素を招き入れる「導水路」であったのである。細川前掲書が触れる『大覚寺譜』所収の元亨四年（一三二四）六月二十三日付後宇多法皇遺勅（『大覚寺文書』上巻）は、この点に対する自覚と警戒の現われと見られよう。なお、稚児の「文化的」役割と性的役割との関連については、細川前掲書、土谷前掲書や、美濃部重克「文化圏としての僧坊」（『岩波講座日本文学史　第４巻　変革期の文学Ⅰ』一九九三年）に言及がある。

さて私は、冒頭に掲げた拙論において、慈円の思想の内部構造の中に、こうした「導水路」的機能のアナロジーを見いだそうと試みたのである。

慈円にとって、彼自身を一員とする摂関家の政治的理念（そして政治的利害）は、何よりも院政とそれに結びついた近臣政治とに、鋭く対立するものであった。そのことは、『愚管抄』にも随所に述べられている。そして、東野治之の研究を承けて五味文彦『院政期社会の研究』（山川出版、一九八四年）が論じて以降、広く認識されているように、近臣政治はしばしば男性どうしの性関係に支えられていた。しかしそれ以上に、摂関政治は、男女（天皇と后）の性関係（に基づく皇子の誕生）にその力を依存していたことは言うまでもない。慈円の政治的な夢想が、異性愛的色彩を帯びるのも不思議ではない。もし、慈円の仏教者としての意識とそうした夢想との間に、何らかの媒介が必要であったとすれば、稚児寵愛の習慣はその役割を果たし得たと思われる。この想定は、稚児寵愛が、男性同性愛という区分においてではなく、より広く性愛一般の比喩として、意識された可能性を示唆する。このあたりの問題は、田中貴子「「稚児」と僧侶の恋愛―中世「男色」のセックスとジェンダー―」（『性愛の日本中世』洋泉社、一九九七年）の成果も踏まえて、今後さらに考えていかなければならないであろう。

2 「冷然」の用例、『玉葉』ほか

初出稿では「冷然」という語についての検討が不十分であったので、いささか補足しておきたい。

まず、データベース『吾妻鏡・玉葉』（吉川弘文館）を利用し、藤原兼実の日記『玉葉』の用例を検討する（名著刊行会本により、私意により句読点を付す）。

①承安二年七月二十四日条

今日還御云々。昨今無為無事、太以冷然云々。識者定傾奇歟。

前日の条に、新造の院の三条御所に行幸があったことを記すので、「還御」は天皇の帰還を指す。前日条には、一日の行幸では、なんらかの行事（たとえば詩歌・管弦など）があるのが先例であるのに、「今度無指事」と批判しているので、この条の「昨今無為無事」もそれを承ける。「冷然」の箇所は「云々」で承けられているので、行幸に関する伝聞を記す形である。「昨日も今日も何の行事もなく、はなはだ興ざめな寂しいことであったそうである」

のような意か。

②承安二年閏十二月二十二日条

今日、中宮六位進兼綱来。催御仏名之由。中障了。太冷然也。

前日条に「内御仏名」の開始と、「皇后宮権大夫已下十余人参入」を伝聞として記すので、「御仏名」はこれを承ける。兼綱が使いとしてきて、兼実の参上を促したが、支障を述べて断わったとの記事か。とすれば、「太冷然」は、兼実が仏名への参上を快く思っていない心理状態を指すか。

③治承三年正月十九日条

今度、被任之国、只一人也。草書之面、頗冷然歟。

除目の文書を作成する際の書式についての問題で、受領に任ぜられた人名と国名とを記入するのか、闕国となる国の国名も列挙するのか、という議論の部分である。この年は、任命された国司が一名であるので、その国と人名だけでは書面の見た目の印象が「冷然」であるので、闕国の名も記してはどうかという議論になっている。「冷然」は「寂しい」の現代語に該当するが、情緒的な意味は薄く、空白の多い書面が視覚に与える、感覚的な「物足りなさ」の印象を指すようである。

④治承四年三月五日条

早旦、隆職注送聞書。大進時光任刑部少輔（太以冷然歟）。

括弧内は分かち書きであり、上記の記事の内容に関する兼実の感想を記したと見られる。前日条に坊官除目の記事があり、その内容が翌早朝に聞書として兼実に伝えられたのである。時光の任官に対して兼実は不同意であったのか、「はなはだもって冷然か」と記す。「冷然」は「興ざめ」「不興」などの意味に近いか。

⑤寿永二年八月二十六日条

見聞書。権大納言師家、権中納言兼房、此外不記。又良経叙従上。太冷然々々。

前日条に除目の記事があり、その内容を聞書で知っての感想である。「冷然」は、除目全体への批判かと思われる。

⑥文治三年二月三十日条

依数代之佳例並再三之勅定、三月雖可被遂、猶適行幸被撰用御物詣之間、世人定有所傾歟。随又以有御見物、有人勇、毎事定冷然歟。

行幸の期間と法皇の物詣の時機が重複する不都合について、兼実から法皇に奉られた書簡の引用である。「三月の行幸が慎重に定められたのに、法皇の物詣に重なり、人々の疑惑を招くであろう」と述べ、さらに「行幸を法皇がご覧になることは、人心の励みとなる」として、「(人々が疑惑を持つことも、行幸の御覧がかなわないことも)それぞれ、不都合で興ざめなことである」の意か。

⑦建久二年十二月二十七日条

大略、今度叙書冷然歟。尤為悦々々。世上之風聞、皆珍事也。驚気之処、已無為無事也。

翌日に予定されていた京官除目に関わる。法皇が病気であったので、泰経が除目についての法皇の意向を兼実に伝えた後の感想である。世間では、極端な人事があるとの噂が広がっていたため、兼実が憂慮・警戒していたが、特別なこともなくて安堵したとの内容であろう。「冷然」は量が少なく、あっさりしている、の意で、このことに関しては兼実は歓迎しているため、「為悦」と承けられている。③と同様、物理的に少量、疎の状態を指すようである。

⑧建久三年正月二十八日条

以宗頼、仰有兼叙爵権守等事。即兼光卿息也。須載大間也。而直叙爵即可任権守之処、叙人一人、頗冷然也。

又六位不可任尋常国権守。仍清書之次、所加任也。

除目の大間書の際の、兼光の子有兼の扱いに関わる。任命が一名であり、また先例に沿わない点もあるので、大間書には記入せず、清書の際に加えるとの意か。「冷然」は、文書の外見において、並べて記すものがないため空白が間の抜けた印象を与えるということで、③に近い例か。

このように、「冷然」の意味の範囲は多様ではあるが、おおむね和語「すさまじ」と重なり、「興ざめ」「物足りない」などの現代語にあたる場合が多いかと考えられる。

このほか、『宗長日記』（島津忠夫校注岩波文庫版）にも用例が見えるので、本文の安定性に問題があるが、参考までに検討しておきたい。

大永五年夏六月の記事（底本は彰考館蔵本）に、「冷然のあまりに書つらねて、京の知人のかたへ、書のぼせ侍」との文言が見える。この後に、戯歌調の長歌一首を含む知人宛の消息がある（前掲書五三頁）。ただし、「冷然」の箇所には、複数の伝本の校異として「徒然」「つれづれ」が挙げられ、消息中の長歌と短歌に一箇所ずつ「つれづれ」の語が見えることから、「冷然」を確定本文とするには不安が残る。校異の状況から見て、それぞれの書写者には「冷然」「徒然」がほぼ同義語として捉えられていた可能性もある。

さらに享禄三年の夏、宇津の山に住んでいた頃の記事に

山家霖雨中、冷然。爰もとみな蝸屋のみ朋友にて、

五月雨は巌の雫をまひいづるかたつぶりをぞとふ人にする

と見え、独居の寂しい様を言うが、この「冷然」にも「徒然」の校異がある（前掲書一四七頁、この部分の底本は宮内庁書陵部蔵本、校異は群書類従本）。

同じ箇所の後続部分に、

折ふし、中国辺の人にや、富士一見のついでとて、立よりて、ことづて文など有。物いひかはす程に、打つけなる落涙いかにぞやといへば、不弁の躰侘参らするにはあらず、何となく冷然なる様悲しく、かつは殊勝にながめ入ま丶、覚えず狂忽の事とて袖をはらひ侍るに、つれなき老もためらひかねて、

思ひあへず人の袂のもよほしにつれなき老もしぼるとをみよ

という用例が見える。宗長の暮らしぶりの質素さに思わず落涙した客に、宗長が歌で答える内容であり、「冷然」は孤独で寒々とした（物質的にも充足しない）環境を指すか。ここにも「徒然」の校異があるが、この部分の文脈から見て、「無聊」の意味を帯びる「徒然」よりは、「冷然」が相応しいように思われる。

※初出「慈円と性愛、追考」（『北陸古典研究』第十一号、一九九六年一〇月）。本書冒頭に掲げた拙著第十六章に補足として収録する予定であったが、慈円から問題が離れるため最終的に割愛したものである。本書に収録するにあたり、大幅に改稿し、また2を新たに加えた。

第八章　きさらぎの望月

――西行「願はくは花の下にて」の周辺――

1　往生――臨終のイメージ――

『西行物語』は、西行の死を東山双林寺のほとりの桜の木のもとでの往生として描き出した。久保田淳編『西行全集』所収の文明本により、適宜表記を改めて引く。

堂舎の砌の桜の花盛りを待ち得ては、釈迦如来の入滅の朝、二月十五夜の夜半に往生を遂げんと念じて、かくぞ詠みける。

願はくは花の下にて春死なむそのきさらぎの望月の頃

常にこの歌を詠めて、終に建久九年の二月の中の五日、願ひの如く正念に住して、彼の花の本にて、西方に向かひて歓喜の笑みを含みて曰く、「若人散乱心　乃至以一花　供養於画像　漸見無数仏」「於此命終　即往安楽世界　阿弥陀仏　大菩薩衆　囲遶住処」と誦して一首、

仏には桜の花をたてまつれ我が後の世を人とぶらはば

最後に百返の念仏申して、西に向かひて居たれば、西の山の端輝きて、香ばしく風吹きて、身涼しく、歓喜の心ゆたかに、いよいよ化度衆生の心深く催し、天には伎楽の声耳につきて微かならず、紫雲しづかに降れば、

廿五の菩薩まのあたりに見え給ふ。観音は蓮台を捧げておはしませば、すなはち乗りて、終に往生を遂げつ。

『西行物語』は、西行に関する伝承を集成してその生涯を再現したというよりは、西行の和歌を材料に一つの理想的修行者像を組み立てたというべき作品であり、多くの場合、西行に直接に接した人々の抱くリアリティとは別次元のリアリティに立脚している。右の場面についても、日付けの違い、二首の歌が最晩年や臨終時の作であり得ないことなどは、既に周知であろう。場所を双林寺とすることについては、久保田淳『西行』（新典社、一九九六年）が鎌倉期の同寺の西行伝承を指摘していて、それらも含めて考慮されるべきであるが、いずれにせよ西行の死についての直接的情報の痕跡に帰するべき問題ではないであろう（ただし、久保田前掲書にも引く鹿野しのぶ紹介の慈円自撰家集断簡により、死の前年、文治五年十月の河内弘河寺所在が確認されたとはいえ、『俊成家集』がこの年の暮れの上京の可能性を示唆する以上、翌年頭から二月十六日の死までの所在はやはり厳密には不明のままである（補注））。

しかし、『西行物語』に見られる「西方往生」としての西行の死の把握は、既に同時代者の言説にはっきり現われていた。『西行物語』自体が右の箇所の後に取り入れている定家の反応をはじめ、慈円・俊成ら生前に西行と親交のあった歌人達が、いずれもそのような見方を書きとどめている。多く引かれる資料なので逐一の引用は省略するが、「臨終などまことにめでたく、存生にふるまひ思はれたりしにさらに違はず」（『拾玉集』）、「終り乱れざるよし聞きて」（『拾遺愚草』）と記される臨終の安らかさは、当時の考え方では死者が極楽に迎え取られたこと（往生）の証しであったし、彼らが申し合わせたように「願はくは」の歌を想起したのは、往生の日付けの予言も、往生を示す奇瑞のひとつであったからである。

例えば、『日本往生極楽記』第十五話の春素は、死の前年に翌春の往生を予告し、第二十二話の勝如は、先に往生した教信から自らの往生の期日を教えられている。『大日本国法華経験記』下巻第九十四の薬延も数年前に往生の期日を予告する。後二話は『今昔物語集』に書承されるが、そこでは明確に「某年某月某日」と日付けが示されたとされている（巻十五第二十六および第三十）。また『今昔物語集』巻十五第二十四では、三人の修行者が次々に「千日講の畢らむ日」の死を予告し、その通りに往生している。

西行は高野山で真言教学に接し、大峰修行もしている。彼の信仰の中に阿弥陀浄土への願いがあったことは確かとしても、単純な念仏往生行者ではなかった。慈円・俊成・定家らもそのことは解っていたはずであり、特に慈円は立場上深い理解を持っていたと思われる。しかし、西行の死に際して、彼らは、自分たちに最もなじみ深い天台浄土教系の念仏往生者として彼を把握した。ある意味で、彼らが実際に接した複雑な存在（特に西行がというのではなく、現実の人間が全てそうであるという意味で）としての西行は捨象されたのである。このことを裏から言えば、この入滅の場面において、『西行物語』が基盤とする本当らしさ（リアリティ）の性質は、西行同時代人の意識に接近する結果になったのである。

（補注）　慈円と西行の交流については、拙著『慈円の和歌と思想』和泉書院、一九九九年）第五章を参照されたい。

2　暦月　――桜と太陰太陽暦――

「願はくは」の歌は往生人の予言に引きつけて理解されたため、慈円・定家・俊成らの関心は、主に「きさらぎの望月の頃」と二月十六日との符合に向けられた。定家の歌、

望月の頃はたがはぬ空なれど消えけむ雲の行方かなしな（拾遺愚草・二八〇九）

の上の句はそれを端的に示しているし、慈円の

君知るやそのきさらぎといひ置きて言葉におへる人の後の世（拾玉集・五一五七）

も同趣と言えよう。一方、「花の下にて」の部分が実現されたかどうかについて、定家や慈円の歌・詞書・左注は明言しておらず、俊成の歌

願ひ置きし花の下にて終はりけり蓮の上もたがはざるらん（長秋詠草・六五二）

のみが明確に言及するが、「花の下」「蓮の上」を対比する修辞上の配慮が優先されているとすれば、臨終の具体的状況についての情報と見てよいかどうかは解らない（歌集の引用は『新編国歌大観』を参照するが、表記は私意による。以下同様）。

西行が死んだ時、本当にその傍らで桜の花は咲いていたのか。そうした詮索は無意味かもしれないし、実際問題としても、この年の春の気象についての記録が見いだされ、かつ西行の死の場所が特定できないかぎり、蓋然性を見定めることは難しい。しかし、当時の人々の感じ方の問題として、二月の望月の日に桜の花を見ることが、どの程度あたり前のことだったかという点は、この歌の解釈にとっても、同時代人の受け取り方の理解にとっても、無意味とは言えない。

月の満ち欠けに対応する太陰暦は、太陽運行（四季の運行）とのずれを、太陽暦である二十四節気を基準に補正して運用される（太陰太陽暦）。言うまでもなく太陰暦の同一日付けが四季運行（太陽暦）の中で持つ位置は、年により異なる（田中新一『平安朝文学に見る二元的四季観』風間書房、一九九〇年）。たとえば、西行晩年の数年間の二月十六日について『日本暦日総覧』『日本陰陽暦日対照表』を閲するに、遅い文治三年ではグレゴリウス暦4月3日、早い文治五年ではグレゴリウス暦3月10日に当たる。もちろん、桜の開花はその年の寒暖により遅速があるから、グレゴリウス暦などの太陽暦を用いたところで開花日を予測することが困難なのは、現代人も毎年経験しているとおりである。しかし、太陰太陽暦の場合は、四季運行との間に原理的に生じる前後幅が、年による気候の変動によって（相殺される場合の一方で）相乗される場合があり得たから、同一の日付けに経験される季節事象の幅は、

太陽暦による場合より大きくなることは言うまでもない。『徒然草』百六十一段は、「花の盛り」の時期についての三説を掲げるが、いずれの説も太陽暦である二十四節気の冬至や立春を基準にしており、日付に言及しないのは当然なのである。

日本の歴史時代の気候については、右の『徒然草』の段に関連して安良岡康作『徒然草全注釈』が援用する荒川秀俊『気候変動論』（地人書房、一九五五年）が、十一から十四世紀の桜の開花の遅さを指摘する。これは世界的な気候変動の傾向と概ね符合するとされているようであるが、荒川が依拠したのは『日本気象史料』（一九三九年）が記録類から収集したデータで、同書の序も荒川もそれぞれ認めるとおり、それ自体に種々の問題がある。国文学研究側では、これら史料データの吟味と増補を心がけつつ利用するべきであろう。さしあたり『日本気象史料』から、西行の時代の比較的近くで、花の様子が具体的に判る非編纂史料を求めると、『中右記』大治二年（一一二七）二月十九日（グレゴリウス暦4月9日）条「今日万木花半開如白雪」、『明月記』寛喜二年（一二三〇）二月二十一日（同4月12日）条「京中野外桜花盛開、如雲如雪、参西郊大聖院遠望、宮樹敷未散…」が残り、これらの年のように季節に対して日付が遅い年には、二月後半に桜を京都近郊において見ることが出来たことが判る。当然、逆の場合でしかも例年より寒い年であれば、二月中には開花しないことがあったはずである（ちなみに西行の死んだ文治六年は遅い方で、二月十六日はグレゴリウス暦3月30日）。

歌集の詞書は、月日を記しても年を特定できない場合が多いので、気象学的データとしての価値は少ないが、二十四節気を参照しつつも日常生活は月日（暦月の日付）によっていた当時の人々の生活感覚を窺うよすがにはなる。こころみに西行の同時代人の私家集を繙けば、伊勢に居た空仁から「三月ばかり」に俊恵に送ってきた

白河の花も我をば思ひ出よいづれの年の春か見ざりし（林葉和歌集・一三二）

経盛が「やよひのかみ十日ころ」に、熊野から戻って実家に送った

み熊野の深山の桜散りにしを花の都の花は咲きぬや（経盛集・二一）

実家が「三月ついたちころ」、摂津へ発つ頼政に「花の梢はこの春はえ見こすまじけれ」と言いやっている例（実家集・三二一）、惟方が「やよひのついたちころ」、雪の降る大原で鶯を聞いて

春もなほ深山に雪の晴れせぬを花散りぬとや鶯の鳴く（粟田口別当入道集・一六）

と詠んでいることなどは、眼前の桜を詠んでいないだけにかえって（実際に三月に桜を見ている例もむろんかなり拾える）、都の花の時期を三月と見る意識があったことを窺わせる。逆に、「二月のついたち比、花まだしき程に、奈良より造りたる桜を」送ってきた例（源三位頼政集・三七）、「二月廿日比に、大内の花見せよと申ほどに、いまだひらけぬ花につけて」歌を送っている例（源三位頼政集・三二）は、都の花は二月では早いという意識の存在を暗示している。（補注）

こう見てくると、西行の「願はくは」歌は、あるいは伊勢・熊野といった温暖な地域（むろん西行の行動圏の重要な部分を占める）を、漠然とながら念頭に置いていたかも知れないと思われてくる。とはいえ、西行の行動範囲は広く、水平的には陸奥等の北方の地、垂直的には高野山や京都北山等、山間部をも含む。詠歌した時の西行は、自分の死の年（その年の節月と暦月との関係）を予想できなかったと同様、自分がどこで生を終えるかも、おそらく予想していなかったであろう。その意味でこの歌は、あくまでかくあれかしという願望の表現であったのである。

「弥陀の御顔は秋の月」（『梁塵秘抄』巻二）のような、阿弥陀と月との連想関係によるものであろうか、往生人には満月の夜に往生する例がある（『日本往生極楽記』第23話、『発心集』第9話、いずれも八月十五夜）。西行の念頭にもそうしたことがなかったとは言えないが、直接には、往生人の先蹤を襲うという考えは強くなかったであろう。秋の望月ではなく二月のそれを思い描いたのは、もとより釈迦の入滅の日を踏まえるとともに、その日ならば桜と月とをふたつながら眺め得るかも知れないから、という発想があったのであろう。それは、『山家集』でこの歌の

少し前に置かれている

ひきかへて花見る春は夜はなく月見る秋は昼なからなん

と似た、ひとつの放恣な（あるいは貪欲な）空想であったと言っても、さまで言い過ぎではあるまい。

（補注）『月詣和歌集』は二月と三月に桜を配する。月別の編成というこの歌集の特異性は、暦と景物との関係から検討されるべきであろう。なお、田中新一『平安朝文学に見る二元的四季観』（風間書房、一九九〇年）は、文学作品の理解における暦法の重要性を指摘した研究であり、本節の考察も同書に触発された点が大きい。

3　配列――勅撰集と私家集――

冒頭に引いた『西行物語』は、「願はくは」を少し前（前年？）の詠、「仏には」を死に際しての詠と位置づけている。この設定は、二首をいわば対にしている点に関する限り、西行自身の意識に見合っている。すなわち、『山家集』『山家心中集』いずれも

花にそむ心のいかで残りけん捨てはててきと思ふ我が身に

願はくは花の下にて春死なんそのきさらぎの望月の頃

仏には桜の花をたてまつれ我が後の世を人とぶらはば

の三首については同じ配列を保っており、花への愛着をめぐって、仏教的意識に立った批判的内省、反転して死の時にまでいたる高唱、仏を媒介にしたその昇華といったドラマを感じさせる一連に構成されている。「願はくは」が、花への愛の肯定とともに、自らの死を釈迦入滅になぞらえる点でも、いくぶん（とりわけ作者の生存中には）不

遜とも言えるトーンを奏でているのを、「死後に私の後世の救済を祈ってくれる人は、仏にも（私が愛着した）桜の花を奉ってほしい」と呼びかける「仏には」のしみじみした調子が、なだめやわらげて行く。

「仏には」の、「仏」を死後の詠者自身と解する説は首肯できない。当時の人々にとって、「成仏」の前提となる「往生」を確信することすら容易でなかったのに、「死」が同時に「成仏」であると生前に確定的に意識するとは考えにくいし、「後の世をとぶらふ」のは死者の成仏を祈るのであって、未成仏であることを前提としている。桑原博史『西行物語全訳注』（講談社学術文庫、一九八四年）が「釈迦仏には桜の花をささげよ（以下略）」と釈すのは、『西行物語』の文脈を踏まえてのことであろうが、『山家集』等の中でのこの歌の解釈としても妥当すると思われる。またこの点では、『法華経』方便品の偈から「人、乱れの心に、乃至ひとつの花をもて、絵像に供養せる、やうやく無数の仏を見たてまつりき」（訓みは中田祝夫編『足利本仮名書法華経』を参照した）の部分を、西行に唱えさせた『西行物語』の設定（『往生講式』の序も同じ箇所を引く）は、西行歌の宗教的思考から乖離したものではなかったと言える。

ところで、よく知られているように藤原俊成は、『御裳濯河歌合』で「願はくは」を「うるはしき姿にはあらず」と評し、一つの個性的表現としては評価しつつ、和歌として正統的とは認めない立場を示した（拙著『藤原俊成―思索する歌びと―』第十章、三弥井書店、二〇一五年）。『千載集』で俊成は、西行の多くの花の歌から、春の部には、『御裳濯河歌合』で「うるはしく、たけ高く」という「願はくは」歌と対照的な評価を与えた、「おしなべて花の盛りになりにけり山の端ごとにかかる白雲」の一首のみしか採らなかった。しかし、雑部の上に「仏には」を含む三首を一連として収めている。

世をのがれて後、白川の花を見て詠める　　円位法師

散るを見で帰る心や桜花昔にかはるしるしなるらん

花の歌あまた詠み侍りける時

花にそむ心のいかで残りけん捨てはててきと思ふ我が身に

仏には桜の花をたてまつれ我が後の世を人とぶらはば

ただちに知られるように、後二首の部分は『山家集』『山家心中集』の一連から、「願はくは」を抜いた形になっている。四季部に最も正格の歌を、雑部に隠遁者の心境を詠み込んだ作を置き、なお破格の歌は排除するという、俊成が西行歌に適用した段階的なスタンダードがよく判る。もとより、『千載集』の歌の配列には細かな配慮があって、西行のこの三首一連も、考慮されたものであることは疑えない。

上條彰次校注『千載和歌集』（和泉書院、一九九四年）は、前二首について

花への執着を克服したかといえる前歌に対し、心はまだその執着を断ち切れないと詠む歌を配列。前歌とは矛盾する心の歌。人間的真情の流露する西行らしさを浮き彫りにする構成意識。

と注し、「仏には」に関しても「矛盾的な歌意の前二首を止揚した歌を配列」する「三首一組みとする構成意識」を見出している。

俊成は『山家心中集』または『山家集』を参照して、その配列からこうした群としての西行歌の表現効果を学んだものと思われ、その発想の発端は西行自身にあったのであるが、俊成は一方で、自らの基準にそわない「願はくは」を削除することで、もとの配列の意味を変質させもした。『千載集』の配列は、「願はくは」を取り去る代償として、「花にそむ」と「矛盾する心」を詠む「散るを見で」をはじめに置いて変化をつけ、「仏には」によって、この矛盾を再び信仰の中に解消させる構成を演出した。原配列が喚起するあくの強い詠者像は、俊成流の「心の矛盾を抱えた修行者」としての西行像に描き直された。とはいえ、俊成の措置が、西行歌の世界のある面を捉え得ていることは否定できない。『千載集』のこの三首一連の成功が、『新古今集』における西行歌連続配列の頻出を先駆し、

誘導したのではなかろうか（注）。

その『新古今集』では、「願はくは」はいったん撰歌されながら切り出されたようである（新日本古典文学大系『新古今和歌集』五三七頁）。その位置は、雑上の俊成の二首

行く末は我をもしのぶ人やあらん昔を思ふこころならひに

世の中を思ひつらねてながむればむなしき空に消ゆる白雲

の間であったようだが、この位置はいかにも落ち着かない。いや、この前後のどこに置いても、他の歌人のしみじみとした感慨の中で、西行歌の自由な願望の表出は浮き上がる。この歌は、『山家集』等の配列の如く「花にそむ」と「仏には」の間で、とりわけ後者との対になってこそ、活きる。しかしその前後二首は『千載集』が既に採ってしまっている。私は、島津忠夫（『新古今和歌集を学ぶ人のために』第二章、世界思想社、一九九三年）が指摘する歌風上の許容限度の問題とともに、単独でのこの歌の置き場所が見いだせなかったことを、切り出しの一つの理由と考え、先行勅撰集の歌を再び採れないというルールがもたらす撰歌のあやの一例を、ここに見たいのである。

（注）西行と慈円に目立つ連続配列については、松村雄二「西行と定家―時代的共同性の問題―」（『論集　西行』笠間書院、一九九〇年）が注目している。

※初出は「西行「願はくは花の下にて」の周辺」（學燈社『國文学　解釈と教材の研究』四十二巻五号、一九九七年四月）。同誌特集「花の古典文学詩」のための依頼原稿である。本書収録に際し、「補注」を加え、全体に訂正と調整を行なった。

第九章　寂蓮治承之比自結構百首

——西行の一面——

1　歌林苑と奉納和歌行事をめぐって

俊恵が主催した歌人グループ「歌林苑」は、会衆に社家の人々や隠遁者を多く含み、宗教と和歌とを結びつける基盤となるべき性格を持っていた。具体的には、仏教との関係においてたとえば澄憲作『和歌政所一品経供養表白』が示すような行事があり、神祇関係では、会衆の一人である道因（藤原敦頼）が、歌林苑関係歌人を基盤として勧進した二度の社頭歌合（住吉社歌合、嘉応二年・一一七〇）、広田社歌合（承安二年・一一七二）がある。賀茂重保による、賀茂社歌合（治承二年・一一七八）、賀茂社奉納の「寿永百首」も俊恵や道因の活動を継承したものと見てよいであろう。

俊恵ら歌林苑歌人と西行との関係は、窪田章一郎『西行の研究』（東京堂出版、一九六一年）によっても指摘されてきたが、その後の研究によって、かつて考えられていたより深いと見なければならなくなっている。ところが、先に掲げた歌林苑系の神社奉納和歌行事のいずれにも、西行は参加していない。これは単なる偶然であろうか。簡単に答えにくいことではあるが、晩年に西行自身が、伊勢社への奉納百首を勧進し、また自らの歌を歌合に編んで奉納したこととの対比において、一度はその意味を考えて置く必要がありそうに思われる。

まず、歌林苑歌会への西行の出席、歌林苑会衆との交流についての、窪田以降の研究を見ておくと、石川暁子

「歌林苑をめぐる歌人達」（『和歌文学研究』第五十号、一九八五年四月）、稲田利徳「西行と仁和寺歌壇・歌林苑歌会」（『中世文学研究』第十五号、一九八九年八月、『西行の和歌の世界』笠間書院、二〇〇四年、第一章第四節）が実証的に論じている。また、西行を歌人の一人とする『治承三十六人歌合』（覚盛編か）が、歌林苑ないし賀茂重保に近い場で成立したことも確実視されている（松野陽一「治承三十六人歌合について」、『中世文学資料と論考』笠間書院、一九七八年、『鳥帚 千載集時代和歌の研究』風間書房、一九九五年、Ⅲ(2)。楠橋開「覚盛法師とその周辺」、『叡山の和歌と説話』世界思想社、一九九一年、所収）。この書物は、歌合の形をとった私撰集で、僧俗各十八人が左右に番えられている。こうした形態自体が、歌林苑の活動を契機とする隠遁者歌人の自己主張の増大を象徴していると言ってよい。そして、ここに西行が、いまだ「大歌人」としてではなく加えられ（「その待遇は漸く源仲綱あたりと組合される程度であった」『谷山茂著作集』四、三五二頁）、これが西行の同時代的評価の嚆矢となった事実は、隠遁者歌人全般の和歌界での比重の上昇こそが、西行に同時代人の目を向けさせた機縁であったことを物語っている。そして、寿永元年（一一八二）に重保らが選んだ『月詣集』に十八首が入集するに及んで、西行の歌人としての評価はほぼ定着する（『千載集』の評価は、ある意味ではこれを踏襲したに過ぎないと言えなくもない）。このように見ると、同時代の評価という面に関しては、歌林苑こそが「大歌人」西行を生み出す温床であったとさえ思われる。にもかかわらず、歌林苑系歌人集団の重要な自己主張としての奉納和歌活動に、西行は参加していないわけである。

ただし、『月詣集』に先立って重保が催した「寿永百首」（通常の勧進百首ではなく、歌数を百と定めて自撰家集を提出させた）については、参加者三十六名のうち判っているのは二十名余りで、他は不明である。参加の可能性のある歌人についてその条件を検討した井上宗雄「寿永百首歌集をめぐって」（『平安後期歌人伝の研究』笠間書院、一九七八年）は、「西行は別格の存在であり」として、候補から外している。『月詣集』十六首程度入集までの中小歌人がこの百首の勧進の対象であったとする観点から、西行は大歌人ランクに入って勧進対象とはならなかったという理解であろうか。西行が「寿永百首」に加わった痕跡は何もなく、井上の推定は妥当と思われる。しかし、前述したように西行の「大歌人」性は、それ自体歌林苑系歌人の活動にいわば依存していた。その意味では、勧進の対象になってもよかったと見られる面がないではない。対象に入らなかったのならば、歌林苑と近しい関係にありながら、単に「大歌人」という以外にも、何らかの意味で「別格」視されていたということであろうか。

これに対して、三つの社頭歌合の方は、大歌人・有力歌人も参加している（また、そもそも住吉・広田両歌合の時点で西行はまだ「大歌人」ではない）。それに、歌林苑を通じた関係以外でも西行と近しい関係にあった実定等徳大寺家の人々、寂超・寂念等常盤の人々が名を連ねており、人脈的には西行が加わっても少しも不思議ではない。

かつて考えられてきたこととして、西行は都の歌壇的活動に加わらないいわば孤高の存在で、「歌合などで他と競うという環境にはいなかった」（窪田章一郎、前掲書）といった西行像がある。この像も研究の現段階では修正が必要であろうが、勧進歌合・勧進百首のような大規模で計画的な和歌行事への参加を、西行が好まなかったと考える余地はあるかもしれない。西行は記録に残る限り歌合には（実際は私撰集である『治承三十六人歌合』と晩年の自歌合を除いて）参加していない。また、『山家集』にもその他の家集にも、他人に勧められて百首歌を詠んだという記載は（後述する寂蓮勧進の問題的なケース以外は）、見られない（晩年には自ら伊勢神宮奉納の百首歌を勧進するが、西行自身は共に詠まなかった）。もちろん記録に残らない部分についてはなんとも言えないが、積極的でなかったことは確かのようである。問題は、その理由であろう。

俊恵、天王寺に籠りて、人々具して住吉に参りて、歌詠みけるに具して

住吉の松が根あらふ波の音を梢にかくる沖つしほ風　（山家集・一〇五四）

のような作が一方であり、また歌林苑の歌会にも参加していたとするなら、社頭歌合や奉納百首だけに参加しなかつた理由をどこに求めるべきか。たとえ勝負を争わない小規模の歌会であっても、道に執する歌林苑歌人達と同席

して詠歌すれば、否応なく自作と他人の作との優劣が問われることになる。他人と競うことを潔しとしない西行の自尊心を簡単に想定することはできないし、それをもって歌合・百首歌の場合だけの不参加を説明することもできない（歌集の引用は『新編国歌大観』を参照するが、表記は私意による。以下同様）。

いまのところ一つの憶測にすぎないが、歌林苑系の奉納和歌行事への不参加に理由を求めるなら、和歌行事の「正統性」に対する西行の独特の考え方という点以外にないのではなかろうか。崇徳院の配流後、

讃岐におはしましてのち、歌といふ事の世にいときこえざりければ、寂然がもとへいひつかはしける

ことのはのなさけ絶えにし折節にありあふ身こそ悲しかりけれ（山家集・一二二八）

と詠んだ時、西行は、崇徳院歌壇の消滅を和歌そのものの消滅と等しく見ていた。それは、単に崇徳への身びいきから出た誇張といったものではあるまい。そこには、『今鏡』作者と共通する、崇徳院の復古的治世への意欲への愛惜がもちろんあるが、それと密接に結びついて、天皇家こそを和歌復興の本来の主体であるとする信条が存在していたであろう。勅撰集は言うまでもないが、崇徳が二度にわたって催した百首歌や、『今鏡』が晴儀として催されなかったことを惜しんだ歌合も、西行にとってはおそらく、和歌文芸の正統的担い手としての天皇家によって行われるに最もふさわしい行事であった。大規模で計画的な和歌行事に対するそのような思い入れを、西行はその後も長く抱き続けたのではなかろうか。

翻って歌林苑系の奉納和歌行事を見ると、それらはまさに、宮廷歌壇の不在による空白を自らの力で埋めようとする、地下・隠遁者歌人層の意欲を象徴する試みであった。和歌行事にやや関心の低い後白河院の治世の間、平家歌人、やや遅れての九条兼実の歌壇活動に並んで、むしろ外面的にはこれらよりも目立つ動きとして、道因の両社頭歌合やこれを引き継いだ重保の活動はあった。著名な社に奉納するための行事という形式は、彼らが社会的地位にふさわしい形で大規模な和歌活動を行うための格好の理由付けとなっていた。道因や重保に、和歌行事を神に捧

げる真摯な信仰心がなかったというのではないが、文芸活動の拠り所として神社を活用しようとしていたことも確かであろう。

西行にとっては、こうした「歌壇」的活動は、数奇歌人達の親密な集まりとしての歌林苑のあり方からの逸脱であり、本来宮廷や貴顕がなすべき活動の僭越な模倣であり、また神の名を自分達の名を高めるために利用することとさえ感じられたのではなかろうか。

このような想定は、道因らと西行との間にメンタリティの落差を考えることを意味する。歌林苑歌人と西行との精神的近さについては、前述のような両者の事実的関係の指摘に先駆けて、目崎徳衛『西行の思想史的研究』（吉川弘文館、一九七八年）が、「数奇と遁世」という角度から指摘している。その指摘を巨視的には首肯し得るものとした上でも、各歌人のメンタリティの微妙な細部を考えていくことは、和歌史研究の仕事として残されている。西行についても、歌林苑との交渉が実証されたからと言って、両者の精神性をすぐに等しく見るわけには行かない。もちろん、かつての西行像を何となく生き延びさせておくこともできないのである。そうした意味で、歌林苑系和歌活動のある部分に西行が不同意であったという想定を、今後検証されるべき一可能性として示しておきたいのである。

なお、歌林苑関係の話を豊富に伝える鴨長明の『無名抄』は、編者にとって無関心であったはずのない西行についての逸話を一つも載せない。これは俊恵や、その他の長明と接触のあった歌林苑会衆歌人が、「歌林苑の西行」について長明に語らなかったことを意味するであろう。それは、歌林苑の側も、西行を評価しながらも、ある種の距離感ないしは違和感を抱いていたことを示すかもしれない。

2　寂蓮勧進の百首をめぐって

『新古今集』雑下に、次のような長い詞書を持つ歌が在る。

寂蓮、人々勧めて百首歌詠ませ侍りけるに、いなび侍りて熊野に詣でける道にて、夢に、何事も哀へ行けど、この道こそ世の末に変らぬものはあれ、なほこの歌詠むべきよし、別当湛快、三位俊成に申すと見侍りて、驚きながらこの歌をいそぎ詠みいだしてつかはしける奥に、書き付け侍りける。　　西行法師

末の世もこのなさけのみ変はらずと見し夢なくはよそにきかまし

この歌は、『西行上人集』の末尾に『新古今集』から補入されているのみで、本来の家集には見えない。おそらく、寂蓮のもとに送られた百首歌の奥に、夢の内容を記した消息文と共に添えられたもので、寂蓮のもとにあったものが、『新古今集』の撰歌資料に供されたのであろう。西行は「いそぎ詠みいだした」ので手元に写しもとらず、西行側の資料としては残らなかったのであろう。とすれば、詞書の記載は『新古今集』の編集上の立場から整備されているとしても、基本的な内容は、両当事者（寂蓮・西行）自身の言説に基づいていると見られよう。

この歌がいつ詠まれたかについては、早く川田順の治承四年頃とする説があるが（「西行」一九三九年、『西行の伝と歌』一九四四年）、推定の根拠は明示されていない。窪田章一郎前掲書は「安元・治承の五・六年間と」幅を持たせて推定し、久保田淳「西行と寂蓮―熊野関係の歌を中心に―」（『中世和歌史の研究』明治書院、一九九三年、所収。初出一九八八年）は、この推定を「無難」としている。

ところで、福田秀一『中世和歌史の研究』（角川書店、一九七二年）に紹介・翻刻された、元久二年（一二〇五）の慈円宛て定家書簡の中に、「寂蓮、治承の頃、みずから結構せし百首」についての言及がある。

関係する部分のみ引く（傍線は山本）。

被仰下候御詠、可然哥不覚悟候。寂蓮治承之比自結構百首之中、なにせんにうけくにものをおもひけんとてもかくてもあれはあるよに、詠候之様、側覚候。仕哥未入可然之物候歟。此事又不慥候。今付仰粗思出候。

おそらく、慈円が自詠一首を定家に示して、類歌がないかを聞き合わせたのであろう。定家は、寂蓮の百首の中に類歌（文中に仮名書きにする）があったようであるが、その歌（「仕哥」の「仕」につき福田前掲書は「御カ」と注するが、おそらくは本来「件哥」とあったものであろう）は、ちゃんとした撰集にも入っておらず、自分の記憶も確実ではない、と答えている。定家は、生前の寂蓮からこの百首を見せられたことがあり、その記憶によって答えているのではなかろうか。「結構」は、百首歌を企画し、歌題などを定めたことを指す。自作のみに関わる企てとも考え得るが、他の歌人にも勧める企画であったと考えることもできる。仮に『新古今集』の詞書に言う百首に該当するとすれば、結果的に川田説に近い時期である治承年間（一一七七～一一八一）、西行六十歳から六十四歳の頃の出来事となる。

さて、『新古今集』の詞書が示す状況は、寂蓮の勧めをいったん拒絶し、夢想によってそれを思い返すという二段階からなっていて、最初の拒否の理由は説明されていない。「気むづかしい人であつたらしいから、何か気に入らない事があつたものと思はれる」（窪田空穂『新古今和歌集評釈』）のように、一種の偶発的事態とする見方もあり得るが、後の夢の内容の重さから考えると、その程度のものではなかったように思われる。前節で想定したように、和歌勧進に対する否定的な考え方を西行が持っていたとすると、寂蓮に対する拒否も同じ理由から出ていたと見ることができる。もとより寂蓮の企画した百首歌の規模や性格は何も判っていないが、隠遁者歌人が主催する行事として、前節に述べた歌林苑系の活動と通ずる面があったと考えても大きくは誤らないのではないか。西行の目には、やはり一介の隠遁者が「歌壇」まがいの活動をするものとして、快くは映じなかったのであろう。

しかし、西行は最終的には寂蓮に歌を送った。熊野権現の神意の啓示と受け取られたであろう夢によって、従来の考えを改めたのである。これを、先に推測したように治承年間のこととすると、歌林苑の三社頭歌合への不参加よりは後であり、西行自身が伊勢神宮への百首奉納を歌人たちに勧めるよりはむろん前である。霊夢を契機とした「回心」があったと言えば小説的に過ぎるし、この後の「寿永百首」にも参加していないのであれば、決定的な転機ではなかったかもしれない。しかし、この時期に西行の和歌に対する考え方にある変化が生じ始め、この夢がその一契機であったと考えることは、それほど無理ではないであろう。

そこでこの思い返しの前後の西行の心境を、夢の内容を手がかりに、もう少し立ち入って考えてみたい。「何事も衰へ行けど、この道こそ」という湛快の言葉（という形で示された西行自身の思念）から逆に考えて、勧めを拒否した時点の西行は、同時代の政治や文化の衰滅に、和歌の運命をも含めて考えていたように思われる。治承年間は、平氏と対立勢力との間の抗争の中で平氏政権の独裁化が進み、一方で内乱への動きに拍車がかかっていく時期である。鹿ヶ谷事件（元年六月）、清盛による関白解任・法皇幽閉（三年十一月）、以仁王の乱（四年五月）、富士川合戦（同年十月）、南都焼討ち（同年十二月）等の事件が続いていた。これらのうちどこまでが起こった時点で、寂蓮の勧進があったかは確定できない。しかし、これらの事件のいくつかを西行が既に知っていたとすれば（言われているようにある時期まで平氏に親近感を持っていたとしても、むしろそうであればかえって）、混迷を深めていく政治状況に暗澹とした想いを抱いていたであろう。「いなび侍りて、熊野に詣でける」という記述を合わせ考えると、天皇家を中心とした国家体制の復興（従って西行にとっては和歌文芸の本格的復興）はもはや絶望的で、そのような中での和歌勧進などは無意味に近いと考え、むしろ早く聖地に入り、純粋に宗教的な浄化と救済とを求めたいという衝動に突き動かされていたとさえ想像される。

しかし夢の内容は、国家・政治の現実状況から、和歌（和歌活動）の価値が自立し得ることを示唆していた（「何事も衰へ行けど、この道こそ世の末に変らぬものはあれ」)。不穏な政治情勢の中で、神に捧げる和歌活動を続けていた重保や、治承年間に自家に百首歌や歌合を相次いで催した九条兼実、その兼実に歌道の師として招かれていた俊成等にとっては、和歌の「衰へたる世」からの特権的な自立性は、それぞれの意味合いにおいて既に疑い得ないものであったかも知れない。しかし、和歌の正統性を天皇家・宮廷と結びつけて考え続けていた西行には、この思念は遅れてやって来たのではないかと思われる。

もとより、四国修行への出立に際しての賀茂社での詠(山家集・一〇九五)や、吹上での神感詠(同七四八・七四九)などが端的に示すように、個人の心と神とをつなぐ歌の力についての信頼は、西行の中に早くから根強く存在した。しかし、そこから、様々な場面での「歌壇」的な活動が神に受け入れられると信じることとの間には、なお微妙な段差を越えなければならなかったのではないか。

敢えて断定的に言えば、治承年間のこの夢の後、はじめて西行は、私人の詠歌が、天皇家・宮廷(そこでの和歌行事や勅撰集)という回路を経ずに、伝統なり、文化の枠組みとしての国家なり、そうしたいわば「公」的なものと、「神」の意思を介して結びつく可能性を明確に自覚したのである。それは、たとえば一介の隠遁者が、和歌の伝統の継承者として和歌活動を営むこともできるのであり、それは神に嘉され得る行為であると信じてよいことを意味する。晩年の伊勢社奉納百首勧進、あるいは奉納自歌合への道が、こうして準備されたのである。

※初出は「西行における神―和歌勧進への態度をめぐって―」(學燈社『國文学　解釈と教材の研究』第三十九巻八号、一九九四年七月)。同誌の特集「西行―行動する詩魂」のための依頼原稿である。本書に収録するに際して文言の修正と調整を行なった。初出後、関連する多くの研究が発表されているが、それを踏まえた改稿は力が及ばなかった。

第十章　藤に似る菫・風待つ花

――自作注読解――

本章では、鎌倉初期の著名な歌人、藤原俊成と慈円の、自作注解とでも言うべき文章を検討する。自注を加えられている歌は、いずれも鎌倉期の私撰集に採録されてはいるものの、両作者の代表作として言及されるような秀歌ではない。本稿で試みるのは、自注を用いた作品論ではなく、自注の検討によって、これらの歌への作者の奇妙なこだわりの具体相を明らかにすることである。そのことは、中世における「和歌なるもの」の一面を明らかにすることにもつながるであろう。

1　景物へのまなざし　――藤原俊成の場合――

藤原俊成は和歌作者としても歌合判者としても、長い経歴を持つ歌人である。したがって、ひとつの歌合に作者としても判者としても参加している例が少なくない。これらの歌合で俊成は、判者として自作を批評し、いわば「自注」を加える機会があったことになる。もちろん実際には、自作を含む番の判では、儀礼的な謙遜の辞を述べて相手方を勝とするか、判を回避して持とするのが通例であり、自作についての実質的な批評が判詞の中で述べられる例は多くない。『慈鎮和尚自歌合』と通称される慈円の日吉七社奉納自歌合判詞に、「夕されば野辺の秋風身にしみて鶉鳴くなり深草の里」についての自作注解的な言及があることはよく知られているが、この場合は慈円に請われて過去の歌から自撰して提出した自信作であり、通常の歌合とは事情が異なっていた。これに対して、最晩年の『千五百番歌合』春四（詠進は建仁元年・一二〇一、八十八歳。結番・加判は翌年からと考えられている）に見られる次の例は、一見、慣習どおりに卑下の辞を連ねているように見えながら、どこか自作へのこだわりの感じられる、奇妙な判詞である。『新編国歌大観』および有吉保『千五百番歌合の校本とその研究』（風間書房、一九六八年）を参照し、適宜校訂して示す。

二百五十九番　左勝　　公継卿

春山に駒もすさめぬ岩躑躅心のままに花咲きにけり

右　　釈阿

松陰に咲ける菫は藤の花散り敷く庭と見えもするかな

左歌、「岩躑躅」見どころ多く侍らむ。右歌は、老いの後、菫をよく見侍りしかば、ただ藤の花の散りたるにて侍りけるを遅く見定め侍りて、この度の百首の地歌に、松の下に散らし侍りけるばかりに侍り。歌ざま、尤もこと様《やう》に侍り。左の躑躅はるかに勝りて侍り。

解釈に関わるような異同はみとめられないが、判詞中の「ただ藤の花の散りたるにて」の部分は、『新編国歌大観』底本の高松宮本などでは「に」が繰り返されている。その本文では「ただ藤の花の散りたるに似て」と校訂できるが、上の「ただ」を受けるのは「にて」の方が自然であろう。

右の判詞について考えるための参考として、同じ歌合の他の自作に関する言辞を一部抜き出してみよう。「右歌はあやしの老比丘が歌に侍りけり。わびたる述懐の体に侍るを」（百七十五番）、「白山や、と置ける五文字、まづよろしからずきこえ侍り」（百八十九番）、「ただ百首の中の地歌に侍り。尤もさせる事なし」（二百三番）、「老法師の述懐気見えたる歌、悪気もや侍らむ」（二百三十一番）、「右歌は老法師の述懐に侍りけり」（二百四十五番）、「神なび河の山吹、これは世々の古ごとを、百首につきて狭間の歌に置きて侍りけるばかりなり」（二百七十三番）、「右歌、とかく申すに及ぶべからず。左万里の勝に見え侍り」（二百八十七番）などと、几帳面にと言いたいほど卑下のことばが連ねられている。そのうち、伝統的に歌合にはふさわしくないとされた「述懐歌」であるとする型、「地歌に侍り」（二百三番）、「狭間の歌に置きて侍りける」（二百七十三番）などの「地歌」とする型、が定まった自己卑下の表現であることが見て取れる。二百五十九番の判詞は、後者の類型に属する。

「地歌」という言葉が出てくるのは、『千五百番歌合』出詠歌が百首歌として詠進されたからである。『後鳥羽院御口伝』が、良経の百首歌について、秀歌ばかりで地歌がないことをかえって難だとしているように、百首歌では自信作を浮かび上がらせるために意図的に「地歌」（目立たない歌）を配する故実があった。もちろん、俊成が「地歌」と称しているのはあくまで謙遜の修辞であって、百首を配列した際の意図を直接示すものではない。とはいえ、同じ類型に属する他の二例（二百三番・二百七十三番）の歌は、「尤もさせる事なし」「世々の古ごと」などと評されているとおりの特色に乏しい歌であり、実際にも百首歌の中の地歌の機能にかなっている。ところが、二百五十九番右の歌は、同じ謙遜するにしても「こと様（異様）」と言わざるをえないような歌である。単に地歌としての必要のためならば、あえて「こと様」の歌を置くことはないであろう。この歌に関しては、俊成の言には屈折がある。

しかも俊成は、自作を卑下して負にするためだけならば不必要な、具体的な自作の注解を書き加えている。「老いの後」から「散らし侍りけるばかりに侍り」までの、この歌の眼目となる趣向・着想（当時の用語で言えば「風情」、以下本章では「風情」をこの意味で用いる）の説明がそれである。風情をその発想の過程から説明し、しかも「老いの後」に「見定め」たという言い方で、いわば作者の「自己史」の中に位置づけてすらいる。自注部分の絶対量は多くないが、歌合判詞の中でのバランスから言えば必ずしも短いとは言えない。しかも勝とされた左歌に対しては無内容な讃辞以外に具体的批評は一切なく、このことも対比的に自注の具体性を目立たせる。

これらの点を総合すると、俊成はこの歌に対して、わけてもその風情に対して、かなり思い入れを持っていて、捨てがたいが故に百首歌に加えたのではないかと考えられる。そこで、この風情の性格を考えるために、この歌で見立ての関係に置かれているふたつの景物、「菫」と「藤」について、それぞれが和歌伝統の中でどのように扱われてきたかを検討してみたい（以下の和歌の引用・歌番号は『新編国歌大観』により、本文の表記は適宜改める）。

まず、菫そのものは、『万葉集』の、

春の野に菫摘みにと来し我ぞ野をなつかしみ一夜寝にける（万葉集・巻八・山部赤人、古今和歌六帖「菫」）

茅花抜く浅茅が原のつぼ菫今さかりなり吾が恋ふらくは（万葉集・巻八・大伴田村大嬢、古今和歌六帖「茅花」）

などによって早く和歌の景物となっているが、『堀河百首』の題に加えられたことで院政期にはさらに一般的な景物になる。その色合いについては、『堀河百首』の「菫」題に、

箱根山薄紫のつぼ菫二しほ三しほ誰か染めけん（匡房・二四二）

浅茅生は紫深くなりにけりいざや乙女子菫摘みせん（師頼・二四四）

浅茅生や荒れたる宿のつぼ菫誰紫の色に染めけん（藤原顕仲・二五〇）

と詠まれ、紫色の濃淡の範囲で思い浮かべられていることが見て取れる。それ以後も、

武蔵野は行きもやられず紫の色むつまじき菫摘みつつ（教長集・一六四・詞書「野径菫菜、句題百首」）

摘みたむる菫の花に色はえて乙女が袖の紫の濃き（有房集・五四・詞書「すみれところどころ」）

うら若み摘みや染めまし紫の菫にまじる杜の下草（隆信集・八三・詞書「同じ百首〔右大臣兼実家百首〕に、もりのあひだのすみれ」）

などと取り上げられて行く。また俊成自身が青年時代に『久安百首』で詠んだ、

紫の根はふ横野のつぼ菫ま袖に摘まむ色もむつまじ

では、「紫」の語は直接には紫草を指すが、菫との縁語関係が修辞として利用されている。

ところで平安時代の和歌における菫の基本的な扱いは、先に挙げた二首の万葉集歌によって大きく規定されていた。赤人の歌からは「野に出て摘む」、田村大嬢の歌からは「茅花に混じって咲く」という発想が、類型として後世に継承される。たとえば先にも触れた『堀河百首』の「菫」題では、

今宵寝て摘みて帰らん菫おふる小野の芝生は露繁くとも（国信・二四三）

雲雀あがる飛火の原に我ひとり野もせに咲ける菫をぞ摘む（仲実・二四七）

我妹子が花の袂をかたみにて摘める菫ぞ心ことなる（俊頼・二四八）

などは前者の類型の変奏である。後者の類型からは、「浅茅生」や、そこからの連想として「荒れた宿、ふるさと」との、組合わせの型が生まれた。やはり『堀河百首』では、

昔見し妹が垣根は荒れにけり茅花まじりの菫のみして（公実・二四一）

春の野の茅花が下のつぼ菫標さすほどになりにけるかな（基俊・二五一）

などのように見え、さらに両類型を結びつけた、

荒れにける宿の外もの春の野に菫摘むとて今日も暮らしつ（隆源・二五三）

ふるさとの浅茅が原に同じくは君と菫の花を摘まばや（肥後・二五四）

のような作もある。なお、先に紫の色を詠む例として見たもののうち、藤原顕仲の歌は「浅茅生」の類型、師頼の歌は両類型との複合型であり、紫という色あいも、こうした類型と結びつけて扱われることが多かったのである。もちろん、菫の歌がすべて先に見た類型の中に入るわけではない。けれども、なんらかの風情を求める場合、多くは右の類型が参考にされたのであり、ある景物の伝統的に固定した扱いを「本意」と呼ぶ用語法によって「菫の本意」を問題にするならば、「紫」とともに「摘む」「浅茅生」を考えなければならない。

藤の場合はどうか。こちらの方は、菫の場合よりはるかに早くから、積極的に「紫」という色あいが歌に取り上げられている。

藤の花色深けれや影見れば池の水さえ濃紫なる（貫之集・六二）
藤の花もとより見ずは紫に咲ける松とぞおどろかれまし（貫之集・一二九）
藤浪のかかれる岸の松は老ひて若紫にいかで咲くらん（順集・二一五）
紫の雲うちなびく藤の花千歳の松に懸けてこそ見れ（兼盛集・一七六）
紫の雲とぞ見ゆる藤の花いかなる宿のしるしなるらん（公任集・三〇七）

さらに『堀河百首』でも、五人が直接「紫」という語を詠み入れている。そのうち三首を例示する。

なつかしき妹が衣の色に咲く若紫の池の藤浪（公実・二七三）
松陰の緑を染めし池水に紫深くかかる藤波（師頼・二七六）
紫にいくしほ染めし花なれば色深からん池の藤浪（河内・二八八）

まさに「紫色に咲く」は、「波のごとし」「雲のごとし」「松に懸かる」「池水に映える」などとともに、「藤の本意」を形成する重要な要素であった。

このように見てくれば、「菫」と「藤」の本意の接点に、「紫色」を見いだすことは可能である。しかしそのことは、本章が取り上げている俊成の歌が、「菫」や「藤」の伝統的な詠み方の延長上にあることをただちに意味するわけではない。もう一度、歌の組み立てを吟味してみよう。

松陰に咲ける菫は藤の花散り敷く庭と見えもするかな

地上に咲く菫が樹上に咲く藤の散った状態を思わせるというのは、第一に紫色という色の一致があるからである。けれども、歌の表面に「色」「紫」という語が現われず、「紫」を詠んだ先行歌を連想させるような仕組みもない。

このことは、俊成の時代の歌の表現方法としてかなり唐突であったと思われる。また、落花を詠むことは、桜においては伝統的な発想の型であるが、藤の落花はそうとは言えない。『貫之集』に、

うつろはぬ松の名だてにあやなくも宿れる藤の咲きて散るかな（九九、延喜十七年勤子内親王御髪上げ屏風歌「三月」）

藤の花あだに散りなばときはなる松にたぐへるかひやなからむ（一二四、延喜御時内裏御屏風歌「松に咲ける藤の花」）

散りぬともあだにしも見じ藤の花行く先遠き松に咲ければ（一二五、同右）

のような例が見えるが、いずれも「松」にこめられた祝意との対比に使うという趣向上の理由からとり上げられている。『頼政集』の、

あだならぬ松の枝ごとに咲く花の散るにぞよその藤と知りぬる（九八）

も、松との対比の趣向を受け継いでいる。一方、俊成自身が『五社百首』賀茂社の「藤」題に詠んだ、

藤の花雲にまがひて散る下に雨そぼ降れる夕暮れの空

は、藤を「紫の雲」にたとえる伝統的類型を利用しながら、『古今集』『伊勢物語』の業平歌「濡れつつぞ強ひて折りつる藤の花春は幾日もあらじと思へば」を背景に雨の中の藤を詠み、ユニークな作例となっている。ただ、これらの歌でも、地面に藤花が散っている情景が描かれるわけではなく、「藤の花散り敷く庭」という比喩は、藤という景物にとってやはり一般的ではない（「散り敷く」と組み合わされる景物は、桜花、紅葉、落葉などである）。

なお、松の陰に咲くのも菫の詠みぶりとしては異例であるが、これはもちろん、松との取り合わせが藤の本意のひとつであることを前提としている。もし場所が「松陰」でなければ、菫を藤の落花と見る発想はさらに唐突になり、当時の和歌としては成り立つことが難しかったであろう。「松陰」は、いわばこの「こと様」の歌を和歌の世

界につなぎ止めている楔である。

やや長くなったが、伝統的な題材の扱いとの関係からこの歌の風情の特異さを見てきた。これらのことを踏まえて、ふたたび自注を読んでみよう。

老いの後、菫をよく見侍りしかば、ただ藤の花の散りたるにて侍りけるを遅く見定め侍りて、この度の百首の地歌に、松の下に散らし侍りけるばかりに侍り。

文意を逐えば、俊成はまず菫を「よく見」たのである。またおそらく、「藤の花の散りたる」も「よく見」ていたのであろうと考えられる。「老いの後」と言い始めて「遅く見定め侍り」と承けるところに、景物を「よく見」つづけてきた老歌人の自己史がかいま見える。そして、このようにして見出された「ただ藤の花の散りたるにて侍りける」という新しい事象把握を、一首の歌として仕立てる段階で、はじめて藤と縁のある「松」が導入される（「松の下に散らし侍り」）。先にも述べたが、この松の趣向がなければ、俊成の「発見」を和歌の形にすることは難しかったからである。

右のような解釈は、判詞の修辞性を無視したものと批判されるかもしれない。確かに、「老いの後」「遅く見定め」には、「この年になって今更らしくそんなことに気がついた」という自嘲の響きがあるし、「松の下に散らし」も、「地歌」の「地」に懸けて、この歌が「地面に散らされた程度の歌」であるとの意味を含ませている。しかし、自作を含む判詞においてはこのような卑下は常識的であり、その意味でいわば表の文脈であるにはちがいないが、自分が菫を「よく見」たこと、「ただ藤の花の散りたるにて侍」ると「見定め」たこと、その発見を何とか歌にしようと苦心したこと、そういうことどもに対する俊成のこだわり、さらに言えば一種の自負は、表の文脈の下から滲み出てくるのである。想像に過ぎないが、彼は菫が「ただ藤の花の散りたる」であるという印象をごく若い頃から持っていたのではないか。後鳥羽院歌壇の長老としての地位が確立し、周囲の褒貶から少し自由になった「老後」に、ようやくそれを歌にしてみたのではなかったか。そしてそのことを、「老いの後」「遅く見定め」と自嘲的修辞に変換して表現したのではないか。

古典和歌の世界では「すみれ」「つぼすみれ」は同じものの異名程度の扱いであり、さまざまな種のスミレが総称され、細かな形態上の区別は通常あまり意識されていないように見える。また藤の花の色も、実際の色彩にさほど制約されずに「若紫」とも「深紫」とも捉えられている。にもかかわらず、この二百五十九番右歌に関しては、俊成が「よく見た」菫は、今日の植物分類における種の和名タチツボスミレに特定できる。和名スミレよりも背が低く、地面に散乱したかのように群生し、花はスミレより小ぶりで、大きさも形も、フジの花房を作るひとつひとつの花に近い。色もスミレより明るい紫で、フジの花に近い。通常、古典和歌の理解において、この種の博物学的詮索は必要ではない（実態よりも「本意」の方が重要だからである）。しかしこの歌の場合は、博物学的検討によって、「ことがらそのもの」のレベル、通常の和歌が取り上げることのない、実際の花の大きさ・形状・色までを参照して、はじめてその風情の成り立ちが理解できる特殊な場合と考えられる（口絵写真参照）。

藤原俊成の和歌史的な位置は、平安時代の和歌が蓄積してきた伝統的な景物・人事の扱いの型である「本意」を尊重しつつ、そこに新たな生命を吹き込んで再生させた歌人として説明されている。「本意」はいわば人工的な自然であるけれども、その虚構の美の世界に没入し、新たな感性と叙情をその世界の中で紡ぐというのが、俊成の方法である。このような俊成の方法を、『古来風体抄』の冒頭近くの「もとのこころ」の語を含む文言から、直接に読みとれるかどうかについては議論の余地はあるものの、方法の性格と和歌史的位置づけに関しては、すでに研究上の共通認識となっていると見てよい（拙著『藤原俊成―思索する歌びと―』三弥井書店、二〇一四年、およびそこに掲げた先行研究）。さて、先に見てきた菫の歌とその自注から浮かんでくる歌人像は、これとはいくぶん趣を異にする。ここでは俊成は景物の「自然そのもの」を、幼児のように素朴な、発見的まなざしで見つめているのであり、そこから菫の本意にも藤の本意にも収まり切らない「こと様」の歌を作り出しているのである。もちろん、この歌や自注があるからといって、先ほど述べたような俊成の和歌史的位置づけそのものが揺らぐわけではない。これはあくまで特殊な場合である。けれども、全く特殊というわけでもないかもしれない。「自然そのもの」を見つめる目は、伝統としての本意の尊重と排斥しあうのではなく、むしろ後者は密かに前者によって支えられていたのかもしれない。

たとえばよく知られた『古来風体抄』下巻序文における四季の景物の記述においても、なるほど基本的には王朝の和歌に詠まれた景物を、古歌の修辞を交えて綴っており、そのかぎりではまさに「本意」の列挙のように見える。しかしそのように決め込んで読もうとすると、やや奇妙な箇所もあることに気づく。

外山の時雨もことに濡らしけるにや、ぬるでの紅葉のわきて色深きを、折りて見れば葉ざしなどはなつかしからずながら、色の深さもあはれに、（中略）ましてかへでの紅葉は、葉のさま、枝茎まで、近くて見るさへあはれになつかしくぞ見えたる。（『冷泉家時雨亭叢書1　古来風躰抄』朝日新聞社、一九九二年、所収自筆本影印を参照し、私意により表記を整えた）

ヌルデも古典和歌の題材になることはあり、カエデの紅葉は言うまでもなく最も重要な景物のひとつであるが、しかしながら、ここに示されたような精細な、いわば焦点距離の短い観察は、古典和歌の表現では、すくなくとも歌の表面には通常あらわれてこない。この『古来風体抄』下巻序文については、歌論上の意味づけについて議論があるが、ここではそれは問題にしない（前掲拙著第七章5を参照されたい）。どのような目的で書かれたにせよ、この文章の背後にも、俊成自身の、素朴で発見的な景物へのまなざしが顔を覗かせているという点に注目したいのである。

俊成は景物を「よく見」ていた。このようなことは、あらためて言う必要のないことなのかもしれない。けれども、中世和歌の特殊な歴史的性格と、それをめぐって近代の研究が積み重ねてきた諸言説は、時にこのことを見えにくくしている憾みがある。あえて、いわば和歌史研究のちいさな補注として述べてみたのである。

2　到来する風情　——慈円の場合——

つぎに取り上げるのは、五巻本『拾玉集』巻四の、さまざまな歌稿や消息などが集成された部分に見いだされる資料で、自注がほどこされた歌は、既に石川一『慈円和歌論考』（笠間書院、一九九八年）の指摘があるように、巻二所収の「四季題百首」に含まれる一首である。

まず、問題の資料本文を、多賀宗隼編『校本拾玉集』（吉川弘文館、一九七一年、歌番号五三七三）により青蓮院本本行本文で示し、①～⑦の注により、同書および石川一『拾玉集本文整定稿』（勉誠出版、一九九九年）による青蓮院本の書き入れ（略号、書入）の状態、九州大学附属図書館蔵支子文庫本（同、支本、『在九州国文資料影印叢書』第二期4）・神宮文庫蔵「異本」（同、神本）との異同関係、それらに対する私の評価を示す。石川一の研究（前掲『慈円和歌論考』）が明らかにしたごとく、青蓮院本の書き入れの大部分は、もう一つの重要な伝本と見なされる「正本」との校合注記である（いわゆる「見せ消ち訂正」形のものも、多くの場合は校異である）。「正本」に近い本文を伝える現存諸本のうち、代表的なものは六家集版本であるが、いま問題にする資料を含む部分を欠いているため、右記のように支子文庫本・神宮文庫蔵「異本」により関連本文を示す。なお、「正本」と青蓮院本本行の異同の中には、慈円自身の改訂による異稿に遡るものがあるが、以下に示す資料については、所収部分の性格からも資料自体の内容からも異稿があったとは考えにくいので、異同は転写過程で生じたものと見て校訂を試みる。

夜部打臥候①し時無其事此歌を詠して候也

つれもなきひとのよかれにならへかし花にまたるゝ春の山かせ

如此歌其縁も因も発心に候はてす﹅ろに被思出返々不得其意一首②和歌には前世宿因候けるにや此花に被待と風を詠事未承及若候は﹅無其事詠出候は③如此事始思寄其一にせんと思給候也④よそにての⑤人の心に依花待風事は勿論々⑥花に成て風を待といふ事は未承候歟只一言にやす〳〵とはなにまたる﹅風⑦を詠たる事めつらしくやとて無左右只今四季題春の花にとりかへ候事⑧如何々々

①書入、「候」にミセケチ符号（「正本」に「候」がないことを示す校合注記）。支本「打臥之時」、神本「打臥候之時」。文意より本行を本来の形と見る（小さく書かれた「候」の転写時見落としによる脱落か）。
②書入、「首」にミセケチ符号を付し右側に「定本」と傍記する（「正本」には「一定」とあることを示す）。支本・神本ともに「一定」。文意より、「一定」（いちぢやう）を本来の形と見る（本行は草体の字形類似による誤写か）。
③書入、「詠出候は」にミセケチ符号を付し「不候は」と傍記（「正本」本文による校合）。支本「不心歟」、神本「不心は」。文意より「不候は」を採る（支本、神本は草体の字形類似による誤写と見る）。
④書入、「本闕アリ」と傍記するが、支本・神本には対応箇所の欠文なく、不審（ただし、神本には十一字程度の空白あり）。
⑤書入、「の」をミセケチにする。支本・神本とも「の」なし。本行を衍字と見る。
⑥「勿論」の下に反復記号、神本のみ「々々」とふたつを記す。いずれにしても解読は「勿論勿論」。
⑦書入、「を」をミセケチにして「と」と注記。支本・神本とも「と」。本行を誤写と見る。
⑧「事」、支本・神本とも「了」。文意より、「了」が正しいか。

以上に基づき、句読点、歴史的仮名遣い、漢字仮名交じり、訓み下しなどによる校訂本文を示し、現代語による意訳を付す。

夜部、打ち臥し候ひし時、其の事と無く此の歌を詠じて候ふなり。

つれもなき人の夜離れに倣へかし花に待たるる春の山風

かくの如き歌、其の縁も因も発心に候はで、すずろに思ひ出らる、返す返す、その意を得ず。一定、和歌には前世の宿因、候ひけるにや。此の「花に待たるる」と風を詠む事、いまだ承り及ばず。若し候はば、其の事無し。候はずは、かくの如き事、始めて思ひ寄る、其の一にせんと思ひ給へ候ふなり。よそにて人の心に、花によりて風を待つ事は勿論勿論。花に成りて「風を待つ」といふ事は、いまだ承らず候ふか。ただ一言に、やすやすと「花に待たるる風」と詠みたる事、めづらしくやとて、左右なく、ただ今『四季題』「春の花」に取り替へ候ひ了んぬ。如何如何。

〔昨夜、ちょっと横になっておりました時、なんと言うこともなくこの歌を詠んだのです。

つれもなき人の夜離れに倣へかし花に待たるる春の山風

このような歌が、何のきっかけも動機も意識していないのに、自然に心に浮かんだこと、いくら考えても不思議です。きっと、和歌には前世からの宿因が働いているのでしょう。このように「花に待たるる」と風を歌に詠んだことは、まだ聞いたことがありません。もし既にそういう歌があるのなら、なんということもありません。もしないのであれば、このようなことを始めて思いついたことを、この歌の第一の手柄にしようと思います。外から花を眺める人の気持ちとして、花に関して風が吹くのを待つというのなら、当然あるに決まっています。花の気持ちになって「風を待つ」という発想は、まだ聞いたことがありません。一気にひと言で軽々と「花に待たるる風」という表現が出てきたことは、珍しい出来事だと、ともかくにも今すぐに、『四季題百首』の中の春の花の歌と入れ換えました。どうでしょうか。〕

文体から見て親しい人物宛の消息らしく見える。相手を特定することはできないが、慈円が『四季題百首』を詠作中であることを、知っている人物であり、藤原定家なども候補に入ってくると思われる。ただ、『拾玉集』の原資料は慈円のもとに集積されていた詠草類と推測されるので、消息とすれば下書きか控え、もしくは何らかの事情で相手に送られなかったものということになろうか。

ここで、この『四季題百首』について、必要な範囲で考察しておきたい。この百首は、先にも触れたように『拾玉集』巻二に収められている。跋文等から伊勢神宮に奉納されたと見られ、定家が慈円に勧められて詠んだ同題の百首（『拾遺愚草員外』）が、承久二年（一二二〇）秋と記されることなどから、およそ承久元年から翌年にかけて慈円も詠作したものと推定される。(注) この百首では、青蓮院本本行本文とこれに校合注記された「正本」本文との異同が甚だしく、両者は推敲過程を示す異稿と見なされる。ただし、二つの異稿はいずれも未定稿の特徴を示し、その先後も即断しがたい。なお、青蓮院本の校合注記者はこの未定稿的な状況に不審を持ち、彼自身の判断で注記や校訂を加えてもいるようであり、このことが結果的に青蓮院本の書き入れ状況を複雑化し、そのことはさらに以後の伝本の本文状態にも影響したと考えられるが、それらはここで論じるべき問題ではない。

上記の自注消息の歌との関係を考える際、注意しておいてよいのは、この百首の題組織と、慈円の推敲過程との関係である。右に見たように、この百首には『拾玉集』編纂時点で二首の未定稿が伝存していたと考えられるが、このような伝存のあり方は、さしあたっては慈円の詠作資料の伝わり方の条件によるものであって、この点は、他の百首歌の異稿と同様である。けれども、題組織と未定稿の状態を見合わすならば、この百首の推敲過程に固有の問題があったことが明らかになる。すなわち、題組織の特徴が推敲手順を複雑化したと見られるのである。

問題の題組織は、二十五の題のそれぞれに四季を割り当てた、百題百首である。二十五の題は「神祇　月　風　雨　暁　朝　夕　夜　山　野　海　池　河　田　鳥　松　杜　草　花　祝　山家　旅　恋　述懐　釈教」であるが、神祇・祝・旅・恋・釈教などは通常の歌集の部立てであり、他は類題歌集や名所歌枕などの分類を思わせるような題目である。いずれにしても、和歌の伝統的な題材の分類としては突飛なものではない。これらに四季を配当すると、「寄春神祇　寄夏神祇　寄秋神祇　寄冬神祇」「春月　夏月　秋月　冬月」のような複合題（結題）が生じ、合計百題となるのである。見かけ上は、和歌の伝統を踏まえた整然とした題組織のようであるが、実際に詠作する立場から見ると、明らかに難点を持っている。たとえば、「春月」を和歌の慣例に従って詠めば、花（桜）、夜（または暁）などに関する語句のどれかが月と組み合わされるのが普通で、結果として「春花」「春夜」などの他の題と内容が重なってくる。このような事情はどの題にもあるため、同じ季節の歌を画然と二十五題に詠み分けることはかなり至難の業である。このため、慈円はいったん詠作した歌稿の中で、題から題への歌の移動を行ない、また細部の表現を変えるなどして、各題に帰属する歌が確定するまで推敲を繰り返したと見られる。『拾玉集』所収の未定稿が、別案を併記するだけでなく題の間で歌を入れ換えた形跡をもとどめるのは、このためである。

以上の点は、自注消息の「左右なく、ただ今『四季題』「春の花」に取り替へ候ふ」という文言と、百首本文との、次に見るような齟齬を理解する上で重要である。『拾玉集』青蓮院本では、「花」題に「春」の歌と見られる歌が四首もある（前掲『校本拾玉集』歌番号二四五七〜二四六〇により、適宜校訂して示す）。

吉野山夢にも花を見る人や春はまさしといひはじめけん

春の月有明の空は忘られて花に夜深きみ吉野の山

春の山に花は待つやと問ふ人の袖に色ある朝霞かな

吉野山夢にも花を眺むれば心の奥にかかる白雲

すべて本行本文であり、この部分に関しては「正本」本文も同一であったと見なされる（ただし、一首目は「正本」では「夜」題に重出していることが書き入れから知られる）。各首を検討すると、四首目は一首目の別案と見なされ、二首目は「月」「夜」、三首目は「山」「朝」の語を含み、どの題に定着する歌かはこの段階では定かでない。そしてここには自注消息の歌は見えない。実は自注消息の歌は、「風」の題に、

厭はでぞ心のどかに眺めつる花散りて後の（傍記別案「花待つ頃の」）春の山風

と並んで見えているのである（前掲書歌番号二三三五・二三三六）。

一方、自注消息はその場での慈円の思いを直接したためた書きぶりであり、「左右なく、ただ今『四季題』「春の花」に取り替へ候ふ」を誤りとは考えにくい。慈円は、この歌が、半睡の無意識に近い状態で（何ら詠作しようとする意志も努力もなしに）、すらすらと得られたことに神秘的なもの（前世の宿因）すら感じ、すぐに『四季題百首』に入れることを決めているのである。もちろん詠作事情だけでなく、歌の趣向（風情）が珍しいという点を重視し

ている。その趣向とは、花を女に、風を彼女が待つ男に喩え、その上で、花を見る者の立場から、風に対して「冷たい恋人に倣え」と呼びかける、というものである。「よそにて人の心に、花によりて風を待つ事は勿論勿論」と述べる時、慈円の念頭にあった既存の歌は特定できないが、『古今集』の「桜花散らば散らなむ散らずとて故郷人の来ても見なくに」（惟喬親王）など、反語的に花の散るのを望む歌を考えたのであろうか。あるいは、「花さそふ風を待ちえてうれしくはやがて隣の歎きとを知れ」（頼政集・四九）のように、風が運んでくる落花を賞美する発想を念頭に置いたものであろうか。いずれにせよ慈円は、「風を待つ」という発想自体は珍しくないが、花が風を待っているという趣向（風情）には前例がないと思っているのである（実際にも、たとえば『古今集』恋四の「宮城野のもとあらの小萩露を重み風を待つごと君をこそ待て」などと通じる点はあるものの、桜花については前例が見出せないようである）。

いずれにせよ、自注消息がしたためられた段階で、既に『四季題百首』の草稿中にあった「春花」歌一首が、「つれもなき」の歌にいったん差し替えられたことは間違いないと思われる。しかし、その後の推敲過程で、この歌が「春風」題によりふさわしいと判断されたか、あるいは「春花」題の方に捨てがたい歌があったか（もしくはその両方）の理由で、「つれもなき」歌は「春風」題に移された。私たちが現存本から知り得る状態は、この移動後の段階の草稿である。この状態では、先に引用した穏便な、「落花後（別案ならば開花前）の春風は、花を散らさないので長閑に見ていることができる」という内容の歌と併記されており、「つれもなき」の一首がなお「春風」題の最終案とはなっていないことを示している。

清書奉納された最終稿の伝存は確認されておらず、この歌がその後どうなったかは明らかでない。『御裳濯和歌集』『雲葉和歌集』に伊勢社奉納百首の歌として撰入されていることは、最終稿に残された可能性を示すのかも知れないが、どの題に定着したのかは明らかでない。ただ、半睡状態で歌を得た時点での感情の昂ぶりは、二十五の題ごとに四季四首を精選するという思いのほか面倒な作業を続ける中で、おそらく沈静していったであろう。神秘的な啓示のように思われた詠作の体験は、『四季題百首』の清書稿の向こうに埋め込まれた、過去の小さなエピソードになっていくのである。たまたま資料が伝存したことにより、私たちはこの歌の詠まれた状況を知り得るが、歌稿や撰集の中に置かれた歌だけからは、決してこのような事情には思い至らなかったはずである。このことは、中世の膨大な（時には単調に見える）和歌作品の集積のむこうに、時にはこうした作者の心の劇的な高揚が潜んでいたかもしれないことを、示唆しているのではなかろうか。

そして先に見た俊成の場合と共通するのは、風情へのこだわりである。和歌詠作のもっとも基底の次元において、歌人たちは新たな風情をつねに求めていたのである。

（注）石川一前掲書Ⅱ第四章第六節、および拙著『慈円の和歌と思想』（和泉書院、一九九九年）第十五章1。なお拙著（一刷）三四八頁一〇行に「定家が慈円に勧めて詠ませた同題の百首」とあるのは「慈円が定家に勧めて詠ませた同題の百首」の誤記。

（補記）本章前半で取り上げた藤原俊成の自注については、上條彰次『中世和歌文学論叢』（和泉書院、一九九三年）第三章第四節「誹諧歌と俊成」に言及がある。「伝統的発想類型にとらわれず、自分の目でものを「よくみ」たところに生まれた発想であり、いわば雅に対する俗の歌であって、（中略）俗的沃野に歌境の拡大を図ろうとする俊成の姿勢を看取することができる」と評価している。私の見解とは論の関心の文脈が異なるため、表現は異なっているが、この注への注目の仕方には共通する面がある。初出稿での言及を怠ったことをお詫びし、訂正するとともに、読者諸賢には上條論文を参照されることを願うものである。

※初出「奇妙な自注」（岩波書店刊『文学』六巻四号、二〇〇五年七月）。特集「和歌のふるまい」への寄稿である。本書に収録するにあたり、「補記」を加えたほか、若干の文言を修正した。

あとがき

『発心集』という作品と出会ったのは、大学三年生の時、神戸大学に新しく着任されたばかりの池上洵一先生の演習においてであった。私は既に藤原俊成の歌論と和歌を仏教思想との関係から扱うという卒論のテーマを決めていたが、仏教史や仏教教義の解説書ではいっこうわからない、中世の人々の仏教信仰の具体相を知りたいと思っていた。『発心集』は、まさにこのような問題を考えるにふさわしい材料と思えて、たちまち引き込まれたのである。同時に、同文話・類話の比較によって説話と説話集の性格を明らかにしていくという、研究方法の基本を、池上先生の授業から初めて学んだのであった。

その後、研究者としての道を歩くことになり、俊成、そして慈円とともに、鴨長明と『発心集』を並行して勉強することが、研究のバランスをとる上でどうしても必要になっていった。神戸大学の修士課程にいた頃、最初にまとめた論文を、池上先生のお勧めもあって『日本文学』に投稿し、幸いに掲載された（本書第一部第六章初出稿）。その抜刷りを、少しだけご面識を得ていた大阪大学の（後に博士後期課程で指導を賜ることになる）田中裕先生におそるおそるお送りしたところ、大阪国文談話会中世部会の『発心集』輪読会を紹介していただき、私はその輪読会に参加して、当時、『発心集』について次々に論文を発表されていた廣田哲通氏をはじめ、何人かの先生方から直接にこの説話集の読みをお聞きするという貴重な機会を得たのである。

さて、当時、『発心集』をはじめとする中世仏教説話集の研究を精力的に進めていたグループに、「金沢古典文学研究会」があった。メンバーの各氏からは、機関誌『説話・物語論集』ほかに発表される論考を通じて、また、池上先生のご紹介を受けて学会でお目にかかる折などに、学恩を蒙っていた。まったく思いがけないことに、そのうちのお一人、原田行造氏が急逝され、さらに思いがけないことに、一九八四年秋、私自身がその後任として、大阪大学助手から転じて金沢大学教育学部（当時）に着任することとなったのである。

着任後しばらくして、私も「金沢古典文学研究会」に参加し、『十訓抄』の輪読や研究発表などを通じて藤島秀隆氏、青山克彌氏、西村聡氏、竹村信治氏の各位からひととおりでない学恩を受けた。なかでも竹村氏は、会の当初メンバーであった藤本徳明氏の御転出後に金沢美術工芸大学に着任され、『今物語』に関する研究を次々に発表されていた時期で、氏の報告や意見は、つねに私にとって新しく目覚ましい知的刺激であった。説話集の説話配列を、単なる形式的な関連性としてではなく、編者の思想表現の方法として捉える本書第Ｉ部の考え方は、氏との議論の中で形成されていったと思っている。

いきなり思い出話を長々と綴ってしまったが、どんな研究も独力では成し遂げられないという一般論の程度をはるかに超えて、私の『発心集』関係の研究は、右のような不思議ないくつもの出会いに導かれてきた。書き続ければ、『発心集』のみならず他の対象についても、お名前を挙げるべき恩人が何人もおられる。あまりに長くなるので控えさせていただくことをお許し願い、特に第Ⅱ部との関係において、大阪大学大学院で、田中先生ご退任後にご指導を賜り、中世文学の広い領域に目を開いてくださった島津忠夫先生、同じく国語学の授業に加えていただいた前田富祺先生のお名前を挙げるにとどめたい。

本書第Ｉ部の『発心集』に関する論考は、当初、慈円研究、俊成歌論研究とともに、「『発心集』研究」として三部作にする構想の下に書き進めたものである。しかし、『慈円の和歌と思想』（和泉書院、一九九九年）刊行直後から公私の事情で研究計画が予定通り進まなくなり、一度は刊行を断念していた。その後、三弥井書店のお力添えで第二の著書『藤原俊成―思索する歌びと―』（二〇一四年）をまとめることができ、残った説話集研究をどうしようかとあらためて考える状況になった。そして、僭越な物言いではあるが、私の旧稿群も、問題意識や方法意識の点では、あらためて世に問う意味が全くなくもないと感じたのである。構想をいささかあらため、語学的な問題と接点を持つ論文を中心とする第Ⅱ部を合わせて、一書とすることとした。

遠い昔の人間が書いた文章を、ことばも生活もかけはなれた現代にいる研究者がどうやって理解できるか。古典文学研究の枢要の問題は、単純素朴にこの点にある。こうしておけば大丈夫という汎用的な方法論はない。そのつど、論理的・実証的な考証と内省的な共感（想像）との双方を、それぞれの限界と、相互のバランスを考慮しつつ駆使して、疑問を解いていくしかないと思う。本書を構成するのは、こうした解答例のいくつかであると思っていただきたい。今回、初出稿中の多くの思い違いや誤記をいくらか訂正できたものの、生来の粗忽の性はあらためがたく、残った誤り、新たな誤りの、少なくないことを恐れている。読者諸賢の御批正をお願いしたい。

それにしても、当初の研究計画を、長年勤めた金沢大学退任に合わせて完結できたことは、幸せであると思う。あらためて、学恩を受けた諸氏・資料所蔵者各位とお世話になったすべての方々、そして出版をお引き受けくださった和泉書院社主廣橋研三氏に、心よりお礼申し上げる。

二〇一七年秋

山本　一

■ 著者紹介

山本　一（やまもと　はじめ）

一九五二年生まれ。

（最終学歴）大阪大学大学院文学研究科博士後期課程単位取得満期退学。

（学位）博士（文学）大阪大学。

（職歴）大阪大学文学部助手、金沢大学教育学部講師、同助教授、同教授を経て、二〇一八年三月まで金沢大学人間社会研究域学校教育系教授。

研究叢書 501

『発心集』と中世文学
主体とことば

二〇一八年六月五日初版第一刷発行

（検印省略）

著者　山本　一
発行者　廣橋研三
印刷所　亜細亜印刷
製本所　渋谷文泉閣
発行所　有限会社 和泉書院
大阪市天王寺区上之宮町七－六
〒五四三－〇〇三七
電話　〇六－六七七一－一四六七
振替　〇〇九七〇－八－一五〇四三

ISBN978-4-7576-0880-1 C3395

研究叢書

No.	書名	著者	価格
471	栄花物語新攷 思想・時間・機構	渡瀬　茂 著	一一〇〇〇円
472	鷹書の研究 宮内庁書陵部蔵本を中心に	三保忠夫 著	二八〇〇〇円
473	伊勢物語校異集成	加藤洋介 編	一八〇〇〇円
474	中世近世日本語の語彙と語法 キリシタン資料を中心として	濱千代いづみ 著	九〇〇〇円
475	中古中世語論攷	岡崎正継 著	八五〇〇円
476	紫式部日記と王朝貴族社会	山本淳子 著	一二〇〇〇円
477	国語論考 語構成的意味論と発想論的解釈文法	若井勲夫 著	九〇〇〇円
478	万葉集防人歌群の構造	東城敏毅 著	一〇〇〇〇円
479	『保元物語』系統・伝本考	原水民樹 著	一六〇〇〇円
480	近世寺社伝資料『和州寺社記』・『伽藍開基記』	神戸説話研究会 編	一四〇〇〇円

（価格は税別）